www.b-books.co.kr

투명해지다

투며
해지다

미요나 장편 소설

DAHYANG ROMANCE STORY

1장

넥타이를 목에 거는 순간 휴대폰이 울렸다. 생소한 번호에 석원은 스피커를 켜고 마저 매듭을 만들었다.

"진석원입니다."

— ……저기…….

스팸일지도 모른다는 짐작과 달리 머뭇거리는 앳된 목소리가 들려왔다.

"누구시죠?"

— 저는…… 강훈이 여자 친구인데요.

언제 여자 친구가 생긴 거지. 그것보다 나한테 왜? 의아한 표정으로 눈썹을 밀어 올린 석원이 휴대폰을 집어 들고 강훈의 방 문을 열었다.

나가는 소리를 듣지 못했는데. 아침잠 많은 녀석이 이른 아침부터 튀어 나간 이유가 이 여자애 때문인 건가. 도로 방문을 닫으며 물었다.

"용건이 뭐죠?"

— ······그게······.

"내 연락처는 어떻게 알았습니까?"

— 강훈이가······.

"그럴 리가. 거짓말 계속할 생각이면 끊죠."

다급해진 목소리가 그를 붙들었다.

— 강훈이랑 같은 동아리고 여자 친구인 것도, 맞아요! 확인해 보세요.

'여자 친구인 것도'와 '맞아요' 사이의 미세한 망설임을 캐치한 석원이 눈매를 가늘게 접었다. 슈트 재킷에 팔을 꿰며 물었다.

"이름."

— 이가영이요.

"용건은?"

— ······할 말이 있어요.

"용건이라는 단어가 무슨 뜻인지 모르나? 그 할 말이라는 게 뭔지 묻는 겁니다."

— 만나서 할게요. 만나 주세요.

내내 주저하던 것과는 달리 고집스러움이 묻어나는 목소리였다. 석원은 차 키를 챙겨 들며 소모적인 통화를 끝내려 했다.

"굳이 만나서 들어야 할 만큼 나는 그 할 말이라는 게 궁금하지가 않은데? 두 사람 일은 이가영 씨 남자 친구라는 강훈이랑 둘이······."

— 임신했어요! 강훈이 아기란 말이에요!

구두 속에 집어넣던 발이 한순간 멈칫했지만 이가영에게 대꾸하는 석원의 목소리는 여상했다.

"이가영 씨를 만나야 하는 이유를 나는 여전히 모르겠는데?"

— ……네?

예상치 못한 반응인지 상대는 말을 잇지 못했다. 미간을 문지르며 빠르게 생각을 정리한 석원이 그녀의 현재 위치를 물었다. 학교 근처 원룸이라는 대답에 석원은 출판사 몇 곳이 밀집해 있는 골목길의 조용한 카페를 언급했다.

"15분 뒤 거기서 보죠. 10분. 그 시간 안에 끝낼 수 있도록 할 말 정리해서 나와요."

종료 버튼을 누른 후 곧바로 강훈과 통화를 시도했다. 하지만 마치 이런 일이 일어날 거라고 예상이라도 한 듯 녀석은 전화를 받지 않았다. 석원은 빠른 걸음으로 엘리베이터를 향하며 메시지를 남겼다.

[네 여친이라고 주장하는 이가영과 만나러 가는 중. 메시지 보는 즉시 연락해.]

주차장을 빠져나가자 빗줄기가 타다닥 유리창을 때렸다. 예보에도 없던 비였다.

빗길을 미끄러지듯 달려온 승용차가 카페 앞 주차 공간에 멈춰 섰다.

석원은 운전석 등받이에 기댄 채 카페 내부를 훑었다. 빗방울이 흘러내리는 유리창 너머로 보이는 사람은 카운터의 아르바이트생을 제하면 단둘이었다. 벽에 바짝 붙어 앉아 초조하게 출입구를 확인하는 여자와 창가에 앉아 턱을 괸 채 책을 읽고 있는 여자.

석원은 약속 시간까지 기다리다 시계가 정각을 가리키는 순간 카

폐 문을 밀었다. 비 때문에 서늘해진 바깥과는 달리 미지근한 공기가 밀려 나왔다.

출입문이 열리는 기세에 무심코 책에서 고개를 든 여자와 눈이 마주쳤다. 그 순간 놀라 눈을 키웠던 석원이 실눈을 뜨고서 상대를 바라보았다.

그때 벽 쪽 테이블의 이가영이 발딱 일어서는 모습이 시야 끝에 잡혔다. 이가영에게 잠깐 시선을 던진 석원은 다시금 여자에게 눈길을 주었다. 기억에 남아 있는 얼굴이었다. 뚫어져라 주시하는 그와는 달리 문이 열리는 기세에 반사적으로 고개를 들었을 뿐이라는 듯 여자는 무심히 시선을 비껴 버렸다.

"저기……."

이가영이 주저하며 말을 걸어왔다.

석원은 쭈뼛거리며 머리를 숙여 오는 가영에게로 걸어가 의자를 빼내 앉았다. 그러고는 눈앞의 상대를 응시했다. 막무가내 같았던 유선상의 반응과는 달리 이가영은 초조한 낯빛으로 손톱을 쥐어뜯고 있었다.

한눈에도 불안해 보이는 이가영의 태도를 무감한 눈으로 훑던 석원이 한쪽 눈썹을 밀어 올렸다. 불러냈으니 할 말 하라는 듯.

침묵 속에 어려 있는 묵직한 압박에 이리저리 시선을 헤매다 겨우 눈을 맞춘 가영은 입술만 달싹일 뿐이었다.

석원이 테이블 위에 올려 둔 휴대폰을 집고 일어섰다.

"저기요!"

의자가 덜컹일 만큼 발딱 일어선 가영이 다급한 목소리를 냈다. 그러자 석원이 눈짓으로 카운터를 가리켰다.

"커피 가져오는 시간은 카운트하지 않을 거니까 걱정 말아요."

동생 아이를 임신했다는데도 관심 없다며 말을 끊어 버리던 사람과 동일인인가 싶을 정도로 정중한 태도였다. 다정하게까지 느껴지는 말투와는 달리 날렵하게 빠진 눈매는 허점을 노리는 사람처럼 매서웠다. 그 갭이 불안을 일으켰다.

실제로 본 강훈의 형은 휴대폰 속에서 웃고 있던 사람이라고는 믿기 어려울 만큼 차가운 인상이었다. 저 사람은 정말로 단 1초도 더 시간을 내 주지도, 어설픈 말은 먹히지도 않을 것 같았다.

머그잔을 든 석원이 다시 자리로 돌아오자 가영은 얼른 입술을 뗐다.

"임신 맞아요. 원하시면 증거도 보여 드릴 수 있어요."

당장이라도 증거물을 들이밀 기세인 여자를 보면서도 별다른 반응을 보이지 않은 채 커피를 마신 석원이 테이블 위에 머그잔을 내려놓았다. 그러고는 그녀를 직시하며 물었다. 허리를 곧게 편 바른 자세였다.

"강제였습니까?"

사실 관계만을 확인하듯 사무적인 말투였다. 전혀 예상치 못한 말에 미처 의미를 파악하지 못한 가영이 어리둥절해했다.

"네?"

"진강훈이 이가영 씨의 의사에 반해 강압적으로 관계를 맺은 거냐고 묻는 겁니다."

"아, 아뇨!"

"그럼 두 사람, 합의하에 관계를 맺은 게 맞습니까?"

진강훈의 형 진석원이 아니라 수사관이 취조를 해 오는 것만 같았다. 가영은 뒤늦게 그의 직업조차 모른다는 사실이 떠올랐다. 궁지에 몰려 정신없이 서두른 탓이었다.

마른침을 삼킨 가영이 얼른 고개를 끄덕였다.

"맞아요."

그녀의 대답에 그때까지 반듯한 자세를 유지하던 석원이 의자 등받이에 비스듬히 등을 기댔다. 그러곤 고개를 기울이며 물었다.

"만나야만 말할 수 있다던 용건을 들어 볼까요?"

"말했잖아요? 저 임신했다고요."

"그건 전화상으로도 이미 했던 말이고."

석원이 한쪽 입술 꼬리를 끌어 올렸다. 웃는 것도 아니고 그렇다고 비웃는 것도 아닌 묘한 미소가 가영의 불안을 키웠다.

"이가영 씨. 나랑 섹스했었나요?"

가영의 눈동자가 한껏 커졌다.

"그런데 왜 나는 기억이 안 나지?"

"나랑 섹스했었나요?"

갑자기 들려온 목소리에 문장을 훑던 눈동자가 저도 모르게 남자에게로 향했다. 요 며칠 말썽을 부리던 이어폰에서 흘러나오던 백색 소음이 뚝 끊겼다. 그리고 찾아든 정적. 그 정적 속으로 창문을 두드리는 빗소리가 사부작 스며들었다. 유독 딕션이 좋은 남자의 목소리도.

대각선 방향에 앉은 남자는 한쪽 입술 꼬리를 비스듬히 올린 채였다. 오만해 보이는 눈동자에까지는 미치지 못한 미소였다. 등받이에 기대 다리를 꼬고 앉은 편안한 포즈가 이런 상황에 익숙하다는 인상을 주었다.

모양 좋은 남자의 입술이 다시금 열렸다.

"그런데 왜 나는 기억이 안 나지?"

연이어 들려온 목소리가 그녀의 기억을 건드렸다.

카페 문이 열리며 밀려들어 온 청량한 공기에 무심결에 고개를 들었다가 저 남자와 눈이 마주쳤다. 어딘지 낯익은 얼굴이었지만 약속 상대가 아니라 관심을 두지 않았다.

그런데 바로 지금 누군지 떠올라 버렸다. 인상적인 목소리와 또렷한 딕션 때문이었다.

의도치 않게 두 사람의 사적인 대화를 엿들어 버린 그녀는 낭패한 기색이 어린 얼굴로 서둘러 휴대폰을 집었다. 휴대폰 잭에 연결된 이어폰을 뺐다가 다시 꾹 눌러 꽂는 일을 반복하는 손놀림이 분주했다.

이렇게 하면 나오던데. 완전히 망가져 버렸나. 아까워하지 말고 진작 바꿀걸.

몇 번의 시도 끝에 익숙한 소리가 흘러나왔다. 안도의 숨을 삼킨 그녀는 관자놀이를 손으로 괴어 시야에서 남자를 가린 뒤 눈앞의 글자에 집중했다.

휴대폰과 이어폰을 꼼지락거리는 조용하고도 부산한 움직임에 창가에 앉은 여자에게로 잠깐 시선을 주었던 석원이 왼쪽 셔츠의 소매 끝을 걷어 올려 시간을 확인했다.

"5분 남았습니다."

"……어떻게, 그런 식으로 말을 해요? 강훈이 아기라고 했잖아요.

그쪽 동생 아기를 임신했다고요!"

가영은 목소리를 억누른 채 낮게 외쳤다. 무감한 눈동자가 손목시계에서 가영 쪽으로 건너왔다.

"묻는 말은 모른 척 피해 가면서 하고 싶은 말만 반복하는 태도는 의심만 키우는 일이라는 거 모르나? 이쯤에서 까는 게 나을 텐데. 당사자인 진강훈을 놔두고 나를 만나야만 한다던 의도."

"그야…… 강훈이 형이고…… 가족이니까……."

"두 사람, 성인 아닌가? 성인 둘이 합의하에 관계를 가졌고, 무책임한 섹스의 결과로 임신했고. 그런데 그 속에 왜 나를 끼어들게 하는지 나는 여전히 이해가 되지 않는다니까?"

석원이 지루한 표정으로 휴대폰을 들어 보였다.

"3분."

건조한 목소리에 가영은 서둘러 입을 열었다.

"강훈이가 나 몰라라 하니까, 책임질 일 저질러 놓고는 엉뚱한 소리만 하니까 어쩔 수 없었다고요. 임신한 거 알면 저 집에서 쫓겨난다고요!"

우직하고 고지식한 강훈은 왜 책임을 안 진다고 했을까. 결론은 어렵지 않게 나왔다.

"내 대답이 방금 전과 달라질 이유로는 충분치가 않아."

무정한 말에 가영의 얼굴에 독기가 번졌다.

"그러면 그쪽 부모님 만나는 것밖에는 달리 방법이 없어요. 만나서 다 말해 버릴 거예요."

"그러시든가."

"임신시켜 놓고도 책임 안 진다고 동아리에도, 강훈이 과에도 다 소문내 버릴 거라고요!"

눈매를 가늘게 접은 석원의 입꼬리가 조금 더 짙게 파였다.

"그것 역시 이가영 씨 선택이고. 더 할 말 있어요?"

"……."

바들거리는 가영에게서 관심을 거둔 석원이 휴대폰을 챙겨 들었다. 자리에서 몸을 일으킨 그가 그녀에게로 상체를 숙였다. 그러고는 마치 은밀한 이야기를 하는 것처럼 목소리를 낮췄다.

"진강훈은 내 친동생이 아니라 사촌 동생입니다. 남자 친구라는 강훈이가 내 연락처는 알려 주면서 사촌 형이라는 말은 안 해 줬나 보네."

충격을 받은 가영의 얼굴이 일그러졌다. 부모님이랑 사냐고 물었을 때 강훈은 '본가가 경기도라 형이랑 둘이 살아.'라고 했었다. 그리고 강훈의 휴대폰에도 '우리 형'이라고 저장되어 있었다.

"친동생이었다고 해서 내 답변이 달라지지는 않았을 테지만 사실 관계를 정정하는 차원에서 알려 주는 겁니다."

기다란 눈매만큼이나 잘빠진 손가락이 가영의 휴대폰을 짚었다.

"내 연락처 삭제하지 않는 건 본인 마음이지만, 나는 그쪽이랑 두 번 마주할 생각 없어요."

석원이 의도적으로 약간의 간격을 두고 덧붙였다.

"사적인 관계로는."

금방이라도 울음을 터트릴 것처럼 얼굴을 일그러트린 이가영에게서 등을 돌린 석원은 곧장 출입문으로 향하는 대신 창가 테이블에 앉은 여자에게로 걸어갔다.

바로 옆에서 멈춰 섰는데도 여자에게서는 반응이 없었다. 석원은 책 근처로 손을 뻗어 테이블을 톡톡 두드렸다.

　여자가 눈을 들어 올렸다. 두 번째로 눈이 마주치는 순간 석원은 확신했다. 그의 눈동자에 재밌다는 기색이 스쳤다.

　"오랜만이야."

　살짝 미간을 접은 여자가 느릿한 손놀림으로 이어폰을 뺐다.

　"이렇게도 만나네. 나는 강수인……."

　그때 벌컥 열린 카페 문이 벽면에 쿵, 부딪치며 요란한 소리를 냈다. 어지간히 조심성 없는 남자가 바닥을 요란하게 울리며 두 사람에게로 걸어왔다.

　"한새나 씨?"

　생뚱한 이름으로 불러 오는 남자를 힐긋 쳐다본 석원이 여자에게로 고개를 돌렸다.

　"네."

　예상치 못한 대답에 석원의 눈동자에 당황한 기색이 스쳤다.

　"반갑습니다. 제가 좀 늦었죠? 나무 북스 이성호 팀장입니다. 시간 딱 맞춰서 나가려는데 갑자기 급한 전화가 와서요. 첫 미팅부터 늦어 버렸네요."

　"괜찮습니다. 오래 기다리지 않았어요."

　의자를 빼내 앉으려던 이성호가 자신의 미팅 상대와 테이블 옆에 서 있는 남자를 번갈아 바라보다 의아한 얼굴로 여자에게 물었다.

　"누구신지?"

　"아는 사람이라고 착각했습니다."

여자에게서 눈을 떼지 않은 채 대답한 석원이 그녀에게 사과했다.

"실례했습니다."

별다른 반응을 보이지 않는 여자를 잠시 바라보던 석원이 카페 문을 밀고 나왔다.

밖은 여전히 비가 추적이고 있었다. 바람이 불자 빗줄기가 꺾였다. 얼굴에 튄 빗방울에 눈을 찡그린 석원은 방금 빠져나온 카페를 뒤돌아보았다. 마주 앉은 남자에게 미소를 지은 채 대답하고 있는 여자가 보였다.

"저 정도로 닮은 사람도 있나."

기억 속에는 웃는 모습이 없어 미소가 낯설었지만 기억 속의 강수인과 아주 닮았다. 스무 살의 강수인에게 열 살을 더하면 분명 저런 모습일 거라는 확신이 들 만큼.

빗줄기가 구불거리며 흘러내리는 창문 너머의 여자를 잠시 바라보던 석원이 운전석 문을 열었다. 머리와 어깨에 묻은 물방울을 털어 낸 뒤 강훈과의 통화를 시도했다. 한참 동안 연결음이 흐르다 음성 사서함으로 넘어가자 메시지를 남겼다.

[일부러 피하는 거면 뒤늦게 도움 요청할 생각 따위 접어.]

휴대폰을 거치대에 꽂은 뒤 슈트 재킷 주머니에서 녹취기를 꺼내 정지 버튼을 눌렀다.

"그것도 협박이라고."

궁지에 몰려 허둥대는 인간들이 으레 그러듯 이가영의 얘기에는 구멍들이 있었다. 지금까지 그가 봐 온 강훈은 자신의 아기를 가진 여자 친구를 팽개칠 비열한 녀석이 아니었다. 사람 일에 100퍼센트 확신은 불가능한 것이라 90퍼센트쯤의 확률로 장담할 수 있었다.

"확률이 50퍼센트로 떨어진다고 해도 이가영보다 강훈이가 정직하다는 건 팩트지."

이가영은 몇 가지나 거짓말을 한 걸까.

"같은 동아리인 건 맞을 테고."

임신. 강훈이 여자 친구. 강훈이의 아기. 이 세 가지 중 몇 개나 진실일까.

"하나라는 거에 다음 수임료 건다."

중얼거린 석원이 시동을 걸었다. 출발하기 전 카페 안으로 또 한번 눈길을 주었다. 강수인을 빼닮은 여자 때문에 진짜 강수인의 안부가 궁금해졌다. 강수인을 떠올린 건 아주 오랜만이었다.

여자에게서 시선을 거둔 석원이 골목을 빠져나갔다.

빗길과 마찰하는 바퀴 소리가 들렸다. 진석원이 떠나는 걸 지켜보던 눈동자가 부산스러운 동작으로 명함을 꺼내는 이성호에게로 돌아갔다.

"여기, 제 명함입니다."

그녀도 명함을 건넸다.

[영한 번역가 한새나]

"명함이 심플한데요. 보내 주신 번역도 깔끔하고 소개 글도 그렇고. 원래 성격이 그러신가 봐요? 그러면 작업도 군더더기 없이 잘해 주시겠군요. 자, 그럼."

본격적인 일 얘기로 넘어가자는 듯 이성호가 옆자리에 올려 둔 서류 가방에서 원서와 계약서를 꺼냈다.

"업무량 많다는 무역 회사 쪽 경력도 꽤 되시니까 마감 날짜도 잘 지켜 주실 거고. 앞으로 가족처럼 믿고 잘해 보죠. 자, 여기."

이성호 팀장이 원서를 그녀 쪽으로 밀었다. A4 용지 다섯 장짜리 계약서도 함께였다.

(본명) 강수인 **(필명)** 한새나

계약서의 빈칸들이 희미한 연필 글씨로 채워져 있었다.

"출판 계약은 처음이라고 하셔서 제가 미리 표기해 놨습니다. 펜으로 그 위에 따라 적어 주시면 되고요. 그리고 번역 기간은 넉넉하게 두 달 드리죠."

수인이 원서를 펼치며 물었다.

"잠깐 내용 좀 봐도 될까요?"

"그러시죠. 그러면 저는 커피 한잔 가져오겠습니다. 이번 주 내내 마감 치느라 잠을 제대로 못 잤더니 카페인을 들이부었는데도 좀 몽롱하네요."

이성호 팀장이 카운터에서 음료를 고르는 동안 수인은 첫 번째 챕터를 읽어 나갔다. 몇 페이지 넘기지 못하고 당혹스러운 눈으로 남자를 쳐다봤다.

　유선상으로 오갔던 이야기와는 전혀 다른 분야의 저서였다. 분야
가 다른 것만큼이나 그녀를 당혹스럽게 만든 건 참담한 수준의 내용
이었다. 출판사의 연락을 받은 후부터 내내 들떠 있던 마음이 무겁게
가라앉았다.

　커피를 받아 온 이성호가 그녀의 낯빛을 슬쩍 살피고는 떠보듯 물
었다.

　"문장들도 그렇고 내용도 심플해서 애먹을 수준은 아니죠?"

　마음이 복잡해 금방 대답이 나오지 않았다. 몇 번인지 기억나지 않
을 만큼의 시도 끝에 얻은 첫 번째 출판 번역 기회였다. 어떡할까.

　"팀장님과의 전화 통화로 제가 이해한 내용과……."

　이성호가 성급히 그녀의 말을 끊었다.

　"출판업계에 대해 좀 알아보지 않으셨어요? 그러면 보통 초보 번
역가들 인세는 이 정도에서 정해지는 거 아실 텐데요."

　그의 말투가 미묘하게 달라졌다.

　"독자들이 이름만 보고도 구매할 정도로 독자 파워가 있는 인기 번
역가가 아니고는 어딜 가나 계약 조건은 비슷합니다. 출판계의 대기
업이라고 하는 출판사들도 이 계약 조건과 크게 차이 없는 데다 그런
곳은 초짜 번역가가 뚫고 들어가는 게 거의 불가능하고요. 그 정도는
아시죠?"

　"저는 계약 조건보다 제가 번역해야 할 이 원서에 더 의문이 들어
서요. 처음 샘플 번역 보내 드리면서 저는 소설 쪽 번역에 관심 있다
고 말씀드렸고, 팀장님도 저한테 전화 주셨을 때 소설을 주겠다고 약

속하셨고요."

번역료에 불만을 품은 게 아니라는 걸 알자 이성호의 표정이 한순간에 풀어졌다.

"아, 물론 소설도 드리기는 할 건데, 한새나 씨가 출판 번역은 처음이시잖아요? 아직 잘 모르실 텐데, 실무 번역과 출판 번역은 다른 점들이 꽤 많습니다. 그리고 그런 건 설명을 듣는다고 해서 알 수 있는 게 아니라 작업하면서 경험으로 알아 가야 합니다. 그래서 출판 쪽으로는 초보 번역가이신 새나 씨한테 처음부터 선뜻 소설을 맡기는 건 성급하다는 결론을 내린 거고요."

마치 약점을 공략하듯 몇 번이나 초보라는 점을 강조하는 남자의 말을 들으며 수인은 눈앞의 원서를 응시했다.

'자기 계발' 카테고리에 넣기도 민망한 수준의 '피라미드형 사기술'이라는 표현이 더 어울릴 내용의 저서지만, 그래도 해 볼까. 내용이 형편없더라도 번역의 질이 높다면 알아주는 출판사가 있지 않을까.

수인은 약해지려는 마음을 다잡았다. 초조한 마음에 덥석 계약을 해 버리면 번역 시장에서 그녀의 가치는 첫 번째 계약 수준에 묶여 버릴 가능성이 컸다. 다급한 상황 때문에 성급하게 선택했던 첫 회사에서 지금의 회사로 옮기며 그 사실을 뼈아프게 깨우쳤다.

그녀는 가능한 한 불쾌한 기색을 드러내지 않으며 말했다.

"약속을 잡기 전에 계약할 원고에 대해 사실대로 말씀해 주셨으면 좋았을 텐데요."

"이번 원고만 잘해 주시면 다음부터는 소설로 드리겠다고 약속하죠."

낯빛 하나 변하지 않고 면전에서 쉽게 말을 바꿔 버리는 사람의 약속이라. 수인은 원서와 계약서를 남자에게 돌려주었다.

"죄송하지만 이번 번역은 제가 맡기 어렵겠습니다. 다음에 기회가 닿는다면 그때 함께 작업할 수 있었으면 합니다."

이성호가 실소를 흘렸다.

"한새나 씨. 경력 많은 번역가들도 자기 입맛에만 맞는 걸로 골라서 번역 못 해요. 그런데 초보 번역가가 이렇게나 까다로우면 다음 기회가 있을 것 같아요? 출판업계가 엄청 좁은 데다 이직률도 높아서 소문 도는 건 한순간이에요."

출판사 앞의 신인 번역가는 목소리를 내기 어려운 절대적인 을의 입장이었다. 그리고 남자는 지금 그러한 현실을 협박처럼 짚어 주고 있었다.

"레드오션이라는 말조차 사치인 바닥에서 영한 번역가를 필요로 하는 출판사가 더 많을 것 같아요, 아니면 일거리 구하는 번역가가 더 많을 것 같아요? 게다가 실력도 검증 안 된 초보 번역가가 까다롭기까지 하면 써 주는 출판사, 있겠습니까? 한새나 씨. 우리 솔직해지죠. 원하는 계약 조건 말해 봐요. 가능한 선에서 최대한 맞춰 드릴 테니까."

선심 쓰는 것 같은 말투였다. 번역료를 협상하려고 뻗대는 걸로 보였나 보다.

기획 번역을 제외한 대부분의 번역은 인세가 아닌 단발성 번역료를 받는다. 판매가 잘된다고 해서 번역가에게 돌아오는 인센티브는 없었다. 그러니 인세를 맞춰 준다고 생색을 내 봤자 겨우 몇십만 원

차이였다. 이런 말이 통할 거라고 생각하나. 출판 번역 신인이지 번드레한 구슬림에 넘어갈 사회 초년생이 아닌데.

"번역료도 중요하지만, 말씀드렸던 것처럼 저는 제가 번역할 원고가 더 중요해요. 약속을 지키는 것 또한 그렇고요. 그리고 한영 번역가는 넘쳐 나는 데다 제 실력은 검증되지 않았다고 하셨지만, 그 많은 사람 중에 저한테 연락 주신 건 그만큼 제 번역이 괜찮았다는 뜻 아닌가요?"

"이봐요, 한새나 씨. 뭔가 착각하시는 것 같은데……."

"죄송하지만, 함께 작업하기에는 서로의 견해가 지나치게 다른 것 같습니다. 그만 가 보겠습니다."

자리에서 일어나 인사를 했지만 어이없다는 얼굴로 올려다보는 이성호에게서는 헛웃음 외에 돌아오는 대답은 없었다. 계약이 틀어졌다는 이유로 이렇게 감정적으로 반응하는 상대는 또 오랜만이었다.

카페를 빠져나가는 수인의 표정이 착잡했다. 오랜 시간 꿈꿔 왔던 출판 번역가의 길이 드디어 열린 건가 했는데, 꿈이 또 저만큼 성큼 물러나 버렸다. 기대가 무너져 버린 탓인지 피로가 몰려들었다.

근처 편의점에서 우산을 사야겠다고 생각하며 걸음을 옮기던 그때, 그녀의 옆으로 누군가 빠르게 지나쳤다. 찰나였지만 눈물범벅이라는 걸 알 수 있을 만큼 흥건하게 젖은 얼굴이었다. 학교명이 프린트된 후드 티 때문에 조금 전 카페에서 보았던, 진석원의 상대라는 걸 알 수 있었다.

"기어코 울렸구나."

어쩌다 듣게 된 두 문장 이후에 이어졌을 남자의 언어 수위가 도무지 상상이 되질 않았다. 못된 말로 여자를 울리고도 아무렇지 않은 얼굴로 그녀에게 다가와 알은체를 하던 남자.

남자가 카페에 들어선 순간 눈을 들었던 건 비를 머금은 청량한 바람 때문이었다. 문을 열고 들어온 장신의 남자와 시선이 부딪쳤을 때에는 알아보지 못했다. 10년 만에 마주친, 공유하는 추억도 별로 없는 사람을 한눈에 알아보는 게 더 이상한 거지. 이상하게도 석원은 단번에 그녀를 알아봤지만.

'나랑 섹스했었나?'

'그런데 왜 난 기억이 안 나지?'

원나잇 관계인지 잠깐 사귄 사이인지는 몰라도 그런 소리를 아무렇지 않게 내뱉는 걸 보면 어지간히 뻔뻔한 사람으로 변해 버렸나 보다.

문득 떠오른 기억에 수인이 중얼거렸다.

"대학 때도 뻔뻔하긴 했구나."

2장

이가영과의 만남으로 인해 사무실에 도착한 시각은 평상시보다 30분 가량 늦어 있었다. 출근 시간을 맞춰야 한다는 근무 조건은 없었지만 일상이 타인에 의해 흐트러지는 건 불쾌한 일이었다.

1층 카페에서 테이크아웃한 커피를 들고서 사무실 문을 열자 상담 전화를 받고 있던 영우가 송화구를 손으로 막으며 낮은 목소리로 전해 주었다.

"녹취록 프린트해서 책상에 올려놨어요. 그리고 의뢰인 측에서 새로운 증거물이라면서 자료 보내온 것들도요."

고개를 까딱인 석원은 자신의 이름이 붙어 있는 집무실로 들어가 책상 앞에 앉았다. 커피를 한 모금 마신 뒤 증거 자료를 펼치다 갑자기 떠오른 생각에 휴대폰을 집어 들고 포털 사이트의 검색창을 열었다.

강수인.

조그마한 단서 하나만으로도 파파라치 못지않은 정보들을 알아내는 세상이라지만, SNS를 하지 않는 일반인을 이름과 나이 그리고 대학만으로 찾아내는 건 거의 불가능했다. 게다가 대학도 한 학기만 다니다가 그만두었고.

아무런 정보도 건지지 못한 채 창을 닫으려다 '강수인' 자리에 '한새나'를 입력했다. '나무 북스 팀장'이라고 자신을 소개하던 남자의 말이 떠올랐기 때문이었다. 혹시 한새나는 강수인의 필명이 아닐까. 하지만 금세 고개를 저었다. 분명 강수인이라고 부르며 말을 걸었는데, 반응이 없었다.

"강수인이 아닌 척할 이유가 없잖아."

다른 사람이라고 생각하면서도 한새나에 대한 검색을 멈추지 않는 건 아무런 관련 없는 사람이라고 하기에는 지나치게 닮아서였다.

작가. 번역가. 일러스트레이터. 출판사와 연관된 직업들을 떠올리며 찾아보았지만 '한새나'라는 이름의 출판물은 검색되지 않았다.

"첫 미팅이자 첫 계약 자리였나?"

궁금증이 해결되지 않은 상태로 검색창을 닫은 석원은 증거 자료를 검토하기 시작했다.

커피로 간간이 목을 축이며 빠른 속도로 자료를 넘기던 석원이 답답한 표정으로 이마를 문질렀다. 의뢰인이 추가로 보내온 증거 자료는 양에 비해 쓸 만한 것이 없었다. 이런 사실을 의뢰인도 모르지는 않을 텐데. 그럼에도 있는 대로 끌어모은 건 그만큼 절박한 심정이라는 뜻이겠지.

손가락으로 관자놀이를 짚은 채 책상 한쪽에 빼놓았던 프린트물을 끌어왔다. 가장 신빙성 있고 결정적인 증언이었지만, 증인이 말을 바꿔 버려 더 이상 쓸모가 없어진 녹취록 자료였다.

"뭘 얼마나 받아먹은 거야."

법정에서 진술을 번복한 게 아니라 위증으로 몰고 갈 수도 없었다. 증인 역시 그 사실을 알고서 쉽게 말을 바꾼 것일 테고.

어쩌면 처음부터 이걸 바란 것일지도. 가해자 측에서 제시할 대가를 노리고 증언을 자처하는 사람들도 드물지 않기에 놀랄 일도 아니었다. 단지 그로 인해 부딪쳐 버린 이 난관을 어떻게 풀어야 할지 막막할 뿐.

서류에서 눈을 떼지 않은 채 손끝으로 책상을 두드렸다. 한동안 손가락 피아노를 치던 석원이 담뱃갑을 챙겨 들고 집무실에서 나갔다. 그 순간 마치 기다렸다는 듯 옆방 문이 열렸다.

대학 선배이자 사무실 대표인 용진이 문틈 사이로 고개만 내민 채 물었다.

"어디 가?"

눈꼬리에 주름이 파일 만큼 짙은 눈웃음으로도 모자라 그답지 않게 상냥한 목소리였다. '이 사람, 왜 이래?' 라는 표정으로 내려다보던 석원이 담뱃갑을 흔들어 보였다. 그러자 용진이 불량 식품을 눈앞에 둔 어린애처럼 입맛을 다셨다.

"자식이 인류애가 없어. 금연으로 고뇌하는 사람을 바로 옆방에 두고서도 담배가 피우고 싶냐?"

"응."

용진은 굳어지려는 입매를 애써 풀었다.

"카페도 들를 거지? 올 때 나도 한 잔만."

말이 끝나기 무섭게 건방진 시선이 완만한 곡선을 자랑하는 배에 와 닿자 흡 숨을 들이켠 용진이 소심하게 항변했다.

"계단 오르내려 봤자 관절만 안 좋아지고, 다이어트에는 도움 안 된다는 기사 났어."

"언제부터 신문 기사를 신뢰했다고?"

"……너도 결혼해서 와이프가 챙겨 주는 밥 꼬박꼬박 먹어 봐. 아무리 운동해도 나랑 별다를 거 없을 테니까."

"나는 내 와이프 고생 안 시키지."

"국적도 불분명한 요리들 꾸역꾸역 먹어 주는 내가 더 고생이거든!"

석원은 시답잖은 대화보다 담배가 더 당겼다. 머리도 좀 식히고 싶고.

"그럼 맛없다고 솔직하게 불든가."

냉정하게 내뱉고는 등을 돌리는 석원을 용진이 얼른 붙잡았다.

"석원아."

석원은 의심스러운 눈초리로 눈앞의 상사를 훑었다. 용진이 사무실에서 '진 변'이 아닌 이름으로 불러 오는 건 드문 일이었다.

"할 말이 뭔데 띄엄띄엄 던져? 얼른 토해 내. 그것도 안 어울리니까 그만두고."

성의 없게 대충 눈가를 가리켜 보이는 석원의 손짓에 용진의 눈웃음이 싹 지워졌다. 이 자식이. 울컥했지만, 애써 접대용 미소를 지었다.

"지금 만나는 여자 없다고 했지? 소개팅해라. 엄청 예쁘고 성격 좋고 능력도……."

석원이 겨우 그런 거였냐는 듯 한심한 표정을 지었다.

"싫어."

"왜?"

"귀찮아."

황당하다는 얼굴로 용진이 열을 올렸다.

"인마. 네 나이에 벌써 여자 만나는 게 귀찮으면 어떡하자는 거야? 그러지 말고 한번 만나나 봐라, 응? 우리 와이프 고등학교 후배인데, 너 소개해 달라고 몇 번이나 찔렀다더라."

"나를 어떻게 알아서?"

"갑자기 잡힌 출장 때문에 우리 결혼식에 참석 못 했거든. 그래서 결혼식 장면 녹화한 영상 보여 줬는데, 너를 보더니 네가 딱 자기 이상형이라더라. 그 뒤로도 몇 번 더 네 얘기 꺼냈었는데, 와이프도 집들이 뭐다 정신없었고, 그쪽도 해외 출장 나가느라 바빴다더라고. 그리고 이유는 모르겠다만 우리 와이프가 너 엄청 잘 본 모양이야. 진짜 괜찮은 후배라서 너랑 꼭 연결해 주고 싶대. 지난번 집들이 때 이후로 너에 대한 호감도가 충만하시다."

"내가 뭘 했다고?"

용진이 격하게 고개를 끄덕이며 동조했다.

"내 말. 번듯한 허우대랑 매너 속에 들어 있는 본모습을 보면 그런 소리 안 나올 텐데 말이지. 정떨어지도록 차갑게 구는 걸 못 봤으니 오해할 수 있지."

석원이 가늘게 눈을 접자 용진이 능청스러운 표정으로 이를 드러내며 씩 웃어 보였다.

"반전 매력. 그만큼 다양한 매력이 있다는 소리야. 사람이 평면적이라 금방 파악되면 그거 얼마나 지루한데. 아무튼, 너한테 직접 물어본다는 거 내가 막아 줬으니까 웬만하면 한번 만나나 봐, 응?"

"선배 와이프가 직접 물어 와도 거절하는 거 문제없는데 생색은. 그리고 언제부터 와이프 말 잘 들어줬다고 착한 남편 흉내야?"

"원래 말 잘 들었거든?"

"뭐 저질렀어?"

"……깜빡했다, 생일."

석원이 한심하다는 표정으로 용진을 훑었다.

"그래도 내가 명색이 대학 선배이자 사무실 대표인데 눈길이 너무 건방진 거 아냐? 그리고 저번 달 내내 법정 나가는 것 때문에 얼마만큼 정신없었는지 너도 알잖아. 게다가 해정이는 음력으로 생일을 챙겨서 매년 날짜가 바뀌니까 더 헷갈린다고. 아무튼, 어려운 일도 아닌데 한번 만나나 보라니까. 별생각 없이 나갔다가 이상형을 만날지도 모르잖아?"

있지도 않은 이상형을 만날 리가. 팔짱을 낀 석원이 시선을 내리깔며 요구했다.

"정중하게 부탁해 봐."

건방진 눈길에 욕 한마디 날리고 싶었지만 용진은 꼭 긍정적인 답변을 받아 오라던 와이프를 떠올리며 깍듯하게 부탁했다.

"진석원 후배님. 이번 주말에는 미세 먼지도 없다는데 이 봄날이다 가기 전에 아름다운 여성분과 소개팅 한번 해 보시죠."

"귀찮아."

그 말을 끝으로 냉정히 돌아서며 사무실을 빠져나온 석원이, 방금 닫고 나온 문을 다시 확 열어젖혔다. 울컥해서 욕설을 내뱉고 있던 용진이 그대로 굳어 버렸다.

"부탁 들어줄까 했는데, 욕먹고 났더니 그럴 마음이 싹 달아나네."

"⋯⋯야!"

다시 닫히는 문틈 사이로 용진의 목소리가 삐져나왔다. 피식 웃은 석원이 1층 카페에서 커피를 테이크아웃해 옥상으로 향했다.

4층 건물의 옥상은 답답함을 풀어 줄 만큼 시야가 확 트여 있었다. 주변 건물들의 높이가 대부분 고만고만한 덕분이었다.

석원은 담배를 꺼내 입술 끝에 물었다. 막 불을 붙이려는 찰나 휴대폰이 울렸다.

'진강훈'

첫 번째 메시지를 남긴 지 세 시간 만의 반응이었다. 전화를 받자 기운 빠진 목소리가 들렸다.

— ⋯⋯형.

이 새끼를 어쩌지. 석원은 담배에 불을 붙였다.

"피해 갈 생각 말고 묻는 말에 재깍재깍 대답해. 이가영한테 내 휴대폰 번호 알려 줬어?"

— 그런 적 없어. 내가 형한테 물어보지도 않고 형 폰 번호를 알려 줄 리가 없잖아.

눈앞에 있었다면 커다란 덩치와는 어울리지 않게 순한 아이처럼 눈을 흡떴을 것 같은 말투였다.

"이가영, 네 여친 맞아?"

— ……모르겠어.

"네, 아니요로 답변 가능한 질문에 왜 대답이 그따위야?"

— 나는 그런 줄 알았는데, 선배는 아니었나 봐.

"알아듣게 설명해."

— 동아리에서 처음 가영 선배 봤을 때부터 좋아했어. 남친 있는 줄 모르고 고백도 했고. 그런데 얼마 전에 남친이랑 깨졌다면서 전화가 왔어. 그래서 만났는데, 선배가 속상하다면서 계속 울더니…… 울다가 갑자기 키스를 해 와서, 나도…….

동갑내기가 아니라 동아리 선배였다는 걸 빼고는 대충 그려 보던 시나리오와 크게 다르지 않았다.

"임신한 건 언제 알았어?"

— ……그저께.

"어떤 방식으로 확인했어?"

— 선배가 임신 테스트기 보여 줬어.

"진강훈 씨. 섹스는 할 줄 알면서 피임은 할 줄 몰라?"

— 아니야, 형! 콘돔 썼어. 가영 선배는 계속 괜찮다고 했는데도 내가 우겨서 썼단 말이야. ……다른 사람도 아니고 내가 그럴 리 없잖아. 원치 않는 아이가 어떤 존재인지 누구보다 내가 잘 아는데…….

예상하던 반응이었다. 계획에 없던 임신이 결혼의 이유가 되어, 결혼 생활 내내 삐걱거리는 부모를 지켜본 강훈이 무방비한 섹스를 했을 리 없었다. 그래서 강훈의 아이라고 고집하던 이가영의 주장을 믿을 수가 없었던 거다.

하지만 콘돔을 써도 피임에 실패할 확률이 있으니 임신이 전혀 불가능한 건 아니었다. 콘돔 사용법에 익숙하지 않아 강훈이 실수했을 가능성도 있었고. 만약 이가영이 쉽게 거짓말하는 타입이 아니었다면 그녀의 말에 의심부터 하지는 않았을 것이다.

— 그런데 그다음 날부터 전화해도 안 받고, 학교도 잘 안 나오고, 집에 찾아가도 없고……. 한 달 내내 피하기만 하더니 갑자기 연락 와서 만났는데…….

답답함을 토로하던 강훈이 망설임 끝에 속내를 털어놓았다.

— 콘돔 껴도 임신할 수 있다던데……. 처음 사용하는 거라 내가 잘못했을 수도 있고. 형, 피임했어도 임신이 됐으면 책임지는 게 맞잖아. 그런데, 그러려면 내 아기인지 알아야 하는데. 솔직히…… 이렇게 중요한 일로 가영 선배가 거짓말한다고는 생각하고 싶지 않은데…….

강훈의 목소리엔 좋아하는 여자를 의심하는 불편함과 죄책감이 담겨 있었다. 그 뒤로 이어질 말을 기다렸지만 한참 동안 안쓰러운 호흡만 들려왔다. 석원은 강훈이 차마 꺼내지 못하는 말을 대신 던졌다.

"헤어졌다는 놈이 아빠 같아?"

— ……가영 선배가 거짓말 잘하는 사람은 아닌데…….

"나한테 했던 거짓말들 들려줘? 내 연락처 너한테서 받았다고 호흡 하나 안 흐트러트리고 거짓말했어. 네 여자 친구고, 네 아이 임신했다면서 덤으로 같잖은 협박도 하고 말이지. 어떤 식의 협박인지 알려 줘?"

— ……아니.

"왜? 너도 이미 들었던 거라?"

— 겁나고 무서워서 아무 말이나 한 걸 거야. 정말로 그렇게까지 는……

석원은 입술 끝에 걸쳐진 욕설을 담배 연기와 함께 날리고는 냉랭한 목소리로 쏘았다.

"그럼 이대로 시간 보내면서 정말로 그러나 안 그러나 지켜볼까?"

— …….

"말해 봐. 지금까지 뭐 하느라 내 연락 씹었어?"

— 가영 선배가 직접 산부인과에 가지 않고도 언제쯤 임신한 건지 알 수 있는 방법이 있는지도 알아보고. 선배 전 남친도 찾아다니고, 또…….

"또?"

— 형한테 많이 혼날 것 같기도 하고…….

"네 사생활인데 내가 왜 혼을 내? 너 이제 애 아니고 성인이라며?"

담배를 다 태우는 동안 휴대폰 너머에서는 아무런 말이 없었다.

"어떻게 해결할 거야?"

— 모르겠어. 가영 선배는 테스트기 보여 줬는데 왜 안 믿고 화만 내고. 같이 산부인과 가서 확인하면 간단히 해결될 일을 왜 형까지 만나고 그랬는지 모르겠어.

"정말 몰라?"

— …….

"진강훈."

— ……어.

"이 상황까지 와서도 진실을 회피하고 싶어? 왜 나까지 만났냐고? 짐작했던 것보다 네가 호구가 아니라서 가족으로 타깃을 바꿨겠지. 그런데도 생각처럼 먹혀들어 가질 않으니 지금쯤 또 다른 방법을 강구하고 있을 테고."

그제야 혼자서는 감당 못 할 현실임을 실감한 강훈이 울먹임 섞인 목소리로 물었다.

— 형. 나 이제 어떡해야 해? 어떡하지?

"이가영한테 산부인과에 동행해서 임신 시기 확인시켜 주지 않으면 너는 더 이상 신경 쓰지 않겠다고 통보해."

— ……그랬다가 만약에…… 만약에라도 진짜로 학교에 소문내면?

석원은 옥상 난간을 손끝으로 빠르게 두드렸다. 만약 이가영이 협박을 실행한다면, 이가영의 거짓말은 타인의 삶을 조롱하거나 무너뜨릴 때에만 유독 상상력과 부지런함을 발휘하는 부류들에 의해 빠르게 번져 나갈 거다.

이가영과 소문을 퍼트린 당사자들을 무고와 명예 훼손으로 고소해 봤자 '초범', '진심 어린 반성', '어린 나이'라는 말들과 함께 사과문 한 장으로 끝날 확률이 컸다. 가해자는 별다른 타격 없이 빠져나가지만 진실이 밝혀진 뒤로도 강훈의 고통은 이어질 거고. 진실 따위 피해자 외에는 누구도 관심이 없는 게 현실이었다.

이가영이 협박을 실행하지 않을 거라는 확신이 들지만, 확신만으로는 충분치 않았다.

"이가영 본가 주소, 전화번호, 남친 놈 연락처, 나한테 보내. 이가영한테서 오는 메시지, 전화 모두 무시해. 그리고 이가영이든 그 남친이든 이 일에 관련된 사람들과 마주치게 되면 무조건 녹음하고 증거 남겨. 괜히 감정적으로 행동해서 미안하다거나 네 책임도 있다는 등의 불필요한 말들은 하지 말고."

— ……고마워, 형.

힘없는 목소리로 대꾸한 강훈이 "그런데 형."이라며 다시 운을 뗐다. 잠시 머뭇거리던 녀석이 조심스레 물었다.

— 만약에…… 가영 선배 전 남친 아기가 맞는다고 하는데도 그 자식이 계속 나 몰라라 하면 가영 선배는 어떡하지?

석원은 허공을 쳐다보며 고개를 저었다. 이 와중에 그 여자 걱정을 해? 이제 겨우 스무 살, 덩치는 커도 고등학교를 졸업한 지 몇 달 되지 않은 어린애라는 걸 애써 떠올리며 석원은 튀어 나가려는 욕설을 씹어 삼켰다.

돌이켜 보면 대학 시절에 쪽팔리거나 한심한 짓거리들을 한 경험은 그 역시도 가지고 있었다. 지금 해결해야 할 문제는 한심하다는 차원을 넘어서기는 했지만.

"그걸 왜 네가 걱정하는데? 내가 해결해 줄 것 같으니까 이제 잡생각이 들어?"

— 그게 아니라…… 미안해.

"스스로에게 물어봐. 이가영이 아니라 전혀 모르는 사람이 똑같은 짓을 벌인 사건을 접했다면 어떤 생각이 들었을지. 그냥 거짓말 좀 한 거라고 덮어 줄 만큼 별것 아닌 일인지, 남의 인생 망가트릴 만큼 악질적인 사기인지."

수화기 너머에서는 아무런 대꾸가 없었다.

"집에 들어가. 들어가서 내가 갈 때까지 꼼짝 말고 기다려."

통화를 마친 석원은 만에 하나라도 이가영이 거짓 소문을 낼 경우 대처할 수 있는 방법들을 떠올렸다. 최소한의 이성이 남아 있다면 그러지는 않을 거라고 생각되지만.

"사람이 이성적인 존재가 아니라는 게 문제지."

석원이 담뱃갑과 빈 커피 컵을 챙겨 옥상 문으로 걸어가는 와중에 또다시 휴대폰 벨이 울렸다. 대학 동창들 중 가장 주기적으로 연락을 해 오는 희찬이었다.

— 너 영식이 결혼식에 정말로 안 올 거야?

"축의금 낼 사이지 결혼식에 참석할 사이는 아니잖아."

— 너랑은 그런 관계이기는 하다만 그 기회에 다들 얼굴 한번 보자는 거지. 누가 꼭 신랑 신부 때문에만 결혼식에 참석하냐? 시간 빼기 아주 불가능한 거 아니면 와라. 간만에 술도 한잔하고, 우리 얼굴 본 지도 좀 됐잖아?

"그 무리들 중에 반갑지도 않은데 굳이 다가와서 귀찮은 일 부탁하는 자식들 있는 거 너도 알잖아. 술 고프면 따로 약속 잡아."

— 하여튼, 자식. 알았다. 언제 시간 날 것 같은데?

"아마도 다음 주 주말쯤."

— 오케이. 금요일에 전화하마.

전화를 끊으려던 석원이 희찬을 잡았다.

"너 혹시 강수인이라고 기억해?"

― 강수인? 누구지?

"우리 복학했을 때 동아리 몇 번 나오다가 그만둔 영어영문학과 1학년."

― 난 모르겠는데?

"내 귀밑쯤 오는 키에, 눈매가 약간 고양이 느낌 나서 좀 차갑고 성깔 있어 보이는 인상. 실제 성격도 좀 그랬던 것 같고."

희찬이 기막혀하며 웃었다.

― 야, 그때가 벌써 10년 전이다. 내가 사람들 인상착의를 잘 기억한다지만 그 정도 설명 가지고는 이름 하나 턱 던져 주고 서울 시내 뒤져서 집 주소 찾아내라는 격이지.

"코가 약간 작은데 콧대는 오똑하고, 쌍꺼풀 없이 큰 눈이고, 햇빛 잘 안 보는 사람처럼 좀 창백하다 싶게 하얗고."

문득 떠오른 기억에 덧붙였다.

"늘 이어폰 끼고 있었잖아. 그래서 음악 듣는 거 어지간히 좋아하나 보다고 네가 그랬었는데."

― 넌 또 뭘 그렇게까지 세세하게 기억하는데? 마치 오늘 만난 사람처럼.

석원은 단서가 될 만한 것들을 몇 가지 더 던져 주었다. 기억이라는 건 묘해서 하나가 떠오르면 줄지어 따라오는 것들이 있었다.

"소설 보듯 영영 사전 읽고 영국식 영어를 좋아하고. 그리고……."

― 어, 생각난다! 나한테 너 영국에서 얼마 동안이나 살았냐고 물었던 그 후배 말이지?

"소식 알아?"

석원의 물음에 돌아온 건 어이없다는 웃음이었다.

— 당연히 모르지. 내가 아무리 발이 넓어도 동아리 활동을 채 한 학기도 안 하고 그만둔 타 과 후배까지는 커버가 안 되지. 그런데 뜬금없이 왜 묻는 건데?

"오늘 아침에 강수인이라고 착각할 만큼 닮은 사람을 봤어. 그래서 좀 뒤져 봤는데 흔적이 없어."

— 고작 닮은 사람 좀 봤다고 뭐 하고 사는지 뒤져 보기까지 했다고? 웬일로 안 하던 짓이야? 오— 설마, 좋아했었어? 그래서 긴 시간 동안 잊지 못하고 있는 건…… 너랑 안 어울리는데? 그랬다면 진작 찾아봤을 거잖아.

"싱거운 소리 그만하고 끊어. 안 그래도 머리 복잡하니까."

— 왜? 복잡한 사건 맡았어? 그나저나 이번에도 또 바쁘다는 핑계로 동창회 빠지면 죽는다.

석원이 입꼬리를 비틀었다.

"요즘 협박이 유행인가 봐? 그러든지."

3장

수인은 손끝으로 관자놀이를 눌렀다. 어제 나무 북스와의 계약이 무산된 뒤 기분이 처진다 했더니 몸이 아프려고 그랬나 보다. 머리뿐만 아니라 이제는 안구 깊숙한 곳까지 쑤시기 시작했다. 편두통이 시작될 전조였다.

진통제를 한 알 삼키고는 해외 거래처에서 보내온 메일을 열었다. 다양한 시차를 가진 나라에서 날아든 메일을 체크해 나가던 그녀의 눈동자가 한 곳에서 멈추었다.

빠르고 명료한 번역과 깔끔한 업무 처리 덕분에 물품을 제때 선박에 적재할 수 있었다는 내용의 개인적인 감사 메일이었다. 업무상 당연한 일 처리였음에도 불구하고 조금 까다롭거나 상대측의 실수로 생긴 문제를 신속하게 해결했을 때, 담당자로부터 가끔씩 이렇게 호의가 담긴 메일을 받곤 했다.

평소라면 잠깐이나마 보람과 뿌듯함을 주었을 클라이언트의 진심 어린 인사가 오늘따라 공허하게 다가왔다.

'여기서 뭘 하고 있는 거지?'

매달 안정되게 들어오는 월급과 간혹 느끼는 성취감. 문득문득 그만두고 싶다는 생각을 하면서도 지금껏 버틴 건 그 두 가지 이유 때문이었고 그중 월급이 절대적인 부분을 차지했다. 작년까지만 해도 그랬었다.

하지만 이제는 더 이상 월급에 발목을 잡히지 않아도 되는 상황이었다. 그럼에도 아직까지 그만두지 않은 건 심리적 안정감 때문이었다.

1. 출판사와 첫 번째 계약 후 사직서 제출

4번까지 적혀 있는 버킷 리스트의 첫 번째 항목이었다.

프리랜서라는 직업은 안정적이지 못하다. 더구나 출판 번역 경험이 없는 영한 번역가의 경우에는 더더욱. 무작정 사직서를 내고 전업 번역가로 뛰어드는 것보다는 이렇게 하는 편이 합리적이라고 판단했었다. 그리고 지금도 그렇다고 생각은 하지만.

몸 상태 때문인지, 무산되어 버린 계약 때문인지 업무에 집중하기 어려웠다. 창밖으로 눈을 돌리자 빌딩 사이로 뿌연 회색 하늘이 보였다. 여느 날과 다름없는 하루다. 그리고 별다른 일이 벌어지지 않는 이상 앞으로도 이런 날들이 이어지겠지. 그런 생각이 들자 숨이 턱 막혔다. 이대로 삶이 고착되어 버릴 것만 같아 두려웠다.

눈을 감았다 뜬 수인이 책상 서랍을 열었다. 지난가을에 넣어 둔 사직서를 물끄러미 바라보다 집어 들었다. 그것만으로도 눈앞이 확 트이는 기분이었다. 창밖으로 보이는 하늘은 여전히 희뿌연데도 그랬다.

퇴사를 하고서 처음 맞는 주말은 집 안에 스며든 햇살만큼이나 나른하고 포근했다. 수인은 베란다를 지나 거실까지 영역을 확장한 햇빛을 밟으며 소파로 걸어갔다. 한 손엔 갓 내린 뜨거운 커피를 든 채였다.

소파 깊숙이 몸을 파묻고 무릎을 세워 그 위에 책을 올려놓았다. 인쇄소의 잉크 향이 아직 남아 있을 것 같은 신간은 새로운 번역으로 재출간된 클래식이었다.

원서와 비교했을 때 갸우뚱거리게 만든, 그래서 나라면 이렇게 번역했을 텐데, 하는 아쉬움을 준 문장이 유독 많았던 챕터부터 펼쳤다.

"번역 매끄럽다."

그녀가 미처 떠올리지 못했던 단어와 표현으로 깔끔하게 재번역된 문장들.

입 속으로 문장을 읊조리며 김이 모락거리는 머그잔을 입으로 가져가던 수인의 눈이 커다래졌다. 놀라 벌어진 입술에서는 비명조차 튀어나오지 않았다.

뜨거운 커피에 데어 버린 가슴이 바늘로 찌르는 것처럼 따가웠다.

그럼에도 수인은 타들어 가는 가슴을 방치한 채 왼손만 보고 있었다.

머그잔을 놓쳐 버린 왼손이 소파 위에 축 늘어져 있었다. 책을 구겨 쥔 오른손이 덜덜 떨렸다.

"나한테…… 이러지 마."

힘을 주어 들어 올리려 애썼지만 기운을 잃어버린 팔은 뇌의 명령을 듣지 않았다. 울컥 치솟는 두려움에 피부가 타들어 가는 듯한 화상의 통증마저 잊었다.

패닉 상태에서 얼마인지 모를 시간이 흘렀다. 마비된 것처럼 처져 있던 손가락 끝에 저릿함이 느껴졌다.

수인은 조심스레 손을 움직여 보았다. 무릎 근처까지 들어 올리는 것만으로도 팔이 부들부들 떨렸지만 그 정도만으로도 안심이 되었다.

뇌를 잠식했던 공포가 미약하게나마 가시자 커피에 덴 가슴의 화끈거림이 밀려왔다.

욕실로 뛰어든 수인은 발갛게 달아오른 피부에 찬물을 뿌렸다. 통증에 샤워기를 움켜쥔 손이 뼈가 도드라지도록 하얘졌다.

추위에 덜덜 떨며 옷을 갈아입고 서둘러 지갑을 챙겨 집 근처 약국으로 달려갔다. 통증을 가라앉히는 연고를 구입한 뒤 같은 건물의 3층 내과로 올라갔다.

수인은 차례를 기다리며 휴대폰을 꺼내 만지작거렸다. 대체 어디가 고장 나 버린 걸까. 어떤 병이 이런 증상을 동반하는지 검색을 해 보고 싶었다. 하지만 그런 행위는 불안감만 키우는 일이라는 걸 엄마의 병상을 지키며 경험했다.

병원 특유의 냄새와 환자들의 지친 표정. 무엇보다 그녀 안에서 커져 가는 공포를 잊으려고 했지만 쉽지 않았다.

"강수인 님."

간호사의 부름에 원장실로 들어가자 모니터에 뜬 접수 기록을 읽어 내려가던 의사가 상대적으로 가벼운 화상 부위부터 확인한 뒤 문진을 시작했다.

"지금은 좀 어때요?"

"반 정도 힘이 돌아왔고 조금씩 나아지는 것 같아요."

"힘을 잃었을 때 감각도 없었습니까?"

"힘이 빠졌던 거지 감각을 잃었던 건 아니었어요."

그녀의 대답에 의사가 펜 라이트로 동공 반응을 확인하고 손의 악력과 감각을 체크했다. 그런 다음 진찰대에 눕게 해 팔꿈치와 손목을 두드려 반사 반응을 지켜본 뒤 무릎과 발목 쪽에도 동일한 시험을 했다.

진찰을 마친 의사가 물었다.

"가족 중에 뇌졸중을 앓은 분이 있습니까?"

뇌졸중이라는 단어에 수인은 눈앞이 아찔했다.

"아뇨. 그런 이야기는 들은 적 없어요."

"사람 몸이라는 게 복잡해서 이 증상은 이런 질병, 이렇게 간단하고 명료하게 공식이 나오는 경우가 드물죠. 단순히 신경이 눌린 것일수도 있고 스트레스 때문일 수도 있습니다. 그래도 뇌졸중의 가능성을 완전히 무시할 수는 없으니까 MRI를 찍어 보는 게 좋을 것 같아요. 희박하지만 그럴 가능성이 있는지 체크해 보자는 의미니까 지나치게 불안해하지는 마시고요. 혹시나 하면서 걱정 쌓는 것보다는 깔끔하게 확인하는 게 낫겠죠?"

수인은 목소리가 나오지 않아 고개만 끄덕였다.

뇌졸중이라는 병명이 주는 공포심을 잘 아는 의사가 너무 걱정하지는 말라며 수인을 또다시 안심시키고는 신경외과의에게 전할 소견서를 건네주었다.

소견서를 쥐고서 원장실에서 나온 수인은 택시를 잡아탔다. 창문에 머리를 기대고 눈을 감았다. 두려움으로 인해 속이 울렁였다. 치밀어 오르는 욕지기를 더 이상 참기 어려울 즈음 택시가 신경외과 앞에서 멈췄다.

접수를 하고 얼마 기다리지 않아 신경외과의와 마주할 수 있었다. 소견서를 훑은 그가 좀 전 내과의가 한 것과 별반 다를 게 없는 검진을 하고는 간호사를 호출했다.

"MRI 찍은 후에 결과 보면서 다시 얘기 나누죠."

MRI 검사실로 들어가는 엄마를 지켜본 경험은 수차례였지만 그녀가 검사를 받는 건 처음이었다. 환자복으로 갈아입고 침대에 눕자 간호사가 팔에 주삿바늘을 꽂았다. 혈관을 타고 흐르는 차가운 조영제가 희미한 통증을 유발했다.

적막한 기계 속은 마치 홀로 우주를 유영하는 기분이 들게 했다. 얼마 지나지 않아 생소한 소음이 시작되었다.

탕탕탕, 둔탁한 쇠를 두드리는 것 같은 큰 소리가 들렸다. 그 위에 개울물이 흘러가는 소리를 닮은 소음이 겹쳤다.

두려움을 잊기 위해 다양한 음에 집중하고 있자 어느 순간 모든 소리가 사라지고 간호사의 음성이 들렸다.

"수고하셨습니다."

다시 신경외과의와 마주한 수인은 눈앞의 MRI 결과물을 응시했다. 그녀의 뇌가 찍혀 있었다.

진짜 호두를 닮았네. 심각한 와중에도 그런 생각이 스쳐 갔다. 뇌가 어떤 모양인지는 알고 있었지만 자신의 머릿속을 들여다보는 경험은 신기했다.

"자각하지 못할 만큼 약하게 지나갔다고 해도 뇌졸중의 경우에는 흔적이 남는데, MRI상으로는 깨끗합니다. 다행히도 뇌졸중과는 무관한 것 같습니다."

긴장이 풀린 수인은 머리가 핑 도는 느낌에 손바닥으로 얼굴을 감쌌다. 환자들이 흔히 보이는 반응이라는 듯 설명을 잇는 외과의의 목소리는 예사로웠다.

"그래도 심전도 검사도 할 겸 오늘 하루 정도는 입원해서 관찰해 보는 편이 좋을 것 같습니다. 별다른 이상 없으면 내일 오전에 퇴원하시는 걸로 하고요."

더 심각한 상황을 상상했었던 수인은 순순히 입원에 동의했다.

그 밤, 수인은 잠들지 못했다. 주기적으로 혈압을 재는 간호사의 움직임, 가슴에 붙인 패치와 손가락 끝에 연결한 심전도 검사 기기가 삐삐거리며 내는 소음 때문이 아니었다. 잊으려고 애썼고, 그래서 잊었던 지난 몇 년간의 병원 생활이 떠오른 탓이었다. 묻어 두었던 엄마에 대한 기억도 함께였다.

병실 창문 너머로 보이는 하늘이 어둠에 잠식되었다. 지긋지긋하던 병원 냄새가 어둠에 섞여 그녀의 곁을 떠나지 않았다. 문득 혼자라는 사실이 새삼스레 몸을 짓눌렀다.

　다음 날 아침, 병실을 찾은 신경외과의가 어제와 같이 덤덤한 태도로 관찰 결과를 알려 주었다.

　"예상대로 심장도 정상입니다. 혹시 최근에 극단적인 식단 조절을 하지는 않았습니까? 아니면, 극심한 스트레스를 받는 상황을 겪었다든가요."

　"둘 다 아니에요. 스트레스가 심하던 시기가 있긴 했지만, 요즘은 크게 신경 쓰이는 일 없어요."

　"뇌라는 녀석은 우리가 짐작하는 것보다 더 까다롭고 예민하고 이해하기 힘든 친구죠. 오늘 받은 스트레스를 오늘 터트리게 만들기도 하지만, 때로는 머릿속에서 완전히 지웠다고 생각했던 오래전 일을 아주 작은 도화선 하나만으로도 튀어나오게 하니까요. 어쨌든, 지금 상태는 특별히 걱정할 게 없다고 봐도 좋아요. 혹시라도 이상 징후가 나타나면 그때 다시 봅시다."

　의사는 균형 잡힌 식단과 규칙적인 운동을 권하고는 병실을 떠났다. 공포로 떨었던 시간들이 무색하리만큼 간단한 처방이었다. 수인은 조금 멍한 얼굴로 병원에서 나와 택시를 잡아탔다.

　현관문을 열자 베란다를 통해 들어온 아침 햇빛이 거실 창틀에 닿아 있었다. 만 하루 만이었다. 그런데도 아주 오랫동안 집을 떠나 있다가 돌아온 기분이었다.

　낯선 공간에 들어선 것처럼 한동안 멍하니 서 있다 문득 정신을 차린 수인은 허리를 굽혀 바닥에 나뒹구는 머그잔과 책을 집어 들었다.

말라 버린 커피 자국을 닦아 내고 갈색 얼룩이 진 눅눅한 티셔츠도 빨래 통에 집어넣었다. 그런 뒤 거실 창을 활짝 열어 놓고 욕실로 들어가 병원 냄새를 씻어 냈다.

창문 앞에 앉아 무릎에 얼굴을 기댄 채 어제 벌어졌던 일을 떠올리며 생각에 잠겨 있던 수인이 자리에서 일어섰다. 냉장고로 가 무심코 원두커피 가루가 든 유리병을 꺼내려다 멈칫했다. 화상을 입은 곳이 쿡쿡 쑤셔 오는 것 같았다.

그런 기분을 무시하고서 모카 포트에 커피 가루를 담았다. 두려움 때문에 좋아하는 걸 포기하고 싶지 않았다.

두 손으로 조심스레 커피 잔을 움켜쥔 수인이 책상 앞으로 다가가 노트북을 열었다.

소낙비처럼 아무런 예고 없이 마주쳐야 했던 죽음을 알고 있다. 병에 걸린 화분이 말라 죽듯 서서히 잠식되는 죽음도 지켜봤었다.

죽음은 마치 재난처럼 예상치 못한 형상으로 불시에 찾아온다. 부모의 죽음을 통해 경험한 사실이었다. 하지만 자신의 죽음 역시 현실이 될 수 있다는 걸 실감한 건 어제가 처음이었다.

복잡한 감정을 담은 눈동자가 번역 원고, 손때 묻은 사전들, 좋아하는 책들을 스치고 갔다. 그러다 책상 앞 벽면에 붙여 놓은 버킷 리스트에서 시선이 멈추었다. 그녀가 떠나고 나면 남게 될 일상의 잔재들이었다. 그녀에게는 삶의 조각들이지만 타인에게는 재활용으로 구분될 쓰레기들.

수인은 포털 사이트에 접속해 '상속 전문 변호사'를 입력했다. 별다른 이상이 없다는 진단을 받아 놓고 과민하게 굴고 있는 것 같았지만 언젠가는 하려고 했던 일이다. 이렇게 이른 나이에 하게 될 줄 몰랐을 뿐이지.

"어지간히 겁먹었나 봐, 강수인."

가벼운 투로 중얼거렸지만 잠깐 맛봤던 죽음의 공포는 생각보다 두려운 크기였다.

4장

택시는 나직한 건물들이 대부분인 조용한 구역에 수인을 내려 주었다. 수인은 4층 건물의 3층을 올려다봤다.

'이&도 법률 사무소.'

약속된 11시까지는 30분가량 남아 있었다. 수인은 애매하게 남은 시간을 보내기 위해 건물 1층의 카페 문을 밀었다. 기대 없이 들어섰는데 커피 향이 상당히 좋았다. 벽면 한쪽을 차지한 보드게임 역시 커피 향만큼이나 인상적이었다. 법률 사무소에서 근무하는 사람들과 의뢰인들이 주 고객층일 텐데. 게임이라도 하면서 잠시 복잡한 머리를 식히라는 의미인가.

커피를 주문한 수인이 게임 박스를 가리켰다.

"저기 있는 게임들 가지고 놀아도 되는 건가요?"

"네. 가실 때 제자리에 정리만 해 주시면 돼요. 여기 주문하신 아메리카노 나왔습니다."

수인은 숄더백을 추슬러 올리고는 조심스레 쟁반을 들었다. 왼팔의 힘을 거의 되찾았다. 그런데도 물건을 들 때면 저도 모르게 반사적으로 몸에 힘이 들어갔다.

그녀가 좋아하는 창가 자리에는 이미 덩치 큰 남자가 앉아 있었다. 수인은 입구 쪽에 자리를 잡았다. 테이블에 쟁반을 내려놓고 벽면 장식장에 놓인 게임 종류를 훑었다. 브루마블, 젬블로, 젠가……. 그중 수인의 눈길을 사로잡은 건 알파벳 조각이 담긴 천 주머니였다. 무작위로 뽑은 조각들로 가장 긴 단어, 가장 짧은 단어, 혹은 가장 많은 단어를 만드는 게임이었다.

"진짜 오랜만이다."

선반 위에 놓인 주머니를 집으려던 수인이 "어?" 하고 고개를 갸웃했다. 'ABC'가 수놓인 주머니 옆의 또 다른 주머니에 'ㄱㄴㄷㄹ'이라는 자수가 놓여 있었다. 한글 글자 게임은 처음이었다.

수인은 호기심 어린 눈동자로 얼른 한글 주머니를 집었다. 자리로 돌아가 자음과 모음이 두 쌍씩 들어 있는 주머니 안에 손을 넣어 조각들을 한 움큼 꺼냈다. 그리고 테이블 위에 펼쳐 놓았다.

자음 일곱 개와 모음 세 개. 수인은 열 개의 조각을 움직여 단어를 만들어 가기 시작했다.

만들어 낸 단어를 무너뜨리고 머뭇거림 없이 다시금 조각들을 조합하는 눈동자가 즐거움으로 반짝였다.

글자 놀이에 빠져 있는 그녀의 뒤쪽에 위치한 카페 출입문이 열렸다. 마지막 봄꽃 향기를 머금은 바람이 기분 좋게 목덜미를 쓸고 가자 수인은 미소를 지었다.

석원은 카페 내부를 재빨리 훑었다. 찾을 필요도 없었다. 한적한 카페 창가 구석 자리에 덩치가 곰만 한 녀석이 처박혀 있었다. 야구 캡을 푹 눌러쓴 채였다.

볼품없이 어깨가 처진 강훈을 보며 석원이 미간을 구겼다.

"자식이 안 어울리게."

강훈에게로 걸어가던 석원이 한 테이블에 무심코 눈길을 던졌다. 테이블 위에 놓인 조각들 때문이었다. 간혹 게임을 하는 사람이 있다고 카페 사장이 말하긴 했지만 석원은 한 번도 목격한 경험이 없었다. 지금까지는.

테이블을 스치며 본 단어.

석원은 의아한 얼굴을 했다. 정해진 자음과 모음으로 만들 수 있는 철자는 한정적이라 별 의미 없을 수도 있었다. 하지만 법률 사무소가

밀집한 곳에 위치한 카페의 손님이라면 변호사를 필요로 하는 사람일 거고, 그런 사람이 만든 가족이라는 단어는 무의미하게 보이지 않았다.

젊은 여자가 만든 가족. 연관되어 떠오르는 건 이혼이었다. 하지만 이 건물에는 이혼 전문 변호사가 없는데.

잠시 생각하던 석원은 자신과 관련 없는 일에 금세 관심을 잃고 강훈에게로 향했다. 의자를 빼 앉자 강훈이 뒤늦게 움찔 고개를 들었다.

"죄지었어? 왜 그렇게 놀라?"

"아니…… 그냥."

이가영을 만났던 날 저녁에 보고는 오늘이 처음이었다. 휴학계를 낸 후 본가로 내려간 녀석은 지금껏 부모 품에서 지내다 온 것 같지 않게 낯이 까칠했다.

"그동안 뭐 했어?"

"그냥 집에서 좀 지내다가 템플 스테이도 하고, 등산도 가고 그랬어."

순한 목소리로 대답한 강훈이 쑥스러운 표정으로 고백했다.

"계속 말하고 싶었는데, 그동안 괜찮은 원룸 잘 안 구해진다는 핑계로 미적거리면서 형한테 눌어붙은 거 미안했어. 형은 귀찮았겠지만 나는 형이랑 같이 지내는 게 좋아서 집 찾는 거 더 늦장 부렸어."

"주말에도 얼굴 볼까 말까 했는데도?"

"그래도 나는 그냥 다 좋았어. 외동이라서 그런지 몰라도 나는 형이 진짜 내 친형 같거든. 그리고 나 때문에 신경 쓰게 만들어서 미안했어. 나 사실…… 형이 네 일은 네가 알아서 하라고 선 그어 버릴 줄 알았어."

나름 담담히 말을 꺼내던 강훈이 테이블 모서리를 만지작거렸다. 잠시 석원의 눈치를 보며 망설이다 입을 열었다. 속에만 묵혀 두기에는 답답하고 다른 사람에게는 할 수 없는 얘기라 멍청한 새끼라는 타박을 들을 걸 알면서도 속말을 꺼내는 거였다.

"가영 선배…… 결혼 날짜 잡았대."

석원이 눈썹을 확 구겼다.

"너, 아직도 연락해?"

강훈은 얼른 고개를 저었다.

"친구한테 들었어. 동아리 애들은 나랑 가영 선배 사이에 무슨 일이 있었는지 모르니까 별 뜻 없이 얘기해 준 거야. 형이 양쪽 부모님들한테 연락하고 나서 부모님들끼리 만났나 봐. 결국에는 결혼하는 걸로 해결을 봤다는데, 잘된 일인지 모르겠어. 그 선배 완전 개새끼인데. 가영 선배가 임신한 거 안 순간 지우라고 하고는 잠수 탔었대. 이번 일 있기 전부터 평판 안 좋은 인간이었어. 알면 알수록 완전 쓰레기인데 가영 선배가 왜 좋아했는지 도무지 이해가 안 가."

석원이 실소를 흘렸다. 남자 새끼의 거지 같은 인성은 보이는데, 이가영도 만만찮은 수준이라는 건 안 보이나? 덩치만 컸지 스무 살짜리 어린애가 겪기에는 꽤 힘든 일이었을 거라는 생각에 그동안 나름 말의 수위를 조절했던 석원이 눈매를 가늘게 접으며 마치 총알을 장전하듯 볼 안쪽을 혀로 쓸었다.

"나는, 네가 이가영한테 여전한 호감을 갖고 있는 게 어떻게 가능한 건지 도무지 이해가 안 가는데? 좋아했던 여자의 실체를 인정하기가 싫어? 그런 수준의 여자한테 반했었다는 걸 인정하기에는 자존심이 상해? 저 좋다고 고백한 후배 인생 망가트려서라도 자기 살길 찾으려고 했던 인간이 여전히 걱정돼? 도긴개긴 커플은 자기들끼리 잘 살

테니 네 인생이나 챙기지? 가능하다면 여자 보는 눈도 좀 키우고."

"알아, 바보 같다는 거. 그래도 불행하지는 않았으면 좋겠으니까……."

"진강훈."

"어?"

"미성년을 갓 벗어난 나이라서, 그리고 가족이라서 개입했던 거였어. 하지만 이번 같은 일이 또 벌어진다면 나는 더 이상 관여 안 해. 매번 일 저지를 때마다 뒤치다꺼리해 줄 만큼 가족애가 넘쳐 나지는 않다는 말이야. 머리라는 게 있으면 똑같은 짓을 반복하지는 않겠지만. 알아들어?"

순순히 고개를 끄덕이는 강훈은 영락없는 어린애였다. 석원은 담배가 당겼다. 손끝으로 입술을 문지르는데 테이블 위에 놓인 휴대폰에 문자 메시지가 도착했다. 발신인을 확인한 그가 도로 내려놓으며 물었다.

"복학할 때까지 뭐 하면서 지낼 거야?"

"자격증도 따고, 여행도 하고."

"오늘 일정은?"

"이따가 친구들 만나기로 했어."

"용돈 필요해?"

강훈이 겸연쩍은 얼굴로 사양했다.

"엄마 아빠한테 많이 받았어."

테이블에 올려놓은 휴대폰이 또다시 진동했다.

"형 바쁜데 가 봐야 하는 거 아냐?"

"일어나자. 여행 가기 전에 밥 사 줄 테니까 연락해. 오늘처럼 갑자기 말고 여유 두고."

강훈과 함께 카페를 나가던 석원이 저도 모르게 걸음을 멈췄다. 그의 발길을 붙잡은 건 가방만 놓여 있는 테이블 위의 철자였다. '가족' 이란 단어를 만들었던 조각들이 아까와는 다른 순서로 배열되어 있었다.

석원이 눈을 가늘게 뜨고서 글자를 재차 확인했다.

"형, 왜?"

"아니."

석원은 강훈의 등을 가볍게 밀며 카페를 나섰다.

"가 봐."

"응. 잘 지내, 형."

"맛있는 곳 발견하면 정보 공유해."

강훈이 오랜만에 나이에 맞는 싱그러운 웃음을 지었다.

"알겠어."

야구 캡을 꾹 눌러쓰고 성큼성큼 걸어가는 강훈을 잠시 바라보다 석원은 카페 쪽으로 몸을 틀었다. 출입구 벽면에 비스듬히 어깨를 기대고 팔짱을 낀 채 카페 내부를 주시했다. 또다시 휴대폰이 울렸지만 석원은 움직이지 않았다. 저런 단어를 만들어 낸 사람이 궁금했다.

얼마 지나지 않아 테이블로 다가오는 여자가 보였다. 어떤 사람인지 그저 얼굴이나 한번 보자 싶었던 석원의 눈이 휘둥그레졌다. 투명한 유리 너머의 여자는 얼마 전 강수인이라고 착각했던 한새나였다.

자리를 정리한 뒤 무심히 숄더백을 추스르며 카페 문을 밀고 나오던 여자와 눈이 마주쳤다. 그 순간 여자가 눈을 동그랗게 떴다. 지난번 카페에서 마주친 걸 기억하는 듯한 여자의 반응을 보며 석원은 정말 닮았다는 생각을 또 한 번 했다.

잠시 머뭇하던 여자가 시선을 비꼈다. 그러고서는 엘리베이터 쪽을 향하자 석원이 의외라는 얼굴로 뒤따라 걸었다.

엘리베이터 안에 올라탄 석원은 4층을 눌렀다. 그녀가 누른 건 3층이었다. 석원은 여자에게로 고개를 돌렸다. 아무리 봐도 닮았다. 혹시 강수인이라는 친척이 있지 않냐고 물으려던 그의 눈이 한순간 커졌다. 재빨리 놀란 기색을 지우고는 시선을 거뒀다.

귓가에 꽂은 이어폰을 만지작거리는 움직임에 조금 벌어진 셔츠 사이로 여자의 가슴골이 드러났다. 우윳빛 피부 위에 선명하게 남은 불그스름한 자국도.

찰나였지만 화상을 입은 자국이라고 단언할 수 있었다. 그러자 조금 전 그녀가 만들었던 단어들이 떠올랐다. '가정 폭력'이라는 단어도 자연스레 생각에 추가되었다.

폭력에 노출되었던 피해자에게는 낯선 사람의 관심 어린 시선 역시 폭력이 될 수 있었다. 그래서 휴대폰을 보는 척하며 눈치채지 못하게 곁눈질로 조심스레 관찰했다.

그러다 뭔가 묘한 이질감에 석원은 고개를 갸울였다. 한새나에게서는 가정 폭력 피해자에게서 흔히 볼 수 있는 낯선 이에 대한 경계심이나 두려움 같은 것들이 전혀 느껴지지 않았다.

방금 전 눈이 마주쳤을 때에도 여자의 얼굴을 스쳐 간 감정은 놀라움이었다. 그리고 뒤따라온 건 옅은 난감함. 그건 타인에 대한 경계나 두려움이 아니라 당황스럽거나 멋쩍을 때 보이는 반응이었다.

석원은 미간을 접었다. 뭔가 묘하게 어긋난 것 같은데 그게 뭔지 감이 잡히지 않는 사건 현장을 마주한 기분이었다.

휴대폰에 눈동자를 붙박은 수인이 조심스레 입술을 물었다. 그다지 크지 않은 엘리베이터 내부가 한층 더 비좁게 느껴졌다. 눈에 띄게 큰 그의 체격 탓만은 아니었다. 그의 오해를 풀어 주지 않은 채 모른 척하고 있다는 사실이 마음에 걸렸기 때문이었다.

조금 전 석원과 맞닥뜨렸을 때, 수인은 지난번 마주침보다 더 놀랐다. 마치 그녀를 기다린 듯한 모양새로 서 있던 석원은 셔츠 소매를 걷어 올린 차림이었다. 이곳에서 근무하고 있다는 걸 알려 주는 옷차림에 그의 전공이 법학이라는 기억에 없던 사실을 알게 되었다.

남자와 눈이 마주친 찰나, 인사를 할까 망설여졌다. 하지만 미적거리다 타이밍을 놓쳐 버렸고, 어색함이 더해져 결국 모르는 사람처럼 그를 지나쳐 엘리베이터에 올랐다.

그냥 인사를 할 걸 그랬나. 지금이라도 강수인이라고 밝힐까. 고민하는 사이 끝없이 올라갈 것 같던 엘리베이터가 멈췄다.

3층에서 문이 열리고 한새나가 엘리베이터를 빠져나갔다. 석원은 열림 버튼을 누른 채 기다렸다. 복도를 사이에 두고 두 개의 사무실이 마주하고 있었다. 그녀는 길지 않은 복도를 걸어 '이&도 법률 사무소'로 들어갔다.

버튼에서 손을 뗀 석원은 도연우에게 문자를 보냈다. 진석원을 실은 엘리베이터가 4층을 향해 올라갔다.

[통화 가능해?]

진석원의 문자였다. 업무 시간에 연락해 온 걸 보니 사건과 관련된 일인 듯싶어 도연우는 즉각 전화를 걸었다.

"무슨 일이야?"

— 방금 너희 사무실에 도착한 의뢰인 누구 담당이야? 나한테 전화할 여유 있는 거 보면 이 변 의뢰인가?

뜬금없는 소리에 눈을 끔뻑이던 도연우가 되물었다.

"이 변은 이번 주는 출근 안 해. 컨디션 봐서 다음 주도 그럴지 모르고. 그런데 아직 나도 만나지 않은 내 잠정적 의뢰인이랑은 어떻게 아는 사이야?"

대답을 듣기 전에 노크와 함께 집무실 문이 열렸다. 전화 응대와 서류 처리를 담당하는 직원이 상담인의 도착을 알렸다.

고개를 끄덕여 보인 도연우가 석원에게 상담 후 다시 연락하겠다며 전화를 끊었다. 어떤 관계이기에 진석원이 관심을 보이는지 모르겠지만, 곧 마주할 상담인이 궁금한 건 그 역시 마찬가지였다.

[상담인 강수인 씨. 목요일 오전 11:00 방문 예정. 유언장 작성과 유언 집행 위임에 관한 상담. 법정 상속인이 유류분을 받지 못하도록 제재 가능한 법적 제도가 있는지의 여부 문의. 상속인은 후원 단체 중 한 곳을 지정할 계획.]

직원으로부터 전달받았던 상담 내용이었다. 일반인이 유언장을 작성하는 경우는 드물었다. 죽음을 앞둔 환자 혹은 집안 사정이 복잡한 자산가. 그렇게 유언장 작성을 고려해 볼 만한 상황에 놓인 사람들조차 실제로 유언장을 준비하는 비율은 높지 않았다.

도연우는 휴대폰을 챙겨 일어서며 중얼거렸다.

"범상치 않은 내용이다 싶었는데 석원이도 아는 사람이란 말이지."

상담실 안으로 들어서자 내부를 둘러보던 여자가 눈을 맞춰 왔다. 도연우는 창백할 만큼 피부가 하얗지만 병색이 있어 보이지는 않는 그녀에게 가볍게 머리를 숙여 보였다.

"처음 뵙겠습니다. 변호사 도연우입니다."

"강수인입니다."

"유언장 작성에 관한 상담을 원하신다고요."

자리를 권한 도연우가 맞은편에 앉으며 말했다.

"네. 일단 제가 원하는 것들을 간단하게 적어 봤어요."

수인은 준비해 온 유언장을 건넸다. 유언장의 내용은 몇 줄로 요약할 수 있을 만큼 심플했다.

1. 사망 후 유품은 친구 이지혜에게 보낼 것.

2. 유산은 후원 단체에 기부.

3. 후원 단체가 비리, 횡령, 혹은 후원금 유용과 같은 불법을 저지른 사실이 밝혀졌을 때, 후원금 반환 소송을 맡아 줄 것.

4. 법정 상속인에게는 유류분조차 배분되지 않기를 원함.

도연우는 묘한 표정으로 유언장을 재차 읽었다. 가족 간의 불화나, 사회 환원 등을 이유로 제3자를 상속인으로 지정하는 경우는 종종 접했다. 그러나 그런 유언장에서조차 후원금 반환 소송과 유류분 배제는 보기 힘든 조건이었다.

유언장에서 눈을 든 도연우가 물었다.

"법적인 조언을 드리기 이전에 한 가지 여쭤봐도 될까요?"

"말씀하세요."

"유언장을 작성하시는 특별한 이유라도 있으신가요? 유언장을, 더구나 강수인 씨처럼 젊은 나이에 작성하시는 경우는 극히 드물어서요."

"건강에 문제가 있는지 물으시는 거라면 특별한 질병을 앓고 있지는 않아요. 다만, 사람 일은 모르는 거고 저는 혼자라서 미리 준비해 두는 거예요."

"아, 건강하시다니 다행입니다. 다른 이유는 떠오르지 않아서 혹시나 싶었거든요. 그리고 혼자라고 하셨는데, 정확한 가족 관계가 어떻게 되시나요?"

"부모님은 돌아가셨고 형제도 없어요. 가장 가까운 법적 친족은 외삼촌이고요."

수인의 대답에 도연우는 법정 상속인에게는 유류분조차 배분되지 않기를 원한다는 항목을 짚으며 설명했다.

"우선 외삼촌에겐 유류분 반환 청구권이 없기 때문에 4번 항목은 걱정하지 않으셔도 됩니다."

"아, 그런가요."

노골적으로 안도감을 드러낸 수인이 멋쩍은 표정으로 덧붙였다.

"유언장 내용만 보면 제가 재산이 많을 거라고 착각하실 수도 있는데, 그런 건 아니고요. 남들 보기엔 대단하지 않은 금액이라고 해도 제가 열심히 일해서 모은 돈이고, 그런 돈이 원치 않는 사람에게 가는 건 싫어서요."

"당연한 마음이죠."

도연우는 유언장의 세 번째 항목을 가리켰다.

'후원 단체에 대한 지속적인 감시와 횡령, 비리와 같은 문제가 발생할 경우 기부금 환불 소송 제기.'

"왜 이런 조건을 붙이셨는지는 충분히 이해가 갑니다."

적당한 후원 단체를 고르고, 그렇게 선정한 단체를 신뢰할 수 있다면 언급하지 않았을 요구 조건이었다. 비리를 저지른 후원 단체에 강력한 법적 제재가 가해지지 않아 더욱 불신을 키우게 됐다.

"유산을 기부받은 후원 단체에 문제가 있을 시 기부금을 되찾아 온다는 조항은 상식적으로는 당연한 요구이긴 하지만 한편으로는 실행하기 까다로운 조건이기도 합니다. 개인이 횡령을 했고 그에 대한 구체적인 증거가 있는 상황이 아니라면요. 그런데 어디까지가 개인이 쓴 돈이고 어디까지가 후원 활동에 들어간 돈인지 그 경계를 명확히 구분하는 게 단체 특성상 쉬운 일이 아니거든요."

예상했던 말이라 수인은 별다른 반응 없이 귀를 기울였다.

"거기다 개인이 단체를 상대로 승소하는 건 어느 분야든 아주 힘들어요. 정확하게 표현하자면 고소는 쉽지만 만족할 만한 결과를 얻는 건 어렵다고 봐야 하죠."

"네, 저도 알고 있어요. 제가 변호사님께 바라는 건, 신중하게 선택 했는데도 불구하고 불미스러운 일이 생길 경우, 그때는 변호사님께서 법적으로 할 수 있는 모든 수단과 방법을 가리지 않고 조치를 취해 주 셨으면 한다는 거예요. 승소할 확률이 낮다는 이유로 시도조차 하지 않는 건 더 억울할 것 같거든요."

깍지 낀 양손을 테이블 위에 올린 채 진지하게 듣고 있던 도연우가 질문했다.

"이해합니다. 그런데 강수인 씨가 원하시는 대로 유언이 집행되려 면 변호사에 대한 절대적인 신뢰가 전제 조건이 될 텐데요. 저를 선임 하고 싶을 만큼 믿음을 드렸나요?"

수인은 엷게 미소 지었다. 도발하듯 물어 오는 태도가 도리어 그에 대한 신뢰를 주었다.

"아는 법조인이 없어서 막연하게 인터넷에 검색하다가 이곳을 알 게 되었어요. 블로그 글을 보니 의미 있는 사건들을 꽤 맡으셨더라고 요. 부부가 함께 일하시는 것도 인상적이었어요. 그리고 전 변호사님 이 정직하고 성실하신 분인 것 같다는 인상을 받았어요."

아는 법조인이 없다? 석원과 관련 있는 사람인 줄 알았던 도연우는 진석원 혼자 일방적으로 알고 있는 사이라고 정정했다. 아니면 직업 같 은 건 모를 만큼 얄팍한 사이든지. 두 사람의 관계가 더욱 궁금해졌다.

잠시 딴생각에 빠진 그에게 수인이 웃음기 어린 말투로 덧붙였다.

"하지만 그건 제 느낌일 뿐이고 확신할 수는 없는 일이라 운에 맡겨야겠죠. 그래도 만약의 경우를 대비해서 제 나름대로 소소한 복수를 마련해 놓기는 했어요."

도연우가 흥미롭다는 얼굴로 물었다.

"어떤 복수요?"

"유언장에 적힌 이지혜라는 친구가 전직 언론사 기자예요. 지혜 성격상 도연우 변호사님에 대한 기사가 나갈 거예요. 큰 피해를 주지는 못하더라도 지속적으로 곤란하게 만들 수는 있겠죠."

"이거, 무서워서라도 성실하고 정직하게 임해야겠는데요."

진지한 말과는 달리 눈동자가 장난기를 품고 있었다.

"유언장은 후원 단체를 지정하신 후에 이대로 작성하시면 됩니다. 그리고 아시겠지만, 유언장의 내용은 언제든 변경 가능하니까 나중에 결혼하셔서 가족을 갖게 되면 그때 다시······."

"아뇨. 결혼은 생각지 않기 때문에 상속인이 가족이 될 일은 없을 거예요."

"아, 그러시군요."

도연우는 결혼 계획이 없다는 말을 큰 무게감 없이 받아들였다. 생각이야 바뀔 수도 있는 거고, 유언장 또한 언제고 다시 작성할 수 있는 거였다. 마음이 바뀌어 아예 유언장 자체를 없앨 수도 있고.

수인이 가방을 챙겨 들며 인사했다.

"후원 단체 결정해서 다시 연락드릴게요."

도연우는 상담인에서 의뢰인으로 바뀐 강수인을 사무실 문 앞까지 배웅했다.

엘리베이터에 올라탄 수인은 조금 전 이 공간에 함께 있었던 석원을 떠올렸다. 짧았던 대학 생활은 몇몇 단편적인 장면 외에는 남아 있는 것이 없었다. 석원에 대한 기억은 어린 시절을 영국에서 보내 원어민처럼 영어가 유창하고, 눈에 띄는 외모 덕분에 인기 있었던 사람이라는 것 정도였다. 그리고 좀 건들거리고 약간 뻔뻔한 성격이었던 것도 같고. 그래서인지 책상 앞에 진득하게 붙어 있어야 하는 고시생이었다는 게 잘 상상이 되지 않았다.

업무를 처리하다 내려온 건지 적당히 느슨해진 넥타이와 셔츠 소매를 걷어 올린 모습이 지난번 카페에서 봤던 미끈한 슈트 차림만큼이나 잘 어울렸다.

"잘생기긴 했으니까."

건물을 나선 수인은 귀에 이어폰을 꽂았다. 걷기 좋은 날씨였다. 숄더백을 추스르며 걸음을 떼다 문득 멈춰 서서 건물을 올려다보았다. 수인의 시선이 닿는 곳은 방금 나온 3층이 아니라 4층이었다. 법률 사무소 숲.

유언장을 여러 번 수정할 일은 없을 거다. 그래도 도연우 변호사를 선임한 이상 어쩌면 또 한 번쯤은 마주칠지도 모르겠다는 생각이 스쳤다. 그때도 모르는 척하는 게 나으려나.

강수인을 배웅한 도연우는 진석원에게 연락을 취했다. 통화 중이라 문자를 보내 놓고 책상 위 서류를 앞으로 끌어왔다. 채 페이지를 펼쳐 보기도 전에 짧고 단호한 노크 소리와 함께 문이 열렸다.

"통화 중이더니 금방 내려왔다? 이러니까 더 궁금해지잖아. 대체 무슨 관계인 거야?"

"의뢰 맡기로 했어? 변호사 찾아온 이유가 뭐야?"

의자 등받이에 몸을 기댄 도연우가 질문을 되돌렸다.

"대답은 너부터 해야지. 어떻게 알고 있는 거야? 아는 변호사 없다는 거 보면 그쪽은 너 잘 모르는 것 같던데."

"모르겠지. 아무 사이도 아니니까."

당연히 믿기 힘든 대답이었다.

"아무 사이도 아니면서 왜 궁금해하는 건데?"

"아는 사람과 놀라울 정도로 닮았어. 조금 전 카페에서 철자 놀이 하면서 만들어 낸 글자도 무슨 사연일까 궁금할 만큼 눈길을 끌었고."

석원이 책상 끝에 걸터앉으며 팔짱을 꼈다. 그러고는 대답을 재촉했다.

"그래서 사유가 뭐야?"

"겨우 그 정도 이유만으로 네가 이런 반응을 보인다고? 누굴 닮았는데? 대체 어떤 단어를 만들었기에 그래?"

"족가."

"뭐?"

도연우의 눈이 휘둥그레졌다. 좆까? 순간적으로 이 자식이 왜 욕을 하나 싶어 황당해하다가 금세 그럴 이유가 없다는 결론을 내렸다.

도연우의 얼굴에 스쳐 가는 표정 변화를 지켜보던 석원이 입술을 휜 채 검지와 중지를 들어 올렸다.

"가족."

그러고는 손가락으로 글자를 뒤집는 제스처를 해 보였다.

도연우는 석원을 매섭게 노려보았다. 처음부터 그렇게 말을 해 주면 될 것이지. 시간 좀 끌었다고 자식이. 동시에 그런 단어를 만들 수밖에 없었던 수인의 상황이 새삼 떠올랐다.

"너한테 온 걸 보면 이혼 소송은 아닐 테고."

도연우가 의뭉스러운 얼굴로 어깨를 으쓱였다.

"글쎄다."

"내용 다 풀라는 것도 아니고 상담 사유만 묻는 거잖아. 별것도 아닌 걸로 왜 이렇게 뜸을 들여."

"네가 안달 내는 모습을 보는 게 즐거워서."

싱글거리는 도연우를 내려다보던 석원이 거부할 수 없는 미끼를 던졌다.

"엑스박스 원XBOX one 한정판 넘길 테니까 불어."

도연우가 의자 등받이에서 벌떡 상체를 일으켰다.

"알지도 못하는 사람 사연이 궁금해서 그걸 넘기겠다고? 야, 너 궁금증도 그 정도면 심각한 단계야."

도연우의 호들갑에 석원이 눈썹을 추켜올렸다. 어떻게 안 궁금할 수가 있는데. 가슴에 상처를 단 채 변호사를 찾아왔으면서 한가하게 글자 놀이를 하는 사람이 어떻게 안 궁금해. 게다가 그렇게 만들어 낸 글자가 좆까 같은 족가인데. 무엇보다 강수인을 빼닮았는데.

"그래서 알려 주기 싫다고?"

도연우가 안경 속 눈동자를 반짝이며 물었다.

"내일 출근하는 길에 갖다줄 거야?"

석원이 고개를 까딱이자 도연우의 입에서 즉각 대답이 나왔다.

"유언장 작성."

도연우의 사무실에 들어온 이후 석원이 처음으로 놀란 감정을 드러냈다. 그러자 도연우가 얼른 설명했다.

"다행히도 큰 병이 있거나 한 건 아니래. 단어 만든 거 보고 너도 짐작했겠지만 가족사가 복잡한가 봐. 유산 전액을 후원 단체에 기부하고 싶어 해. 잡음 없고 재정 관리 투명한 후원 단체를 선정한 뒤에 다시 연락 준다고 했어."

"그게 다야?"

"상담 목적은 그게 다였어."

우윳빛 피부 위의 붉은 얼룩을 떠올린 석원이 재차 물었다.

"폭력이나 협박을 당했다는 얘기는 없었고?"

"폭력?"

"한새나 씨가 가족이 아닌 후원 단체에 유산을 기부하겠다는 내용의 유언장을 작성할 만큼 가정 폭력에 노출된 상황이냐고. 그런 얘기는 아예 안 해?"

"뭐?"

어리둥절해하는 도연우의 반응에 석원은 화상 자국의 원인이 단순한 사고라고 짐작했다. 그게 아니라면 유언장까지 작성해 변호사를 찾아온 사람이 피해 사실을 감출 이유가 없었다. 한새나에게서 가정 폭력에 노출된 피해자의 특징이 느껴지지 않던 것이 이해가 되었다.

갑작스레 종잡을 수 없는 방향으로 흘러가 버린 대화에 도연우가 의아한 기색을 감추지 않았다.

"왜 갑자기 엉뚱한 소리야. 폭력은 뭐고, 한새나는 또 누군데?"

"……뭐?"

도연우의 반문에 석원의 팔짱이 툭 풀렸다. 크게 한 방 맞았다는 표정이었다. 커졌던 두 눈을 다시 가늘게 접은 그가 한 손으로 책상 위를 짚은 채 도연우에게로 바짝 몸을 기울이며 물었다. 질문이 아니라 확신 어린 어조였다.

"강수인. 네 상담인 강수인이지?"

위압적인 태도에 저도 모르게 고개를 뒤로 뺀 도연우가 얼떨떨한 목소리로 되물었다.

"여태까지 강수인 씨 얘기 한 거 아니었어? 뜬금없이 한새나라는 이름은 어디서 튀어나온 건데? 우리 지금까지 서로 다른 사람 얘기하고 있었던 거야?"

도연우의 연달은 질문에도 석원은 눈을 내리깐 채 대꾸하지 않았다. 한동안 딴생각에 빠져 있던 그가 미간을 구기며 머리를 쓸어 넘겼다. 황당했다.

처음 카페에서 다가가 알은척했을 때 분명 '강수인'이라고 이름을 언급했었다. 그런데도 아닌 척했다. 조금 전 엘리베이터에 함께 탔을 때도 강수인은 그가 자신을 '한새나'로 착각하고 있다는 사실을 알면서도 오해를 풀어 주지 않았다.

석원은 어이가 없어 실소를 흘렸다. 강수인에게 이런 취급을 받을 만한 일을 저지른 기억이 없었다. 동아리방에서 말을 나눈 횟수도 손꼽을 정도였다. 해프닝이 하나 있긴 했지만.

그에게는 드물게 쪽팔렸던 순간이고, 당황해하던 수인은 별것 아닌 일처럼 넘어가 주었다.

'선배가 멋대로 그런 게 아니라 오해한 거니까…… 괜찮아요.'

그렇게 말하고 끝난 일이었다. 그래 놓고는.

도연우가 생각에 잠겨 있는 석원의 팔을 툭 쳤다.

"너 왜 나까지 궁금하게 만들어?"

"닮은 사람인 줄 알았는데 동일인이었어. 한새나는 강수인 필명."

"필명? 강수인 씨 작가였어?"

"직업도 몰라?"

"오늘은 상담만 하고 갔으니까."

"작가보다는 아마 번역 쪽이지 않을까 싶은데."

"대체 강수인 씨랑은 무슨 관계인데?"

"10년 만에 마주친 대학 동아리 후배. 연락처 좀 줘 봐."

석원이 휴대폰을 내밀자 도연우가 얼른 등받이 쪽으로 몸을 물렸다.

"상담인의 개인 정보를 동의도 없이? 변호사 윤리 지키면서 삽시다, 우리. 대학 후배면 연락처 정도는 알아낼 수 있잖아? 아, 그게 가능했으면 나한테 물어보지도 않았겠구나."

안경 속 도연우의 눈동자가 신난 아이처럼 반짝였다.

"그런데 다른 사람이라고 착각했던 이유가 뭐야? 아는 변호사 없다고 하던데, 그럼 강수인 씨는 너 못 알아본 거야? 10년 만에 마주친 대학 동아리 후배한테 이렇게까지 관심 가지는 이유가 뭔데? 오— 혹시 둘 사이에 뭔가 있었어?"

자신의 반응을 보려고 도발하는 도연우를 내려다보던 석원이 책상에서 몸을 일으켰다. 기본적으로 도연우는 모범생이었다. 그런 그에게서 의뢰인의 신상 정보를 얻어 내기는 어려울 터였다.

"계약서 쓰러 언제 들른대?"

"그야 강수인 씨 마음이지."

"다시 오면 연락 줘. 연락처가 아니라 연락만 하라고."

"그 정도야 해 주지."

문을 열고 나가는 석원의 등에다 대고 도연우가 다정하게 덧붙였다.

"진 변호사님, 내일 아침에 엑스박스 원XBOX one과 함께 뵙겠습니다."

가운뎃손가락을 들어 보이며 도연우의 집무실을 나온 석원은 미간을 잔뜩 구긴 채였다.

"내가 뭘 어쨌다고."

아무리 생각해도 어이가 없었다. 강수인에게 왜 이런 대우를 받는지 모르겠다.

답답했지만 사유를 알기 위해서는 당사자에게 직접 물어보는 방법밖에 없었다. 언제 다시 만날지도 모르는데 마냥 기다리는 건 석원의 성미에 맞지 않았다. 강수인의 연락처를 알아낼 방법이 없을까?

1층에 멈춰 있는 엘리베이터를 기다리는 대신 비상구 문을 열었다. 두 계단씩 빠르게 오르다 불현듯 떠오른 기억에 우뚝 섰다. 석원은 휴대폰으로 출판사를 검색해 전화를 걸었다.

"대체 내가 뭘 어쨌다고."

발신음이 한참 울린 뒤에야 전화가 연결되었다.

— 네, 나무 북스입니다.

"진석원이라고 합니다. 이성호 팀장님과 통화 가능한가요?"

— 무슨 일이신가요?

"번역 작업 때문에 문의드릴 게 있습니다."

— 네, 잠시만요.

오래 기다리지 않아 이성호의 목소리가 들려왔다.

— 이성호입니다. 성함이 기억에 없는데, 어떤 작업을 말씀하십니까?

"한새나 번역가에게 맡기고 싶은 원고가 있어 연락드렸습니다. 번역가분과 직접 얘기 나누고 싶은데 연락처를 알 수 있을까요. 필요하시면 제 신분 확인해 드리겠습니다."

— 신분 확인을 떠나서 그 사람을 왜 여기서 찾는 겁니까?

이성호의 대꾸에 석원은 강수인이 번역가일 거라던 자신의 짐작이 맞는다는 걸 알았다.

"한새나 씨와 나무 북스 간에 계약이 오간 걸로 아는데요."

— 우리랑 계약했다고 그래요? 웃기는 여자네.

남자의 비릿한 말투에 석원의 눈에 저도 모르게 날이 섰다.

— 연락처 묻는 거 보니까 그 여자한테서 직접 들은 건 아닌 것 같고. 어떤 경로로 그런 얘기를 들으셨는지는 모르겠지만, 사람이 영 불성실한 것 같아서 우리 쪽에서 계약 거절했어요. 생초짜 주제에 이것저것 따지고 고르고. 어찌나 피곤하게 구는지. 여하튼 그쪽도 가능하면 그 사람한테 작업 안 맡기는 게 좋을 겁니다.

목적을 위해 석원은 혀끝에서 맴도는 말을 삭였다.

"그건 알아서 할 테니까 연락처만 알려 주시죠."

— ……이거 봐요. 사람이 기껏 생각해서 조언을 해 줬으면……
됐고, 전화번호든 메일이든 다 삭제해 버렸으니까 연락하려면 그쪽이
직접 알아내서 하시든가.

"거절은 강수인이 했겠지. 강수인이 왜 계약을 원치 않았는지 이해
가 가네."

— ……지금 뭐라고 했어? 당신 뭐 하는 사람…….

한순간에 격앙돼 뻔한 소리를 내뱉는 남자의 말을 더 이상 듣지 않
고 전화를 끊었다.

강수인이 불성실해?

사람은 변한다. 취향이나 입맛처럼 시간이 만들어 낸 자연스러운
변화 외에 성격이나 가치관이 변하기도 한다. 하지만 본성은 변하기
어렵다. 변했다고 느껴지는 건 미처 보이지 않았던 단면이 수면 위로
떠오른 것일 뿐이지. 불성실과 강수인은 매치하지 않는 단어였다.

"첫 미팅 때부터 지각하던 새끼답네."

이로써 도연우가 연락을 줄 때까지 기다리는 것밖에 다른 방법이
없었다.

석원은 물기가 남아 있는 앞머리를 툭툭 턴 뒤 냉장고에서 맥주 한
캔을 꺼내 들고 소파에 걸터앉았다. TV 리모컨을 누르자 조용하던 실

내에 와아— 함성 소리가 퍼졌다. 눈에 띄게 따가워진 햇볕에도 관중석은 빈자리가 없었다. 부지런히 야구장을 메운 팬들을 쭉 훑고 간 카메라가 마운드에 올라선 투수를 비추었다.

"웬일로 선발로 세웠지?"

TV 볼륨을 올린 뒤 막 배달된 따끈한 프라이드치킨 박스에서 다리 하나를 꺼내 한 입 베었다. 잘 튀겨졌는지 바삭, 소리만큼이나 껍질이 고소했다. 쫄깃하고 촉촉한 다릿살을 한 입 더 베어 물고 맥주로 목을 축였다. 모처럼 여유로운 주말이라 시원하게 넘어가는 차가운 맥주가 유난히 달게 느껴졌다.

퍽퍽한 가슴살을 손끝으로 툭툭 건드려 옆으로 치우고는 날개를 집었다. 석원은 즙이 배어나는 쫄깃한 살을 씹으며 경기에 집중했다.

포수에게 고개를 까딱인 투수가 와인드업을 하는 찰나 휴대폰이 울렸다.

'김희찬'

발신자를 확인한 석원은 벨이 울리도록 놔둔 채 투수의 투구 폼을 주시했다. 보나 마나 결혼식 하객으로 누구누구가 참석했다느니, 술 마시러 갈 건데 정말로 안 올 거냐느니, 뭐 그런 시시껄렁한 얘기일 거다.

벨 소리가 끊기고 곧 메시지가 도착했다.

[너 지금 내 전화 무시하면 후회할 텐데?]

뒤이어.

[나는 경고했다.]

소소한 일로도 자주 연락을 해 오고 실없는 소리도 잘하는 녀석다운 내용이었다. 휴대폰에서 TV 화면으로 눈길을 돌리자 버거운 타자를 거르겠다는 심산인지 투수가 노골적으로 볼을 던지고 있었다. 정면 승부만이 승부인 건 아니지만 아쉬운 결정이었다.

남은 다릿살로 손을 가져가던 석원이 또다시 울리는 벨 소리에 고개를 저었다. 오늘따라 유난이다. 휴대폰으로 손을 뻗다 기름기가 묻어난 손부터 닦았다.

"나 계속 쑤실 만큼 재미가 없으면 차라리 집에나 가."

— 진석원아.

희찬의 목소리 뒤로 사람들의 웅성거림이 들렸다.

— 너 여기 와야겠는데?

"용건이 그것뿐이면 끊어."

— 형님 말 안 들으면 후회할 텐데.

손으로 송화구를 감싼 건지 방금 전보다 조금 더 크게 들리는 희찬의 목소리에 어쩐지 웃음기가 묻어났다.

"야구 보는 중이야. 끊어."

— 내 눈앞에 강수인 있다.

편하게 늘어져 있던 소파에서 벌떡 등을 뗀 석원이 다시금 풀썩 몸을 묻었다. 이렇게 쉽게? 이렇게 황당한 우연으로?

"무슨 소리야. 강수인이 영식이 결혼식에 하객으로 왔다고?"

— 에이, 설마. 그건 너무 드라마틱한 우연이지. 다른 홀 예식에 참석한 것 같던데? 애들 몇이랑 2차 어디 갈까 얘기하고 있는데 아는 얼굴이 보이잖아. 나도 깜짝 놀랐다.

석원은 TV 화면에서 눈을 떼지 않은 채 심드렁하게 대꾸했다.

"비슷한 사람 보고 착각한 거겠지. 내가 인상착의 설명해 줬을 때도 누군지 금방 못 떠올렸으면서 단번에 알아볼 리가 없잖아."

― 그야 사진 안 봤으면 나도 못 알아보고 그냥 지나쳤겠지.

석원이 리모컨 버튼을 눌렀다. 한순간에 정적이 찾아들었다.

"사진?"

― 그날 너랑 통화하고 나서 혹시나 싶어 대학 시절 사진들 뒤적였더니 한 장 나오던데? 어쩌다 프레임 안에 들어온 거라 좀 작기는 하지만 얼굴은 알아보겠더라고. 대학 때랑 하나도 안 변했어.

"지금 뭐 하고 있어?"

― 2차 얘기 중이라고 했잖아.

"너 말고 강수인."

― 하객들 사이에 서 있는데? 신랑 신부 웨딩 카 타러 나오는 거 기다리는 것 같아.

"잡아 놔."

― 뭐?

"나 도착할 때까지 잡고 있으라고."

― 내가 무슨 수로. 뭐, 그래도 노력은 해 보마.

서둘러 전화를 끊고는 테이블 위의 차 키를 낚아채 튀어 나갔다. 때마침 도착한 엘리베이터에 올라탄 뒤 초조하게 계기판을 바라보다 피식 웃어 버렸다. 명함이든 연락처든 아무거나 하나 받아 놓으라고 하면 될 걸 굳이 이렇게까지 해야 하나 싶었지만, 그런 생각이 무색하게도 석원은 엘리베이터에서 내리자마자 승용차를 향해 달려가고 있었다.

신랑이 교포라 캐나다에 신접살림을 차리는 데다, 예식을 마치고 곧장 출국하는 터라 신혼부부를 향한 하객들의 덕담이 길어지고 있었다. 활짝 웃으며 일일이 답인사를 하던 새 신부 지혜가 수인을 와락 끌어안았다.

"꼭 놀러 와야 해, 꼭."

"간다고 했잖아. 꼭 갈게."

"너 혼자 두고 가는 거 같아서 정말이지 속상해."

언제나 에너지 넘치던 목소리에 울음이 가득했다. 덩달아 코끝이 아려 와 수인은 입술을 꾹 물고 지혜의 등을 토닥였다.

"이러다 비행기 놓치겠다. 다시 못 볼 사이도 아니고. 참 유난이다."

연신 시간을 확인하면서 초조해하던 지혜의 엄마가 더 이상 참지 못하고 뾰족한 목소리로 재촉했다.

불화가 심한 모녀는 결혼식 날에도 신경전을 벌였다. 차갑게 눈꼬리를 세우던 지혜가 그러지 말라는 듯 슬쩍 고개를 흔드는 신랑을 보며 말을 삼켰다.

"약속 지킬 테니까 얼른 차에 타."

"도착해서 전화할게."

차에 올라타던 지혜가 전화하는 시늉을 했다. 덕담을 하며 손을 흔드는 하객들을 뒤로하고 웨딩 카가 서서히 속력을 냈다.

더 이상 웨딩 카가 보이지 않자 몰려 있던 하객들이 순식간에 흩어졌다. 감정이 교차하는 얼굴로 자리를 지키고 서 있던 수인에게 누군가 말을 걸어왔다.

"실례지만, 강수인 씨 맞죠?"

고개를 돌리자 인상 좋은 남자가 싱긋 미소를 지어 보이며 다가왔다.

"나 누군지 기억 안 나죠?"

"네."

"거의 10년 정도 지났으니 기억하는 게 신기한 거겠죠. **대 영어 스터디 동아리 김희찬입니다. 그때 나는 군대 막 제대한 복학생이었고 강수인 후배님은 1학년이었죠."

남자의 소개에 수인의 눈이 커졌다. 좀 어이가 없었다. 대학을 다니긴 했지만 한 학기를 채 못 채우고 그만두었다. 학교를 떠난 후로 과 동기와도 스쳐 지나간 적조차 없었다. 그런데 몇 번 나가지도 않은 동아리의 선배들과 연달아 마주치고 있었다. 이러다가는 또 누군가가 불쑥 튀어나와 알은척을 해도 놀랍지가 않을 것 같았다.

수인의 표정을 살피며 희찬이 물었다.

"그래도 모르겠어요?"

"오래되기도 했고 별로 활동한 것도 없어서요."

"동아리 들고 싶다면서 처음 찾아왔을 때 내가 맞아 줬는데. 그때 내가 커피도 뽑아 줬어요. 볼 때마다 이어폰 끼고 있어서 음악 좋아하냐고 물어도 봤었고."

희찬이 "아, 그리고."라며 추억의 편린들을 열심히 끄집어냈다.

"나한테 석원이 영국에서 체류한 경험 있는지, 얼마 동안이나 있었는지 물어봤었는데. 그 녀석 영국식 발음도 멋있고 사용하는 어휘가 고급스러워서 부럽다고. 아, 석원이는 기억나요? 진석원. 원래 동아리 관심 없었는데 나 때문에 종종 나왔던."

희찬이 그의 머리 위쪽으로 손을 들어 보였다.

"키 이만하고."

"⋯⋯알아요, 누군지."

"역시 진석원은 누구한테나 기억되는 녀석이구나. 늘 있는 일인데
도 매번 부럽네요."

자존감이 높은 사람인지 부럽다는 말을 하면서도 미소 짓고 있었
다. 기억나지는 않지만 아마도 좋은 선배였을 것 같다. 수인은 숄더백
을 추스르며 가 보겠다는 표시를 냈다.

"만나서 반가웠습니다. 그럼⋯⋯."

"이것도 인연인데 연락처 교환할까요? 아, 다른 뜻이 아니라 내가
동아리 모임 회장을 맡고 있거든요. 정기적인 건 아니지만 마음 맞는
사람들끼리 가끔 모이는데 수인 씨도 시간 날 때⋯⋯."

"저는 동창회에 잘 참석하지 않아서요."

"아⋯⋯ 그렇구나. 잠시만요."

희찬이 지갑을 꺼내 명함을 건넸다. 석원이 제때 도착하기는 어려
울 터였다. 하는 데까지 해 보고 안 되면 어쩔 수 없지.

"연락처 주는 거 부담스러우면 내 것만이라도 가져가요. 사람 일은
또 모르는 거니까."

명함을 받아 든 수인은 조금 망설이다 휴대폰 번호를 불러 주었다.
명함을 받아 놓고 그냥 가기에는 마음이 불편했다.

희찬이 '동아리 후배 강수인 씨'라고 저장하고는 씩 웃었다.

"그런데 실례가 안 된다면 무슨 일 하는지 물어봐도 될까요?"

"번역하고 있어요. 영한 번역이요."

"오— 역시 전공 살렸네요. 다들 영어에 관심 있어서 동아리에 들
어오기는 했지만 강수인 씨는 좀 독보적이다 싶었는데. 물론 개중에는

석원이가 목표인 애들도 있었지만요. 혹시 출간된 작품도 있어요?"

"아직 기회가 없어서 출판 번역 경험은 없어요. 얼마 전까지 무역 회사에서 근무하다가 프리랜서로 전향한 지 얼마 안 됐거든요."

"어, 그래요? 그럼 내가 출판사 소개해 줄까요? 실력 좋은 편집장 님이 있는 꽤 탄탄한 출판사예요."

석원의 부탁에 억지로 붙잡아 둔 것 같아 미안한 마음도 있었지만, 영어 벌레 강수인은 어떤 식으로 번역을 뽑아내는지 보고 싶기도 해 서 하는 제안이었다.

"저는 소개해 주시면 감사하죠."

생각지 못한 말에 놀란 수인이 얼떨떨한 표정으로 대답했다.

"혹시 비블 출판사라고 들어 봤어요?"

"네."

"거기 편집장님이 제 사촌 누나예요."

수인의 눈이 또 한 번 커다래졌다.

"수인 씨 얘기 해 놓을게요. 유능한 편집자랑 같이 일하게 되면 배 우는 게 많을 겁니다."

"감사합니다."

"감사 인사는 계약서에 사인하고 나면 받을게요. 그리고 능력 있는 번역가 소개해 주는 건데 누나가 저한테 고마워해야죠."

수인이 설핏 웃었다.

"저 잘 모르시면서 제 실력에 대해 너무 확신하시는 거 아니에요?"

"오래전이라 정확한 표현은 떠오르지 않지만 석원이가 그랬거든 요. 수인 씨 어휘 실력과 문장력에 많이 놀랐다고요. 바이링구얼인 석원이를 놀라게 한 실력이면 믿을 만하죠. 더구나 누군가를 칭찬할 때 전자저울로 잰 듯이 더하지도 덜하지도 않는 녀석이 한 말이니까요. 그리고 내가 본 것도 있고요."

진석원이 그런 말을 했을 줄은 몰랐다. 어색한 표정을 하던 수인이 고개를 살짝 숙여 보였다.

"만나서 반가웠습니다. 그리고 신경 써 주셔서 감사합니다."

"이 정도 가지고 뭘요. 앞으로 자주 보게 될지도 모르겠는데요? 다음에 기회 되면 또 봐요."

희찬이 웃으며 손을 들어 올렸다. 호텔 정원을 걸어 내려가기 시작한 수인을 잠시 바라보다 석원에게 전화를 걸었다.

"어디쯤이야?"

— 호텔 정문 앞. 강수인은?

"지금 막 헤어졌어. 더 이상 붙잡을 거리도 마땅찮고. 그래도 연락처는 교환했다."

— 어느 쪽으로 갔어?

"호텔 정문 쪽으로 걸어가고 있어. 너 이왕 온 거……."

말하는 도중 뚝 끊겨 버린 휴대폰을 내려다보며 희찬이 중얼거렸다.

"대체 둘 사이에 무슨 일이 있었던 거야……?"

희찬과 헤어진 수인은 호텔 건물에서부터 입구까지 완만하게 경사진 언덕에 조성된 정원을 걸었다. 결혼식의 들뜬 분위기가 정원 곳곳을 산책하는 하객들에게서도 전해져 왔다.

수인은 지혜의 결혼식을 떠올렸다. 웨딩드레스를 입은 지혜는 정말 예뻤다. 그리고 무엇보다 행복하다는 게 고스란히 느껴졌다.

"겨울쯤에 갈까."

흰 눈이 덮인 퀘벡이 유독 예쁘다고 했으니 그즈음이 좋을 것 같다. 함께 눈썰매도 타고 오로라도 보고. 두툼한 감자튀김 위에 치즈와 그레이비소스를 뿌린 푸틴도 맛보고.

수인의 생각은 지혜에게서 희찬에게로 건너갔다. 같은 공간에서 같은 순간을 경험해도 각자의 기억은 선택적이고 부분적이다. 기억 속에 희찬은 없었다. 그녀에게는 존재하지 않는 시간들이 그 선배에게는 추억으로 생생하게 남아 있다는 사실이 놀라웠다.

생각에 잠겨 걷던 수인이 불쑥 튀어나와 앞을 가로막는 인영에 놀라 저도 모르게 주춤 뒷걸음질을 했다. 거짓말처럼 석원이 눈앞에 있었다. 어디서부터 달려온 건지 거친 숨을 내쉬는 그는 머리칼이 잔뜩 헝클어진 채였다.

수인은 입술을 달싹였지만 곧 다물었다. 무슨 말을 해야 할지 몰랐다.

"……잠깐만."

손을 들어 보이며 불규칙한 호흡과 함께 말을 내뱉은 석원이 무릎을 짚고서 한동안 흐트러진 숨을 골랐다. 허리를 숙인 채 호흡을 가다듬던 그가 몸을 펴며 머리카락을 쓸어 넘겼다. 잠시 드러났던 반듯한 이마가 다시 머리카락으로 덮였다.

"운동량이 부족하다고는 생각해 본 적 없는데. 머신 위에서 달리는 거랑 비탈길 오르는 건 다르네."

수인은 어느새 놀란 표정을 숨겨 버렸다. 그런 수인을 빤히 응시하던 석원이 고개를 기울였다.

"멈춰 세우기는 했는데 막상 말을 걸려니까 고민인데. 어떻게 불러 줄까요? 한새나 씨 아님 강수인 씨? 아니면 여전히 내가 누군지 기억을 못 하겠어요, 라고 물을까요?"

마치 범인을 잡은 형사처럼 눈을 빛내며 물어 오는 그에게 수인은 선뜻 대답하지 못했다.

완벽한 슈트 차림의 못된 바람둥이. 셔츠 소매를 걷어 올리고 느슨하게 넥타이를 맨 이지적인 변호사. 그리고 청바지에 티셔츠를 입은, 대학 시절을 떠올리게 하는 동아리 선배. 다양한 공간에서 뜻밖의 재회를 했고 그때마다 이 남자는 전혀 다른 얼굴로 그녀를 당황시켰다.

이렇게 잦은 우연이 일어날 수 있나. 문득 스치는 의문 끝에 조금 전 마주쳤던 희찬이 떠올랐다.

혹시 희찬이 연락을 준 거냐고 물으려다 지나친 비약이다 싶어 말을 삼켰다. 친하지도 않은 후배를 우연히 마주친 게 뭐 대단한 일이라고 석원에게까지 연락을 할 리가. 설령 그랬다 해도 석원이 이렇게 숨이 차도록 뛰어올 이유도 없고.

이런 옷차림으로 결혼식에 참석한 건 아닐 텐데, 우연히 보고서 달려온 건가. 굳이 달려온 이유가 뭐지. 수인은 갑작스럽게 출몰한 남자를 의심스러운 눈으로 쳐다봤다.

"진석원입니다, 내 이름."

경계 어린 눈동자를 보며 석원이 말했다.

"……알아요."

석원이 한쪽 입꼬리를 슬쩍 올렸다.

"모르는 줄 알았지. 언제 알아봤어요? 처음부터?"

수인이 머쓱한 표정으로 인정했다.

"강수인은 왜 강수인이 아닌 척했을까. 다른 사람으로 착각하고 있다는 걸 알면서도 왜 오해하도록 놔뒀을까. 우연히 마주친 대학 선후배가 흔히 나누는 형식적인 인사조차 하기 싫을 만큼 내가 꼴 보기 싫었나. 그렇게나 미움받을 이유가 있는지 열심히 짚어 봤지만 모르겠더라고요. 왜 모른 척했습니까, 강수인 씨?"

분명 존댓말인데 마치 거짓말 치다 들킨 사기꾼을 놀리는 것처럼 들렸다. 차라리 대학 때처럼 반말을 하는 게 기분이 덜 이상하겠다 싶을 만큼.

"안 어울리게 왜 존댓말이에요?"

"그렇게 말하는 거 보니 내가 기억에 아예 없는 사람은 아닌가 봐?"

"기억하라고 애써 부추긴 덕분에요. 그리고 모른 척이 아니라 알은 척하지 않은 거예요."

모른 척이 아니라 알은척을 안 한 거다. 글자 가지고 노는 거 좋아하는 사람다운 변명이었다. 석원은 기대 이상으로 이 대화가 즐거웠다.

"그러면 '알은척하지 않은' 이유는?"

석원이 재밌다는 얼굴로 그녀의 말을 강조했다.

"그건……."

"동아리방에서 있었던 해프닝 때문에?"

수인의 볼이 확 붉어졌다. 당황한 표정은 애써 감췄지만 볼이 발갛게 물드는 것까지는 어쩔 수가 없었다. 그녀의 표정을 살피던 석원이 짓궂게 설명을 더했다.

"나 좋아한다는 고백인 줄 착각하고서 내가 입 맞췄잖아."

수인은 저도 모르게 입술을 물었다. 그럴 리가 없는데 그때처럼 입술이 간질거리는 것 같은 착각이 일었다.

"드물게 쪽팔렸던 순간이라서 나는 그때 기억이 아주 생생해. 그날 날씨가 어땠는지, 강수인이 어떤 옷을 입고 있었는지. 또 어떤 얼굴을 하고 어떤 말들을 했는지."

석원의 설명이 이어질수록 수인의 두 눈이 점점 커졌다. 가벼운 바람둥이 같은 남자가 그때 일을 지금까지 기억하고 있을 줄은 몰랐다.

"표정 보니 그것 때문도 아닌 것 같은데, 왜 모르는 사람인 것처럼 굴었어?"

"그때는 그냥 그러는 게 나을 것 같았어요."

그냥이라. 입속말로 중얼거린 석원이 피식거렸다.

"그냥, 이라고 해 버리니까 더 이상 할 말이 없네. '그냥'은 허술하고 밍밍한 단어 같은데 의외로 거기에 대적할 말을 찾기가 힘들어. 두 번씩이나 모른 척한 이유가 그냥이라는 건 어쩐지 억울한데? 알은척도 안 하고 싶을 만큼 내가 싫어? 아무런 이유 없이 그냥?"

"잘 알지도 못하는 사람 오래도록 싫어하거나 미워할 만큼 감정에 부지런하지 않아요. 신경 쓰던 미팅 자리였고 굳이 알은척하지 않아도 될 상황이라서 그랬어요."

"그럼 법률 사무소 건물에서 마주쳤을 때에는?"

"뒤늦게 말 걸기 어색했어요. 그런데."

담담한 어조로 자신의 행동을 해명한 수인이 저도 모르게 비꼬듯 덧붙였다. 진석원은 누구한테나 기억되는 녀석이라던 희찬의 말이 떠올라서였다.

"남들이 자신을 기억 못 하는 흔치 않은 상황에 맞닥뜨리면 자존심 상하나 봐요? 못 알아봤나 보다 하고 넘길 수도 있는 일일 텐데."

말을 던져 놓고는 수인 자신이 더 놀라 버렸다. 이런 식의 화법은 그녀답지 않았다. 도발받은 석원의 눈동자가 이채를 띠었다.

"그런 상황을 경험한 적은 없지만, 그런 걸로 자존심 상할 만큼 자존감이 낮지는 않아서. 아는 사람을, 그것도 평범하다고는 할 수 없는 상황에서 마주쳤는데 상대가 일부러 모른 척하네? 그러면 대부분은 그 이유를 알고 싶어 하지 않나? 강수인 씨는 안 그래?"

"별로요."

새침한 대꾸가 석원의 즐거움을 더했다.

"그런데, 내가 겨우 그런 일로 자존심 상해 하는 사람처럼 보였어? 강수인 씨 기억 속의 내가 어떤 이미지인지 아주 궁금해지는데?"

수인은 후회했다. 그냥 인사나 하고 가는 건데. 저도 모르게 괜한 말을 한 탓에 껄끄럽고 무모한 대화가 이어지고 있었다. 하지만 그렇게 생각하면서도 볼 안쪽 살을 살짝 물었다 놓은 수인의 입에서는 또 다른 물음이 튀어나왔다.

"나라는 건 언제 알았어요?"

"몰랐어, 도 변이랑 얘기 나눌 때까지는."

"도연우 변호사님한테 나에 대해 물었어요? 다른 사람이라고 생각했으면서도? 남의 의뢰인, 그것도 전혀 모르는 사람의 사건까지 알아야 할 만큼 참견하는 성격이었어요?"

"우선, 도연우는 남이 아니라 연수원 동기이자 이웃사촌이고, 모든 의뢰인이 아니라 강수인을 빼닮은, 게다가 관심 끄는 단어를 만들어 내는 사람에게는 없던 오지랖도 발동해. 정확히는 오지랖이라기보다 궁금증이지만."

수인은 시간을 때우려 만들었던 글자들을 떠올렸다. 관심 끌 만한 단어가 있었나.

"상담 이유만 물었고, 도 변도 변호사 양심에 걸리지 않을 만큼만 대답해 줬고. 그러다 한새나와 강수인이 동일인이라는 걸 내가 알아 챘고. 그게 사건의 전말이야."

마치 브리핑하듯 읊는 모습에 수인은 저도 모르게 픽 웃을 뻔했다. 그러면서도 석원과 이런 식으로 대면하고 있다는 것이 어색해 숄더백 의 끈을 만지작거리며 인사를 했다.

"이만 가 볼게요."

"나는 강수인 씨랑 알고 지내고 싶은데."

"왜요?"

"그냥."

조금 전 그녀가 했던 대답을 돌려주는 석원의 눈빛에 장난기가 묻어났다.

"연락하면서 지내는 거 나쁘지 않잖아? 혹시라도 억울한 일 당하면 도움 줄 수도 있고."

"아시다시피 이미 선임한 변호사분이 있어서요."

석원이 한쪽 눈썹을 쓱 밀어 올렸다.

"확실히 내가 안 좋은 인상으로 남아 있나 봐. 좀 억울한데."

수인은 고민했다. 석원과의 대화로 그의 성격을 조금은 짐작할 수 있었다. 호기심만으로 전혀 모르는 타인에 대해 캐내는 사람인데, 그녀의 연락처쯤은 도연우 변호사나 김희찬 선배를 통해서 알아낼 수 있을 거다. 다른 사람이 엮이는 것보다는 직접 알려 주고 이 소모적인 대화를 끝내는 게 나았다. 수인은 숫자를 나열했다.

"다시 불러 줘요?"

무감한 톤으로 휴대폰 번호를 알려 준 수인이 물었다. 겨우 숫자 몇 개 기억하는 게 뭐 별거라고. 하지만 석원은 "다시 불러 줘."라고 답한 뒤 무표정한 얼굴로 다시 한번 번호를 읊는 그녀를 묘한 시선으로 바라보았다.

"그럼 가 볼게요."

고개를 까닥인 수인이 그의 곁을 지나쳤다. 석원은 비스듬히 입술 꼬리를 올린 채 호텔 정문을 빠져나가는 뒷모습을 지켜보았다.

"겨우 연락처 하나에 어지간히 애먹이네."

귀찮게 구는 인간 떼어 내듯 전화번호를 휙 던져 주고는 가 버렸다. 그럼에도 기분이 상하기는커녕 이상하게도 웃음이 나왔다. 애초에 여기까지 달려온 것 자체가 평소의 그라면 하지 않았을 이상한 행동이었다.

작은 체구가 시야에서 완전히 사라지자 석원은 손등으로 이마를 닦았다. 따가운 햇살 아래에서 전력으로 뛰었더니 땀이 배어났다.

석원은 왔던 길을 되돌아 내려가며 희찬과 통화했다.

— 전화 기다리느라 혼났다. 수인 씨는 만났어?

"만났어."

— 같이 있어?

"떠났어."

— 그럼 합류해. 이왕 온 거 얼굴이나 보자. 싫어하는 무리들은 떨궜으니까 와라. 늘 보던 멤버들만 남았어.

"땀나서 샤워부터 해야겠어. 다음에 보자."

— 얀마!

"너한테 빚졌다. 필요할 때 써먹어."

— 다른 때라면 좋다고 했을 텐데. 이번엔 네가 왜 이렇게까지 너답지 않은 반응을 보이는지가 더 궁금해. 다음 주 금요일에 외근이야. 일 끝나고 곧장 너희 사무실로 갈게.

"그러든지."

통화를 마친 석원은 이마를 덮은 머리카락을 쓸어 올렸다. 뛰어온 탓도 있지만 유독 날이 더웠다. 등줄기를 적신 땀과 눈부신 햇빛에 눈살을 찌푸리며 주차장으로 향하던 석원이 피식거렸다. 타인이 자신을 기억 못 하면 자존심 상하냐고 묻던 수인이 떠올랐다. 그런 일로 자존심 상해 하지는 않는다고 대꾸했지만, 만약 강수인이 그를 알아보지 못했다고 대답했다면 어쩐지 신경을 긁었을 것 같다.

"재밌네."

석원은 엉망으로 주차해 놓은 자신의 차를 향해 보폭을 넓혔다. 땀이 나도록 뛰어와서 건진 거라곤 전화번호 하나였다.

날려 버린 엑스박스 원XBOX one 한정판이 떠올랐다. 뒤늦게 거실 테이블 위에 방치된 치킨 박스도 생각나 눈썹을 구겼다. 더워지기 시작하는데, 거실에 온통 치킨 냄새 작렬이겠다.

5장

오타는 얄미운 녀석이다. 행간에 숨어 있었던 건지, 모니터 뒷면에 달라붙어 있었던 건지. 눈이 뻑뻑하도록 모니터를 바라보며 체크했는데도 보이지 않던 오타가 프린터로 번역본을 출력해 확인하자 잡혔다. 마치 숨바꼭질을 하는 기분마저 든다.

수인은 오타를 잡아낸 원고 파일을 첨부한 뒤 조심스레 마우스를 클릭했다. 메일이 전송되는 걸 지켜보는 그녀의 어깨에서 조금씩 긴장이 풀어졌다.

오늘 아침 낯선 번호로 전화가 걸려 왔다. 스팸일지도 모른다고 짐작하며 전화를 받았다가 들려온 첫마디에 눈이 휘둥그레졌다.

'강수인 씨? 비블 출판사의 최정화 편집장이에요. 김흐찬 씨 소개로 연락드려요.'

'아, 네. 안녕하세요.'

'출판물 번역은 경험이 없다고 들었는데, 국내에 출간되지 않은 소설 중에 습작 삼아 번역해 본 작품 있어요? 열 페이지 정도의 분량이면 돼요. 없으시면 저희 측에서 드리는 테스트용 샘플을 번역해 주셔도 되고요.'

혹시나 하는 기대는 있었지만 이렇게 금방 연락이 올 줄은 몰랐다. 수인은 뒤늦게 정신을 차리고 얼른 대답했다.

'번역본 있어요. 오타만 확인하고 지금 바로 보내 드릴게요.'

명료한 발음으로 핵심만 요청하던 편집장의 목소리에 살짝 웃음기가 서렸다.

'그렇게까지 서두르지 않아도 되니까 오늘 안으로만 보내 줘요. 아, 그리고 혹시라도 번역 실력 검증한다고 기분 상하지 않았으면 좋겠어요. 희찬이가 추천한 사람이라 신뢰는 가지만, 그래도 일은 일이라 검증 과정을 거치는 게 깔끔하니까요. 나는 내 눈으로 직접 확인해야 속이 편하거든요. 피곤한 스타일이죠.'

'저도 그게 좋아요.'

'그렇죠? 그럼 메일 기다릴게요.'

통화를 마친 수인은 얼떨떨해하다 얼른 노트북을 켜 번역 파일 폴더를 열었다. 국내에 아직 소개되지 않은 해외 작가들의 원서를 틈틈이 번역해 놓았었다. 그중 한 작품을 골라 지금 막 마지막 오타 검사를 마치고 메일을 전송한 터였다.

　메일함을 로그아웃하려다 새 메일이 도착했다는 알림 표시에 마우스를 움직였다.

　[보낸이 — 도연우 변호사]

　수인은 의아한 얼굴로 고개를 갸울였다. 후원 단체를 결정한 뒤 약속을 잡기로 했는데. 도연우 변호사로부터 연락 올 일이 있나. 왜 전화를 하지 않고?

　『안녕하세요, 강수인 씨. 도연우 변호사입니다.
　전화를 드릴까 하다가 첨부할 자료가 있어서 메일이 낫겠다 싶더군요.
　혹시 후원 단체는 결정하셨나요?
　아직 미확정이라면 보내 드린 자료를 참고해 보시는 건 어떨까 싶습니다. 잘 만들어진 자료라 도움이 되실 겁니다.

　그리고 강수인 씨와 진석원 변호사가 대학 선후배 관계라는 사실을 뒤늦게 알았습니다.
　진석원 변호사는 강수인 씨의 방문 사유가 유언장 공증이며 상속인이 후원 단체 중 한 곳이 될 거라는 사항에 대해 알고 있습니다. 만약 불편하게 만들어 드렸다면 죄송합니다.

다른 변호사분을 선임하신다고 해도 충분히 이해합니다.

그럼 언제든 편하실 때 연락 주시기 바랍니다.

변호사 도연우 드림.」

도연우의 메일은 신선하게 다가왔다. 변호사 교체를 언급할 만큼 변호사의 양심에 걸릴 일을 한 게 아닌데도 솔직하게 먼저 말해 주고 사과를 해 왔다. 게다가 후원 단체까지 세심하게 알아봐 주었다.

"인상이랑 성격이 일치하는 사람인가 봐."

선하고 정직한 성격의 성실한 모범생처럼 보였는데, 겉과 속이 같은 색깔인 사람인가 보다. 그저 운에 맡기며 검색 끝에 찾은 곳인데 말 그대로 운이 좋았다.

다운받은 첨부 파일을 열어 보려던 수인의 시야에 무언가가 걸렸다. '변호사 도연우 드림' 아래로 까만 점 같은 것들이 보였다. 화면에 잘린 글자의 머리끝 부분이었다. 덧붙인 말이 있나 싶어 무심히 스크롤을 내린 수인의 눈동자가 커졌다.

ps. 첨부 자료는 진석원 변호사가 전해 준 겁니다.

수인은 깍지 낀 손으로 입술을 누른 채 마지막 문장을 곱씹었다. 저도 모르게 미간을 모은 채였다.

"왜 이러는 거지?"

이 남자의 의도가 뭐지. 잠시 가늠해 보던 수인은 첨부 파일을 열었다. 한눈에 들어오도록 정리된 그래프와 차트가 보였다.

후원금의 사용 내역과 실질적으로 후원에 사용된 비율. 후원금 유용으로 기사가 났던 후원 단체들. 재정 운영이 불투명한 곳들과 증거는 없지만 잡음이 있는 곳들.

마치 상부에 보고를 올리듯 다양한 정보들이 상세하게 분류되어 있었다.

석원과 마주친 게 토요일 점심때였다. 그리고 월요일인 오늘 이 자료를 받았다. 원래 존재하던 자료가 아니라면 직장인에게는 황금 같은 주말을 투자해 만들었다는 얘기다.

달려와 길을 막고 억지 쓰듯 전화번호를 받아 간 석원은 아직까지 연락을 해 오지 않았다. 대체 왜 연락처를 요구했는지 의문이 드는 행동이었다. 그런데 이런 식으로 그의 존재를 상기시켰다.

작업 거나. 처음 그가 전화번호를 요구했을 때 얼핏 스친 생각이었다. 하지만 곧, 나랑 섹스했냐고 가차 없이 말하던 카페에서의 모습이 떠올랐다. 그런 화법을 가진 남자가 이렇게 둘러 간다고? 안 어울렸다. 석원이 원하는 게 뭔지 도무지 짐작이 가지 않았다.

골똘히 자료를 바라보던 수인은 어깨를 으쓱였다. 어쩐지 진석원에게 빚을 진 기분이었지만 도연우 변호사의 말처럼 도움이 되는 자료였다.

수인은 나름 꼼꼼하게 골라 놓았던 두 곳 대신 석원이 추천해 준 후원 단체명을 기입하는 것으로 유언장 작성을 마쳤다.

큰 숙제 하나를 마무리 지은 것 같은 기분에 깊은숨을 내쉰 수인은 거실 창 너머로 보이는 하늘을 응시했다. 미세 먼지에 가려진 하늘은 예전의 예쁜 색을 잃어버린 지 오래였다. 이러다 하늘색이라는 명칭마저 사라지는 건 아닌가 모르겠다.

하늘을 담았던 눈동자가 책상 위 벽면에 붙여 놓은 버킷 리스트로 옮겨 갔다.

2. 마당이 있는 집에서 고양이, 강아지와 함께 살기

"시골, 갈까."

얼마 전 집을 팔기로 결정했다는 집주인의 연락이 그녀가 꿈꾸는 전원생활을 재촉했다.

그 밤, 침대에 누운 수인은 최정화 편집장에게 보낸 번역물을 떠올렸다. 번역이 마음에 들었을까.

감정이 크기를 부풀리는 밤이었다. 그중에서도 걱정은 더 쉽게 몸집을 부풀렸다. 자꾸만 커져 가는 걱정과 불안을 잠재우려 수인은 휴대폰을 집어 들고 자주 가는 사이트에 접속했다. 중세 영어와 중세사에 관련된 자료를 모아 놓은 곳이었다. 그녀가 가장 좋아하는 아일랜드 작가 어거스틴 앨로이셔스Augustine Aloysius의 작품에 대해서도 상세히 다루고 있었다.

언젠가 기회가 닿는다면 어거스틴 앨로이셔스Augustine Aloysius의 원작을 번역하고픈 꿈이 있었다. 그래서 몇 달 전 더블린에 위치한 그의 출판사로 메일을 보냈었다. 어거스틴의 소설을 한국어로 번역 출간할 계획이 있는지, 이미 계약한 출판사가 있는지에 관해 물었다.

그녀의 질문에 출판사는 작가가 외국어로 출간되는 걸 원치 않아 한국어로 번역될 계획은 아직 없다는 답변을 주었다. 작가의 메일 주소를 알려 줄 수 있냐는 질문에는 정중한 문장으로 불가능하다고 했고.

"나한테 맡겨 주면 정말 잘할 수 있을 것 같은데."

아쉬운 마음으로 중얼거리며 업데이트된 내용을 읽었다. 시간의 흐름에 따라 단어의 스펠링과 의미가 변해 가는 과정을 흥미롭게 읽어 가다 자료 밑에 달린 댓글도 쓱 훑었다. 그러다 한 댓글에서 멈춘 그녀의 눈이 휘둥그레졌다.

유용한 정보를 제공해 주어 감사하다는 내용의 흔한 인사였다. 하지만 댓글 작성자의 이름이 흔하지 않았다.

[어거스틴 앨로이셔스Augustine Aloysius]

작가를 좋아하는 팬일까. 설마 작가 본인인가?

혹시나 SNS를 하지 않을까 싶어 검색해 보았지만, 찾지 못했었다. 조심스레 이름을 클릭하자 인스타그램으로 연결됐다. 게시 글을 읽어 가던 수인의 두 눈이 커다래졌다. 짧은 문장들이었지만 누가 봐도 앨로이셔스의 문체였다.

"진짜?"

벌떡 몸을 일으킨 수인은 침대 헤드에 등을 기대고 앉아 노트북을 켰다. 그리고 'Dear Augustine Aloysius'로 시작하는 감상문이자 번역가로서의 욕심이 담긴 메시지를 작성하기 시작했다.

『안녕하세요, 저는 작가님의 소설을 좋아하고 아끼는 독자이자 영한 번역가인 한새나입니다. ⋯⋯』

주인공들을 따라 중세 수도원을 거니는 듯한 생생한 묘사. 탄탄한 고증과 기발한 아이디어. 매력적인 캐릭터들. 가독성 좋은 문체. 빠져들 수밖에 없게 만드는 그만의 색깔들을 세심하게 적어 나갔다. 그리고 그 독창적인 세계를 한국어로 옮기고 싶은 열망도.

현관으로 들어선 수인은 서둘러 봉투의 내용물을 꺼냈다. 이미 꼼꼼하게 읽고 사인까지 한 터라 새로울 것이 없는데도 글자를 따라가는 눈동자엔 벅찬 감정이 고스란히 담겨 있었다.

수인은 계약서를 들고 빠르게 책상 앞으로 걸어갔다.

1. 출판사와의 첫 번째 계약 후 사직서 제출

"순서가 바뀌긴 했지만 뭐."

중얼거리는 수인의 볼에서 상기된 기운이 가시지 않았다. 펜을 들어 첫 번째 버킷 리스트에 체크를 했다.

1. 출판사와의 첫 번째 계약 후 사직서 제출 √ OK

첫 계약을 따낸 것만큼이나 근사한 편집장을 만났다는 사실에 흥분이 가라앉지 않았다. 직접 만난 최정화 편집장은 전화 통화에서 받았던 느낌보다 더 좋은 사람이었다. 자신의 일에 대한 열정만큼이나 실력을 갖춘 사람. 사람을 대하는 데 예의가 있는 사람. 그런 사람과 작업을 하게 되었다.

OK. 단순하지만 기분이 고스란히 드러난 글자를 바라보다 문득 떠오른 생각에 휴대폰을 집었다. 근무 시간이라 통화보다는 문자를 작성했다.

[안녕하세요, 강수인입니다. 선배님 덕분에 좋은 편집자님을 만나 계약하게 되었어요. 저를 소개해 주신 일이 폐가 되지 않도록 하겠습니다. 감사합니다.]

답장이 금방 왔다.

[오~ 수인 씨, 축하해요! 누나한테서 센스 있고 능력 있는 번역가를 구한 것 같다고 메시지 온 거 보면 나한테 폐 끼칠 일은 전혀 없을 것 같은데요? 수인 씨 엄청 겸손한 성격인가 보다. 고마우면 언제 밥 한 끼 사 줘요. 그냥 하는 말 아닙니다!]

수인은 당황한 표정으로 눈을 깜빡였다. '오~ 수인 씨, 축하해요!' 글자에서 김희찬 선배의 목소리가 들리는 것 같았다. 잘 모르는 사인데도 신경을 써 주고, 제 일처럼 기뻐하는 사람을 만나는 건 행운이라고 해도 과하지 않을 만큼 드문 일이다.

순간 정중하게 보낸 그녀의 메시지가 차갑게 느껴졌다. 수인은 미안한 마음에 문장을 다듬었다.

[책 나오면 그때 시간 내 주세요. 좋아하시는 거 사 드릴게요. 저도 그냥 하는

말 아니에요.]

[약속했어요ㅆ]

적극적일 뿐만 아니라 유쾌한 성격의 사람인가 보다. 미소를 지은 채 휴대폰을 내려놓는 그녀의 시선에 버킷 리스트의 두 번째 목표가 들어왔다.

2. 마당이 있는 집에서 고양이, 강아지와 함께 살기

버킷 리스트를 작성할 때만 해도 막연하게 꿈만 꾸던 일이었다. 그런데 2년 전 엄마의 장례식을 치른 뒤 시골집을 상속받았다는 사실을 알게 되었다. 하지만 집이 생겼다고 해서 무작정 일을 그만둘 수는 없는 노릇이라 지금껏 비워 두었다.

"한 달이면 가능할까?"

외갓집이라고는 해도 낯선 동네였다. 새로운 환경에 적응하는 것이 가능한지를 결정하는 데 최소 한 달의 유예 기간은 필요할 터였다.

언제쯤 내려갈까. 짐은 얼마큼 가져가야 하나. 이것저것 체크해 보던 수인은 시간을 확인하고는 서둘러 다시 나갈 준비를 했다.

택시는 법률 사무소가 밀집한 서초동의 한 골목에서 정차했다. 택시에서 내린 수인은 건물로 들어서기 전 저도 모르게 고개를 들어 4층을 쳐다보았다. 법률 사무소 숲. 사무실에 있으려나. 도움을 받았으니 고맙다는 인사 정도는 해야 하지 않을까?

수인은 문득 미간을 접었다. 숨이 차도록 뛰어와 사람을 붙잡아 놓고, 떼쓰듯 연락처를 받아 간 사람답지 않게 석원은 여전히 잠잠했다. 번거롭게 굴지는 않을까, 짐작했던 게 우스울 만큼 석원에게선 단 한 번도 연락이 없었다. 그럴 거면 뭐 하러 전화번호는 요구한 건지. 또 후원 단체 정보는 왜 준 건지. 진석원의 사고 회로를 도무지 종잡을 수 없었다.

"신경 쓰게 만드는 사람이야."

이&도 법률 사무소로 들어가자 도연우가 자신의 집무실로 안내했다. 상담인으로 방문했을 때보다 한결 친근해진 태도로 그가 물었다.

"진 변, 석원이랑 저랑 아는 사이라서 놀라셨죠?"

기분 탓인지 의뢰인이 아니라 친구의 후배를 대하는 것처럼 느껴졌다.

"네. 석원 선배가 변호사라는 사실에 더 놀랐지만요."

"변호사보다 검사나 판사 쪽이 더 어울려 보여서요?"

"법학 전공인 줄 몰랐어요. 들었는데 잊은 걸 수도 있지만, 선배 분위기 때문에 막연하게 경영 쪽일 거라고 생각했거든요."

수인의 대답에 도연우는 고개를 갸우뚱거렸다. 전공도 모를 만큼 데면데면한 선후배 사이라고 하기에는 진석원이 보인 행동들이 많이 이상한데.

궁금증을 키워 가는 도연우에게 수인이 유언장을 내밀었다.

"보내 주신 자료 참고해서 작성했어요."

"도움이 되셨나요?"

"네. 덕분에요."

"저야 전달한 것밖에 없는걸요. 사실 강수인 씨의 요구에 부합하는 변호사는 저보다 석원이인 것 같아서 추천드릴까도 했어요."

"왜죠?"

"진 변은 치명적인 펀치를 날리기 위해 교묘하고 빠르게 판을 짜는 타입이거든요. 검사였던 경험을 제대로 활용하죠. 지는 거 유독 못 참아 하는 성격이기도 하고요. 지는 걸 즐기는 사람은 당연히 없고, 특히나 우리 같은 직업을 가진 사람은 더더욱 그렇지만 진 변은 좀 독보적이거든요. 가끔은 불법도 저지르는 게 아닌가 의심이 들 만큼요."

석원이 검사 출신이라는 새로운 사실에 수인은 또 한 번 놀랐다. 특수 집단이라고는 해도 그곳 역시 공무원 사회인데. 상부의 명령에 무조건적으로 복종하는 진석원은 어쩐지 잘 떠올려지지가 않았다. 그래서 그만둔 걸까.

수인의 반응을 착각한 도연우가 서둘러 손을 저었다.

"아, 그 정도로 승률이 높다는 겁니다. 승부욕이 강하긴 하지만 불법을 저지르지는 않을 거예요. 아마도요."

장난스레 덧붙인 말이 수인의 미소를 끌어냈다.

"도 변호사님은요?"

"네?"

"도 변호사님도 제 유산이 엉뚱한 사람들을 배부르게 하지 않도록 최선을 다해 주실 거 아닌가요?"

도연우가 안경을 추슬러 올리며 씩 웃었다. 한쪽 입술 꼬리만 올라간 웃음이었지만 누구처럼 성질 있어 보이지 않았다. 도리어 귀여웠다.

"진 변만큼 빠르기는 어려울지 몰라도 제 스스로 납득할 수 있는 결과를 볼 때까지 물고 늘어질 겁니다. 고시 거친 사람들 중에 끈질기지 않은 사람 드물거든요. 그 끈질긴 근성으로 자기랑 눈높이 같은 남자와는 연애 안 한다던 와이프한테 프러포즈도 성공했으니까요."

그의 말에 수인은 블로그에서 본 이&도 법률 사무소의 대표 변호사 사진을 떠올렸다. 사무적인 포즈를 취했음에도 두 사람에게서는 행복이 묻어나 있었다. 무형의 행복은 간혹 향수처럼 타인에게까지 전해지기도 한다.

"와이프는 입덧 때문에 많이 힘든 상황이라 지금 처가에 가서 쉬고 있습니다. 첫 아이예요."

"축하드려요."

"감사합니다."

기분 좋은 웃음을 짓던 도연우가 수인을 바라보며 잠깐 망설이다 말했다.

"제가 선임 변호사가 되었지만, 그래도 이 유언장을 집행하는 일은 없었으면 하는 바람입니다."

건강하게 오래 살라는 덕담을 돌려 말하는 도연우 때문에 순간적으로 코끝이 시큰해진 수인이 눈을 내리깔고는 계약서에 도장을 찍었다.

집무실을 빠져나가는 수인을 따라 나온 도연우가 엘리베이터 앞까지 동행했다.

"실은 석원이와 약속한 게 있어서 수인 씨 방문 사실 알려 줬어요. 자료 보내 준 게 고맙기도 했고요."

"그래요?"

"제 추측이 맞는다면 수인 씨가 나오길 기다리고 있을 텐데, 제가 먼저 가서 석원이 잡아 두고 있을까요?"

장난스럽게 물어 오는 그에게 수인은 고개를 저었다.

"고맙다는 인사 하려고 했어요."

"그러실래요. 그럼 조심해서 가세요."

미소를 띤 도연우가 엘리베이터의 문이 닫힐 때까지 배웅했다.

엘리베이터에서 내린 수인은 카페로 들어가려다 멈춰 섰다. 카페에서 기다리고 있을 거라고 생각했던 석원이 바로 눈앞에 있었다. 셔츠 소매를 걷어 올린 그는 한 팔을 승용차 지붕 위에 걸친 채였다.

석원의 뒷모습을 잠시 바라보다 걸음을 떼는 순간이었다.

석원이 피아노를 연주하듯 승용차 지붕을 가볍게 두드렸고, 그러자 자동차 밑에서 뭔가가 후다닥 튀어나왔다.

지극히 작은 소리에도 긴장하고 예민해질 수밖에 없는 아기 길고양이였다. 재빨리 도망친 길고양이가 안전하다 싶은 거리쯤에서 멈춰 서더니 뒤돌아 냐옹 울음소리를 냈다.

수인은 의외라는 얼굴로 석원과 아기 고양이를 번갈아 바라봤다. 갈 곳이 없어 따뜻하고 어두운 자동차 밑에서 졸던 길고양이들이 갑자기 출발하는 차에 사고를 당하는 일이 자주 발생했다. 그런 불미스러운 사고를 피하기 위해 승용차에 오르기 전 소리를 내며 배려해 주고 있었다. 다른 사람도 아닌 진석원이. 사적인 관계였던 여자에게조차 섹스한 기억이 나지 않는다고 무심히 말하던 냉정한 남자가.

인기척을 느낀 석원이 뒤돌아서자 수인이 한 걸음 다가서며 물었다.

"고양이 좋아하나 봐요? 혹시 고양이 키워요?"

지금까지와는 달리 옅은 호감이 서린 수인의 태도에 무슨 말인가 싶어 눈썹을 밀어 올리던 석원이 뒤늦게 상황을 파악했다. 석원은 수인의 오해를 풀어 주는 대신 손에 쥐고 있던 휴대폰을 들어 재빨리 사진 폴더를 열었다.

　"나는 아니고 부모님이 키우시는데 보여 줘? 못난인데 그래서 귀여워."

　신속하게 사진을 찾은 뒤 수인에게 휴대폰을 내밀었다. 정확히는 고양이를 안고 있는 어머니의 사진이었다.

　수인은 무심결에 또 한 걸음 다가갔다. 무방비하게 배를 드러낸 채 잠에 빠진 아기 고양이는 앙증맞은 분홍 혀를 조금 내밀고 있었다.

　"양말 신은 치즈 태비Tabby네요."

　"양말을 신어?"

　"발가락부터 발목까지만 하얗잖아요. 그래서 양말을 신었다고들 해요."

　"그래?"

　석원은 고양이의 양말이 아니라 수인의 얼굴에 눈길을 둔 채 건성으로 대꾸했다.

　수인은 그런 줄도 모르고 아기 고양이에게서 눈을 떼지 못했다. 꼬물거리는 새끼들은 다 귀엽다. 특히나 잠든 모습은.

　아기 고양이에게 눈동자를 붙박은 채 물었다.

　"이름이 뭐예요?"

　"막내."

　"막내?"

"얼마 전까지 외동이었는데, 이 녀석 생기면서 내가 첫째, 애가 막내."

웃음을 머금어 예쁘게 휘어진 두 눈이 잠깐 그를 향했다가 다시 고양이에게로 돌아갔다.

"귀여운 동생을 뒀네요. 정말 작아 보이는데, 몇 개월이에요?"

그저 좀 귀엽다고 생각할 뿐 별 관심 없는 고양이의 나이를 기억할 리가. 어머니가 상자 속에 버려진 채 '삐약삐약' 울고 있는 갓 난 고양이를 발견했다며 처음 사진을 보내온 게 언제더라.

"두 달 전쯤에 어머니가 골목에 버려진 걸 데리고 오셨는데 당시 영양 부족 상태였던 터라 실제 나이보다 체구가 좀 작을 거야."

"유기묘였어요?"

수인이 커다래진 눈으로 석원을 쳐다봤다. 말간 눈동자에 순식간에 안타까움이 스며들었다. 짧은 시간 동안 미소와 안타까운 감정을 번갈아 보여 준 눈동자를 바라보며 석원이 물었다.

"고양이 키워?"

"키우고 싶어요, 고양이랑 강아지. 지금껏 여건이 되지 않아서 망설였는데 조금 더 고려해 보고 결정하려고요."

대답하던 수인이 뒤늦게 두 사람의 거리를 자각하고서는 몸을 뒤로 물렸다. 재밌다는 듯 눈을 빛내며 그녀의 행동을 주시하는 석원에게 수인이 말했다.

"그렇지 않아도 인사하려고 했어요. 자료 고마웠어요."

"도움 됐지?"

노골적인 생색에 픽 웃음이 새 나온 수인이 깔끔하게 인정했다.

"많이 됐어요, 도움."

"그럼 커피 한 잔 사 줘."

겨우 커피 한 잔? 바로 옆에 카페가 있으니 어려울 것 없었다.

"그럴게요."

순순한 대답에 그녀의 속내를 알아차린 석원이 선수를 쳤다.

"지금 말고, 다음에. 테이크아웃 말고, 카페에서. 여기 들어가서 커피 사 주고 나면 강수인 씨 나 다시 볼 생각 없잖아?"

말없이 그를 올려다보던 수인이 옅은 한숨과 함께 중얼거렸다. 처음에 그냥 인사할걸. 석원은 아니라고 했지만, 부러 모른 척한 것 때문에 살짝 비틀린 게 맞았다.

"차라리 처음에 알은척할 걸 그랬어요."

"그랬으면 그때 인사만 하는 걸로 끝났을 것 같아서?"

"아닌가요?"

석원이 대답이라고 하기에는 엉뚱한 말을 했다.

"이유가 바뀌었어."

무슨 말이냐는 듯 수인이 미간을 접었다.

"강수인 씨랑 알고 지내고 싶은 이유. 그냥이 아니라 다른 이유가 생겼다고."

수인은 별다른 반응을 보이지 않았다. 그저 말이 끝나기를 기다리는 듯한 태도가 석원을 자극했다. 까다로운 사건을 맞닥뜨렸을 때 느끼는 것과 비슷한 자극이었다.

"강수인 씨 만나려고 토요일 오전을 버렸어. 치킨이랑 야구 중계는 덤이고. 게다가 자료 수집하고 정리하느라 토요일 오후랑 일요일마저

통째로 날리고 있더라고, 내가. 정보 모은다고 여기저기 연락하면서
도, 그래프 만들면서도 계속 피식거렸어. 내 의뢰인도 아닌 사람을 위
해서 지금 뭐 하고 있나 싶어서. 그냥 알고 지내고 싶은 후배를 위해
서 그런 수고를 하는 성격은 아닌데 말이지."

수인은 그래 보인다며 저도 모르게 고개를 끄덕여 수긍할 뻔했다.
단순히 그냥 알고 지내고 싶은 후배를 위해 자신의 시간과 에너지를
허비할 사람으로는 보이지 않았다. 당연히 이유가 있을 거라 짐작했
고, 그 순간 작업을 거나, 라는 의심이 스쳤다.

하지만 연애 한번 걸어 보자고 그런 수고를 하지는 않을 것 같아
지워 버렸던 생각이었다. 눈앞의 이 남자는 원하는 걸 직접 말하는 스
타일이지, 상대방이 눈치챌 때까지 은근하게 접근하는 스타일은 아닐
것 같았다.

"강수인 씨가 하는 행동들에 관심이 가고 이유가 궁금하다고 생각
했었는데, 강수인 씨 자체가 궁금한 거더라고. 어떤 사람인지 궁금해
서 알고 싶어."

"뭐가 그렇게 궁금한 건데요? 지금 물어봐요, 답해 줄 테니까."

정말 몰라서 묻는 건가? 석원이 눈을 가늘게 뜨고 수인의 표정을
살폈다. 아이처럼 말간 눈동자가 대답을 기다리고 있었다. 예민하게
생겨서는 둔한 구석이 있다.

"호감 있으니까 데이트하자는 소리잖아."

수인은 당황했다. 작업을 거는 게 아니라고 확신했는데. 방심하다
걸려든 기분이었다.

"그럴……."

그럴 마음 없다며 거절하려던 수인이 문득 드는 생각에 고민했다.

전혀 모르는 사람인 '한새나'의 사연을 알고 싶어 도연우 변호사를 찾아가고, 주말을 통째로 쏟아부어 자료를 만들고, 티셔츠가 땀에 젖도록 언덕길을 달려와 연락처를 요구하고, 상담이 끝날 때까지 그녀를 기다리던 남자가 단순히 그럴 마음이 없다는 대답만으로 수긍하고 깨끗이 물러날까. 거짓말하는 건 싫은데.

"남자 친구, 있어요."

석원의 눈동자가 이채를 띠었다.

"그렇게 안 보이는데 거짓말 잘하나 봐? 사람 경계하고, 까칠한 이미지인데 의외로 둔한 면도 있다 싶더니 눈 하나 깜빡 안 하고 거짓말을 하네."

무안함에 수인의 눈동자가 흔들렸다. 볼이 화끈거렸다. 거짓말에 익숙하지 않았다. 그래도 말을 더듬거나 목소리가 떨리지는 않았는데. 어떻게 알아챘을까.

"……내가 거짓말한다고 어떻게 단정해요?"

"커플링이야 취향 문제니 만들지 않았다 치고, 남자 친구가 있다면 유언장에 언급했겠지. 유언장 쓸 때마저 떠오르지 않을 만큼 존재감 없는 남자랑 연애하고 있는 건 아닐 거잖아?"

"남자 친구가 돈이 필요한 상황이 아닐 수도 있죠."

"본인이 가진 것 중에 돈 외에는 중요한 게 없어? 그렇지는 않을 텐데? 당장 떠오르는 것만 해도 몇 가지 있는데. 늘 끼고 다녔던 영영사전이나 번역 작업물 같은 거."

입술을 달싹였지만 더 이상의 변명은 떠오르지 않았다. 계속 거짓말을 하는 것도 마음이 편치 않았고. 수인이 멋쩍은 표정으로 솔직하게 인정했다.

"남자 친구 없어요. 만들 생각도 없고요."

"이유는?"

"필요를 못 느끼니까요. 그리고 호감이 아니라 호기심이겠죠."

저도 모르게 말이 나가 버렸다. 석원의 눈동자가 반짝하는 순간 수인은 아차 싶어 콧등을 찡그렸다. 마지막 말은 하지 않는 건데. 별걸 다 궁금해하는 사람한테 괜한 대화거리를 또 던져 주었다. 석원이 흥미롭다는 표정으로 팔짱을 끼며 차체에 등을 기댔다.

"설명이 필요한데."

"학교에서 갑자기 사라져 버린 후배를 10년 만에 마주쳤어요. 그런데 그 후배가 지병이 있는 것도 아니고 재산이 많은 것도 아닌데, 제3자에게 유산을 남기겠다는 유언장을 작성하기 위해 변호사를 만나러 왔어요. 누구라도 호기심이 생길 수 있는 상황이죠."

"그냥 후배가 사라진 게 아니라 사귀고 싶을 만큼 관심 가지고 있던 후배가 사라진 거지. 강수인 씨는 누가 좋다고 고백해 오면 별 감정 없는 사람하고도 입 맞춰? 나는 아닌데?"

수인은 데이트하자는 말을 들었을 때만큼이나 당황한 기색으로 눈을 깜빡였다.

"늘 이어폰을 낀 채 입시생처럼 단어 외우고, 영어 사전을 재밌는 소설이라도 되는 것처럼 읽어 대고. 영어가 그렇게 좋나, 신기할 만큼 이어서 더 눈이 갔어."

거봐, 호기심이지. 수인은 속엣말을 했다.

"그런데 나만 눈이 갔던 게 아니잖아? 내가 볼 때마다 나한테서 눈을 못 뗐잖아. 한눈에 반한 사람처럼. 그래서 '좋아해요, 선배.'라고 고백했을 때 당연히 나를 좋아한다는 말인 줄 알았던 거고."

"오해한 거라고 그 자리에서 바로 설명했잖아요."

"그랬지. 그래도 내가 오해하게끔 만든 화법이었잖아."

수인은 난처한 기색으로 아랫입술을 물었다. 주어를 뒤에 놓는 말버릇을 고치려고 애쓰기 시작한 건 그날의 해프닝 때문이었다.

그날, 에세이를 봐 줄 멘토 선배를 기다리다 깜빡 잠이 들었다. 눈을 떴을 땐 석원이 앞에 있었다. 멘토 선배의 대타로 왔던 그가 잠깐 누군가와 영어로 통화를 했고, 늘 그의 영어 스킬을 부러워했던 터라 대화를 마친 그에게 말을 걸었다.

'좋아해요, 선배가 영어로 말할 때의 분위기. 단어 선택이나 표현 방식이 세련되고 멋있어요.'

아마도 그런 요지의 말을 하고 싶었을 거다. 하지만 '좋아해요, 선배.'까지 말을 한 순간 갑자기 달려든 석원에게 입술을 뺏겨 버렸다.

그때가 석원을 마지막으로 본 날이었다. 주어를 뒤에 놓는 말버릇을 바꾸려고 시도한 계기가 된 날이기도 했다. 잘 고쳐지지 않아 의식하지 않을 때면 버릇처럼 툭툭 튀어나오지만.

"호기심은 관심이 생겼다는 말이고 관심만으로도 데이트해 볼 충분한 이유 되지 않나. 그리고 내가 가진 건 호기심이 아니라 호감이고."

호감. 나에 대해서 뭘 안다고. 속말을 하던 수인은 언뜻 스치는 생각에 그의 오해를 정정해 주었다.

"유산을 기부하는 것 때문에 내가 착한 사람이라고 착각한 것 같은데, 친척들한테 내 재산이 가는 게 싫어서 결정한 일이지 다른 이유는 없어. 만약 가족 관계가 평범했다면 아마 나도 평범한 유언장을 작성했을 거예요. 어쩌면 유언장을 작성하지도 않았겠죠. 대부분의 사람들이 그렇듯이요."

석원이 황당한 소리를 들었다는 얼굴을 했다.

"착한 일을 한 사람한테는 칭찬을 해 줘야지, 데이트 신청을 왜 해? 그리고 나는 착하다는 소리 듣는 사람 지루해서 별로야. 매력 있다. 예쁘다. 스마트하다. 섹시하다. 내가 여자한테 끌리게 만드는 이유들이야. 매력 있고 스마트하잖아, 강수인 씨. 예쁘기도 하고."

바람둥이답게 쑥스러운 기색 하나 없이 유들유들 잘도 말한다. 수인은 어떤 표정을 지어야 할지 몰랐다. 일에 관련되지 않은 칭찬은 어색하고, 빤히 얼굴 보면서 하는 칭찬은 더 어색하다.

"……좋게 봐 줘서 고맙지만 말했듯이 나는 연애하고픈 마음 없어요."

"할 말 없어지게 만드는데?"

"가 볼게요."

수인은 그에게서 등을 돌렸다. 조금씩 달아오르는 정오의 햇살보다 석원의 눈길이 더 따갑게 느껴져 저도 모르게 목덜미로 손을 가져갔다. 그러다 그의 시선이 의식돼 도로 손을 내렸다.

멀어지는 수인을 바라보던 석원은 옆에서 들려오는 익숙한 목소리에도 그녀에게서 시선을 떼지 않았다.

"누구야?"

아이스커피를 테이크아웃해 나온 용진이 자신의 어깨로 석원의 어깨를 툭 건드리며 대답을 재촉했다.

"방해될까 봐 카페에서 숨죽이고 기다려 줬잖아. 누군지 얼른 불어. 음흉스러운 자식. 소개팅 귀찮다고 하더니 여자가 있는 거였잖아? 누구냐니까?"

강수인을 어떻게 정의해야 할까. 호감 가졌던 대학 후배. 괜한 자존심에 버티다 놓쳐 버린 여자애. 호기심과 함께 다시금 호감을 갖게 하는 여자. 그리고.

"특이한 사람."

자신도 이해 못 할 행동들을 하게 만드는 재주가 있는 특이한 사람이었다. 강수인은.

"뭐? 무슨 대답이 그래?"

"그리고 앞으로 연애할 사람."

6장

밀양역에 도착했다는 안내 방송이 흐르자, 수인은 캐리어를 챙겨 KTX에서 내렸다. 갈아타야 할 기차가 정차하는 플랫폼을 확인하고는 무궁화호를 기다렸다. 잠시 후, 얼핏 보기에도 낡은 기차가 다가와 멈춰 섰다. 덜컹덜컹. KTX와는 속도감이 다른 기차가 서울에서 멀어졌다는 걸 실감 나게 했다.

터미널 밖으로 나온 수인은 미리 검색해 온 번호로 콜택시를 불렀다. 택시는 한가로운 2차선을 달렸다. 벼가 심긴 논과 비닐하우스가 설치된 농지가 번갈아 이어지다 갑자기 사거리가 나타났다. 도로변에는 파출소와 우체국 그리고 보건소 건물이 나란히 서 있었다.

마을 이름이 적힌 돌비석을 지나 좁은 골목길을 따라 올라간 택시가 동네의 마지막 집 앞에서 멈추었다. 트렁크에서 캐리어를 내려 준 기사가 명함을 건네며 필요하면 언제든 부르라는 말을 남기고 떠났다.

수인은 이제부터 그녀가 살게 될 집을 마주했다. 붉은 벽돌의 단층집. 시골 어디에서나 흔히 볼 수 있는 전형적인 단독 주택 앞에는 윗마을까지 길게 이어진 폭이 좁은 논이 있었다. 논 옆으로는 실개울이 흘렀고, 열 걸음도 채 걷지 못할 것 같은 작은 다리가 그 위를 가로질렀다. 그리고 다리 앞에 놓인 나무 벤치에는 옹기종기 모여 앉은 할머니들이 보였다.

조금 전 택시가 다리 앞을 지나 올 때부터 할머니들의 관심이 그녀에게 쏠려 있었다. 수인은 살짝 고개를 숙여 누구에겐지 모를 인사를 하고는 대문을 밀고 들어갔다.

오래 비워 둔 집답지 않게 대문은 삐걱거림이 없었다. 대파, 고추, 깻잎, 부추, 상추. 마당을 가득 채운 푸성귀 역시 누군가가 정기적으로 드나들고 있다는 걸 보여 주고 있었다.

누구지. 남의 집 마당에 채소를 키우는 사람은. 어른 가슴 높이의 담장을 매번 넘어 다니는 건 아닐 테고. 열쇠를 복사한 건가, 라는 생각이 든 순간 외삼촌의 얼굴이 스쳐 갔다.

"설마……."

탐욕스럽고 부끄러움 없는 사람이라지만 겨우 텃밭이 욕심나 이곳까지 오가지는 않았을 텐데. 이해할 수 없는 상황에 수인은 걱정 어린 얼굴로 현관문을 열었다. 그러자 서늘한 공기가 피부를 쓸었다. 오래 비워 둔 공간 특유의 고요함과 묘한 내음. 정체불명의 침입자가 집 안으로까지는 들어오지 않은 모양인지 2년 전 그녀가 정리해 두었던 모습 그대로였다.

　수인은 창문을 모두 열어젖혔다. 색채 없던 집 안에 초록의 풀 냄
새가 밀려들었다. 조금 가라앉은 기분을 쓸어 내 버릴 만큼의 싱그러
움이었다.

　수인의 눈길이 담장 너머 벼가 심긴 논과 실개울을 쓸고 맞은편 산
등성이에 머물렀다. 나무들이 무성하게 우거진, 봄에는 연두였다가
여름에는 진초록, 그리고 가을에는 단풍으로 물드는 흔하디흔한 산
중의 하나였다. 저 산에 아빠를 묻었고 엄마를 뿌렸다.

　한동안 산을 바라보다 당장 지내기에 불편함이 없을 정도로만 청
소를 하고서 레토르트 식품으로 늦은 점심을 때웠다. 그런 뒤 식탁 위
에 노트북을 펼치고 며칠 전 출판사에서 받아 온 원서의 번역 파일을
열었다. 고개만 들면 창으로 초록 나무와 파란 하늘이 보이는 조용한
시골집은 막연하게 상상하던 것 이상으로 평화롭고 안정된 공간이었
다. 덕분에 커피를 타려고 일어난 것 외에는 모니터 앞에 꾸준히 붙어
있을 만큼 속도가 났다.

　막힘없이 자판을 두드리다 문득 고개를 들자 눈앞의 창으로 노을
이 지는 게 보였다. 아름다운 것들이 모두 그렇듯 노을이 하늘에 머무
는 건 찰나였다. 하늘은 어느새 어두운 군청색이었다. 번역한 문서를
저장한 뒤 전등을 켜고, 낮에 그랬던 것처럼 내용물만 다른 컵밥을 뜯
어 저녁을 먹었다.

　노트북 전원을 끄는 걸로 길었던 하루를 정리한 수인은 침대 헤드
에 기대 가져온 책을 펼쳤다. 두 페이지를 채 넘기기도 전에 하품이
나왔다. 책을 옆에 놓고 자리에 누워 이불을 어깨까지 끌어 올렸다.

밤이 일찍 찾아드는 시골은 이불이 바스락거리는 소리조차 크게 들릴 만큼 적막했다.

평온한 얼굴로 잠에 빠져 있던 수인이 눈썹을 찌푸렸다. 누군가 귀에다 대고 악을 쓰는 것 같았다. 떠지지 않는 눈꺼풀을 힘겹게 들어 올리자 보이는 건 새까만 하늘과 하늘에 박힌 하얀 별들이었다. 소음의 정체를 알아내기 위해 창문을 열자 슬레이트 지붕에 우박 떨어지는 것 같은 소리가 쏟아졌다.

개굴개굴! 개굴개굴!

"말도…… 안 돼."

낮에는 있는 줄도 몰랐던 개구리들이 집 앞 논에 모여 와자지껄 소리를 질러 대고 있었다. 개굴개굴!

현실 같지 않은 상황에 창문 밖으로 고개를 내밀어 이웃집들을 살폈다. 하지만 밤공기를 뒤집어 놓는 이 소란에도 불이 켜진 집은 보이지 않았다.

황당한 마음으로 도로 침대에 눕자 갑자기 울음이 뚝 끊겼다. 마치 누군가 지휘라도 하듯 일순간에. 뭐지? 이제 쟤네들도 잘 시간인가. 하지만 그런 생각을 비웃듯 다시금 요란하게 개굴개굴 우는 소리가 들려왔다. 어이가 없어 웃음이 터져 나왔다.

뒤척뒤척. 얇은 이불이 수차례 꿈틀거렸다. 그러다 별빛이 점점 스러질 즈음에야 잠잠해졌다.

잠을 설친 탓에 몽롱했다. 수인은 지끈거리는 관자놀이를 누르며 부엌으로 들어가 모카 포트에 물과 커피 가루를 담고 가스레인지 위에 올렸다. 보글보글 물 끓는 소리에 지난밤 개구리 울음소리가 떠올랐다.

"시골 소음은 도시와는 차원이 다르구나."

커피 잔을 들고서 마당으로 나간 수인은 깊숙이 숨을 들이켰다.

"공기도 정말 다르고."

집 앞, 연초록빛의 벼가 꼿꼿하게 자라고 있는 논은 어젯밤 정말 저기서 개구리들이 소동을 부린 게 맞나 싶을 정도로 조용했다. 밤새 놀고는 논두렁 어디쯤에 모여서 자나 보다.

"미세 먼지보다는 너네들 울음소리가 낫긴 하다만 그래도 잠은 좀 자게 해 줘."

수인은 커피를 음미하며 마당을 거닐었다. 청명한 하늘 아래에서 말간 공기를 마시는 것만으로도 일상의 질이 달라졌다. 마당 있는 시골집만의 매력이었다.

빈 잔을 들고 집 안으로 들어온 수인은 세척을 위해 모카 포트를 분해했다. 물에 젖은 커피 가루가 덩어리져 나왔다. 그러자 불쑥 석원이 떠올랐다. 커피 빚이 있는데. 언제 연락을 할까. 시골에서 지내는 게 가능할지 한 달간 살아 볼 계획으로 온 거라 서울에 돌아가서 연락해야겠다. 아님 겨우 커피 한 잔인데 슬쩍 넘어가 버릴까.

"그 사람이 잘도 그냥 놔두겠다."

지는 거 끔찍이도 싫어한다던 도연우 변호사의 증언을 새겨듣자 싶었다. 은근슬쩍 넘어가려다 커피 한 잔보다 더 큰 걸 요구당할지도 모르니까.

수인은 부엌 창틀에 팔꿈치를 올리고 눈앞의 도라지꽃밭을 감상하다 식탁으로 걸어가 노트북을 켰다. 조용한 부엌엔 타닥타닥 타자기를 닮은 자판 소리와 이따금씩 사전을 뒤적이는 소리가 번갈아 들렸다.

점심을 조금 넘긴 시간, 읍내 구경 겸 점심을 해결하기 위해 지갑을 챙겨 대문을 나서던 수인은 옆집에서 나와 그녀의 집 쪽으로 걸어오는 할아버지와 마주쳤다.

"오랜만이라 알아볼지 모르겠는데, 요 바로 옆에 사는 거기 외할아버지 친구요."

"아, 그러세요. 안녕하세요."

"이제 주인한테 돌려줘야 할 것 같아서."

영문 모를 말과 함께 할아버지가 내민 건 대문 열쇠였다.

"전에 거기 어머니가 갑자기 서울 병원으로 가게 되면서 나한테 이걸 맡기고 갔는데, 만날 방법이 없어서 못 줬소."

할아버지의 낯빛이나 말투에선 나무라는 기색이 없었음에도, 어쩐지 소리 소문도 없이 조용히 내려와 엄마의 유골을 뿌리고 가 버린 걸 탓하는 것처럼 들렸다.

"그럼 마당의 텃밭은 할아버지께서 가꾸고 계신 건가요?"

"주인 의사를 물어야 하는데 그럴 수가 없어서 내 맘대로 했소. 시골에 빈집이 많다 보니까 도둑도 들고, 타지에서 온 사람이 자기 집처럼 눌러앉아 버리기도 하고. 아무래도 마당에 텃밭을 꾸려 놓으면 주인 대신 집을 봐 주는 사람이 있겠거니 하고 조심을 하게 되거든."

"아, 그런 사정이 있는 줄은 몰랐어요."

"시골이 조용하게 흘러가는 것 같아도, 남의 밭에 심어 놓은 거 가져가는 사람도 많고, 밤에 몰래 트럭 끌고 와서 한 해 농사지은 거 싹

훔쳐 가는 사람도 있고. 그래도 저거 달아 놓고 난 뒤로는 조금 덜하 기는 하지."

'저거'라며 할아버지가 손가락으로 가리킨 건 전봇대에 달린 CCTV였다.

"그동안 마음 써 주셔서 감사합니다. 그리고 말씀 놓으세요."

멋쩍은 얼굴을 한 할아버지가 손을 휘저었다.

"친구가 살았던 집인데 이 정도도 못 해 줄까. 그리고 다 큰 처자 한테 말을 놓는 것도 예의는 아니고."

머뭇하던 할아버지가 혼잣말처럼, 그러나 수인이 새겨들었으면 하 는 마음으로 덧붙였다.

"아무리 내가 돌본다고 해도, 남이 하는 덴 한계가 있지. 마당에 있 는 풀때기 가져가는 건 막아도 집을 가져가는 건 속수무책이거든. 세 상에는 뱃속에 도둑이 들어앉은 사람도 많아서 아차 하는 순간에 빼 앗기는 일이 종종 있는데, 잃는 건 금방이어도 되찾는 건 쉽지가 않 아. 쉬우면 세상에 억울한 사람이 많을 리가 없지."

그저 세상이 험하다는 의미가 아니라 누군가를 지칭하는 것처럼 들렸다. 그리고 그 누군가가 누구인지 모를 수 없었다. 수인이 작지만 힘을 담은 목소리로 말했다.

"말씀 새겨들을게요."

고개를 주억거린 할아버지가 손에 들고 있던 비닐봉지를 건넸다.

"어제 우리 할멈이 집에 온 거 봤다면서 부랴부랴 겉절이 좀 담갔 다는데. 뭐 그럭저럭 먹을 만은 할 거요."

"감사히 잘 먹겠습니다. 할머님께도 감사하다고 전해 주세요."

두어 번 고개를 끄덕여 보인 할아버지가 옆집 대문으로 들어갔다. 그 걸음을 지켜보던 수인은 집 안으로 들어와 봉지를 열었다. 속살이 노란 알배추로 담근 겉절이뿐만 아니라 시큼한 김장 김치, 그리고 두릅장아찌 같은 밑반찬들이 통에 조금씩 담겨 있었다. 입 안에 절로 군침이 돌았다. 집에서 담근 김치는 정말 오랜만이었다.

"맛있겠다."

수인은 지갑을 내려 두고서 전자레인지에 즉석 밥을 데웠다.

점심을 먹고 들어가는 길에 석원은 습관처럼 1층 카페에 들러 커피를 테이크아웃했다. 사무실로 들어서자 영우가 메모지를 건넸다.

"좀 전에 전화 상담 온 건데 한번 보시고 상담 가능한 시간 말해 주세요."

메모지에 눈길을 둔 채 고개를 끄딱인 석원이 집무실로 들어갔다. 커피를 마시며 상담 내용을 훑어본 그가 메모지를 내려놓고는 휴대폰을 집었다.

'강수인'

의자 등받이에 몸을 기댄 채 저장된 수인의 이름을 보며 골똘히 생각에 잠겼다. 받지 않거나 혹은 무슨 말을 하든 쌀쌀한 거절이 돌아올 게 분명한 전화를 거는 대신, 주말 내내 강수인에게 필요한 정보를 수집하고 차트를 만들었다. 덕분에 강수인에게 빚을 지울 수 있었다. 겨우 커피 한 잔이지만 아마도 갚을 때까지 어지간히 신경 쓰일 거다.

대학을 졸업한 후로 강수인을 떠올린 적은 없었다. 그러기에는 지나치게 짧게 스쳤던 인연이었다. 그러다 평범하다고는 할 수 없는 상황에서 재회했고, 다시 만난 강수인은 그의 호기심을 자극했다. 오래전 그녀에게 가졌던 호감 역시 다시금 끌어냈다.

하지만 연애하자는 그의 제안에 수인은 꿍꿍이를 가진 사기꾼을 보는 듯한 눈으로 거절했다. 남자 친구가 있다는 거짓말까지 해 가면서. 그래 봤자 금방 들통났지만.

"거짓말 어지간히 못해."

석원이 즐거운 기색으로 중얼거렸다.

'호감이 아니라 호기심이겠죠.'

수인은 그의 감정을 호기심이라고 단정 지었다. 하지만 호기심이 아닌 호감이고, 대학 시절에도 사귀고 싶다는 생각을 했을 만큼 호감을 가졌었다는 말에 눈이 커다래졌다.

"인상은 새침한데 의외로 감정이 쉽게 드러나."

고양이에 대해 얘기할 때는 눈매가 부드러워지고 목소리 톤이 살짝 올라갔다. 그리고 남자 친구가 있다는 거짓말을 들켰을 때에는 볼이 발개졌다. 그런데도 부끄러워하는 걸 들키기 싫어 애써 시선을 피하지 않으려 했다. 눈동자가 하염없이 흔들리는 줄도 모르고. 의외의 반응이 꽤 귀여웠다.

"연애할 마음이 없단 말이지."

수인에게 연락할 수 있는 핑곗거리가 커피 변제밖에 없었다. 좀 더

강하고, 오랫동안 지속 가능한 게 없으려나. 관심 없다는 여자에게 어떻게든 연결 고리를 만들려고 머리를 굴리고 있었다. 그런데도 희한하게 자존심이 상하지 않았다. 정확히는 자존심이 좀 상해도 이대로 그만두고 싶을 만큼은 아니었다.

하나밖에 없는 '커피 이용권'을 쉽게 써 버리기는 아깝고. 어떻게 해야 하나.

손끝으로 커피 컵을 건드리며 몇 가지 가능성을 재 보던 석원이 번뜩 떠오른 생각에 휴대폰을 집어 들었다. 왜 진작 이 생각을 못 했지?

전화를 받은 희찬이 반가운 목소리로 하지만 의외롭다는 듯 말했다.

— 요즘 먼저 연락하는 일이 잦다?

"아는 사람 중에 출판사 편집장 있다고 했었지?"

— 어, 정화 누나. 그런데 그건 왜?

"출판사에 실력 있는 영한 번역가 필요하지 않은지 물어봐 봐. 아니, 내가 직접 얘기할 테니까 연결만 해 줘."

— 왜, 누구 소개해 주게? 연결은 해 줄 수 있다만 당장 번역 일 줄 수 있을지는 모르겠는데? 이미 같이 일하는 번역가들도 있는 데다 얼마 전에 수인 씨도 소개해 줬고.

의자 등받이에 기댄 채 의미 없이 커피 컵을 만지작거리며 희찬의 말을 듣고 있던 석원이 벌떡 상체를 일으켰다.

— 그나저나 수인 씨 번역 실력 짐작보다 더 좋나 보더라. 정화 누나 너랑 좀 닮았거든. 칭찬에 1g도 군살 덧붙이는 법 없는 사람인데, 수인 씨가 어떤 작업물을 들고 올지 기대된다고 하더라고. 수인 씨가 좋아할 만한 내용으로 책 좀 챙겨 줘야겠다고 할 정도면 말 다 했지.

"강수인을 소개해 줬다고? 언제? 강수인이 부탁했어?"

— 어? 몰랐어? 내가 인사했을 때 못 알아보더라고. 넌 기억하면서 나는 설명을 해 줘도 도통 못 떠올리는데, 그렇게 어정쩡한 사이에 나눌 수 있는 얘기야 빤하잖아. 그래서 그냥 뭐 하는지 물었다가 프리랜서 번역가로 일한다기에 정화 누나 연결해 줬지. 출판 번역에 관심 있어 하더라고. 나는 네가 알고 있는 줄 알았는데.

"말을 안 해 줬는데 내가 어떻게 알아."

— 나는 네가 수인 씨 만났다고 해서 당연히 아는 줄 알았지. 수인 씨가 나랑 마주쳤다는 말 안 했어?

"안 했어."

— ……이렇게 또 한 번 내 존재감을 확인하게 되는구만. 그럼 둘이서 무슨 얘기 했는데?

"이것저것. 부탁 하나 하자."

— 뭔데?

"강수인한테 챙겨 준다는 책, 내가 전해 주겠다고 말해 줘. 내가 출판사로 찾아갈 테니까 번거롭게 택배 보낼 필요 없다고."

— 너 뭐냐? 지난번에는 그냥 궁금하다더니, 수인 씨한테 관심 있는 거야? 출판사 파주야. 거기까지 가겠다고?

"응."

— '응'이라는 건 관심 있냐는 말에 대한 대답이야, 아님 출판사까지 갈 거냐는 말에 대한 대답이야?

"둘 다."

— ……어쩐지. 어려운 거 아니니까 누나한테 말은 해 놓겠지만,

좀 놀랍다.

얼마 지나지 않아 희찬으로부터 '미션 완료'라는 문구와 함께 최정화 편집장의 휴대폰 번호가 적힌 메시지가 도착했다.

첫날보다는 둘째 날이, 둘째 날보다는 셋째 날이 수면 시간이 더 길었다. 불가능할 것 같았던 개구리의 울음소리에 적응되고 있는 중이었다.

담장 너머로 다가오는 콜택시가 보이자 지갑을 챙긴 수인이 집을 나섰다. 읍내 오일장이 목적지였다.

오일장이 섰는데도 불구하고 한산한 군청 소재지 읍내를 둘러보는 데는 걸어서도 얼마 걸리지 않았다. 시장 구경을 하고 밑반찬 몇 가지와 과일 그리고 빵을 샀다. 그런 뒤 버스 시간표를 확인하자 한 시간 반쯤 기다려야 했다. 수인은 마을 택시 기사에게 다시 전화를 걸었다.

"여기서 지내게 되면 차를 구입해야겠구나."

택시는 금방 도착했다. 왔던 길을 되짚어 마을 입구로 막 들어섰을 때 갑자기 택시 기사가 혀를 차며 열을 냈다.

"또, 또! 멀쩡한 집 놔두고 밖에서 저 난리네. 으휴."

기사의 시선을 따라 고개를 돌리자 담벼락에 서서 소변을 보고 있는 남자가 보였다. 길을 가다 급해서 어쩔 수 없이 노상 방뇨를 한다기엔 남자는 일부러 그러는 것처럼 감추는 기색이 없었다.

그런데 남자의 복장이 평범하지가 않았다. 수인이 놀라 물었다.

"승려복 아니에요?"

"저거 스님 흉내 내는 땡중 사기꾼입니다. 어디서 뭘 하다 굴러들어 왔는지 모르겠는데, 저 인간 때문에 마을 사람들이 아주 골치 아파 죽어요."

차 한 대가 빠듯하게 지나는 골목길을 서행하던 기사가 아담한 돌담집을 가리키며 사연을 풀어놓았다.

"이 집에 아주머니가 혼자 살거든요. 저 땡중 놈이 야밤에 성폭행하려고 담 탔다가 아주머니가 죽어라 반항을 하니까 도망갔다더라고요. 그러고도 낯짝 두껍게 저러고 다니지."

수인이 경악했다.

"성폭행 미수범이라고요? 오래전 일이에요?"

"지난겨울에 그랬다던데요. 금세 소문이 났는데 저놈은 안 그랬다고 딱 잡아떼고, 그때는 CCTV도 없어서 아주머니가 하는 말 말고는 증거도 없고. 그러니 파출소 두어 번 불려 가고는 끝났다고 하더라고요."

목적지에 차를 세운 기사가 택시비를 받아 든 뒤 혹시라도 저놈 마주치면 말 섞지 말라는 조언을 하고는 떠났다. 수인은 어두운 얼굴로 마당을 가로질렀다.

그 밤, 침대에 누웠지만 쉽게 잠이 오지 않았다. 수인은 침대에서 일어나 다시 한번 현관과 창문을 확인했다. 어제까지만 해도 별다른 생각이 없었던 낡은 미닫이 창문이 지금은 믿음직스럽지 않았다.

개굴개굴. 여느 밤처럼 미친 듯 울어 대던 개구리들이 한순간 일제히 울음을 멈췄다. 잠시 정적이 찾아온 틈새로 옅은 소음이 침범했다.

사그작사그작.

신발에 돌멩이가 밟히는 소리와 닮아 있었다. 긴장한 채 숨을 죽이고 있던 수인은 또다시 들리는 발소리에 급습하듯 불을 켰다. 창문 너머로 골목 모퉁이를 돌아 휙 사라지는 검은 그림자가 보였다.

서둘러 파출소에 전화를 걸려던 수인은 휴대폰을 쥔 채로 머뭇거렸다. 확신할 수 없었다. 낮에 봤던 그 남자인지 아니면 집 앞까지 내려온다는 노루인지.

정체가 불분명한 발소리와 검은 그림자가 조성한 불안감 때문에 다시 잠드는 건 이제 불가능해졌다. 커져 가는 불안을 삭이기 위해 수인은 거실과 부엌 그리고 중간 방과 작은방까지 모두 불을 켰다. 그런 뒤 침대 위로 올라가 벽면 귀퉁이에 바짝 웅크리고 앉아 책을 펼쳤다. 자꾸만 창밖으로 향하려는 시선을, 그래서 커져만 가려는 불안을 이기기 위해 책 속에 몰입하려 애썼다. 하지만 불가능했다.

책에서 눈을 들자 창으로 별이 보였다. 인공 빛이 없는 시골의 밤은 우주처럼 무결점의 블랙이었다. 무저갱 같은 어둠 속에서 별이 보석처럼 반짝였다. 금방이라도 쏟아질 것처럼 빽빽하게 하늘을 뒤덮은 별들은 경이로움보단 공포에 가까운 감정을 불러일으켰다. 밤하늘처럼 어두운 세상에 홀로 남겨진 기분이었다. 수인은 아이처럼 몸을 웅크렸다. 적막이 그녀를 포위했다.

골목에서 들려오는 싸움 소리와 고성방가에 잠이 깰 때면 전원생활에 대한 꿈이 커졌다. 하지만 불빛도 소리도 꺼져 버린 시골의 밤에 홀로 오도카니 깨어 있는 지금 시끄럽던 도시의 소음들이 그리웠다.

하늘에 빛이 스며들고 별이 조금씩 모습을 감추자 고요하던 공간에 하나둘 소음이 생겨나기 시작했다. 삐걱거리며 열리는 이웃집 대문 소리. 시끄럽게 짖는 개에게 던지는 잔소리. 아침을 일찍 시작하는 시골 사람들이 반가웠다. 수인은 밤새 잠들지 못해 몽롱한 머리를 진한 커피로 깨우고는 마을 입구에 위치한 파출소로 달려갔다.

나란히 앉아 잡담을 하던 두 명의 경찰 중 좀 더 젊은 쪽이 엉거주춤 일어섰다.

"어서 오십시오."

"안녕하세요, 저는 마을 가장 안쪽 집에 거주하고 있는데요."

"아, 예 그러시군요. 안 그래도 마을에 새로 이사 오신 분이 계시다고 들었는데, 반갑습니다. 그런데 무슨 일로?"

수인은 밤에 있었던 일을 설명하고는 CCTV를 확인하는 게 가능한지 물었다.

"어두워서 얼굴을 식별하기 어렵다고 해도 최소한 사람인지 동물인지 정도라도 알고 싶어요. 제 느낌으로는 동물보다는 승려복을 입고 다니는 그 남자인 것 같아요."

"집 앞까지 왔으면 어두워도 제대로 찍혔을 겁니다. 한번 확인해 보죠."

남자의 행적 때문인지 아니면 다들 누군지 아는 작은 동네라서인지 경찰은 선선히 대답했다. 확인 절차가 복잡하지는 않을까 염려했던 수인은 긴장을 풀었다.

CCTV가 설치된 전봇대의 어스름한 빛에도 승려복이라는 걸 알아볼 수 있었다.

함께 영상을 확인하던 파출소장이 "땡중 새끼네."라며 혀를 찼다. 그러고는 난감한 듯 이마를 긁적였다.

"진짜 죄송한데요. 이것만 가지고는 저희가 할 수 있는 게 별로 없습니다. 집 안으로 들어온 것도 아니고. 같은 동네 사람이 밤중에 동네 골목길 서성인 게 범죄 행위는 아니니까요."

짐작대로의 답변에 수인은 한숨을 쉬었다. 어쩌면 저 범죄자는 멍청해서가 아니라 법의 허술함을 알기에 승려복을 감추는 수고조차 하지 않았나 보다.

"그럼 사건이 벌어질 때까지 그저 기다리는 수밖에 없는 건가요? 마을분들께도 피해를 주는 것 같던데요."

"저희도 답답하기는 마찬가지인데 저희 선에서는 딱히 할 수 있는 게 없습니다. 지금으로서는 마을 차원에서 탄원서도 쓰고, 군청 찾아가서 민원도 넣으면서 마을 주민분들이 직접 쫓아내는 방법밖에는 방도가 없어요."

"탄원서를 내는 건 절차가 복잡한가요?"

"복잡하기보다는 귀찮죠. 시간도 많이 걸리고요. 무엇보다 도장 찍는 일에 거부감을 느끼는 어르신들이 많아서 일일이 설득도 해야 하고요. 쫓아내고는 싶은데 내 도장을 함부로 찍었다가 혹시나 해코지 당하지는 않을까 걱정되니까요."

현실을 가감 없이 설명하면서도 한편으론 미안한지 경찰이 어색한 미소와 함께 덧붙였다.

"한밤중이라도 순찰 돌 테니까 혹시라도 또 그런 일이 생기면 전화 주세요."

그 정도가 자신들이 할 수 있는 최선의 범위라는 걸 어필하는 경찰에게 더 이상 할 말이 없었다. 무력감이 피곤함을 더했다.

집으로 돌아온 수인은 지친 걸음으로 욕실로 들어갔다. 이 상황에 어떻게 대처해야 할지 고민하며 젖은 머리에 샴푸 거품을 내다가 실눈을 떴다. 기다란 검은색의 뭔가가 하수구 쪽으로 스르륵 미끄러졌다. 머리카락이 하수구 구멍으로 흘러가는 건가. 물끄러미 쳐다보던 수인은 그대로 얼어 버렸다. 지네였다.

얼음처럼 굳어 버린 그때 뭔가가 등줄기를 타고 스멀스멀 내려갔다. 온몸에 소름이 돋았다.

"아악!"

억눌린 비명이 튀어나왔다. 진저리를 치며 발을 굴리다 방금 등을 타고 흘러내린 게 그녀의 머리카락이라는 걸 깨닫는 순간 다리에 힘이 풀려 버렸다.

처음 와 보는 파주 출판 단지를 스윽 훑으며 시간을 확인한 석원이 출판사로 올라갔다. 퇴근 시간이 다가오는데도 편집부는 날밤을 샐 것 같은 분위기였다.

석원이 자신을 소개하자 누군가와 이야기를 나누고 있던 편집장이 다가오며 힘 있게 손을 내밀었다.

"최정화 편집장이에요. 희찬이한테서 진 변호사님 얘기 많이 들었어요. 그래서인지 아주 낯선 느낌은 아니군요."

"그런가요?"

최정화 편집장이 오호, 라며 감탄스러운 소리를 냈다.

"전화 목소리가 꽤 좋다 싶었는데, 실제로는 더 좋은데요?"

"감사합니다."

"뭐 감사할 것까지야. 평소라면 커피라도 한잔 권하겠는데, 지금은 좀 바빠서 여유 있게 손님 접대하는 건 힘들겠어요."

"손님이라기보다 배달 역할로 온 거라 괜찮습니다."

싹싹한 태도로 대꾸한 석원이 들고 온 간식거리를 건넸다.

"단것들 위주로 집어 왔습니다."

"내가 또 맛있는 건 거절 안 하지. 고마워요."

편집장이 커피와 도넛을 직원들에게 돌렸다. 그 모습을 지켜보던 석원이 주위를 두리번거리며 "어느 거죠?"라고 묻자 최 편집장이 챙겨 둔 박스를 가리켰다.

"생각했던 것보다 박스가 큰데요?"

"처음에는 한 번역가 취향일 것 같은 책들만 골랐는데, 고르다 보니 내 취향인 것들도 챙겨 주자 싶은 마음이 들더라고요. 마감 전이라 이런 얘기 하기에는 이른 감이 있지만, 지금까지 한 번역가가 보내 준 작업물을 보면 미리부터 잘해야겠다 싶거든요. 놓치고 싶지 않은 사람일 것 같아서 말이지."

"대학 때도 눈길 사로잡을 만큼 영어를 좋아했고, 또 그만큼 잘했죠."

마치 여자 친구라도 되는 양 자랑이네. 편리한 택배 시스템을 두고서 굳이 배달을 자청한 이유를 짐작게 하는 모양새였다. 재미나다는 얼굴로 석원을 쳐다보는 편집장을 누군가 불렀다.

"그럼, 저는 이거 가지고 가 보겠습니다."

묵직한 박스를 집어 들던 석원이 박스에 적힌 주소를 보고는 순간 적으로 멈칫했다.

"뭐 문제 있어요? 너무 무겁나?"

"아뇨."

"재밌게 읽으라고 전해 줘요. 한 번역가 부럽네. 맑은 공기 마시면서 폐도 정화시키고. 나도 미세 먼지 드문 곳으로 가서 폐 청소 좀 해야 할 텐데. 그럼 기회 있으면 또 봐요."

"네, 다음에 뵙겠습니다."

차 뒷좌석에 박스를 올려놓은 석원은 믿기지 않는다는 눈으로 받는 사람 주소를 응시했다. 그러다 헛웃음을 지었다.

"뭐 하나 계획대로 움직여 주지를 않아."

출판사에서 책을 받은 뒤 곧장 수인에게 연락해 책 배달을 미끼로 저녁을 사 달라고 요구할 계획이었다. 그런데 수인은 서울이 아니라 승용차로 쉬지 않고 달려도 네 시간이 걸리는 곳에 있었다.

"멀리도 갔네. 왜 내려간 거야 갑자기."

석원은 차 문을 닫고는 운전석으로 가 앉았다. 이러면 계획을 다시 짜야만 했다. 핸들을 잡고서 어이없다는 표정으로 고개를 젓던 석원이 빠르게 파주 출판 단지를 벗어났다.

침실에서 나온 수인은 수면 부족으로 충혈된 눈가를 손끝으로 훑으며 현관 계단 끝에 섰다. 새벽부터 마을을 덮었던 빼곡한 안개가 빠르게 걷히고 있었다. 뿌옇던 풍경이 저마다의 색감을 입어 가는 모습을 감상하며 커피를 마셨다.

평온함. 지금 느끼는 감정이었다. 하지만 사사삭 풀숲을 스치는 작은 소리에도 깨져 버릴 만큼 예민한 평온함이기도 했다.

좋아하는 곤충도 많았고 벌레도 무서워하지 않았다. 그래서 시골 생활의 단점 중 하나라는 벌레가 문제 될 거라고는 생각지 못했다. 하지만 지네라니. 그 이상한 남자만으로도 충분히 막연한 상황인데.

다시 서울로 가야 할지, 그럼 이 집은 지금까지처럼 비워 둘 건지 오후 내내 고민을 했다. 그러는 사이 밤이 찾아왔고, 경찰차가 집 앞까지 천천히 순찰을 돌고 지나갔다. 마치 그 남자에게 보란 듯 동네를 한 바퀴 둘러보는 경찰차가 고맙기는 했지만 수인을 안심시키기에는 충분치 않았다.

에스프레소에 가까운 커피를 마시며 수인이 중얼거렸다.

"아쉽다."

넓은 마당과 겨울에도 햇살에 인색하지 않을 커다란 창문을 보며 상상했었다. 작은 사다리를 타고 올라 책을 고를 수 있는 벽면 책장. 장작이 타들어 가는 아담한 벽난로. 그리고 신나게 마당을 누리는 강아지와 창틀에 늘어져 햇살을 즐기는 고양이를.

"버킷 리스트를 만든다고 다 이루어지는 건 아니니까. 이상과 현실은 다르기도 하고."

뻔한 말로 아쉬운 마음을 달랬다. 이러다 개구리 소리마저 그리워질지도 모르겠다.

외출 준비를 하고 현관을 나서자 옆집 할아버지와 부부인 영산댁 할머니가 봉지를 들고 다가오고 있었다. 수인은 서둘러 대문을 열었다.

"집에 있으면서도 문을 꼭꼭 닫고 사나 보네."

"습관이 돼서요."

"하긴, 서울처럼 큰 도시에서 살았으니 그럴 만도 하지. 이거 어제 우리 딸이 택배로 보내 줬는데 맛이나 봐. 보니까 밥도 많이 안 먹는 거 같아서 쪼매만 가져왔어."

할머니가 내민 봉지 안에는 메추리알과 꽈리고추를 넣어 만든 소고기장조림과 진미채가 들어 있었다.

"맛있게 잘 먹을게요. 그런데, 할머니 저 다시 서울로 가려고 해요."

느닷없는 말에도 할머니는 딱히 놀라지 않았다.

"도시에서만 살아온 사람한테는 시골 생활이 안 맞지. 더구나 젊은 사람이. 집 안이나 저기 저 산속 무덤 속이나 뭐 그리 다를 것 없는 우리 같은 노인들이나 그럭저럭 사는 거지. 그래, 언제 올라간 건데?"

"마음먹은 김에 빨리 가려고요. 지금 읍내 부동산 가는 길이에요."

"집 내놓으려고?"

"네."

"잘 생각했어. 여기 내려와서 산다고 하기에 혹시 무슨 일이 있는 건가 걱정됐는데, 올라간다니까 차라리 안심이 되네. 집도 비워 두면 상하니까 파는 게 낫고."

손등을 토닥이던 할머니가 얼굴을 가까이 하며 은근슬쩍 물어 왔다.

"그나저나 만나는 사람은 없고? 내가 괜찮은 사람 하나 소개해 주까? 우리 집안 사람인데, 직장도 반듯하고 인물도 좋아."

할머니의 은근한 태도가 마음이 복잡하던 수인을 웃게 했다.

"말씀 감사한데 괜찮아요."

"왜? 성격도 사근사근한 데다 피부도 뽀얘서 요즘 사람들이 좋아할 인상인데."

"연애할 마음이 없어서요."

"아니, 그 좋은 나이에 연애를 안 하면 언제 하려고. 그러지 말고 한번 만나나 봐."

또 한 번 사양한 수인이 얼른 대화 주제를 바꿨다.

"오면서 뭐 좀 사다 드릴까요? 피자 좋아하세요?"

할머니가 손을 내저었다.

"매번 과일이다 빵이다 사다 주면서 또 뭘. 그리고 젊은 사람이나 좋아하지, 우리는 느끼해서 무슨 맛으로 먹나 싶던데."

"치킨은요?"

"아이고, 치킨 안 좋아하는 사람도 있나?"

할머니의 능청에 수인은 또 웃었다.

'땅. 토지. 전원주택.' 빨간색 글씨가 요란한 창문을 등지고 앉아 토지 대장을 검토하던 공인 중개사가 서류를 내려놓으며 수인에게 물었다.

"급하게 파셔야 합니까? 얼마 정도 생각하세요?"

"전혀 감이 안 잡혀요. 요 몇 년간 마을에서 집이 매매된 적이 없어서 마을분들도 잘 모른다고 하시고 인터넷으로도 정보를 얻기가 어렵고요."

"그렇지요. 시골은 집값이 아파트처럼 딱 정해진 게 아니라 파는 사람이랑 사겠다는 사람이 가격 맞으면 그게 시세거든요."

"그런데 문제가 두 가지 있어요."

"무슨……?"

"마을에 이상한 남자가 살고 있고, 집에 지네가 들어와요."

"에이, 난 또 무슨 심각한 문제가 있나 했네."

시골에서는 종종 토지와 건물 소유주가 각각 달라 매매에 어려움을 겪는 경우가 있는데, 이번에도 그런 건가 짐작하던 공인 중개사가 별것 아니라는 투로 말했다.

"어느 동네 가도 그 정도 불편함은 다 있죠. 그것보다 다른 부동산에 매물로 안 넣고 저한테만 맡기시는 조건이면 제가 1억 2천만 원까지 받아 드리겠습니다. 어떠세요?"

수인은 놀란 표정을 감추지 못했다. 공시 지가가 2천7백만 원이었다. 공시 지가와 매매 시세가 이렇게나 차이 나는 줄 몰랐다. 수인의 얼굴을 본 부동산 중개업자가 많이 놀랐냐며 웃었다.

"같은 시골이라도 땅값이 천차만별이지요. 시골에서 노후 생활 하려는 도시 사람들은 손님 집 같은 곳을 선호합니다. 집 뒤가 산이고, 앞에는 논이랑 개울이 있고. 거기다 마을 끝 집이라 사생활도 보호되고. 도시분들이 딱 좋아하는 위치죠. 땅 크기도 적당하고요. 서울 사세요?"

"네."

"그러면 자주 내려오시기도 힘드실 텐데, 서류에 도장 찍으실 때까지 아무것도 신경 안 쓰시게 만들어 드릴 테니까 저한테 믿고 맡겨 주세요. 그 마을 어르신들도 저를 잘 알고 계시니 걱정되시면 제 평판이 어떤가 여쭤보시고요."

남자가 자신 있는 태도로 명함을 건네자 잠시 생각하던 수인이 연락처를 알려 주었다.

"사장님께 일임할 테니까 잘 부탁드려요."

"예. 아무 염려 마세요. 곧 연락드리겠습니다."

부동산에서 나온 수인의 마음은 집을 나설 때보다 더 복잡했다. 시골집은 그녀에게 여러 가지로 놀라움을 안겨 주고 있었다. 암이 재발된 엄마가 치료를 위해 서울로 올라오기 전까지 거주하던 곳이지만, 외삼촌 소유인 줄 알았다. 엄마를 떠나보낸 후, 혹시나 자신도 모르는 빚을 상속받게 되는 건 아닌지 알아보다 외할아버지가 외삼촌에게 물려준 집을 아빠가 샀다는 사실을 알게 되었다. 그리고 아빠의 죽음으로 엄마가 상속받았다는 사실도.

그때 의문이 들었다. 엄마는 왜 시골집을 팔지 않았을까. 생활비와 병원비 때문에 학교를 그만두어야 했는데. 돈을 버느라 허덕이는 딸을 보면서도 왜 엄마는 이 집이 있다는 사실을 감추고 있었을까. 건강이 회복되리라 믿고 돌아갈 곳을 남겨 두고 싶었던 걸까. 엄마의 선택을 이해할 수 없었다.

"언제는 이해할 수 있었다고."

1억 2천. 지난 시간 동안 감당해야 했던 생활비와 병원비를 엄마에게서 돌려받는 상황처럼 되어 버렸다. 그럼에도 고맙거나 반가운 마음은 들지 않았다. 지금 이 복잡한 마음을 표현할 단어를 찾기 어려웠다.

창틀에 왼쪽 팔꿈치를 올려놓은 채 2차선 도로를 주시하던 석원이 남은 거리를 확인했다. 아직 30분 정도 더 가야 했다.

　"얼굴 한번 보는 것조차 힘이 들어."

　평소대로라면 집무실에서 업무를 볼 시간이었다. 그런데 강수인을 만나겠다고 아침부터 고속도로를 달렸다.

　강수인 때문에 어제 파주 출판 단지를 다녀온 걸로도 부족해 오늘은 사무실로 출근하는 대신 운전대를 잡고 있었다. 이렇게 하면서까지 강수인과 연애를 하고 싶은 건가. 시골집으로 찾아간다고 해도 특유의 쌀쌀맞은 얼굴로 왜 왔냐고 할 게 뻔한데. 거절당하면 타오르는 일차원적인 성격도 아닌데. 강수인 한정으로 오기가 생긴 건가. 이유가 뭐가 됐든 석원은 속도를 내고 있었다.

　내비게이션을 따라 기계적으로 핸들을 틀다 보니 어느새 마을 입구였다. 석원은 속도를 늦추고 주위를 휘둘러보았다. 아담하고 공기가 맑은 전형적인 시골 마을이었다.

　"끝 집이네."

　마을 한가운데가 아닌 끝 집이라는 게 강수인과 어울린다 싶었다.

　담에 바짝 붙여 주차를 한 뒤 운전석에서 내렸다. 대문을 밀어 잠긴 걸 확인한 석원은 담장 너머로 보이는 싱싱한 텃밭에 눈썹을 추켜올렸다.

　좀 새침하고 도회적인 분위기라 저기 서서 깻잎과 오이를 따는 모습이 매치가 되지 않았다. 서울과 이곳을 자주 오가기에는 장거리이기도 했고.

석원은 휴대폰을 꺼내 들었다. 놀라는 모습을 보고 싶었는데. 언제 올지 모르는 사람을 무작정 기다려? 연락을 해?

강수인. 휴대폰에 저장된 이름을 보며 고민하던 석원은 대문 열리는 소리에 몸을 틀었다. 낡은 대문을 열고 나온 이웃 할머니가 그에게 다가오고 있었다. 석원은 예의 바르게 보이는 미소를 지었다.

"안녕하세요, 할머님."

쪽마루 끝에 서서 골목길로 들어선 낯선 승용차의 움직임을 경계와 호기심 어린 눈으로 따라가다 차가 수인의 집 앞에 멈춰 서자 냉큼 신을 꿰차고 나온 영산댁이 남자의 인사에 한 걸음 더 다가섰다. 머리 끝에서 발끝까지 쭉 훑으며 "아이구, 길기도 길다."라고 혼잣말처럼 중얼거리고는 물었다.

"처음 보는 얼굴인데. 누구 찾아왔어요?"

"진석원이라고 합니다. 수인 씨는 외출했나 보네요?"

"수인이는 볼일 본다고 읍내에 갔는데. 그런데 친척은 아닌 것 같고……."

"대학 선배입니다."

석원의 대답에도 영산댁은 경계를 풀지 않았다.

"뭐 하는 사람이기에 주말도 아닌데 이 시간에 회사 안 나가고 여기를 왔어요?"

"변호사라서 출근 시간이 정해져 있지 않습니다."

"변호사?"

석원을 다시금 훑어본 뒤 세워 둔 차도 힐끔거린 할머니가 의심이

가시지 않은 눈으로 물었다.

"진짜 변호사 맞아요?"

"뭐 하는 사람처럼 보이세요?"

"반반한 얼굴로 비싼 차 몰고 다니면서 여자 꼬시는 백수 한량인가 싶었지. 남들 다 일하는 평일에 남의 집 앞에서 어슬렁거리면 그런 생각 드는 게 당연하지 않겠어요?"

반반한 얼굴. 오랜만에 들어 보는 표현이었다.

"차에 대해서 잘 아시나 봐요?"

"모르지. 그래도 번들번들한 게 엄청 비싸 보이네."

영산댁의 능청에 석원이 웃었다. 눈꼬리가 접히는 모양새가 여자 여럿 후렸겠다, 짐작하던 영산댁이 문득 드는 걱정에 물었다.

"변호사라는 사람이 평일에 내려온 거 보면 무슨 일이라도 있어요?"

"그냥 얼굴 보러 왔습니다."

"그래요?"

중얼거리듯 대꾸한 영산댁이 번뜩 스치는 생각에 한결 낮아진 목소리로 은밀하게 물었다.

"변호사 양반한테 내가 뭐 하나 물어볼 게 있는데."

"말씀하세요."

"잠깐만 기다려 봐요. 내 얼른 커피 한잔 타 가지고 나올 테니까."

슬리퍼를 신고서도 날렵한 걸음으로 이동해 대문 안으로 사라졌던 할머니가 잠시 후 작은 쟁반에 김이 모락거리는 종이컵 두 개를 얹어서 나왔다. 그에게 종이컵 하나를 건네고는 다리 앞에 놓인 벤치에 걸터앉은 할머니가 옆자리를 두드렸다.

달짝지근한 커피를 홀짝이며 연신 석원의 눈치를 보던 할머니가 "변호사라고 하니까 그러는데……."라며 말꼬리를 끌었다.

무슨 말을 꺼내려고 저러시나. 가늘게 눈을 접은 석원이 귀를 기울였다. 이럴 때는 재촉보다는 가만히 들어 주는 게 상대편의 말을 끄집어내는 데 더 효과적이었다.

"실은, 내가 남의 말을 쪼매 했는데. 그런데 험담 좀 했다고 고소한다고 난리네? 남의 말 좀 했다고 고소가 돼요?"

혹시나 누가 들을세라 머리를 가까이 하고서 물어 오는 할머니의 모습에 석원이 웃음기를 감춘 목소리로 물었다.

"누구 험담을 어떻게 하셨는데요?"

주름진 손이 수인의 집 뒤 낮은 산을 가리켰다.

"요 산 너머 마을에 우리 사촌 시누이가 사는데, 절이고 교회고 아무 데도 안 다니던 사람이 무슨 바람이 불었는지 갑자기 교회를 나가겠다네? 동네 들어오는 길에 교회 하나 봤지요? 거기를 간다는 거라. 그래서 내가 얘기해 줬지. 거기 교회 목사가 노인들 돈 빼먹는 사기꾼이고, 목사 마누라는 노인들한테 일시켜 먹는 아주 나쁜 여자라고. 그러니 다른 데를 가라고."

"사기꾼이라는 건 어떻게 아셨는데요?"

"왜 몰라. 이 동네 사람치고 그거 모르는 사람이 없는데. 사람 별로 없는 가난한 시골 교회라고 서울 큰 교회들이 돈을 많이 보내 준다더라고요. 그런데 그 돈이 다 목사 주머니로 들어가는 거라. 그걸로도 모자라 글 못 읽는 노인들 통장을 자기가 관리해 준다면서 돈을 쏙쏙 빼 가는 짓까지 하고."

종교를 표면에 내세운 사람들이 시골에서 벌이는 전형적인 사기 패턴 중 하나였다.

"그래서요?"

"아무리 산 하나로 동네가 갈라졌다지만 걸어서 20분도 안 걸리는데. 우리 시누이는 소문도 못 들었는지 영 깜깜이라. 그래서 내가 다 말해 줬지요."

비밀을 나누듯 은밀하게 속삭이던 영산댁이 눈앞의 낮은 산을 삿대질했다.

"아니, 우리 시누이도 우습지. 내가 오래 봐 왔지만 우리 시누이가 그렇게 입이 싼 줄은 몰랐네! 땡볕 아래에서 종일 일하고 벌어 온 돈 사기꾼 배 불리는 데 쓰지 말라고, 내가 좋은 마음으로다 말을 해 줬거든요. 그런데 내가 목사 사기꾼이라고 했다고 그 동네 사람들한테 말을 옮겨 가지고 목사 귀에까지 들어가 버렸는 거라. 목사가 얼굴이 벌게 가지고 나한테 오더니 목청을 높이고 눈을 부라리더라고요. 참 내!"

영산댁이 목사의 말투와 표정을 흉내 냈다.

"'명예 훼손으로 감방 가기 싫으면 입조심하란 말이오!' 덩치가 산 적만 한 사람이 고소하겠다면서 삿대질을 하고 소리를 지르는데, 어찌나 무섭던지."

비스듬히 고개를 기울인 석원이 할머니를 관찰했다. 할머니의 말을 100퍼센트 믿는 건 아니었다. 할머니가 의도적으로 거짓말을 해서가 아니라 사람의 기억에는 오류가 있기 마련이었다. 사실을 나열할 때에도 감정이 들어가 자신한테 유리한 부분은 강조하고 아닌 것들은 축소하는 게 사람 심리였다. 그럼에도 정상적인 목사가 아니라는 건 알 수 있었다.

석원은 정보를 좀 더 끌어내기 위해 할머니를 부추겼다.

"누명을 쓰면 억울해서 좀 과하게 행동할 수도 있죠."

"누명은 무슨! 그 교회 다니던 사람들이 경찰서에 가서 고소까지 했는데! 그래서 못된 놈 잡아가나 싶었는데, 웬걸. 경찰서 몇 번 오고 가고 하더니 그걸로 끝이데? 고소했던 사람들은 교회 떠났고. 목사는 자기가 아무 죄가 없어서 경찰에서 풀어 준 거라고 하데요?"

할머니가 답답하다는 듯 몸을 틀어 석원을 바라봤다.

"내가 요 앞 파출소 순경을 잡고 물었거든요. 왜 나쁜 짓 한 놈을 안 잡아가냐고. 그랬더니 순경이 자기도 잘 모르는데 얼핏 들은 말로는, 검사가 증거가 부족하다고 했다네. 아니, 돈 뺏긴 사람들이 증거지 무슨 놈의 증거가 더 필요한데? 변호사 양반, 진짜로 목사가 나를 고소할 수 있어요?"

증거 불충분. 아마도 대형 교회에 비해 횡령 금액이 적고, 노인들 통장에서 빼낸 돈은 헌금과 구분하기 어려운 데다, 고소인들이 노인들이라 법적 효력을 가지는 증거물 제출이 불가능해서 내린 결정일 거다. 어쩌면 종교 단체의 비리는 골치 아픈 사건이라 대충 처리했을 수도 있고, 목사와 친분 관계가 있는 지방 유지들의 입김이 작용했을 확률도 배제할 수 없었다.

'시골 가난한 교회', '봉사하는 젊은 목사 부부', '무지한 노인들'. 이 프레임에 갇힌 사람들은 선입견을 가질 테고 결국은 피해자가 더 피해를 보고 다칠 수밖에 없는 것이 현실이었다. 실제로 횡령과

폭언으로 형사 고소를 당한 전력을 가진 목사가 노인들을 위해 시골에서 봉사하는 훌륭한 목사로 둔갑되어 기사화된 사례도 있었다. 석원은 가장 현실적인 조언을 했다.

"할머님 돈만 안 뺏기면 되니까 그 목사한테 관심 가지지 마세요. 다른 사람들한테 그 목사에 대해 소문내지도 마시고요."

영산댁이 놀라 펄쩍 뛰었다.

"진짜로 나를 고소할 수 있나 보네? 없는 말을 한 것도 아니고 있는 그대로를 말했는데도요?"

"사실을 말해도 명예 훼손이 될 수 있으니까요."

자신의 치부가 세상에 드러날지도 모르는 위험을 무릅쓰면서까지 목사가 고소를 진행하지는 않을 터였다. 설령 한다고 해도 할머니가 유죄 판결을 받지 않을 확률이 크고. 하지만 송사에 휘말린다는 것 자체가 사람 진 빼는 일이다. 그 지난한 과정을 겪기에는 칠십을 훌쩍 넘긴 할머니한테 전혀 이득 될 게 없었다.

영산댁이 한숨을 폭 내쉬었다.

"변호사 양반은 내 속이 뻥 뚫리는 말을 해 줄지 알았더니. 법이 이렇게 이상하니 나쁜 놈들이 활개를 치고 다니는 거라."

"법이 이해 안 될 때가 꽤 있긴 하죠."

영산댁이 때마침 시외버스가 지나가는 2차선 도로를 가리켰다.

"하기야 세상이 이상하게 돌아가는데, 법이라고 안 그럴까? 저 길 따라가면 절이 있고 그 옆에는 절에서 운영하는 요양원이 있는데, 거기도 노인들 학대하고 돈 빼먹는다고 신문에 나서 떠들썩했거든요. 한쪽에서는 목사가 경찰서에 불려 가고, 다른 한쪽에서는 신문에 절이랑 요양원 사진이 나오고. 이 작은 시골 마을에서 이게 무슨 난리인가 싶으면서도, 이제 나쁜 놈들이 다 잡혀 가겠구나 했는데. 웬걸? 잠깐 그러고는 그만이데?"

세상이 요지경 속처럼 희한하게 돌아간다며 절레절레 고개를 흔들던 영산댁이 허탈한 음성으로 덧붙였다.

"하긴 친인척도 사기를 치는 세상인데, 생판 남이야 뭔 짓을 못 할까. 당하는 사람만 억울하지. 수인이만 해도 외삼촌이 수인이네 땅 몰래 해 먹어 버렸는데."

"그런 일이 있었습니까?"

영산댁은 아차 싶었다. 흥분해서 남의 얘기까지 해 버렸다 싶은 마음이 드는 한편 알려 주고 싶어 입이 근질근질했다.

"이런 말을 해도 되는지 모르겠네……."

"편하신 대로 하세요."

들어도 그만 안 들어도 그만이라는 석원의 태도가 오히려 털어놓고 싶은 욕구를 부추겼다. 영산댁은 수인의 집 옆에 자리한 계단식 밭을 가리켰다.

"언제더라? 수인이 아버지가 저 밭을 수인이 외삼촌한테서 샀어요. 그때 수인이 외삼촌이 여기저기 진 빚이 많았어. 그래서 수인이네가 당장은 필요도 없으면서 도와준다고 샀거든요. 밭농사는 외삼촌이 계속 짓는 걸로 하고. 그러다 수인이 외삼촌이 몇 년 전에 아들 따라 경기도로 가 버려서 지금은 옛날 이장이 농사짓고 있고. 그런데 그 둘이 한 짓거리가 좀 심상찮은 거라."

"어떻게요?"

"몇 년 전 특별 조치법 때 사람들이 자기 땅 찾는다고 들썩였거든요. 그때 수인이 외삼촌이 증인 두 사람 세워서 저 밭 등기를 자기 앞으로 옮긴 거라. 증인 섰던 사람이 옛날 이장이랑 이장 친구고. 자기 말로는 누나한테서 다시 샀다고 하는데 그만한 돈도 없을뿐더러 돈 주고 정당하게 살 사람이 아니거든요, 그 사람이."

석원이 생각에 잠긴 눈으로 도라지꽃이 만개한 밭을 바라보았다. 시골에는 아직도 실제 땅 주인과 등기상의 주인이 다른 경우가 꽤 있었다. 사람들의 편의를 위해 등록 절차를 간소화한 부동산 특별 조치법이 사기꾼과 피해자를 만들어 냈다. 수인의 유언장이 이해되는 순간이었다.

"수인 씨 가족한테 이런 일이 벌어졌다고 연락해 준 사람은 없었습니까?"

"수인이 아버지야 교통사고로 진즉 떠났고, 수인이 엄마는 그때 암이 재발해 가지고 큰 병원 간다고 서울로 올라간 뒤였어요. 안 그래도 정신없을 텐데 더 번잡하게 만드는 건가 싶기도 하고, 수인이 전화번호도 모르고. 또 남의 일에 끼어들었다가 괜한 원망만 듣는 거 아닌가도 싶고. 게다가 수인이 외삼촌은 산소 벌초한다고 1년에 한두 번은 내려와서 마주치는데 괜히 원수질 일 만들기도 껄끄럽고 그렇잖아요."

길지 않은 대화 몇 마디에 수인이 혼자인 사연을 알게 되었다. 족가. 석원은 그녀가 만들었던 단어를 떠올렸다.

"할머님 저 밭 번지 아세요?"

"알지요, 그럼."

석원은 휴대폰으로 할머니가 불러 준 주소지의 소유주 변동 사항을 훑었다.

— 강종운. 매매로 인한 소유권 이전
— 김희영. 상속으로 인한 소유권 이전
— 김예중. 매매로 인한 소유권 이전

"김예중이라는 사람이 수인 씨 외삼촌입니까?"

"그렇지요."

"수인 씨는 알고 있습니까?"

"모르겠지. 알고 있었으면 진작 땅 찾는다고 했겠지요. 안 그래도 이따가 오면 말을 꺼내려고. 다시 서울로 간다는데 그 전에 말을 해 줘야지. 찾을지 말지는 당사자 마음이지만 전후 사실은 알아야 하지 않겠어요."

"서울로요?"

"서울에서 무슨 일이 있었는지 몰라도 여기서 살아 보겠다고 내려왔는데, 마음처럼 쉽지가 않은가 보더라고요. 속말을 안 해서 잘은 모르지만 도시 살다가 시골에서 사는 게 만만치가 않지. 더구나 여자 혼자서."

설탕물 냄새가 올라오는 빈 종이컵을 쥔 석원이 자리에서 일어났다.

"어디 갈라고요?"

"수인 씨 왔으니 땅 찾으라고 알려 줘야죠."

이야기에 폭 빠져 택시가 멈춰 서는 소리도 듣지 못한 영산댁이 덩달아 일어나더니 수인에게 얼른 오라며 반갑게 손짓을 했다.

다리 위에 서서 묘한 표정으로 석원을 바라보던 수인이 걸음을 뗐다.

"이제 왔네. 일은 잘 봤어?"

"네."

"아까부터 손님이 와서 같이 기다리고 있었지."

수인의 눈동자가 다시금 석원에게로 향했다. 그러자 석원이 슬쩍 눈썹을 꿈틀거리며 눈을 맞춰 왔다. 알 수 없는 눈길로 그를 바라보던 수인이 시선을 거두고 옆집 할머니에게 봉지를 건넸다. 봉지 속 종이 박스에서 고소한 치킨 냄새가 풍겨 나왔다.

"할아버지랑 드세요. 아직 따뜻해요."

"아유, 맨날 받기만 해도 되나 모르겠네. 잘 먹을게. 얘기 잘하다 가요, 변호사 양반."

치킨 박스를 반갑게 받아 든 영산댁이 두 사람에게 인사를 해 보이고는 종종걸음을 쳤다. 작은 체구가 대문 안으로 사라지자 수인이 몸을 틀어 석원을 마주했다.

수인은 비스듬히 고개를 기울인 채 그를 올려다봤다. 택시 안에서 다리 근처 벤치에 앉아 있는 남자의 뒷모습을 본 순간 석원과 닮았다는 생각을 했다. 그러다 닮은 사람이 아니라 진짜 진석원이라는 걸 알아챘을 때 수인은 당황해 버렸다. 어떻게 여기 있다는 걸 알았을까, 연애 제안을 거절당하고서도 이곳까지 내려온 이유가 뭘까, 하는 의문보다 이상하게도 좀 반가웠기 때문이었다.

여기까지 찾아온 이 남자가 불편하기보다 반갑다니. 전혀 반가울 이유가 없는 남자인데. 진석원이 반가울 만큼 나는 쓸쓸했나. 밤잠을 설치게 만들었던 일들이 의식하고 있는 것보다 더 두려웠나. 그런 생각들이 스쳤다.

한 손엔 카디건을 쥔 채 시선을 마주하고 있는 석원은 그녀가 먼저 말을 꺼내기를 기다리는 듯했다. 혹은 반응을 보고 싶어 하는 것처럼도 보였다.

볼 안쪽 살을 잘근거리며 말을 고르던 수인은 문득 허벅지에 닿는 비닐봉지의 온기를 인식하고는 저도 모르게 물었다.

"점심, 먹었어요?"

어떤 말을 해 올까. 짙은 기대와 옅은 긴장으로 지켜보던 석원의 눈동자에 놀란 기색이 스쳤다. 대답은 금방 나왔다.

"두 마리쯤은 해치울 수 있을 것 같은데. 커피 두 잔 마신 것 외에는 빈속이라서."

"한 마리밖에 없어요."

투박하게 대꾸한 수인이 집을 향해 걸음을 뗐다. 머릿속으로는 왜 점심 초대를 해 버렸나, 타박 어린 자문을 하면서. 석원과 대화를 할 때면 생각하기도 전에 말이 먼저 나가 버릴 때가 있다. 신중한 편인데도 이상하게 석원에게는 그랬다.

그래도 이 먼 곳까지 왔고, 치킨도 남을 테고. 그리고 무엇보다 좀 반가웠고. 수인은 그렇게 자신의 제안을 정당화하며 걸었다.

골목길로 들어서는 수인과 발을 맞추던 석원이 손등으로 이마를 훔쳤다.

"확실히 남쪽이라 덥네."

"서울은 카디건 입을 만큼 시원했나 봐요?"

"비가 꽤 내렸어. 바람도 불고."

석원이 담장 너머로 보이는 텃밭을 가리켰다.

"직접 키워?"

"그래 보여요?"

"아니라서 묻는 거지."

"식물 키우는 데 소질 없어서 그냥 놔둬도 잘 자란다는 선인장만 겨우 키워요."

"공통점 하나 더 늘었는데?"

수인이 의아한 눈길로 쳐다봤다.

"우리가 공통점이 있었어요?"

"영국식 영어를 좋아하고, 시대 배경이 현대가 아닌 장르 소설이 취향이고."

석원이 치킨 박스를 눈짓했다.

"치킨을 좋아하지."

"……치킨 좋아하는 걸 공통점으로 삼기에는 안 좋아하는 사람이 드물지 않아요?"

"치킨을 빼도 최소 세 가지 공통점은 있다는 거지."

"장르 소설 좋아하는 건 어떻게 알았어요?"

"최정화 편집장님과 얘기 잠깐 나누다가."

주소를 알게 된 경위도 같겠구나, 짐작하며 수인이 대문을 열고 집 안으로 들어갔다. 그녀에게서 떠나지 않는 석원의 시선을 의식하면서 였다.

부엌으로 들어선 석원이 카디건을 의자 등받이에 걸쳤다. 수인이 식탁 위에 치킨 박스를 올려놓으며 그의 맞은편에 앉았다. 시원시원한 동작으로 셔츠 소매를 걷어 올린 석원이 먼저 먹으라는 듯 눈짓을 하자 수인이 사각형의 가슴살을 집었다.

"손님이라고 다리 양보하는 거야? 나는 사양하는 성격 아닌데."

"살코기만 좋아해요."

"다행이지?"

"뭐가요?"

"내가 온 덕분에 싫어하는 부위 억지로 안 먹어도 되니까."

석원의 넉살에 뭐라고 대꾸할 말을 찾지 못한 수인이 그를 한 번 쳐다보고는 시선을 내려 치킨을 베어 물었다. 시간이 좀 지났는데도 갓 튀긴 것처럼 바삭한 소리가 났다. 치킨 박스의 로고에 눈을 두고서 담백한 가슴살을 먹고 있었지만 바깥의 햇살보다 따가운 석원의 시선을 의식한 채였다.

저렇게 쳐다보는 걸 보면 곧 말을 걸어오려나 싶었는데, 석원은 아무 말 없이 부지런히 치킨 박스 속 조각들을 해치웠다. 배가 많이 고프다더니, 그래서인지 아니면 식사 중에는 말이 없는 타입인지 치킨에만 집중하고 있었다.

기름기 없는 살코기 세 조각을 끝으로 콜라를 마시던 수인이 순식간에 비워진 치킨 박스를 신기한 눈으로 쳐다봤다.

손에 묻은 기름기를 말끔하게 닦아 낸 석원이 물었다.

"혹시 밥 있어? 아님 라면이라도."

수인이 놀란 눈을 했다.

"그걸 다 먹고도 배가 고파요?"

"두 마리도 먹을 수 있다고 했을 텐데."

"그만큼 배가 고프다는 말인 줄 알았어요."

즉석 밥이 데워지는 동안 수인이 냉장고에서 밑반찬들을 꺼내며 물었다.

"미끼가 뭐예요?"

순간 석원의 눈동자가 번득였다. 즐거운 기색을 감춘 채 모른 척 되물었다.

"무슨 말이야?"

"가까운 거리도 아닌데, 여기까지 오는 수고를 한 사람이 아무런 대비책 없이 무작정 내려오지는 않았을 것 아니에요. 문전 박대 당하면 어쩌려고 했어요?"

"아, 그런 뜻. 미끼라기보다는 통행증을 가지고 왔지. 최 편집장님이 챙겨 주신 책."

"책이요?"

"한새나 번역가가 마음에 든다면서 꽤 많이 챙겨 주시던데? 출판사까지 직접 가서 받아 왔어."

생색을 낸 석원이 식사 후 가져다주겠다며 수저를 들었다. 생각지도 못한 말에 수인은 휴대폰을 집어 최정화 편집장에게 감사하다는 문자를 전송했다. 예상대로 바쁜지 답장은 없었다.

"차 키 주면 내가 가져올게요."

"혼자 들고 오려면 네 번은 왔다 갔다 해야 할 무게인데, 기다리는 게 낫지 않을까?"

"그렇게나 많아요?"

고개를 까딱인 석원은 빠른 속도로 밥공기를 비워 나갔다. 마치 치킨은 한 조각도 먹지 않은 사람 같았다. 식사하는 모습을 쳐다보고 있기도 머쓱해 수인은 등을 돌렸다. 선반에서 모카 포트를 꺼내 가스레인지 위에 올리고 불을 켰다. 파란 불꽃을 응시하다 궁금증을 참지 못하고 뒤돌아 물었다.

"편집장님께는 뭐라고 하고서 받아 온 거예요?"

"희찬이 통해서 편집장님이 책 선물 보내실 거라는 얘기를 들었고, 그래서 내가 직접 전해 주겠다고 자원해서 출판사에 갔고. 정신없이 바빠서 간단한 인사만 주고받았고. 그게 다야. 희찬이가 편집장님께 뭐라고 했는지, 편집장님이 무슨 생각을 했는지는 안 물어봐서 모르겠어. 궁금증 풀렸어?"

수인은 미적지근한 표정으로 고개를 끄덕였다. 석원과 마주친 후로 의도치 않게 연관되는 사람들이 늘어 가고 있었다. 어쩐지 보이지 않는 덫이 다가오는 듯한 기분이 들었다. 계략가. 식사에 집중한 석원을 보며 머릿속을 스쳐 간 단어였다. 생뚱맞게도.

커피가 보글보글 끓어오르는 소리에 수인은 뒤돌아 가스 불을 껐다. 그런 뒤 커피 잔을 들고서 부엌 창가에 섰다. 바람이 부는지 보라색과 흰색 도라지꽃이 사르르 흔들리고 있었다. 현실 같지 않은, 동화 같은 풍경이었다. 진석원이 그녀의 부엌에서 밥을 먹고 있는 장면도 현실 같지는 않았다.

"의외야."

수인이 고개를 돌렸다.

"뭐가요?"

"이렇게 쉽게 집 안으로 들어와서 밥까지 먹게 될 줄은 몰랐거든."

"나도 의외예요."

석원이 무슨 말이냐는 눈으로 쳐다봤다. 수인은 나도 몰랐는데 사람이 좀 그리웠나 보다고 속말을 꺼내는 대신 질문을 던졌다.

"책만 받고서 잘 가라고 했다면 어떻게 할 계획이었어요? 또 어떤 카드를 숨기고 있어요?"

"이런 의심을 받을 만큼 내가 계산적이지는 않은데. 다른 꿍꿍이나 계획 없이 마음이 내키는 대로 행동하는 걸 수도 있잖아?"

수인의 의심만 부추기는 말이었다.

"그래서 계획 없이 왔다고요?"

"문전 박대 하면 채무 변제 이행하라고 요구할 생각이었지."

수인이 어이없어하며 중얼거렸다.

"……누가 들으면 엄청난 빚 진 줄 알겠어요. 겨우 커피 한 잔 가지고."

"빚은 빚이지. 그래서 작은 거라도 빚지면 안 된다고들 하는 거야. 언제 어떻게 발목을 잡을지 모르거든."

얼핏 조언처럼 들리는 진중한 목소리였지만 눈빛은 장난스러웠다. 석원의 젓가락이 잘 익은 김장 김치를 가리켰다.

"옆집 할머님 솜씨?"

"반찬 모두 할머니가 주신 거예요."

"할머니 재미있으시던데."

"그렇죠?"

무심히 맞장구를 친 수인은 그가 마저 밥을 먹는 동안 부엌 창으로 보이는 풍경에 또다시 눈길을 주었다. 계단식 밭의 한 칸이 온통 하얗고 보라색인 도라지꽃으로 그득했다. 창틀 속 도라지꽃은 마치 그림 액자 같았다. 이제 볼 수 없게 되어 아쉬운 풍경 중 하나였다.

　"잘 먹었어."

　빈 그릇과 수저를 싱크 볼에 담은 석원이 모카 포트에서 커피를 따른 뒤 그녀의 곁으로 다가왔다.

　"예쁘네."

　"도라지꽃이 이렇게 예쁜 줄 나도 이번에 알았어요. 밭에 꽃을 심다니 로맨틱하다 싶었는데, 몇 년간 키운 도라지 뿌리는 값이 꽤 나간대요."

　"밭 도로 찾으면 가장 먼저 해야 할 일이 경작인한테 통보하는 거야. 주인이 바뀌었으니까 더 이상 새로운 작물 심지 말고 농사 마무리 지으라고. 그래야 매매할 때 귀찮은 일 막을 수 있으니까. 밭을 팔지 않고 그대로 둘 거면 다른 사람한테 맡기는 게 낫고. 지금 밭농사 짓는 옛 이장은 미덥지 못한 사람 같으니까. 옆집 할머니한테 부탁드리면 어렵지 않게 소개받을 수 있을 것 같은데."

　수인이 영문 모를 얼굴로 그를 쳐다봤다.

　"그게 무슨 말이에요?"

　"저 밭 소유자가 누군지 알아?"

　"몰라요."

　대답을 하는 순간 수인은 어쩐지 이 뜬금없는 얘기의 맥락을 알 수 있을 것 같았다.

"강수인 씨 어머니 소유였다가 3년 전에 남동생에게 넘어가서 등기상의 현 소유주는 김예중 씨."

"······아까 할머니랑 나누고 있던 얘기가 이거였어요?"

석원이 고개를 끄떡였다.

"부동산 등기 특별 조치법, 들어 봤어?"

"들어만 봤어요."

"부동산의 실소유자가 제 권리를 찾아서 등기할 수 있도록 만든 특별법인데, 악용하는 사람들이 종종 있어. 간단히 설명하자면, 주인이 쉽게 땅 찾아가라고 만든 법을 남의 땅 빼앗는 데 이용한다는 거지."

수인이 미간을 접었다.

"남의 걸 훔치는 게 그렇게 간단한 일이에요? 지갑 같은 것도 아니고 땅인데?"

"사기 칠 작정하고 달려드는 사람들한테 그 정도쯤이야. 시골 땅은 소유주가 타지에 거주하는 경우가 많아서 자기 땅을 빼앗겼다는 사실을 뒤늦게 알게 되는 사례가 꽤 많으니까."

석원이 창문 옆 벽면에 한쪽 어깨를 기대며 물었다.

"저 땅을 어떻게 하고 싶어?"

"우선은 정확한 사실 관계를 알아야겠죠."

"만약 사기를 친 거라면?"

"되찾아야죠. 설령 돌려받을 땅의 가치보다 변호사 수임료가 더 든다고 해도 내 걸 빼앗겼다는 사실을 알면서도 그대로 두고 싶지는 않아요."

석원이 어이없다는 듯 헛웃음을 흘렸다.

"대체 도연우가 얼마나 뜯어 간 거야? 곧 아빠 되니까 더 열심히 해야겠다더니 엉뚱한 데서 열심인 거 아냐?"

수인이 얼른 자신의 담당 변호사를 감쌌다.

"밭은 대지보다 훨씬 저렴하다고 들어서 한 말이에요. 그리고 도 변호사님 수임료는 적정 수준이었어요. 상담도 무료로 해 주셨고요."

"상담료야 의뢰를 맡겼으니까 안 받은 거지. 그걸로 생색냈어?"

"생색내지 않았어요."

도연우를 변호한 수인이 걱정스레 물었다.

"소송 과정 복잡해요? 사기 사건이니까 민사 소송 하기 전에 형사 소송부터 해야 하는 거죠? 소송하게 되면 판결 날 때까지 얼마나 걸릴 것 같아요? 가짜라고는 해도 서류도 있고 증인들도 있다면, 저쪽이 사기 쳤다는 걸 증명하는 게 까다롭지는 않아요?"

쏟아지는 질문에 석원이 팔짱을 꼈다. 즐겁다는 듯 눈꼬리를 휜 채였다.

"나한테 사건 맡길 거야?"

입술을 잘근거리던 수인이 물었다.

"상담료 얼마예요?"

"상담은 나한테 받고 의뢰는 도 변한테 맡기겠다? 강수인 씨, 보기보다 뻔뻔한데?"

"이미 변호인이 있는데 굳이 다른 변호사한테 맡길 이유 없잖아요, 번거롭게."

"이유야 여러 가지 있지."

그에게 집중된 까만 눈동자를 즐기며 석원은 빈 잔에 다시 커피를 채웠다. 궁금증을 키워 나가던 매끄러운 입술이 열렸다.

"사기 사건이야. 처음부터 변호사였던 사람과 검사 출신 변호사 중 범죄자 성향 파악이나 범죄자를 다루는 데 누가 더 능숙할 것 같아? 검사 출신 변호사는 물론 나를 말하는 거고."

도연우에게 들어 이미 알고 있다는 사실을 모르는 석원이 검지로 스스로를 가리켰다.

"승률이 높은 쪽에 맡기는 게 합리적이겠지? 누가 더 높을 것 같아? 당장 증언들과 자료 확보가 가능한 사람과 현장에 내려와서 처음부터 시작해야 하는 사람 중 누가 더 빨리 처리해 줄 수 있을까? 무엇보다."

말을 멈춘 석원이 고개를 숙여 눈높이를 맞춰 왔다.

"아기 아빠 된다고 들뜬 사람보다는 강수인 씨한테 연애 걸고 있는 내가 더 전력을 다하지 않겠어?"

석원은 연애 신청이 여전히 유효하다는 노골적인 말 뒤에 판결을 내리듯 덧붙였다.

"책 갖고 올 테니까 그동안 생각해 봐."

수인에게 결정권을 준 석원이 문을 열고 나가 마당을 가로질렀다. 분명 연애를 거는 쪽은 석원이었다. 게다가 이미 한 번 거절까지 당했는데도 주도권을 쥐고 있는 사람이 그라고 착각할 만큼 당당하고 여유로웠다. 원하는 건 모두 얻어 온 사람 같은 태도였다. 그 모습이 대학 시절의 그를 떠올리게 했다. 당당하고 여유 넘치던, 그래서 빛나고 부러웠던 진석원 선배.

차 문을 열고 박스를 챙겨 드는 석원을 지켜보며 수인은 조금 전 석원과 마주쳤을 때의 감정을 되짚었다. 마음이 좀 복잡했다.

마음을 복잡하게 만든 장본인이 부피가 큰 박스를 안은 채 그녀에게 다가오고 있었다.

현관으로 들어서는 석원에게 다가가 저도 모르게 박스를 건네받으려고 하자 석원이 귀엽다는 표정을 지었다.

"쉽게 들고 있는 것처럼 보여도 꽤 무거워. 어디다 놔 줘?"

"여기요."

거실 바닥에 박스를 내려놓는 석원의 셔츠 아래로 팽팽하게 당겨진 등 근육이 드러났다. 타고난 체형도 예쁘지만 자기 관리 역시 잘한다는 것을 보여 주는 모습이었다. 자신의 눈길이 향한 곳을 뒤늦게 의식한 수인이 당황해하며 시선을 돌렸다.

석원이 거실 창턱에 걸터앉으며 물었다.

"그래서 대답은?"

"그 전에 개인적인 거 물어봐도 돼요?"

"얼마든지."

"검사 생활은 얼마만큼 했어요?"

"1년 채우고 그만뒀어."

"왜 그만뒀는데요? 단순히 궁금해서 묻는 거니까 곤란하면 말해 주지 않아도 돼요."

"곤란할 일이 뭐 있다고. 안 맞아서 관뒀어. 남의 명령 듣는 거 생각 이상으로 안 맞는 체질이더라고."

수인은 저도 모르게 고개를 끄덕였다. 역시나 그렇구나.

"그 고갯짓의 의미는?"

"딱 봐도 그래 보인다는 의미예요."

"딱 봐도 그래 보인다?"

재미난 말을 들었다는 듯 팔짱을 끼며 물어 오는 석원에게 수인은 또 한 번 고개를 끄덕여 보였다.

"변호사 일은 체질에 맞아요?"

"상명하복 관계가 규율인 검사보다는. 같은 실수 반복하기 싫어서 대형 로펌이 아닌 지금의 사무소를 선택했는데, 아직까지는 잘한 결정이라고 생각해. 영업에 신경 쓰지 않아도 되고. 내가 원하는 사건만 골라 맡는 조건으로 일하는 거라서. 더 궁금한 건?"

"없어요."

"그럼 이제 내 차례지. 순순히 집 안에 들어오게 하고. 치킨도 나눠 주고. 거기다 밥이랑 커피까지. 갑자기 날 대하는 태도가 달라진 이유가 뭐야?"

"……나 때문에 치킨 버렸다면서요. 그리고 커피는 부채 이자예요."

"그런 말도 할 줄 아는 성격이었어? 싫어하는 사람하고는 농담은 커녕 알고 지내는 것조차 거부하는 성격인 줄 알았는데."

"싫어하는 건 아니라고 했잖아요."

"싫지 않다는 소리 듣고 싶어서 한 말입니다, 강수인 씨."

"……"

석원이 하는 정중한 존댓말은 꼭 놀리는 것처럼 들렸다. 입을 꾹 다문 수인을 바라보는 석원의 눈동자가 숨길 수 없는 장난기로 반짝였다.

"나는 강수인 씨가 말문 막혀 할 때가 왜 이렇게 좋지?"

수인은 할 말을 찾지 못했다. 해를 등지고 앉은 석원의 미소가 눈부셨다.

"이자를 이렇게 넉넉하게 받을 줄은 몰랐는데? 어떻게든 변제 못하게 만들고 싶어지잖아."

마치 햇살에 눈이 부신 것처럼 잠깐 눈을 감았다 뜬 수인이 대답했다.

"소송을 한다면 판결 날 때까지 얼마나 걸릴 것 같아요?"

"정확히 말해 주기는 어렵지만, 어떤 판사를 만나느냐에 따라 판결이 달라질 수도 있는 사건은 아니라서 저쪽이 사기를 쳤다는 사실 관계만 확인하면 판결 날 때까지 신경 쓸 일 없을 거야. 일반적인 경우라면 소송까지 가지 않을 확률이 더 크고. 어때, 그 사람 성격? 뻔히 질 걸 알면서도 물고 늘어질 만큼 미련하고 악질이야? 아니면 상황 파악이 빨라서 꼬리 내리고 합의 걸어올 성격?"

수인이 어깨를 으쓱였다.

"어떤 사람인지 잘 몰라요. 어릴 때는 명절날 집에 찾아오면 인사만 했고, 성인이 된 후로도 만난 건 몇 번 되지 않아요. 엄마 돌아가시고 나서는 서로 연락 안 해요."

"그렇게 말하는 거 보니까 걱정 안 해도 되겠는데."

수인이 무슨 뜻이냐는 눈을 했다.

"친인척 간에 법적 다툼이 생기면, 살인이나 그에 준하는 극단적인 케이스가 아닌 이상 소송을 제기한 사람이 비난을 받는 게 대부분이야. 처음에는 가해자를 욕하다가도 시간 좀 지나면 그래도 친척끼리 소송까지 가는 건 너무했다는 쪽으로 여론이 흘러가니까. 더구나 나이 어린 조카가 외삼촌을 고소하는 상황이라면 무슨 말들이 오갈지 상상이 가지?"

"잘 알아요."

엄마가 암 투병 하는 동안 병문안 한 번 오지 않았던 친인척들이 그녀 혼자 장례를 치렀다는 걸 뒤늦게 알고서는 독하다며 손가락질을 했었다. 살뜰하게 돌봐 준 외삼촌과 외숙모 가슴에 대못을 박았다는 말에는 저도 모르게 실소를 흘려 버렸다.

친인척이라는 건 도움이 필요할 때를 대비해 얄팍한 인연을 끊지 않고 관계를 유지하는, 마치 보험과도 같은 존재다. 그것도 쌍방향이 아니라 늘 일방적인. 조금 더 선량하고, 조금 더 마음이 약한, 혹은 트라우마가 있는 쪽이 끊임없이 희생하는 관계. 지금까지 수인에게 친척이란 그런 존재들이었다.

"피해자한테 죄책감까지 가지라고 압박 주는 시선들 때문에 중도에 고소 취하하는 경우가 흔하지. 법정 가서 승소한다고 해도 감정적 소모가 많아서 후회하거나 다른 친인척들과의 관계까지 틀어지는 경우도 있고. 그래서 재산은 되찾겠지만 심적으로는 힘들어질 수 있다는 것 정도는 알고 시작하는 게 좋다고 말해 주려고 했는데. 굳이 그럴 필요 없겠어."

"연락하면서 지내는 친척도 없을뿐더러 가해자에게 감정 이입하는 사람들한테까지 신경 쓰는 성격 아니니까 걱정 말아요. 말했잖아요. 나 착하지 않다고."

"나도 말했을 텐데. 착한 사람한테 매력 못 느낀다고."

대꾸할 말을 찾지 못하는 수인을 빤히 쳐다보던 석원이 몸을 일으켰다.

"그럼 본격적으로 상담을 해 볼까."

"상담만 하는 건 안 받아 주는 거 아니었어요?"

"상담이 의뢰까지 이어지도록 만들어야지. 그 전에 커피 한 잔 더 마시고 싶은데."

"그래요."

선선히 대답하곤 부엌으로 들어간 수인이 뒤따라 들어온 그에게 얼른 협상을 시도했다.

"그럼 이걸로……."

"이건 변제용이 아니라 상담료."

수인이 억울하다는 듯 콧등에 주름을 잡자 석원은 이런 표정도 짓는구나 싶었다. 고속도로 타길 잘했다.

정적이 흐르는 부엌에서 가스레인지 불꽃에 달궈진 모카 포트가 부글부글 소리를 냈다. 긴 시간 비워 둔 것처럼 일상의 물건들이 거의 없는 부엌에 유독 커피와 관련된 도구들만 선반 위에 가지런히 놓인 걸 보며 석원이 물었다.

"커피 많이 좋아하나 봐?"

"좋아해요, 많이."

석원의 입술이 매력적인 곡선을 그렸다. 수인은 그가 확실히 눈길을 끄는 남자라는 생각을 무심코 했다.

"계속 그렇게 어순 바꿔서 얘기하다가 또 오해받는 상황이 발생하면 어쩌려고 그러지?"

"……소송에 필요한 것들 중에 내가 준비할 게 있어요?"

말 돌리긴. 픽 웃은 석원이 조금 진지해진 말투로 물었다.

"3년 전 특별 조치법이 시행되었을 때 등기 이전이 되었는데, 그 전에 외삼촌 이름으로 어머니 명의의 통장에 돈이 입금되거나 어머니가 땅에 대해 언급하신 적 있는지 기억해?"

기억을 더듬을 필요조차 없었다.

"얼마가 됐든 돈이 생겼다면 병원비 때문에 퇴직금도 미리 수령하고 대출까지 받아야 했던 내가 모를 리 없죠. 그리고 외삼촌 부부가 엄마를 찾아온 건 처음 암 진단을 받고 입원했을 당시 한 번뿐이었어요. 만약 내가 회사에 있을 때 들렀다면 간병인이나 같은 병실 쓰는 분들이 말해 주셨겠죠."

"찾아왔다는 그때 혹시 돈이 오가지는 않았고?"

"엄마가 거절하니까 간병인한테 봉투를 맡기고 갔어요. 20만 원이 들어 있었고, 그날 바로 돌려줬어요."

"혹시라도 어머님이 남동생인 외삼촌한테 대가 없이 양도했을 가능성은?"

시선을 내린 수인이 커피를 응시했다. 과거를 떠올리는 수인의 마음에 조금씩 파동이 일었다.

"엄마랑 나는…… 그다지 사이가 좋지 않았어요. 아빠가 돌아가신 후로는 더 그랬고요. 대화도 거의 없었어요. 내가 병원비 때문에 애먹고 있는 걸 알면서도 이 집과 밭이 엄마 명의로 되어 있다는 사실을 왜 끝까지 말해 주지 않았는지는 여전히 이해가 가지 않아요. 하지만 밭을 외삼촌한테 그냥 주지는 않았을 거라고 확신해요."

석원의 눈동자에 연민이 스쳤다. 감정을 드러내지 않으려 애쓰는 수인이 불편하지 않도록 석원도 포커페이스를 유지했다.

"예전이라면, 그러니까 아빠가 돌아가시기 전이었다면 그럴 가능성도 충분히 있었겠죠. 하지만 아빠가 돌아가시고 엄마가 암에 걸린 후로 모든 게 달라졌어요. 엄마와 외삼촌의 관계도요. 엄마가 병상에서 했던 유언 같은 몇 마디가 있어요. 그중 하나가 가족이라는 굴레에 갇히지 말라는 거였어요. 애초에 엄마는 가족에 대해 잘못된 가치관을 가진 사람이었지만요. 돌아가실 때까지 외삼촌을 한 번도 언급하지 않았어요. 동생을 아들처럼 챙기던 사람인데도 불구하고요."

깊이 가라앉은 눈망울이 석원을 향했다.

"말했듯이 나는 내 권리를 되찾을 거예요. 어떤 대가를 치르더라도요."

"당연히 되찾아야지. 그런데 내가 하는 일이 뭐라고 생각하는 거야? 치러야 하는 대가 같은 것도 없을뿐더러 그렇게 되도록 놔둘 것 같아?"

"아뇨. 안 놔둘 것 같아요."

수인의 기분이 좀 처진 것 같아 일부러 껄렁하게 말하던 석원이 예상치 못한 대답에 살짝 눈을 키웠다.

"잘 아는데."

씩 웃어 보인 석원이 눈짓으로 창밖을 가리켰다.

"앞으로 본인 소유가 될 텐데, 산책 삼아 밭 한번 둘러볼까?"

수인은 커피 잔을 싱크대에 내려놓고 그와 함께 집을 나섰다. 밭으로 이어지는 논두렁을 따라 걸으며 석원을 곁눈질했다. 가족사를 털어놓는 동안 석원은 객관적인 태도로 조언을 해 주었다. 동시에 그녀의 편에 서 주겠다고도 했다. 여느 변호사라면 으레 보일 법한 반응일 테지만 그럼에도 좀 감동받았다. 밖에서 속상하고 억울한 일을 겪고 왔을 때 무조건 내 편이 되어 감싸 주는 오빠가 있다면 아마도 이런 기분을 느끼지 않을까 싶었다.

꽃 감상만 했을 뿐 올라가 본 적이 없는 밭은 산책길에 보던 것보다 훨씬 넓은 크기였다. 눈앞에 두고서도 뺏긴 줄 몰랐던 땅에 발을 디뎠다.

"옆집 할머니께 고마워해야겠는데."

"그러네요."

비탈지긴 하지만 겨우 몇 걸음 올라왔다고 대꾸하는 수인은 가쁜 호흡이었다.

"체력이 약한 거야, 아님 운동 부족?"

"둘 다요."

대답하며 조심스레 걸음을 내디뎠다. 발만 닿아도 돌멩이가 데구루루 구를 만큼 길이 미끄러웠다. 단화가 죽 밀리는 느낌에 당황한 수인이 저도 모르게 비명을 질렀다. 그 소리에 가시가 달린 덤불을 치워 주며 앞서 오르던 석원이 뒤돌아 손을 내밀었다.

"잡아."

눈앞에 내밀어진 손을 보며 수인은 주저했다. 그저 도움을 주려는 자연스러운 행동일 뿐이었다. 그런데도 이상하게 망설여졌다. 이 손을 잡으면 그와의 관계에 변화가 올 것 같은 예감이 들었다. 빛, 계략가. 머리를 스쳐 갔던 두 단어가 다시금 떠올랐다. 수인의 머뭇거림에도 커다란 손은 움직임이 없었다.

수인이 조심스레 손을 올리자, 그때까지 얌전하게 기다리던 석원이 낚아채듯 잡았다.

"뭐 하나 쉽게 주는 법이 없어."

"……."

바람처럼 가벼운 말투에 그와 맞닿은 손바닥이 간질거렸다. 그저 손을 잡았을 뿐인데 올라가는 길이 한결 수월해졌다.

도라지꽃이 만개한 밭에 도착하자 수인은 조심스레 손을 빼냈다. 그러쥔 손바닥에 그의 체온이 남아 있는 것 같았다.

계단식으로 이뤄진 밭은 산 중턱까지 이어져 있었다. 도라지꽃 위로 매실나무와 감나무가 심겨 있었고 그 위는 두릅나무밭이었다. 아직 실감이 나지 않아서인지 그녀의 소유지가 된다는 감상보다는 햇살을 받은 연초록 잎사귀와 바람을 타고 물결처럼 일렁이는 꽃들이 예쁘다는 생각밖에 들지 않았다.

불어온 바람에 흔들리는 나뭇잎 사이로 햇살이 스며들었다. 날카로운 빛줄기에 눈앞이 멍해져 수인은 순간 눈을 감았다. 그런 그녀 위로 갑자기 그늘이 졌다.

의아한 표정으로 눈을 뜨자 석원이 그녀의 앞에 서서 그늘을 만들어 주고 있었다. 해를 등지고 선 석원의 그림자가 그녀를 온통 덮었다.

석원이 만든 그림자 속에서 더 이상 눈이 부시지 않은 까만 눈동자가 그를 응시했다. 무엇 하나 놓치지 않을 것 같은 석원의 눈이 그녀를 관찰하듯 주시했다.

수인은 어색하게 눈동자를 굴리다가 뒤돌아섰다. 해를 등지고 서자 더 이상 그늘이 필요치 않았다. 그러자 이상하게도 햇빛을 가려 주던 그늘이 조금 아쉬워졌다.

자신의 감정에 수인은 당황했다. 석원을 보고 반가웠던 마음만큼이나 모순적인 감정이었다.

"서울엔 언제 올라갈 계획이야?"

수인의 행동을 지켜보던 석원이 물었다.

"내일이요. 짐은 단출해도 다시 집을 비우게 되니까 정리하려면 시간이 좀 걸릴 것 같아서요."

"그럼 같이 올라갈까?"

놀란 눈동자가 그를 향했다.

"하루 묵을 계획이었어요?"

"당연히 오후에 올라갈 생각이었지. 의뢰인이 생길 줄은 몰랐으니까. 또 내려올 일은 없을 것 같으니 옆집 할아버지께 얻을 수 있는 정보가 더 있는지도 알아보려고."

"아직 사건 맡긴다고 안 했어요."

사실은 이미 그에게 사건을 맡기로 마음먹었다. 하지만 지나치게 자신만만한 태도에 괜히 어깃장을 놓고 싶은 마음이 일어 저도 모르게 청개구리처럼 대꾸해 버렸다. 어딘지 모르게 석원은 그녀를 자극하는 구석이 있었다. 잔잔한 호수에 풍풍 돌을 던져 오는 것 같았고, 그러면 수면에 이는 파동처럼 반응을 하게 되었다.

그런 수인의 마음을 아는 건지 석원이 여유롭게 맞받아쳤다.

"그럼 도연우한테 정보라도 팔지 뭐. 책 배달꾼이 이삿짐센터 역할까지 해 주겠다는 제안인데. 어쩔래?"

오늘 밤도 그 땡중이 찾아올지 모른다는 불안감에 날이 밝아 올 때까지 긴장하며 보낼 각오를 하고 있었던 수인에게는 거절할 수 없는 유혹적인 제안이었다.

"그래요."

올라오는 길이 미끄러웠던 만큼 내려가는 길은 한결 더했다. 앞장 선 석원이 다시 한번 눈앞에 손을 내밀었다. 아까처럼 망설이지 않고 손을 잡았다.

신발 밑을 굴러다니는 돌멩이에 또다시 발이 미끈했다. 석원을 잡은 손에 힘이 들어갔고 단단한 손은 흔들림 없이 그녀를 지탱해 주었다.

밭과 맞닿은 논두렁에 도착하자 커다란 손안에 잠겨 있던 손이 자유를 찾았다.

"이따 봐."

석원이 반쯤 열린 옆집 대문을 밀고 들어갔다. 잠시 그 모습을 지켜보던 수인도 집 안으로 걸음을 옮겼다.

단출한 짐을 정리한 뒤 책상 앞에 앉아 번역 원고 파일을 열던 수인이 생각에 잠긴 얼굴로 창밖을 응시했다. 부동산에 집을 내놓았고, 알지 못했던 땅이 생겼고, 석원이 왔다. 하루 동안 예측하지 못한 일들이 연속으로 벌어졌다. 그리고 그중에서 수인을 가장 놀라게 한 건 석원을 보며 스쳐 간 감정들이었다.

생각에서 깨어난 수인이 석원을 기다리며 타이핑을 해 나갔다.

7장

수인의 집안 사정을 꿰고 있는 옆집 할아버지 내외와 얘기를 나눈 뒤 석원은 마을을 둘러보았다. 낯선 이의 방문에 호기심 어린 시선들이 달라붙었고 그들에게서 정보를 얻어 내는 건 낚시 포인트에 낚싯대를 던지는 일과 비슷했다. 게다가 강수인과 잘 아는 변호사라는 소문은 평소 수인의 외삼촌과 불편한 관계에 있던 사람들의 입을 자동으로 열게 만들었다.

　마을을 관통하는 골목을 따라 수인의 집으로 향해 가던 석원이 그의 차 앞에 멈춰 서서 전화를 걸었다.

　― 예, 진 변호사님.

　"하룻밤 묵고 올라갈 거라 내일 오후쯤 사무실에 출근할 수 있을 것 같다. 당장 봐야 할 만큼 급한 자료만 메일로 보내고 나머지는 책상 위에 올려놔."

— 예, 그럴게요. 그런데 무슨 일이세요?

"개인적인 일."

영우와 간단히 얘기를 끝내고 곧바로 도연우와 통화했다.

— 감사하게도 엑스박스 원XBOX one 한정판을 하사해 주신 우리 진 변호사님. 어쩐 일이십니까?

"진주에 숯불갈비집인데 냉면도 맛있는 곳 있다고 했지? 후식으로 나오는데도 웬만한 냉면 전문점보다 더 맛있었다는."

— 있지. 왜?

"주소 좀 줘."

— 진주야?

"근처."

— 문자로 보내 주마. 근데 거긴 왜 내려간 거야?

"그냥, 충동적으로."

뭐? 되물어 오는 도연우에게 올라가서 보자는 말로 전화를 끊은 석원은 도연우가 보내온 주소를 확인한 뒤 열려 있는 대문으로 들어 갔다. 현관으로 들어서자 조용한 집 안에 타닥타닥 자판 두드리는 소리가 울렸다. 수동 타자기처럼 타격감이 좋아 보이는 자판 소리는 듣는 재미가 있었다. 소리들이 만들어 내는 글자를 상상하며 석원은 부엌 벽에 어깨를 기대고서 수인을 지켜봤다. 사람이 들어왔는데도 모른다. 집중력 좋은 건 여전했다.

석원은 팔짱을 끼고 고개를 기울여 작업에 빠져 있는 수인을 본격적으로 구경했다. 원서와 번역 원고를 오가는 수인의 눈동자가 반짝였다. 저렇게 생기 있는 표정으로 일에 몰두한 사람을 보는 건 아주 오랜만이었다. 첫 번째 출판 번역물을 번역하는 모습이 마치 첫사랑을 마주한 사람처럼 보였다. 예쁘네.

저런 눈동자로 자신을 바라보던 때가 있었다. 그래서 좋아하는 줄 알았는데 동경이었단다. 동경에 찬 눈빛에도 마음이 좀 들떴었는데. 진짜 좋아하는 마음으로 봐 준다면 어떤 기분이 들려나.

빛이 나는 눈동자와 상기된 볼 그리고 딱 한 번 맛봤던 도톰한 입술을 훑어 내려가던 석원이 의아한 표정을 지었다. 입술을 달싹이며 방금 번역한 문장을 읽어 보는 수인이 손을 쥐었다 폈다 반복하고 있었다. 타자를 치느라 손목이 뻐근한 거라면 양손 다 풀어 줄 텐데 왼손만 연신 같은 움직임을 되풀이했다.

"밭에 갔을 때 다쳤어?"

갑자기 들려온 목소리에 수인이 화들짝 놀랐다.

"왜 그렇게 놀라?"

"언제 왔어요?"

"좀 전에. 손, 왜 그러냐니까. 아까 밭에서 다친 거야?"

그의 물음에 수인이 자신의 왼손을 바라봤다. 저도 모르는 사이에 또 아기들이 쥠쥠을 하듯 손을 쥐었다 폈다 하고 있었나 보다.

"……얼마 전에 손에 약간 문제가 있었어요. 이제는 괜찮은데도 나도 모르게 확인하듯이 이럴 때가 있어요."

"괜찮아졌는데도 트라우마처럼 남은 거 보면 많이 안 좋았던 거 아니야? 무슨 문제였는데?"

"별거 아니었어요."

방어막을 치듯 대답한 수인이 작업물을 저장하며 물었다.

"배 안 고파요? 군청 소재지까지 차로 15분 거리예요. 거기 식당이 몇 군데 있어요. 나갈래요, 아님 아까랑 같은 반찬들뿐이지만 집에서 저녁 먹을까요?"

화제를 돌리는 수인을 보며 석원은 가늘게 눈매를 접었다. 집안 사정에 대해 말할 때와는 달리 아무리 사소한 거라도 그녀 자신에게로 초점이 향하면 금세 경계를 쳐 버린다.

잠시 말없이 바라보던 석원이 대답했다.

"그것보다, 결정했어? 나한테 맡길지 아님 도연우한테 넘길지."

"유언장 작성과는 다를 것 같은데, 수임료는 어떻게 정해지는 거예요?"

"수임료는 전혀 걱정할 필요 없을 것 같은데."

"설마 후배라고 특별 대우 해 주겠다는 말이에요?"

"연애 거는 것과 사건 맡는 건 별개지. 아님 특별 대우 해 줘?"

'후배'를 '연애 거는 것'이라고 고쳐 말하며 연애 신청이 여전히 유효하다는 사실을 상기시키는 석원을 향해 수인은 고개를 저었다.

"아뇨."

"되찾을 땅이 몇 평인지 알아?"

"집 마당보다 조금 더 크니까 한 300평 정도인 것 같은데요."

성실한 학생처럼 또박또박 대답하면서도 수인은 질문의 의도가 궁금했다. 지금까지의 경험상 석원이 별다른 의미 없이 묻는 건 없었다.

"길고 좁은 계단식 밭이라 실제보다 더 작게 느껴지긴 하지. 옆집 할아버지 말씀으로는 작년에 맞은편 밭이 평당 15만 원에 거래되었다는데, 이쪽은 양지라 아마 좀 더 받을 수 있을 거고. 그럼 매매금을 최소로 잡는다고 해도 평당 15만 원. 서류상으로 3,300㎡니까, 적어도 1억 5천만 원."

1억 5천만 원. 수인은 헛웃음을 흘렸다. 수임료를 물었던 게 무색할 금액이었다. 삶이 참 아이러니하다. 돈이 절실히 필요할 때에는 만 원짜리 한 장도 거저 생기는 일이 없었는데, 빚을 다 갚고 이제 숨통이 좀 트이자 마치 로또에 당첨된 것처럼 돈이 뚝 떨어졌다. 집과 밭을 팔게 되면 적어도 2억 7천만 원이라는 거금이 생긴다. 현실 같지가 않았다.

"수임료 걱정할 필요 없다는 말 이해되지?"

"그러네요."

"그래서, 결정은?"

"맡아 줘요."

예상한 말인데도 석원의 입술이 기분 좋게 휘어졌다.

"진석원 변호사입니다."

개구진 미소를 머금고 악수를 청하는 그를 바라보다 수인도 멋쩍게 인사를 했다.

"강수인이에요."

수인은 현재 진행형으로 그녀에게 연애를 걸고 있는 선임 변호사에게 물었다.

"아까 그랬었죠? 소송까지 가지 않을 확률이 높다고."

"피고소인의 성격이나 상황에 따라 달라지기는 하지만, 대부분 합의하는 선에서 마무리돼. 옆집 할아버님과 마을 사람 몇몇의 얘기를 종합해 보면 김예중 씨는 평판에 꽤나 신경을 쓰는 타입인가 보던데.

그렇다는 건 합의를 시도해 올 가능성이 아주 많다는 거지. 법정까지 가게 된다고 해도 시간이 좀 더 걸릴 뿐이지 우리가 승소해. 그러니까 걱정할 일은 없어."

"증인이 두 명이나 있다면서요. 거짓 증언을 한 사람들이 법정에서 위증하지 않으리라는 보장 없잖아요?"

석원이 마치 순진한 아이를 보는 눈으로 쳐다봤다.

"하잘것없는 이익 때문에도 거짓말하는 사람은 아주 많아. 그런 사람들은 자신이 위험하겠다 싶으면 쉽게 발을 빼 버리는 게 특징이고. 특히나 이런 유의 사건은 더 그렇지. 친인척 사이에 벌어진 사기 사건은 대부분 합의로 끝나고, 증인으로 섰던 사람들은 기껏해야 욕 좀 얻어먹거나 멱살 잡히는 정도야. 그걸 아니까 쉽게 거짓 증언도 하는 거고."

"만약 그 사람들이 법정에서까지 거짓말을 한다면요?"

"드러나면 안 되는 치부를 약점 잡힌 게 아닌 이상 이 정도 규모의 사건에서 거짓 증언 하는 일은 드물어. 만약 법정에서까지 거짓말을 한다면 허위 증언이라는 걸 밝혀내면 되는 거고."

"허위 증언이라는 걸 밝히는 게 쉬워요?"

석원이 고개를 까딱였다.

"늘 그렇게 자신만만해요?"

"사실을 얘기한 것뿐이야. 그리고 이 정도 사건도 해결 못 하면 검사 생활 한 게 부끄럽잖아."

자만이라기에는 지극히 담백한 말투였다. 손목시계로 시간을 확인한 석원이 제안했다.

"맛있는 식당 알아 뒀어. 궁금한 거 대략 해결됐으면 이제 저녁 먹으러 갈까? 슬슬 배고픈데."

집 앞 좁은 골목길을 후진해 빠져나간 석원이 다리 앞에서 방향을 틀며 물었다.

"숯불갈비랑 냉면 어때?"

숯불갈비와 냉면이라는 단어를 듣는 순간 숯불 향을 머금은 고기와 매콤한 냉면 양념장이 떠오르며 입 안에 군침이 돌았다.

"숯불갈비집 못 본 것 같은데요?"

"진주."

휴대폰을 열어 읍내 식당을 검색하려던 수인이 석원을 쳐다봤다.

"생각보다 멀지 않던데? 드라이브도 할 겸 가 보는 거 어때? 맛집 추천 승률 높은 도 변이 소개한 곳이라 믿을 만해."

잠깐 생각하던 수인이 고개를 끄덕였다.

"그래요."

딱히 맛있는 곳을 찾아 멀리까지 가는 성격은 아니었지만 이대로 실내에 들어가기에는 하늘이 너무 예뻤다.

창턱에 팔꿈치를 올린 채 턱을 괴고서 초록 산등성이와 대비되는 보랏빛 노을을 감상하던 수인이 문득 떠오른 생각에 물었다.

"김희찬 선배님은 어떤 음식 좋아해요?"

"그건 왜 물어?"

"책 출간되면 맛있는 거 사 드린다고 약속했어요."

"나는? 아까 상담해 줬잖아."

"의뢰 맡기면 상담은 무료라면서요. 그리고 커피 타 줬잖아요."

"편집자 연결해 준 사람한테는 식사 대접하고 억대 땅을 되찾는 데 도움 주는 나한테는 겨우 커피 두 잔?"

"대신 비싼 수임료 내잖아요."

"승소하면 피고소인 측에서 물어내는 거지 강수인 씨가 내는 게 아니잖아."

"어쨌든 수임료 받기는 하잖아요."

"억울해서 왕창 불러야겠는데."

수인이 석원을 쳐다보고는 풋 웃었다.

"마음대로 해요."

덩달아 미소 짓는 그를 좀 더 바라보다 고개를 돌렸다. 어색하지는 않을까 걱정했던 것과 달리 진주까지의 한 시간 남짓한 드라이브는 즐겁다는 기분이 들 만큼 편안했다.

풍경을 즐기기에 적합한 속도로 달리던 차가 진주 시내로 들어섰다. 진주에 처음 방문하는 수인은 넓은 도로에 비해 상대적으로 차량이 한산한 모습을 보며 평온하고 깨끗하다는 인상을 받았다.

외관부터 맛집처럼 보이는 식당으로 들어간 두 사람이 식사를 마치고 나왔을 때는 밤하늘이 검정에 가까운 청색으로 변해 있었다. 어두운 초행길인데도 석원은 능숙하게 핸들을 잡았다. 점점 또렷해지는 별빛들이 도시를 빠져나오고 있다는 걸 알려 주었다.

"한 시간 투자해서 갈 만한 맛이었어?"

입가심으로 식당에서 가져온 라임 향 사탕을 먹고 있던 수인이 볼 안쪽으로 사탕을 밀어 넣었다.

"충분히요."

대답하는 수인의 한쪽 볼이 사탕 때문에 볼록 튀어나왔다. 귀엽네.
석원의 혼잣말을 듣지 못한 수인이 눈앞에 펼쳐진 밤의 풍경을 보며
말했다.

"그리고 밤에 드라이브하는 거, 운치 있네요."

밤에 하는 드라이브는 처음이라는 뉘앙스에 석원의 시선이 잠깐
그녀를 향했다. 등받이에 편하게 몸을 기댄 채 고개를 젖힌 수인은 선
루프를 보고 있었다.

"별이 많은 밤하늘도 예뻐 보이고요."

"이런 하늘은 원래 예쁘다고들 하지 않나?"

"이렇게 선루프를 통해 보니까 액자에 넣은 사진 같아서 좋아요.
밤하늘을 통째로 마주하면 압도당하는 기분이 들더라고요."

광활하고 어두운 하늘에 별이 빼곡하게 박힌 광경은 무서웠고, 쓸
쓸함을 느끼게 했다. 하지만 일부분만 똑 떼어 낸 모습은 아름다웠다.
어쩌면 혼자가 아니라서 그런지도 모르겠다.

한참 별을 감상하다 옆으로 고개를 돌렸다. 어두운 밤길을 주시하
며 능숙하게 운전을 해 나가던 석원이 전방에 시선을 둔 채 물었다.

"왜? 할 말 있어?"

"드라이브 제안해 줘서 고마워요."

의외라는 표정을 하던 석원이 유쾌한 목소리로 대답했다.

"별말씀을."

가로등 불빛을 등대 삼아 달리던 승용차가 마을 입구에 들어서자
속도를 줄였다. 이제 겨우 열 시를 넘긴 시각인데도 초저녁에 잠들어

새벽에 일어나는 노인들이 대부분인 시골 마을답게 불이 켜진 집이 드물었다.

천천히 굴러가던 차바퀴가 집 앞에서 멈추었다. 수인을 따라 내린 석원이 운전석 문 위에 팔을 걸친 채 말했다.

"커피 달라고 하고 싶은데 가장 가까운 호텔까지도 시간이 좀 걸려서 지금 출발하는 게 나을 것 같아. 내일 봐."

당연히 그녀의 집에서 묵게 해 달라고 할 줄 알았던 수인이 의외라는 눈빛으로 그를 보며 말했다.

"모텔은 읍내에도 여러 군데 있어요."

"모텔 안 좋아해. 누가 뭘 하면서 뒹굴었는지 모를 매트리스에, 언제 갈았는지 의심스러운 시트와 베갯잇 위에 드러누울 바에야 차라리 승용차 뒷좌석에서 구겨져 자는 게 속 편한 성격이라. 호텔 청결도도 완전히 신뢰하기는 어렵지만."

수인이 묘한 표정으로 입술을 오므리자 석원이 눈썹을 밀어 올렸다.

"그 표정은 무슨 의미야?"

"좀 까다로운 사람처럼 보였는데, 역시 생각이 맞았구나 싶어서요."

"안 까다로워. 남들만큼 위생 찾을 뿐이지."

별로 동의할 수 없다는 듯 수인은 어깨를 으쓱였다.

"아홉 시쯤 샌드위치 같은 거 포장해 올 테니까 아침 같이 먹자."

대답 대신 수인은 고민했다. 빈방이 두 개나 있는 걸 알면서도 굳이 먼 호텔까지 가겠다고 한다. 좀 뻔뻔한 사람이라 재워 달라고 할 줄 알았는데. 거절당할 거라고 생각해서 묻지 않은 걸까. 군이 이 깜깜한 밤에 어두운 시골길을 또 달리게 할 필요가 있을까. 수인은 집을 한 번 쳐다보고는 물었다.

"남의 집은 어때요? 남의 집도 위생 상태 신경 쓰여요?"

"왜, 재워 주기라도 할 거야?"

"봤잖아요, 방 여유 있는 거. 거실에 있는 미닫이문 닫으면 방처럼 사용 가능해요."

조금 풀어진 경계의 끈을 다시금 조일까 봐 재워 달라는 말을 먼저 꺼내지 않았던 석원이 기다렸다는 듯 운전석 문을 닫았다.

"그러잖아도 사실과는 좀 다른 소문이 났던데 내일 아침에는 더하겠는데?"

"상관없어요. 계속 지낼 것도 아니고 나한테 영향 끼칠 소문도 아닌데."

"건강한 사고방식을 가졌는데? 그리고 단순한 변호사보다야 변호사인 애인이 사건을 맡았다는 게 증인들로서는 더 불안할 테니까 우리한테는 유리한 소문이지."

석원과 함께 집 안으로 들어간 수인은 거실과 연결된 중간 방의 소파를 가리켰다.

"침대처럼 써도 많이 작지는 않을 거예요."

자신의 잠자리를 훑은 석원이 손에 쥐고 있는 봉지를 들어 보였다. 안에는 돌아오는 길에 마트에 들러 산 티셔츠와 속옷 등이 들어 있었다.

"세탁기 좀 써도 될까?"

"그래요."

다용도실로 들어가는 석원을 지켜보던 수인이 혼잣말을 중얼거렸다. 저 사람만큼 깔끔한 남자는 처음이었다.

"엄청 까다로운 거 맞는데 뭘. 장조림도 메추리알은 쏙 빼놓고 고기만 집어 먹을 만큼 편식하고."

그때 다용도실에서 석원의 목소리가 들려왔다.

"강수인 씨."

"네?"

"혼자 지내서 몰랐나 봐? 이 집 방음 안 좋아."

"……아."

안 보고도 어떤 표정일지 상상이 되는지 석원의 웃음소리가 밖으로 새어 나왔다. 어색한 얼굴을 하고서 욕실로 들어간 수인이 저도 모르게 웃었다.

함께 밥을 먹고, 드라이브를 하고, 대화도 주고받고. 누군가에게는 일상으로 벌어지는 평범한 일들이었다. 하지만 그녀에게는 오늘 하루가 기억에 남을 만큼 인상적이었다. 진석원이라는, 아는 것이 별로 없는 사람과 함께였음에도 불구하고.

"외로웠나."

감정이 언어라는 옷을 입는 순간 무형의 것들은 실체를 띤다. 수인은 긴 시간 외로움과 쓸쓸함이 그녀의 곁에 함께였다는 사실을 인정해야 했다.

간단히 세안을 하고 나온 수인은 거실 소파에 앉아 휴대폰을 보고 있는 그에게 인사했다.

"내일 봐요."

물기를 막 걷어 낸 얼굴을 빤히 쳐다보던 석원이 손을 흔들어 보였다.

"잘 자."

인사를 하고서도 수인이 들어간 안방을 잠시 지켜보던 석원이 기지개를 켜며 자리에서 일어났다.

체격만큼 체력도 좋은 편이었으나 아침 일찍부터 고속도로를 밟고 내려온 데다 진주까지 왕복 운전을 한 터라 피곤했다. 게다가 강수인을 대하는 일은 까다로운 사건 파일을 살피는 것만큼 집중을 요했다.

욕실 문을 연 석원이 나직한 감탄을 내뱉었다.

"근사하네."

커다란 욕실 창으로 보이는 밤 풍경이 그림 같았다. 밤바람이 들어올 수 있도록 창문을 열어 놓은 석원이 따뜻한 물줄기에 몸을 맡기며 아침부터 쌓인 피로를 풀었다.

아직 물기가 남아 있는 머리를 털며 욕실에서 나온 석원은 수인이 들어간 침실에 잠깐 시선을 주었다가 미닫이문을 닫았다. 그러곤 소파에 털썩 몸을 묻었다.

"피곤하다."

휴대폰을 집어 메일을 확인하고는 소파에 길게 몸을 누이다 흠칫 놀랐다. 뽀얀 배가 팔딱팔딱 뛰는 엄지손톱 크기의 청개구리가 창문 방충망에 달라붙어 있었다. 꼬리에서 희미한 빛을 내며 날아다니는 반딧불이도 보였다.

"재밌네."

아침에 고속도로를 달려 내려올 때만 해도 이곳에서 밤을 보내게 될 줄 몰랐다. 수인의 선임 변호사가 될 줄도 몰랐고. 무엇보다 강수인과 나누는 대화와 함께하는 시간들이 이만큼이나 흥미로울 줄은 더더욱 몰랐다.

강수인에 한해서는 계획을 짜고 반응을 예측하는 행위들이 무용지물이 되어 버린다. 내일은 또 어떤 일들이 벌어질지 기대될 만큼 강수인과 함께 있는 시간이 즐거웠다. 강수인은 지금 무슨 생각을 하고 있으려나. 벌써 잠들었을까. 귀를 세웠지만 들려오는 거라곤 풀벌레 소리뿐이었다. 낯설고 불편한 잠자리에 한동안 뒤척이던 석원이 잠에 빠져들었다.

침대에 누워 어거스틴 앨로이셔스의 신작을 읽던 수인이 들고 있던 책을 가슴 위에 내려놓으며 나직이 중얼거렸다.

"자나 보다."

석원의 말처럼 시골집은 방음이 약했다. 샤워기에서 물이 쏟아지는 소리, 욕실 문을 여닫는 소리, 거실 바닥을 밟는 묵직한 발소리까지 얇은 벽 너머로 전해졌다. 그렇게 한동안 소리들이 이어지다 어느 순간 정적이 흘렀다. 적응력 빠른 사람답게 타인의 공간에서도 쉽게 잠이 들었나 보다.

이 구석진 곳까지 달려와 재차 연애를 거는 진석원. 그와 함께한 시간 속에는 외로움과 쓸쓸함이 존재하지 않았다. 바람둥이 진석원과의 가벼운 연애. 잠깐 동안이라면 괜찮지 않을까. 그저 잠깐만이라면.

감정이 동요되기 쉬운 밤이었다. 이성적인 판단을 하기에 밤은 위험하다. 수인은 눈을 감고 잠을 청했다.

커튼으로도 막을 수 없는 강한 햇살이 속눈썹을 찔러 오자 수인은 눈을 감은 채 침대 위를 더듬어 휴대폰을 찾았다. 8:45.

중간에 깨는 일 없이 아침까지 푹 잠든 건 이 집에 도착하고서 처음이었다. 바로 옆방에 석원이 있다는 이유 하나로 가능해진 일이었다.

한껏 기지개를 켜던 수인이 가만히 귀를 기울였다. 거실에서는 아무런 기척도 들려오지 않았다.

조용히 침실에서 나와 닫혀 있는 거실 미닫이문을 살짝 보고는 발소리를 죽여 부엌으로 건너갔다. 잠이 많거나 늦잠을 자는 타입으로는 안 보였는데. 잠자리가 바뀌어 뒤척였나. 소리를 내지 않도록 조심하며 커피 물을 올렸다. 물이 끓는 동안 창문 너머의 밭을 물끄러미 보고 있는데 드르륵 미닫이문 열리는 소리가 들렸다.

그리고 얼마 지나지 않아 석원이 부엌으로 들어섰다.

"잘 잤어?"

잠기운이 묻은 나른한 목소리가 섹시했다. 고개를 돌려 인사하려던 수인이 풋 웃어 버렸다. 잠버릇이 험한지 머리가 엉망으로 헝클어져 있었다. 그렇다고 잘생긴 얼굴이 망가져 보이지는 않았지만. 그걸 잘 아는지 석원도 딱히 신경 쓰지 않는 눈치였다.

"나 때문에 깬 거예요?"

"커피 향이 좋아서. 왜 웃어?"

"잠 설쳤나 봐요?"

석원이 헝클어진 머리를 쓸어 넘겼다.

"개구리들 덕분에 자다 깨다 반복하다가 새벽에 잠들었어."

"아…… 나는 익숙해져 버려서 귀마개 주는 걸 깜빡했어요."

수인이 미안한 표정을 짓자 석원이 한쪽 어깨를 벽에 퉁 기대더니 팔짱을 끼며 비스듬히 고개를 기울였다.

"그런데 다시 예뻐진 거 보니 나랑 달리 잘 잤나 봐? 다크서클 생길 만큼 작업에 몰두한 건가 했는데 수면 부족이었어?"

당황한 낯빛으로 눈을 깜빡이던 수인이 말했다.

"그래도 옆집 할머니한테서 얻어 온 약 덕분에 지네가 안 나와서 다행이에요. 독한 녀석들이라 약을 뿌려도 출몰하는데 어제는 못 봤거든요."

또 말을 돌린다. 겨우 예쁘다는 한마디 가지고. 영어 실력을 칭찬했을 때에는 그나마 덤덤히 받아들이더니. 자신이 이뤄 낸 결과물에 대한 평가에는 익숙하지만 강수인 자체에 대한 칭찬은 들어 본 경험이 별로 없나. 석원은 묻는 대신 장단을 맞추듯 말했다.

"지네가 있어?"

"나는 두 번이나 봤어요. 시골이라 벌레가 많을 거라는 예상은 했지만 지네까지 있을 줄은 몰랐어요."

짙은 눈썹을 구긴 채 슬그머니 맨발 주위를 살핀 석원이 물었다.

"지네도 다시 서울로 돌아가는 이유 중의 하나야?"

"가장 큰 이유는 마을 사람 때문이지만 지네도 무섭기는 해요. 잘 못 물리면 심각한 상태까지 가나 봐요."

"마을 사람 누구? 혹시 승려복 입고 다니는 남자?"

"어떻게 알았어요? 마주쳤어요?"

"어제 마을 둘러봤을 때 수상쩍은 사람은 그 남자 한 명뿐이었으니까. 내가 궁금했는지 지나다니는 길목마다 서 있던데. 그런데 그 남자가 왜?"

"성폭행 미수범이래요."

느른하던 석원의 표정에 날이 섰다. 머리칼이 흐트러진 채인데도 한순간에 분위기가 달라졌다. 수인은 그가 전직 검사였다는 사실을 새삼 떠올렸다.

"범죄자라는 건 소문으로 들은 거야? 아니면."

수인은 파출소까지 갔었던 사연을 얘기했다. 진지한 표정으로 들어 주던 석원이 부드러운 말투로 말했다.

"많이 놀랐겠네. 그래도 잘 대처했어."

생각지 못한 위로에 갑자기 코끝이 시큰해지며 눈물이 핑 돌았다. 담대하게 행동한다고 했지만 실은 너무 무서웠었다.

붉어진 눈을 들키기 싫어 얼른 모카 포트 쪽으로 몸을 틀었다. 타인에게 감정을 드러내는 일은 발가벗는 기분과 닮았다. 때마침 물이 끓어올랐다. 할 일이 생겼다는 게 반가웠다.

수인은 머그잔 두 개에 커피를 채우는 일에 집중하며 석원에게 물었다. 다행히 평소와 같은 목소리를 낼 수 있었다.

"경찰이 말한 것처럼 딱히 방법이 없는 거죠?"

"거의 없다고 봐야지. 다크서클이 생길 만했네."

"그래도 덕분에 어제는 푹 잤어요."

석원에게로 다가간 수인이 머그잔 하나를 내밀었다.

"여기요. 나는 마당에서 커피 마시는 거 좋아해요."

"그럼 마당으로 나가야지."

나란히 밖으로 나온 두 사람은 신선한 아침 공기를 만끽하며 커피를 마셨다. 다시 복잡하고 혼탁한 도시로 돌아가야 하는 수인은 아쉬운 눈으로 눈앞의 풍광을 감상했다. 그러다 석원을 곁눈질했다. 어젯밤 머리를 스치고 지났던 이 남자와의 가벼운 연애에 대해 다시금 떠올렸다.

"왜?"

시선을 느낀 석원이 묻자 수인은 고개를 저었다.

"아니에요."

"원해서가 아니라 상황 때문에 떠나는 거라 좀 아쉽겠어?"

수인은 작게 한숨을 내쉬었다.

"생각보다 더요. 일상은 현실인데, 너무 이상적으로만 생각했나 봐요. 이러다 개구리 소리까지 그리워질 것 같아요."

"현실과 이상의 갭을 점진적으로 줄여 나가다 보면 어느 지점에선 이상과 맞닿지 않겠어? 왜 그런 눈으로 보지?"

"굉장히 시니컬한 성격인 줄 알았는데, 낙천적인 사고방식을 가졌다 싶어서요."

"시무룩해 있는 사람 기운 빼 버릴 만큼 못되지는 않아서. 게다가 나는 지금 강수인 씨한테 잘 보여야 하잖아."

"……."

석원이 부드러운 눈웃음을 지었다. 말문 막혀 하는 모습이 예쁘다. 그래서 더 놀리고 싶어진다. 그가 빈 컵을 들어 보이며 물었다.

"나는 한 잔 더 마시고 싶은데. 어때?"

수인이 바닥을 보이는 자신의 컵을 그에게 내밀었다.

석원이 만들어 온 커피를 나눠 마신 후 두 사람은 승용차에 짐을 실었다. 내려올 때보다 책 박스 하나만 더 늘어난 소박한 부피였다.

두 사람은 반쯤 열려 있는 옆집 대문을 밀고 들어가 할머니, 할아버지에게 작별 인사를 했다. 다리 앞까지 따라 나온 할머니가 수인이 맡긴 집 열쇠를 들어 보이며 안심시켰다.

"부동산에서 사람 오면 문도 열어 주고 집 안 구경도 시켜 줄 테니 염려 말고. 잠깐이었지만 그래도 서운하네. 조심해서 올라가. 서울 가서도 잘 지내고."

"네, 그동안 감사했어요. 건강하세요."

"변호사 양반도 잘 가요."

수인의 집에서 하룻밤 묵었다는 걸 아는 영산댁이 묘한 표정으로 인사를 해 오자 석원이 시원시원하게 대답했다.

"네. 건강하십시오."

분주하게 인사말을 건네는 할머니와 달리 할아버지는 고개를 한 번 끄덕일 뿐이었다. 두 내외는 승용차가 멀어지는 동안에도 계속 그 자리에 서 있었다. 다음을 기약하기에는 나이가 들어, 이번이 마지막일지도 모른다는 생각으로 쉽게 걸음이 떨어지지 않는 노인들 특유의 행동이었다.

어쩐지 마음이 좀 이상해져 와 수인은 할머니, 할아버지가 작은 점이 되어 더 이상 보이지 않을 때까지 눈을 떼지 못했다.

마을 입구의 사거리를 지나 2차선 도로를 타기 시작한 차가 금방 속도를 냈다. 좌우로 목을 꺾으면서 피로를 푸는 석원을 보며 수인이 물었다.

"많이 피곤해요? 몇 시간이나 잤어요?"

"한번 깼더니 잠이 잘 안 와서 책 한 권 다운받아 읽다가 네 시쯤 잠들었나. 몇 페이지 만에 잠드는 책이거든. 곧 출간하는 사람한테 책을 수면용으로 사용했다는 말은 실례인가?"

"어떤 용도로 쓰든 구입해 주면 고맙죠. 책을 라면 냄비 받침으로 사용한 경험은 다들 한 번쯤 있잖아요."

"의왼데? 어떤 책이었기에?"

"주로…… 수학 문제집이었죠."

석원이 피식거렸다.

"교재까지 포함이면 안 그런 사람이 없긴 하겠네. 그런데 어거스틴 앨로이셔스 좋아하나 봐? 그 작가 책만 세 권이나 가져왔던데? 공통점 하나 또 늘었어."

중세 배경 소설 마니아층을 제외하곤 잘 모르는 작가인데, 알고 있는 것뿐만 아니라 좋아하기까지 한다고? 동그래진 눈으로 석원을 바라보던 수인은 그가 영국에서 꽤 오랫동안 살았다는 사실을 떠올렸다.

"혹시 영국에서는 알려진 편이에요?"

"그렇진 않은 것 같은데."

"그럼 어떤 경로로 알게 됐어요?"

"더블린 트리니티 도서관 인근 서점에 들렀다가 중세 필사본 표지가 눈에 들어와서 훑었는데, 의외로 취향이라 그때부터 챙겨 보는 작가 중에 하나. 누구처럼 출간된 지 며칠 되지도 않은 신간을 해외 배송으로 받을 만큼 열혈 독자는 아니지만."

"가장 좋아하는 작가예요. 너무 좋아해서 틈틈이 번역도 하고 있는데, 작가가 외국어로 번역 출간 되는 걸 원하지 않아서 아쉬워요."

"작가들은 기본적으로 자기 작품이 많이 읽히길 바라는 줄 알았는데?"

"잘 모르겠지만, 아마도 완벽주의자가 아닐까 싶어요. 번역된 원고 상태를 확인할 수 없기 때문에 외국어로 옮겨지는 것이 썩 탐탁지가 않대요."

그녀가 선호하는 작가를 알고 있는 데다 취향이라는 사람은 처음 만난다. 그래서 수인은 저도 모르게 속마음을 드러냈다.

"실은, 얼마 전에 중세 역사 사이트에서 우연히 작가 인스타그램을 발견해서 연락했어요. 팬이자 번역가인데 한국어로 번역해 보고 싶다고요. 메일을 확인했는데도 답이 없는 걸 보면 생각을 바꾸지 않을 것 같아요."

"그건 모르는 일이지. 생각이라는 건 특별한 계기로도 바뀌지만 별 것 아닌 걸로도 바뀔 수 있으니까. 어쩌면 생각을 바꾸지 않는 게 아니라 강수인 씨 제안에 대해 고심하는 중이라 회신이 늦어지는 것일 수도 있잖아. 완벽주의자라면 신중한 성격이기도 할 테니까."

곁눈질로 수인을 일별한 석원이 덧붙였다.

"작업용 멘트 아닙니다. 작업 거는 중이기는 하지만."

능청스러운 말이 수인에게서 엷은 미소를 끌어냈다.

"저기, 트리니티 도서관에 들어갔을 때 느낌이 어땠어요?"

석원은 책을 좋아하는 사람이라면 한 번쯤 방문하고 싶어 하는 트리니티 도서관의 첫인상을 최대한 상세히 묘사했다. 수인은 빨려 들어갈 것 같은 눈을 하고서 그의 이야기를 경청했다.

"그런데 더블린만 갔었어요?"

"북아일랜드까지. 어떤 게 궁금해?"

"도시 분위기나 사람들이 주는 인상. 안내 표지판에 아일랜드어가 먼저 표기되어 있고 그 밑에 영어가 쓰여 있다는데, 일상에서 아일랜드어를 쉽게 들을 수 있는지 궁금해요. 여행 다녀온 사람들 후기를 보니까 아담하고 소박하게 축소해 놓은 런던 같다고 하던데, 정말 그래요?"

저도 모르게 또 그녀의 취향 포인트를 눌렀나 보다. 석원은 마치 다른 사람처럼 수다스러워진 수인을 곁눈질로 관찰했다. 관심사라 말이 많아진 건지 아니면 그가 조금은 편해져 원래의 성격이 드러난 건지. 아직은 감이 잡히지 않았다.

쏟아지는 질문에 가능한 한 세세하게 대답을 해 준 석원이 물었다.

"더블린에 관심 있는 건 어거스틴 작가 때문에?"

"처음은 제임스 조이스의 〈율리시스〉였어요. 글을 읽는 동안 소설 속 인물들을 따라서 더블린 시내를 거니는 기분이 들었거든요. 그래서 대학 들어가면 여행 가서 주인공들이 걸었던 길을 그대로 따라 걸어 봐야지, 그랬었죠. 어거스틴 작가는 키워드만 보고 우연히 책을 집었다가 완전히 빠져든 경우고요."

"그렇게 관심 가는데 더블린 여행할 계획은 없어?"

"이번 겨울쯤 가 볼까 생각 중이에요. 결혼해서 몬트리올로 이민 간 친구가 있는데 그 친구 만난 뒤에 아일랜드로 건너갈까 하거든요."

"더블린 여행 정보 필요하면 말해. 분위기 괜찮은 바Bar랑 레스토랑, 가 볼 만한 서점. 현지인들이 좋아하는 곳들 위주로 추천해 줄 테니까."

"그럴게요."

소설에서 시작된 이야기는 도서관과 성당 그리고 템플스트리트와 아일랜드 음식으로 이어졌다.

석원이 전방의 휴게소 표지판을 보며 문득 물었다.

"배 많이 고픈 거 아니면 여기 말고 다음 휴게소에 들르는 게 어때? 거기가 훨씬 맛있어."

"나는 상관없어요."

"방금 입맛 까다롭다고 생각했지?"

수인은 침묵으로 동의했다.

"이왕 먹는 거라면 맛있는 거 먹자는 주의지 까탈스러운 거 아닌데."

못 믿겠다는 것처럼 슬쩍 아랫입술을 내미는 수인의 모습에 석원이 항변했다.

"부모님 댁에 가면 어머니가 주시는 밥도 군말 없이 한 그릇 다 비울 만큼 안 까다로운데 억울하네."

그의 말에 아기 고양이를 품에 안고 있던 중년 여성의 사진이 떠올랐다. 고양이를 확대하기 전에 얼핏 보았던 어머니는 곱고 단아한 인상이었다.

"그렇게 요리 솜씨가 없으세요?"

"'엄마 손맛'이라는 문구가 들어간 식품이나 식당은 절대 안 고르고 싶을 만큼."

단호한 표현에 수인이 웃음 짓자 그녀의 반응을 지켜보던 석원은 안도했다. 가족 얘기에 민감할 수밖에 없는 사람이다. 불편함을 주지 않는 수위가 어디까지인지 아직은 잘 모르겠다. 조금씩 접근하다 보면 강수인을 더 알게 되겠지.

"고양이는 잘 지내요?"

수인의 물음에 석원이 그녀의 눈앞으로 상처 난 손등을 내밀었다.

"귀여워서 좀 쓰다듬은 걸로 깨물 만큼 건강하게 잘 있어. 아직 송 곳니도 채 여물지 않아서 아프지는 않았지만."

손이 컸다. 모양 좋게 뻗은 손가락과 손등을 지나는 혈관. 덩치에 비례하는 커다란 손은 잘생겼다는 단어가 어울리는 형태였다. 손등에 난 상처를 보는 대신 엉뚱한 감상에 빠졌다는 걸 자각한 수인이 뒤늦게 반응했다.

"아는 사람이라서 아프지 않게 물었을 거예요. 야옹이들 생각보다 더 똑똑하거든요."

"얼마나 똑똑한지 아이큐 테스트 좀 해 봐야겠는데? 저기."

석원이 가리킨 방향으로 눈을 돌리자 멀리 휴게소가 보였다.

맛있다고 소문난 곳답게 휴게소 식당은 사람들로 북적였다. 주문한 음식이 담긴 쟁반을 들고 석원을 따라가던 수인의 시선이 창가 테이블에 가닿았다. 긴 테이블 위엔 충전 중인 휴대폰들이 널려 있었다. 그러나 식탁에 앉아 밥을 먹는 사람들 중 누구도 휴대폰에 신경을 쓰지 않았다.

석원의 맞은편에 쟁반을 내려놓은 수인은 숟가락을 들고 국물을 맛보았다. 석원의 장담대로 맛깔스러웠다.

"여러 나라 여행한 경험 많죠?"

자신이 추천한 메뉴의 맛 평가를 기다리던 석원이 생뚱맞은 물음에 의아한 얼굴로 대꾸했다.

"그런 편이지."

"우리나라와 경제 수준이 비슷한 나라들 중에서 휴대폰을 저렇게 충전기에 꽂아 두고서도 도둑맞을 걱정 없이 편하게 식사할 수 있는 곳이 얼마나 돼요?"

"당장 떠오르는 곳은 스위스랑 일본 정도? 확실히 우리나라처럼 카페 테이블에 휴대폰 올려놓고 편하게 책을 읽거나 대화하는 곳은 쉽게 보기 어렵지. 갑자기 그게 궁금했어?"

"타인들이 잠깐 스쳐 가는 공간이잖아요. 그런데도 저렇게 무방비하게 놔둘 수 있다는 건 서로에 대한 최소한의 신뢰가 있기에 가능할 일일 테고요. 손쉽게 훔쳐 갈 수 있는데도 아무도 도둑질할 생각을 안 할 만큼 정직하다는 건데, 정직해 보이는 저 사람들 중에도 가족이나 친인척들한테 사기를 친 사람들이 있겠지. 뭐 그런 생각이 들었어요. 나는 내 경우가 특별한 줄 알았는데, 알고 보니까 친척들 때문에 돈 문제로 고생한 경험이 한 번쯤은 있는 사람들이 꽤 많더라고요."

국밥을 뒤적이며 무심히 말하던 수인이 문득 눈을 들어 올렸다.

"진 변호사님도 그런 경험 있어요?"

석원이 재밌다는 표정을 지었다. 진 변호사님이라. 그동안 한 번도 직접적인 호칭을 쓰지 않더니 '진 변호사님'으로 정했나 보다.

"나는 운 좋게 그런 경험이 없었어."

"진짜 운이 좋네요."

중얼거린 수인은 살피는 듯한 석원의 눈길을 모른 척하며 국밥에 숟가락을 넣었다.

살면서 이렇게 자주 법률 사무소를 방문하게 될 줄은 몰랐다. 가볍게 노크를 하고 사무소 안으로 들어가자 안내 데스크에서 플래너를 뒤적이던 남자가 미소를 지으며 인사를 건넸다.

"진석원 변호사님과 약속하신 강수인 씨죠?"

"네."

"변호사님은 법정에서 오시는 길이라고 연락 왔습니다. 금방 도착하실 거니까 잠깐 기다리시겠어요?"

"네, 저도 늦는다는 연락 받았어요."

데스크를 빠져나온 남자가 '변호사 진석원'이라는 팻말이 붙은 개인 집무실의 문을 열어 보였다.

수인은 주인 없는 공간으로 들어가 책상 맞은편에 놓인 의자에 조심스레 앉았다. 그 순간 휴대폰 액정에 메시지가 떴다. 석원이었다.

[커피 거절해. 맛없어.]

"커피나 차 한잔 드릴까요?"

직원의 말에 수인이 미안한 얼굴로 사양했다.

"아니요, 괜찮습니다."

"그럼 잠시만 기다려 주세요."

싱긋 웃어 보인 남자가 문을 닫고 나가자 수인은 휴대폰을 들어 다시금 석원의 메시지를 확인했다. 이왕이면 맛있는 걸 먹는 게 좋다더니 거기에 커피도 해당되나 보다.

마치 휴대폰을 보고 있다는 걸 알기라도 하는 것처럼 또 메시지가 도착했다.

[1층 카페야. 뭐 가져가? 아메리카노?]

[카푸치노 부탁해요.]

식사는 필요한 영양분만 섭취하면 된다고 생각할 만큼 입맛도 무던하고 식탐도 없었다. 맛없는 음식도 불평 없이 먹지만, 기호 식품인 커피만큼은 까다롭게 고른다. 얼마나 맛있는 카푸치노를 가져오려나.

휴대폰을 내려놓은 수인은 고개를 돌려 석원의 집무실을 둘러보았다. 지난번 도연우 변호사의 집무실보다 좀 더 차가운 톤이라는 것 외에는 많이 다르지 않았다.

개인적인 소품도 없네. 그렇게 생각한 순간 책장 한편에 놓인 야구공이 눈에 들어왔다. 강수인을 만나러 달려오느라 야구 중계를 포기해야 했다던 석원의 목소리가 떠올랐다.

"야구 정말 좋아하나 보다."

수인의 눈길이 야구공 옆에 놓인 액자로 옮겨 갔다. 석원의 가족사진이었다. 환하게 웃고 있는 어머니와 얼핏 근엄해 보이는 아버지, 그리고 그런 두 사람의 어깨를 감싸 안고서 미소 짓고 있는 석원. 석원의 견고하고 건강한 자존감의 근원이 가족이라는 걸 증명하는 모습이었다.

행복해 보이는 가족사진에서 눈을 떼지 못하고 있을 때였다. 집무실 문이 열렸다. 뒤돌아보자 커피 캐리어를 든 석원이 씩 웃어 보이며 그녀 앞에 카푸치노가 담긴 종이컵을 내려놓았다. 차가운 인상과는 달리 의외로 웃음에 인색하지 않은 남자라는 생각이 스쳤다. 아니면 연애 거는 중이라 그런가.

"고마워요."

뚜껑을 열자 하얀 김과 함께 계피 향이 올라왔다. 부드러운 거품 아래 쌉쌀하고 달콤한 커피는 왜 기다리라고 했는지 알겠는 맛이었다.

"여기 커피는 종류에 상관없이 다 맛있나 봐요. 맛없는 사무실 커피는 의뢰인용이에요?"

장난을 걸어오는 것 같은 말에 한쪽 눈썹을 밀어 올린 석원이 의미심장하게 대꾸했다.

"내 의뢰인들은 까다롭지가 않아서 말이지. 지금까지는."

입술을 열었던 수인이 반박할 말을 찾지 못해 다시 꾹 다물었다.

카푸치노와 아메리카 향이 스며든 집무실 안에 잠시 침묵이 감돌았다. 그 침묵 사이로 두 사람의 시선이 몇 번 맞닿았다. 그때마다 석원의 눈동자에 장난기가 흘렀다. 수인은 또다시 손바닥이 간질거리는 기분이었다.

"계약서 확인했어요. 도장만 찍으면 되는 거죠?"

고개를 까딱인 석원이 메일로 보내 줬던 사본과 동일한 내용의 계약서를 그녀 앞에 놓아 주며 물었다.

"또 연락 오지는 않았어?"

시골에서 올라온 다음 날부터 김예중이 끈질기게 연락을 취해 오고 있었다.

"어젯밤에 모르는 번호로 전화가 와서 받지 않았더니 문자가 왔어요. 오해가 있는 것 같으니까 만나서 얘기하자고요."

"그래서?"

"조언대로 답장했어요. 할 말이 있으면 담당 변호사 통하라고요."

"잘했어."

수인이 좀 어이없다는 표정을 지었다.

"그게 뭐 어렵다고 칭찬이에요?"

"쉽다 못해 당연한 일도 친척이라는 프레임을 씌우면 어쩔 줄 몰라 하는 사람들이 얼마나 많은지 알면 놀랄 텐데?"

수인의 도장이 찍힌 계약서를 챙기며 석원이 말했다.

"점심 먹으러 가지."

"이걸로 끝이에요?"

"말했을 텐데. 의뢰인이 직접 정보를 줘야 하는 일을 제하고는 내가 알아서 처리하겠다고. 특별히 편의 봐줬으니까 점심 사 줘."

"무슨 편의요?"

석원이 정말 모르냐는 눈으로 쳐다보자 수인이 뒤늦게 아, 하는 깨달음의 소리를 내었다.

"혹시, 사건 마무리 지은 후에 수임료 내도록 해 준 걸 말하는 거예요? 도 변호사님도 해 주신 일 가지고 지나치게 생색내는 거 아니에요?"

"……도 변이 그랬다고?"

"유언장 집행하게 되면 유산에서 제할 테니까 신경 쓰지 말라고 했어요."

상호 간의 합의한 날짜에 수임료를 받는 경우도 있기는 하지만, 대부분은 사건을 맡는 것과 동시에 수임료를 청구한다. 강수인의 유언장 내용이 조금 특별하긴 했지만 도 변이 그런 특별 대우를 해 줬을 줄은 몰랐다.

"도연우가 결혼하지 않았으면 첫눈에 반했다고 오해했겠어."

실없는 소리에 수인이 어이없다는 듯 쳐다보자 석원이 피식 웃고는 한 호텔 식당을 언급했다. 마침 식사 시간이었고, 석원에게 고마운 것도 많아 점심을 대접할 마음으로 고개를 끄덕이던 수인이 뒤늦게 떠오른 생각에 물었다.

"거긴 예약제 아니에요? 직장 다닐 때 해외 바이어 대접하려고 예약했던 기억이 나는데."

"그러니 예약 시간에 늦지 않게 지금 출발하자는 거지."

"……내가 같이 점심 먹는다고 안 했으면 어떡할 생각이었어요?"

석원이 눈짓으로 문을 가리켰다.

"영우 녀석이 신났겠지."

가볍게 말한 석원이 서류 위에 놓여 있던 다이어리 크기의 노트를 건넸다.

"뭐예요?"

"아일랜드 여행 노트. 제대하고 복학하기 전에 두 달가량 여행하면서 썼던 거지만 요즘 핫한 레스토랑이나 카페 몇몇 군데 말고는 그다지 변한 게 없어서 여전히 도움 될 거야."

유려한 필체로 빼곡히 채워진 노트는 그때그때 생각나는 대로 적은 건지 한국어와 영어가 섞여서 기록되어 있었다. 노트를 넘겨 보던 수인이 의외라는 얼굴로 말했다.

"고마워요. 잘 보고 돌려줄게요. 좋은 습관 가졌네요."

"좋은 점들이 많지, 내가."

수인에게서 웃음을 끌어낸 석원이 만족스러운 얼굴로 집무실 문을 열어 주었다.

내려가는 엘리베이터 안에서 무심코 시선을 든 수인은 문에 비친 두 사람의 모습을 응시했다. 그러다 석원과 눈이 마주쳤다. 그 순간 수인은 그와 함께 식사를 한다는 것에 조금 들떠 있다는 사실을 불현듯 자각했다.

조금 졸렸다. 날이 더워진 탓이었다. 더위에 약한 수인은 이제 본격적으로 시작될 습한 여름이 벌써부터 걱정되었다.

평소보다 조금 더 진하게 내린 커피를 들고 다시 책상 앞에 앉았다. 하지만 한층 짙어진 카페인으로도 쉽사리 졸음이 가시지 않았다. 오늘따라 유독 집중력이 떨어졌다. 정신을 차리기 위해 무거운 눈꺼풀을 손끝으로 비비고 있는데 휴대폰 알람이 떴다.

[시간: 오늘 오후 8시. 장소: 강수인 씨 집. 사유: 부채 이자 변제.]

부채 이자 변제. 진석원식 데이트 신청이었다.

선택은 간단했다. 석원이 내건 조건대로 카페에서 커피 한 잔을 사주고 부채를 갚든지 아니면 그의 데이트 신청을 받아들이든지. 둘 중 하나를 고르면 되는 쉬운 일이었다. 그런데도 수인은 쉽게 답장을 보내지 못하고 있었다.

데이트만, 불쑥 튀어나온 외로움이 조금 옅어질 때까지, 그때까지만 잠깐 데이트하는 건 괜찮지 않을까. 일을 할 때의 진중한 모습과 달리 여자를 대하는 태도가 가벼운 남자였다. 그러니 잠깐의 데이트 상대로 괜찮지 않을까. 시골까지 들이닥친 석원이 반가웠던 이후로 불쑥불쑥 스치는 이성적이지 못한 생각이었다. 하지만 언제나 늘 이성적일 필요는 없지 않을까. 잠깐의 일탈이라면 문제없지 않을까.

수인은 꽤 오랜 시간이 지난 후에야 간단한 답장을 만들 수 있었다.

[그래요.]

답장을 보내고도 한동안 고민스레 휴대폰을 내려다보다 다시 자판 위에 손을 올렸다. 카페인으로도 쫓아낼 수 없던 잠이 석원의 문자 한 통에 사라져 버렸다.

평상시와 같은 패턴으로 시간이 채워졌다. 작업을 하다 잠깐 휴식을 취하며 책을 읽거나 어깨나 목이 결리면 간간이 스트레칭을 하고 다시 노트북 앞에 앉았다.

초인종이 울린 건 7시 40분이었다. 10분 전쯤 이미 나갈 준비를 마쳤던 수인이 휴대폰과 지갑을 챙겨 들고 현관으로 향했다.

"일찍 왔……."

문을 열며 무심코 말을 건네던 수인이 눈을 크게 떴다. 얼른 표정을 갈무리하고서 현관 밖으로 나가 문을 닫았다. 닫힌 문을 등진 그녀의 낯빛이 하얗게 질려 있었다.

마지막으로 봤을 때보다 주름과 흰머리만 늘어났을 뿐 변함없는 인상을 풍기는 남자가 입을 열었다.

"집에 있었구나."

다정한 말투에 수인은 저도 모르게 몸을 떨었다.

"아무래도 수인이 네가 뭔가 오해를 하고 있는 것 같아서 직접 얼굴 보고……."

"제 변호사에게 연락하세요."

"수인아."

"말 섞고 싶지 않으니까 가세요."

부모 말 잘 들었던 순한 애니까 어떻게든 구슬려 봐야겠다는 계산으로 찾아온 김예중이 욱하고 치미는 감정에 성난 빛을 띠었다.

"말을 섞고 싶지 않아? 어른한테 그게 무슨 말버릇이야? 남도 아닌 외삼촌인 나를 고소해 놓고도 그런 말이 나와?"

휴대폰을 그러쥔 수인의 손이 잘게 떨렸다.

"착하던 네가 이러는 걸 보면 변호사라는 네 남자 친구가 꼬드겼나 본데, 사람이 해도 될 일이 있고 아닌 게 있는 거야. 시골에서 걸려 온 전화 받고 네 외숙모가 통곡을 했어. 수인이가 변호사 애인 데려와서는 외삼촌 고소할 거라고 온 동네에 소문을 냈다는데 남세스러워서 이제 성묘하러 어떻게 가냐고 앉아서 펑펑 울었단 말이다."

인형처럼 무표정한 얼굴을 보며 김예중이 울컥 목청을 높였다.

"내가 자식들 앞에 부끄러워서 고개를 들 수가 없어. 어떻게 우리 집안에서 이런 일이 벌어져!"

버럭 소리 지르는 김예중을 수인은 마치 낯선 사람 보듯 빤히 바라봤다. 고함지르거나 화를 내는 모습은 처음이었다. 아빠의 장례식장을 찾은 조문객들은 비통한 표정으로 울음을 쏟는 그를 보며 운이 없어 돈을 못 벌어서 그렇지 심성은 착하다고 두둔했었다. 사정을 모르는 이들에게는 그런 이미지를 갖고 있는 사람이었다.

"부끄러운 게 싫었으면 부끄러운 짓을 하지 말았어야죠. 그리고 남의 재산을 도둑질하는 건 부끄러운 짓이 아니라 범죄예요."

"뭐, 뭐? 남……?"

어릴 때와는 전혀 다른 모습에 놀란 김예중은 선뜻 대꾸할 말을 찾지 못했다.

"만나고 싶지 않다고 했잖아요. 용건이 있으면 변호사를 통하라고요. 내가 하는 말 더 이상 무시하지 말아요."

"수인아."

"내 이름 부르지 마세요. 안 그래도 숨 막히는데 갇혀 있는 기분 들게 만들지 말라고요. 더 이상 전화도 하지 말고, 찾아오지도 말아요. 지금 이렇게 마주하고 있는 것만으로도 토할 것 같으니까."

"수인아."

노골적인 거부에도 김예중이 한 걸음 다가섰다. 숨결이 닿을 만큼 거리가 가까워졌다. 수인은 호흡을 멈춘 채 현관문에 바짝 붙었다.

"많이 서운했다는 거 안다. 혼자서 몇 년이나 병원비랑 병수발 감당하느라 힘들었겠지. 외삼촌은 왜 안 도와주나 싶은 생각에 내가 원망스럽고 미웠을 거다. 그래도 이러면 안 되는 거다. 나한테 넌 하나밖에 없는 조카고, 너한테는 내가 하나밖에 없는 외삼촌인데. 이러는 건 사람의 도리가 아니야."

한계를 모르는 뻔뻔함에 욕지기가 치밀었다. 휴대폰을 움켜쥔 손이 아팠다. 석원은 어디쯤 왔을까.

수인이 침묵하자 김예중의 낯빛에 숨기지 못한 안도가 흘렀다. 안 그래도 성깔 있는 눈초리를 가진 계집애가 버릇없게 따박따박 말대꾸를 해 당황스러웠는데, 저도 패륜이나 다름없는 짓을 저질렀다는 걸 아는지 갑자기 입을 꾹 다문다. 역시나 그 변호사라는 놈한테 휘둘린 건가 보다. 김예중의 목소리가 좀 더 은근해졌다.

"매형도 일찍 가 버리고, 누나마저 그렇게 떠났으니 이제 우리 집안에 어른이라고는 나 혼자야. 내가 수인이 네 부모나 매한가지라는 말이지. 네 외숙모도 너 못 본 지 오래됐다며 보고 싶다더라. 네가 한 짓 때문에 속이 상해 울었으면서도 네가 보고 싶대. 다가오는 추석에는 우리 집에서 같이 명절 보내자. 오해가 있다면 이번 기회에 다 풀고, 해묵은 감정도 다 토해 내고서 잘 지내보자. 원래 부딪쳤다가도 화해하고 그러는 게 가족인 거야."

김예중의 말에 수인의 눈꼬리가 매섭게 치솟았다.

"아무 데나 가족이라는 말 붙이지 말아요. 지긋지긋해. 당신이 왜 내 가족이야?"

"뭐, 당신? 이놈의 기집애가 듣자 듣자 하니까 어디서 돼먹지 못한 말버릇이야!"

"좋은 추억을 만들어 주지도 않았고, 애정을 베푼 것도 아니면서 엄마의 형제라는 이유만으로 나한테 함부로 굴지 말아요. ……당신 짐을 대신 지다가 외롭게 돌아가신 아빠를 생각하면 죽여 버리고 싶으니까."

김예중이 당황한 표정으로 두서없이 변명을 늘어놓았다.

"매형이랑 누나한테 무슨 소리를 들은 건지 모르겠다만, 네가 오해한 거다. 그때 너는 어려서……."

"엄마 아빠는 나한테 아무 말도 하지 않았어요. 차라리 얘기해 줬으면 좋았을걸. 그랬으면 엄마한테 엄마의 남동생 때문에 아빠에게 희생을 요구하지도, 아빠한테서 삶을 뺏어 가지도 말라고 했을 거예요. 가족이 누군지 착각하고 있는 엄마를 더 이상 참지 말라고 아빠한테 말했을 거라고요."

수인의 두 눈에 물기가 차올랐다.

"나는 엄마 아빠랑은 달라요. 내 걸 빼앗기고도 친척이라는 족쇄에 갇혀서 속앓이만 하는 사람 아니에요. 법적으로 가능한 모든 조치를 취해서라도 내 땅 돌려받을 거예요."

김예중이 버럭 핏대를 세우며 삿대질을 했다.

"그게 왜 네 땅이야! 내가 내 돈 주고 산 내 땅인데! 네가 외삼촌을 도둑으로 몰아? 아무리 힘들게 살았어도 못 배운 인간처럼 어른도 몰라봐? 못 본 사이에 애가 아주 망가졌구면."

"나한테 그따위로 말하지 말아요."

"……이 자식이 정말."

김예중이 분노로 바르르 떨리는 주먹을 치켜들었다. 수인은 눈 하나 깜빡하지 않고 그를 응시했다.

"훔쳐 간 땅 내 앞으로 돌려놔요. 그리고 다시는 내 눈앞에 나타나지 말아요."

"내가 네 엄마한테 돈 주고 샀다고 몇 번이나 말을 해! 암 걸려서 고생하는 누나 조금이라도 돕겠다고 내가 그 밭 사 줬다. 평당 얼마 하지도 않는 땅을 시세보다 훨씬 더 쳐서 사 줬다고!"

수인이 경멸 어린 눈으로 되받아쳤다.

"그래요? 그러면 법정에서 사실 증명하면 되겠네요."

"……너는 외삼촌한테도 아무렇지 않게 협박하는 인성이라서 일일이 서류 쪼가리 만드는지 몰라도 나는! 가족이랑 돈 주고받으면서 계약서 같은 거 쓰는 사람 아니야."

"그런 변명 역시 판사 앞에서 하라고요."

"이놈의 기집애가!"

"이렇게까지 뻔뻔해서 다행이에요. 그렇지 않았다면, 어쩌면 나도 멍청하게 가족이라는 굴레에 갇혀서 내 땅 되찾을 생각 못 했을지도 모르니까요."

휴대폰을 그의 눈앞에 들이밀었다.

"가요. 지금 떠나지 않으면 집까지 찾아와서 협박하고 위협했다고 내 변호사한테 말할 거예요."

네가 설마 그러겠냐는 얼굴로 김예중은 발을 떼지 않았다.

"내가, 못 할 것 같아요?"

수인은 어디 한번 시험해 보라는 듯 한쪽 입술 꼬리를 말아 올렸다. 문득 자신이 거만하게 사람을 내려다볼 때의 석원을 흉내 내고 있다는 걸 알았다.

"이……."

분노로 씩씩대던 김예중이 벌게진 얼굴로 쌍욕을 내뱉었다. 그러고는 뒤돌아 쿵쾅거리면서 계단을 내려갔다. 멀어지는 발소리를 들으며 수인은 눈을 감고 현관에 머리를 기댔다. 예상치 못한 마주침은 잊고 싶었던 기억과 상처를 끌어냈다. 심장이 미친 듯 뛰었다. 지나치게 빠른 박동에 가슴이 아파 왔다.

분노를 표출하듯 요란한 소리를 내며 계단을 달려 내려온 김예중이 출입문을 빠져나와 다시금 위를 노려보았다.

"씨발, 나더러 어쩌라고."

"어쩌긴, 훔친 땅 토해 내면 되는 거지."

옆에서 들려온 느긋한 목소리에 김예중이 놀라 주위를 두리번거렸다. 출입문 구석 어둑한 곳에 드리워져 있던 기다란 그림자 속에서 한 남자가 모습을 드러냈다. 처음 보는 얼굴이었지만 시골까지 내려와 마을을 휘젓고 갔다는 바로 그 변호사라는 걸 직감적으로 알아차렸다.

김예중은 이를 갈았다. 하지만 들끓는 속내를 드러내는 대신 악수를 청했다.

"수인이 외삼촌일세. 여러 사람 입을 거쳐서 듣다 보니 오해가 있었던 것 같은데 나랑 얘기 좀 하지."

서늘한 눈동자가 눈앞에 내밀어진 손을 훑고서 김예중의 얼굴로 느릿하게 돌아왔다.

"보시다시피 손이 비어 있지를 않아서."

석원이 오른손을 들어 보였다. 검지와 중지 사이에 하얀 담배가 끼워져 있었다. 비어 있는 왼손은 바지 주머니에 찔러 넣은 채였다.

눈을 의심할 만큼 건방진 태도에 김예중은 뒷덜미가 뻐근해졌다. 수인의 외삼촌이라는 관계를 내세워 어떻게든 일을 무마시켜 볼 요량이었는데. 이 새끼랑은 아예 말이 안 통하겠구나 싶었다.

"순하던 애가 왜 저렇게 안하무인으로 변했나 했더니 네놈이 들쑤셨구나. 요즘 변호사들은 일이 없어 백수 신세라더니. 아무리 돈에 눈이 멀었다지만 부모나 다름없는 외삼촌을 고소하게 만들어?"

"자식 같은 조카라서 땅을 뺏었습니까? 그리고 겨우 그 정도 돈에 눈멀기에는 내가 가진 게 좀 많아서."

"뺏긴 누가 뺏었다고 그래!"

석원은 열을 내는 상대를 무표정하게 응시하며 입술 끝에 담배를 물었다. 그러고는 라이터를 켰다. 찰칵 불붙는 소리가 김예중의 신경을 들쑤셨다. 빨간 불꽃 위로 하얀 연기가 약을 올리듯 꿈틀 피어올랐다. 김예중이 인상을 확 찌푸리자 석원의 입꼬리가 비스듬히 휘었다.

"새파랗게 젊은 놈이 어디 어른 앞에서 담배를…… 근본 없는 새끼. 그러니 착하던 애가 휘둘려서 멀쩡한 집안을 풍비박산 내지."

"멀쩡한 집안은 무슨. 족가 주제에."

매끈한 입술에서 담배 연기와 함께 빈정거림이 흘러나왔다. 눈앞의 이 남자는 가족이라는 명목하에 수인을 옥죄는 족가였다.

"뭐, 뭐? 좆까? 이 새끼가!"

작달막한 김예중이 멱살을 움켜쥐며 확 달려들자 석원의 눈동자가 이채를 띠었다. 혀로 아랫입술을 훑으며 짓는 표정이 즐거워 보이기까지 했다.

"맞아 주고 형량을 늘릴까, 아님 정당방위로 갈까? 어느 쪽이든 두 대까지는 맞아 줄 테니까 마음껏 쳐 봐. 나도 꼴리는 대로 반응해 줄 테니까."

손가락 끝마디에 느슨하게 담배를 걸치고 있던 오른손이 어느새 비어 있었다. 왼손으로 옮겨진 담배 끝에서 빨간 불꽃이 타올랐다. 주먹을 그러쥔 것도 아닌데 김예중은 저도 모르게 바짝 졸아 마른침을 삼켰다. 마치 이런 상황이 되길 기다린 듯한 태도에 석원의 셔츠를 움켜쥔 김예중의 손끝이 바들바들 떨렸다. 결국 이러지도 저러지도 못하다 팔을 내리고서는 고개를 떨궜다.

한동안 그러고 있던 김예중이 구차한 변명을 늘어놓았다.

"……내가 큰 도움을 준 것도 아닌데 생색내는 것 같아서 이런 얘기까지는 안 하려고 했는데. 누님이 처음 암 진단 받았을 때 집사람이랑 병문안 가서 봉투를 건네줬네. 그랬더니 누님이 고맙다며 돈은 안 되지만 그냥 묵히느니 내가 밭농사라도 짓는 게 낫겠다고 나더러 밭을 가지라고 하더군. 생활이 힘들어져 팔긴 했지만, 그게 원래 내 땅이었어. 지금 생각하면 그 땅도 팔아서 병원비에 보탰어야 하는데."

그러곤 말끝에 깊은 한숨을 내쉬었다.

"내 생각이 짧았던 탓에 수인이가 맘이 상했나 본데, 어찌 되었든 내가 돈을 주었고 누님이 땅을 가지라 했으니 돈을 주고 산 건 맞는 거지. 그 자리에 우리 집사람도 있었으니 원한다면 우리 집사람한테 물어봐도 좋네. 내가 전후 사정을 차분히 얘기했으면 이런 오해도 없었을 텐데, 조카한테 고소당하는 황망한 일을 겪다 보니 감정이 앞섰네."

석원이 지루한 표정으로 손목시계를 확인했다. 수인과 만나기로 약속한 시간이었다.

"수인이가 그날 저녁에 바로 계좌이체로 돌려줬다던 그 20만 원?"

설마 그것까지 알고 있을 줄은 몰랐던 김예중의 낯에서 핏기가 가셨다.

"궁금하네? 판사 앞에서는 어떤 식으로 거짓말을 꾸며 낼지. 그런데 거짓말도 머리가 좋아야 들통이 안 나는 거 압니까? 돈을 줬다는 시기보다 6년이나 지나서 그것도 하필이면 부동산 특별 조치법이 시행된 해에 등기가 이뤄진 건 뭐라고 변명을 하시려나?"

"……누나가 아픈데 명의 이전이 뭐 그리 급하다고. 정신 좀 차리고 나서 서류 처리하다 보니까……."

"증인으로 섰던 두 사람과도 말이 다르고. 사기를 치려면 말을 좀 맞추지 그러셨습니까? 아니면 기억력 좋은 사람들로 고르시든가."

김예중의 눈동자가 눈에 띄게 흔들렸다. 변호사가 마을 사람들을 탐문하고 갔다는 소식에 놀라 증인이 되어 주었던 친구들에게 바로 연락을 했었다. 분명히 별다른 말은 하지 않았다고 했는데. 설마 자신에게 거짓말을 한 건가.

"……그 사람들이 뭐라고 했는데?"

"그런 건 직접 알아보시고. 걱정되면 지금이라도 말을 맞추시든지. 법정에서까지 위증을 한다면 그건 그것대로 재밌어질 테니까."

김예중은 빠져나갈 구멍을 찾는 사람처럼 분주하게 눈동자를 굴렸다.

"김예중 씨."

그를 부르는 목소리와 표정에는 방금 전까지 보였던 껄렁함과 빈정거림이 사라지고 없었다. 등줄기로 한기가 지나갈 만큼 차가운 목소리에 김예중은 꿀꺽 마른침을 삼켰다.

"더 이상의 접촉은 용납하지 않습니다. 전화든, 찾아오는 짓거리든다 그만두라는 말입니다. 내가 어떤 식으로 대응할지 궁금하시다면경고 무시해도 좋습니다."

부들거리며 입만 벙긋거리던 김예중이 겨우 정신을 차리고는 내뱉었다. 벌게진 얼굴만큼 덜덜 떨리는 목소리였다.

"사람은 끼리끼리 붙어먹는다더니 딱 그 짝이구만. 내가 누군지 뻔히 알면서, 사귀는 여자 외삼촌한테 말버릇이 그따위야?"

석원이 실소를 흘렸다. 변호사 진석원을 상대하기보다 조카의 남자 친구 진석원을 상대하는 게 더 가망이 있어 보였겠지. 강수인만 인정해 주지 않는 강수인의 남자 친구가 되었다.

"이상한데? 나는 수인이가 그쪽을 외삼촌이라고 부르는 걸 듣지못했는데? 뭐라고 불렀더라? 엄마의 남동생. 당신. 남. 그렇게 부르지 않았나?"

"이, 이……."

석원이 마치 은밀한 얘기라도 하듯 김예중에게로 얼굴을 가까이했다.

"솔직하게 말할까? 나는 당신이 합의를 시도해 오더라도 수인이가절대 합의해 주지 않으면 좋겠어. 나는 당신 법정까지 끌고 가서 탈탈 털어 버리고 싶거든. 도둑질해 간 땅이랑 재판 비용 토해 내는 것만으로는 성에 안 차서 전과 기록까지 안겨 주고 싶다는 말이야. 그러니 할 수 있는 건 다 해 봐. 나도 이 하찮은 싸움에 전력을 다할 테니까. 나는 강수인한테 잘 보이고 싶거든."

난관을 빠져나갈 방법이 도무지 없다는 걸 깨달은 김예중의 얼굴이 처참하게 무너졌다.

"김예중 씨. 나는 약속이 있어 이만 가 봐야겠습니다."

손목시계를 톡톡 두드려 보인 석원이 승용차의 문을 열고 운전석에 오르자 주먹을 그러쥔 채 부들부들 떨던 김예중이 빠른 걸음으로 골목을 벗어났다.

겨우 이 정도로 허둥지둥 내빼는 꼴이라니. 아마도 머잖아 합의를 시도해 올 가능성이 컸다. 저런 인간한테 오랜 시간 휘둘린 걸 보면 수인의 부모님은 심성이 지나치게 여리거나 혈연으로 맺어진 사람과의 연은 어떤 이유로도 끊으면 안 된다는 가치관을 가졌던가 보다. 건강하지 못한 가치관에 얽매여 스스로의 삶을 고통으로 몰아넣는 사람들은 의외로 많다.

석원이 휴대폰을 보며 입술을 문질렀다. 수인과의 약속 시간이 지나 있었다.

"어떡할까."

조금 전 계단을 오르다 들려온 수인의 목소리에 걸음을 멈추게 되었다. 외삼촌에게 또박또박 받아치던 목소리는 마모되어 매끄러워진 차돌처럼 정제되어 있었다. 그렇게 정제되었다는 건 분노와 아픔이 그녀의 안에서 긴 시간 머물러 있었다는 증거였다.

갇혀 있는 기분. 김예중이 그녀의 이름을 불렀을 때 들려온 말이었다. 수인秀仁이 수인囚人처럼 느껴진다고 했다.

수인囚人. 여태까지 그녀가 견뎌 온 시간을 함축하는 단어였다. 그러자 지금껏 생각해 본 적 없던 그녀의 필명이 가지고 있는 의미가 궁금해졌다.

혼자 있는 시간을 주는 게 나을까. 아니면 예정대로 올라가 만나는 게 나으려나. 어떻게 하는 게 수인에게 도움이 될지 아직은 잘 파악이 되지 않았다.

갑자기 일이 생겼다고 하고 이대로 돌아갈까.

그때 문자 메시지가 도착했다.

[안 올 거예요?]

수인이 그의 고민을 해결해 주었다.

두 계단씩 뛰어올라 벨을 누른 석원은 문을 열어 주는 수인의 낯빛을 재빨리 살폈다.

"왔어요?"

물어 오는 수인은 아무 일도 없었다고 해도 믿을 만큼 담담해 보였다. 속은 어떻든 겉으로 보기에는 그랬기에 석원 역시 조금 전 김예중과의 마주침을 내색하지 않을 작정이었다.

"늦었네요."

"골목으로 들어오는 길에 차가 막히는 바람에."

묘한 눈으로 바라보던 수인이 고개를 갸웃하며 물었다.

"거짓말 잘하나 봐요?"

"아닌데?"

"또 거짓말."

"왜 사람을 자꾸 거짓말쟁이로 몰아?"

"방음 약한 건 시골집만이 아니에요."

석원은 골목을 마주하고 난 거실 창을 흘깃 쳐다보았다. 창문이 반쯤 열려 있었다.

"잘하면 이렇게 금방 들통나지 않았겠지."

거실로 들어서며 뻔뻔하게 대꾸한 석원이 탐색하는 눈으로 창백한 얼굴을 살폈다.

"괜찮은 거야?"

다정한 어투에 눈물이 핑 돌았다. 수인은 얼른 눈길을 내려 흔들리는 눈동자를 숨겼다. 자신이 얼마나 상처받기 쉬운 사람인지, 상처받지 않기 위해 얼마만큼 애쓰고 있는지 들키고 싶지 않았다.

괜찮지 않았었다. 놀랐고, 역겨웠고, 김예중이 붉어진 얼굴로 주먹을 쥐었을 때는 무서웠다. 하지만 석원이 곧 나타나 줄 거라는 믿음에 무서움을 이겨 낼 수 있었다. 그래서 지금은 괜찮았다.

수인은 가슴을 휘저었던 모든 감정들을 건너뛰고 결론만 말했다.

"괜찮아요. 그리고 고마워요."

뭐가, 라는 눈으로 눈썹을 들어 올리는 그에게 수인이 설명했다.

"내가 미처 못 했던 말들을 대신 해 줘서요."

"내 할 일을 했을 뿐이야."

"그 할 일을 잘해 줘서 고맙다는 말이에요. 할 일 이상을 해 줬기도 하고요."

석원이 말없이 바라만 보자 어색해진 수인이 말을 돌렸다.

"커피 만들게요. 카페 가려고 했는데 그냥 집에서 마시는 게 나을 것 같아요."

"커피?"

"부채 이자로 커피 달라면서요?"

"저녁 먼저 먹어야지. 뭐 먹고 싶어?"

"난 이미 먹었어요. 그럼 왜 밥이 아니라 커피를 달라고 한 거예요?"

"저녁 같이 먹자고 하면 거절했을 테니까. 커피 약속도 채무 들먹이는 바람에 겨우 받아들인 거 아냐?"

며칠 전까지만 해도 맞는다고 대답했겠지만 지금은 선뜻 말이 나오지 않아 수인은 입술을 물었다. 휴대폰으로 배달 업체를 검색하느라 미처 그런 기색을 읽지 못한 석원이 물었다.

"밥 챙겨 먹는 거에 부지런하지 않은 사람이 오늘따라 왜 일찍 먹었어? 이 동네 피자 어때?"

"먹을 만해요."

피자를 주문한 석원이 손가락으로 거실을 가리켜 보였다.

"지난번에 못 봐서 궁금했어. 둘러봐도 돼?"

궁금한 게 많은 사람이라 물어 올 줄 알았다.

"마음대로 해요."

침실과 거실 그리고 부엌과 욕실로 구성된 작은 공간. 특별할 것 없는데도 석원은 현장 검증이라도 나온 사람처럼 눈을 빛냈다. 지난 번 현관까지 짐을 들어 준 후 곧장 사무실로 가야 했던 아쉬움을 만회하려는 기세였다. 수인은 부엌 벽에 기대어 서서 그런 석원의 움직임을 눈으로 좇았다.

230

석원은 그의 움직임을 따르는 고요한 시선을 의식하며 강수인을 보여 주는 것들에 집중했다. 책장 앞에서 한동안 머물다 책상으로 이동했다. 노트북과 사전, 참고 자료들이 널려 있었다. 눈에 익은 낡은 영영 사전을 집어 들며 조금 전의 궁금증을 물었다.

"한새나라는 필명에 특별한 의미가 있어?"

"적당한 이름이 안 떠올라서 고민하던 차에, 책에서 마음에 드는 문장을 발견했어요. '새가 나는 것처럼 자유롭고 아름답다'였는데, 앞의 두 어절의 글자를 하나씩 따와서 새나라고 지었어요. '강새나'는 어감이 좀 이상해서 발음이 가장 예쁘다 싶은 '한'으로 정했고요. 넓고 큰 모양 한瀚이에요."

"발음만큼 뜻도 예쁘네."

"그래요?"

영영 사전을 다시 책상에 내려놓던 석원이 책꽂이에서 얇은 파일을 발견했다. 파일 등에 손 글씨로 '좋아하는 것들'이라고 쓰여 있었다. 속마음 보이기를 꺼려 하는 강수인답지 않게 노골적인 제목이 석원의 호기심을 자극했다.

석원이 파일을 뽑아 들어 보이며 물었다.

"봐도 돼?"

"마음대로요."

"너무 쉽게 대답하니까 무서운데."

엄살을 떤 석원이 파일을 넘겼다. 고양이가 나올 줄 알았는데 해파리가 나왔다. 푸른 바닷속을 떠다니는 반투명 해파리 사진 옆에 해파리는 거대한 동물성 플랑크톤에 속하며 몸의 90% 이상이 물로 이루어져 있고 뇌가 없다는 등의 백과사전식 정보가 나열되어 있었다. 그리고 그 아래엔 관심이 있어야만 알 수 있는 얘기들도 쓰여 있었다.

해파리: 여러 개의 영어 이름을 가진 것만큼이나 다채로운 성향을 지녔다. 대체로 젤리피쉬Jellyfish가 주는 어감처럼 귀엽지만, 때로는 메두사Medusa처럼 무서운 행동을 보인다. 우주를 유영하는 듯한 우아한 몸짓은 원하는 곳으로 이동하기에는 힘이 약해 물결에 몸을 맡긴 때문이다. 많은 약한 것들이 그러하듯 방어용 독을 품고 있다. 내가 가진 독은 뭘까. ……태양 빛에 오래 노출되면 증발해 버릴 텐데도 보석처럼 반짝이는 햇살의 유혹을 이기지 못하고 수면으로 향하는 바보 시 블러버Sea blubber. 조금씩 말라 버리다 뒤늦게 후회하면서 엉엉 울게 되면 어쩌려고.

강수인이 가진 독이라. 석원이 고개를 돌렸다. 부엌 벽면에 등을 기댄 채 그를 바라보고 있던 수인과 눈이 마주쳤다. 잠시 눈길을 준 그가 다시 파일의 페이지를 넘겼다. 해파리 다음은 산호였다.

……코랄색의 산호가 예쁜 색감을 잃어 회색빛으로 변해 가고 있다. 색을 잃는다는 건 죽어 가고 있다는 의미다. 바다 온도가 1도 높아지면 산호는 색을…….

해파리와 산호에 대한 설명 글을 보며 여린 것들, 보호가 필요한 것들에 마음이 끌리는 건가 싶은 순간 사마귀가 툭 튀어나왔다. 교미 후

수컷을 잡아먹는 사마귀가 섹시하다고 한 걸 보면 짐작이 틀렸다. 그래서 특이한 구석이 있는 생명체들을 좋아하나 했지만 일상에서 많이 접하는 강아지와 고양이도 목록에 있는 걸 보니 그것도 아닌 듯했다.

"좋아하는 기준이 뭔지 감이 안 잡히는데?"

혼잣말을 중얼거리며 파일을 넘겼다. 채워진 부분보다 아직 여백이 더 많은 자료집의 마지막 사진은 넓은 진초록 잎사귀를 가진 흰 꽃이었다. 특별할 것 없어 보이는 작은 꽃에는 산하엽이라는 이름이 붙어 있었다.

산하엽의 특징을 읽어 내려가던 석원은 비를 머금어 점차 투명해지는 꽃송이의 변화를 찍은 사진에서 눈을 떼지 못했다. 유리꽃이라고도 불린다는 설명처럼 비에 젖은 꽃송이는 진짜 유리 조각같이 보였다. 첫 번째 사진의 하얀색 꽃잎과 마지막 사진의 투명한 꽃잎이 동일한 꽃이라는 사실이 사진을 보면서도 실감 나지 않았다.

"특이한 꽃인데? 비를 만나야 비로소 제 모습을 드러낸다는 거잖아? 대부분의 사람들은 바로 눈앞에 있어도 이 꽃의 진짜 모습을 모르고 지나간다는 뜻이기도 하고."

"어떤 의미로는 그렇죠."

몸을 틀어 책상에 걸터앉은 석원이 파일을 들어 보였다.

"취향의 기준을 짐작하기 어려울 만큼 관심사가 여기저기 뻗어 있고, 대체 어디서 이런 정보들을 모았나 싶을 정도로 몰랐던 것들도 많고. 관심 가는 건 깊이 파고드는 스타일인가 봐?"

"그런 편이에요."

석원이 묘한 표정으로 팔짱을 꼈다. 가늘게 눈매를 접은 채 한동안 수인을 주시하던 그가 자신이 있는 곳에서부터 그녀가 서 있는 곳까지를 손으로 가늠하며 물었다.

"이 거리는 무슨 의미야? 보란 듯이 멀찍이 떨어져 서 있는 이유가 있을 것 같은데?"

뒷짐을 진 채 벽에 기대서 있던 수인이 입술을 달싹이다 다시 다물었다. 석원은 인내심을 가지고 기다렸다.

"물어볼 게 있어요."

석원이 경청하고 있다는 듯 고개를 까딱였다. 등 뒤로 맞잡은 손가락을 만지작거리며 망설이던 수인은 잘 나오지 않는 목소리를 어렵게 끌어 올렸다.

"데이트하자던 제안, 여전히 유효해요?"

어떤 대답을 줄지 알고 있었다. 그럼에도 묻는 게 쉽지 않았다. 누군가에게 연애를 하자고 제안하는 건 멋쩍고, 어색하고, 상당한 용기를 필요로 하는 일이라는 걸 알게 되었다.

그녀의 물음에 커다랗게 눈을 키웠던 석원이 금세 가늘게 눈매를 접었다. 속내를 꿰뚫을 것처럼 날카로운 시선으로 주시해 오는 그는 입술을 굳게 다문 채였다.

짐작과는 다른 반응에 당황한 수인은 조심스레 침을 삼켰다. 뭐든 대답하는 데 주저함이 없던 사람의 침묵을 어떻게 해석해야 할지 모르겠다. 커피 변제를 핑계로 집까지 찾아온 걸 보면 그의 제안이 여전히 유효하다는 뜻일 텐데. 그새 마음이 바뀐 걸까. 포커페이스 뒤에 숨겨진 생각을 읽는 건 그녀의 능력 밖이었다.

"생각이 바뀐 거면……."

"내 생각은 바뀌지 않았는데, 강수인 씨 생각은 왜 바뀐 걸까?"

석원의 대답에 저도 모르게 안심이 돼 한숨을 쉴 뻔한 수인이 입술을 꾹 물었다. 생각보다 더 긴장하고 있었다는 것과 긍정적인 답변을 기대하고 있었다는 걸 뒤늦게 자각했다.

"나랑 연애해 보기로 마음을 바꾼 이유가 뭐야? 설마 방금 전 일이 고마워서? 그건 남자 진석원이 아니라 변호사 진석원이 마음에 든다는 뜻 같아서 별론데."

"그래서는 아니에요."

"그럼?"

"이유, 중요해요?"

"대답이 달라질 만큼 중요하지는 않아. 단지 기분의 문제지."

망설이는 수인을 보며 석원은 더 이상 이유를 추궁하지 않았다.

"그럼 이제 선배이자 선임 변호사가 아니라 남자 친구 진석원이 되는 건가?"

"그 전에 확인하고 싶은 게 있어요. 연애하자는 건, 말 그대로 연애만 하자는 거죠?"

석원이 고개를 기울였다.

"무슨 뜻이야?"

"그러니까 그냥 연애만, 다른 형태로 변화하는 그런 게 아니라 오로지 연애만, 우리 둘이서만……."

석원이 어이없다는 듯 웃었다. 거리를 유지한 채 앞으로 두 사람이 하게 될 연애의 의미를 정의하려는 수인의 행동은 마치 계약 체결 전 조건들을 조율하는 협상가처럼 보였다.

"강수인 씨."

"……."

"내가 프러포즈했어요?"

"……."

"연애 한번 해 보자는 거잖아. 보고 싶을 때 만나고, 맛있는 것도 먹고, 드라이브도 즐기고. 그냥 남들 다 하는 연애. 그런 연애 해 보자는 말이야. 겨우 연애 한번 하자는 걸로 왜 이렇게 경계를 해? 아니면 내가 못 미더워서 금지 조항 같은 거 잔뜩 넣은 계약서라도 작성해야 안심이 되겠어? 정말로 계약서 작성해?"

석원의 놀림에 멋쩍어진 수인은 손등으로 달아오른 볼을 눌렀다. 연애를 한없이 가볍게 여기는 남자의 데이트 신청에 지나치게 예민하게 굴었다. 심장이 덜컥 내려앉는 말로 여자를 가차 없이 떨궈 내던 남자한테 연애 이상의 관계로 얽히고 싶지 않다는 말은 불필요할 텐데. 그의 말대로 프러포즈가 아니라 겨우 연애일 뿐인데.

수인은 심호흡을 하고서 몇 걸음이나 떨어진 곳에 있는 석원에게 마치 통보하듯 말했다.

"그럼 연애해 봐요."

석원이 입술 꼬리를 올렸다.

"그래. 해 보자고, 연애."

8장

커서가 깜빡이는 모니터를 물끄러미 바라보다 백스페이스키를 눌렀다. 좀 더 적절한 단어가 없을까. 노트북 옆에 놓인 국어사전을 뒤적이는 그때 휴대폰이 울렸다.

'진석원 변호사'

저장된 이름을 보며 입술을 잘근거렸다. 호칭을 바꿔야 할까. 잠깐 연애만 하는 건데 그럴 필요가 있을까. 잠시 고민하던 수인이 통화 버튼을 눌렀다.

— 작업 중?

"네."

— 점심은?

"아직이요. 무슨 일이에요?"

— 번역에 빠져 있느라 또 대충 때우는 건 아닌가 싶어서 제대로 챙

겨 먹으라고 전화했어. 나도 밥 먹으러 나왔거든. 그리고 강수인 씨.

이름을 불러 오는 목소리에 장난기가 가득했다.

"왜요?"

— 우리 이제 무슨 일이 있어야만 전화 가능한 사이 아니지 않나? 아닌가?

"……맞아요."

겨우 어제 연애를 시작하기로 했는데도 석원은 마치 계속 연애를 해 온 사람처럼 어색함이 없었다. 늘 자신만만한 사람이라 어색해하거나 조심스러워하는 모습이 상상되지도 않지만.

— 점심 메뉴 아직 안 정했으면 여긴 어때?

말과 동시에 메시지가 띵 날아왔다. 된장찌개와 김치찌개 같은 가정식이 주메뉴인 식당 사진과 함께 주소가 적혀 있었다. 그녀의 빌라와 주택 사이 골목길에 위치한 곳이었다.

— 집에서 도보로 10분 정도 거리던데, 가 봤어?

"아뇨."

— 나름 입소문 난 곳인 것 같아. 집밥이 먹고 싶으면 가 보라고.

"그럴게요. 바쁘다면서 이쪽 식당까지 찾아볼 시간이 있었어요?"

— 지금 하고 있는 번역 작업 마감할 때까지, 그리고 내가 맡은 사건 판결 나올 때까지는 집 근처에서 자주 식사하게 될 것 같으니까 알아 둬야지. 그리고 극단적으로 심플한 강수인 씨 식습관도 걱정되고. 점심 맛있는 걸로 먹어.

수인은 손을 그러쥐었다. 그의 손을 잡았을 때처럼 손바닥이 간지러웠다.

"진석원 씨도 점심 맛있게 먹어요."

석원이 피식거렸다.

— 진석원 씨로 결정했어?

"네."

수인은 어떻게 이 통화를 마무리해야 할지 몰라 좀 머뭇거리다 덧붙였다.

"열심히…… 일하고요."

석원이 웃음을 터트렸다.

— 강수인 씨도 열심히 일하시고요.

전화를 끊고서도 석원의 웃음기 어린 목소리가 쉽게 떠나지 않았다. 이렇게 잘 웃고 장난기 많은 사람인 줄 몰랐다. 이제 막 시작한 이 남자와의 연애가 이렇게 간지러울 줄도 몰랐다.

어색하게 미간을 접은 채 달아오른 귓불을 만지작거리던 수인이 지갑과 휴대폰을 챙겨 들고 집을 나섰다. 그리고 있는 줄도 몰랐던 식당을 향해 걷기 시작했다.

식당 정보를 알려 준 후로 석원은 문득문득 메시지를 보내왔다. 특별한 건 없었다. 커피 사러 1층 카페에 내려왔다든가, 머리 식히러 잠깐 옥상에 올라와 있다든가.

그때마다 수인은 휴대폰을 들고서 고민했다. 만약 친구 지혜의 메시지였다면 '뭐 마실 건데?', '맛있어?', '왜, 또 누가 스트레스받게 했어?'라고 고민할 것 없이 답장을 보냈을 거다. 하지만 친구가 아닌 남자 친구 진석원에게는 뭐라고 해야 할지 알 수가 없었다. 그렇다고 아무런 반응도 보이지 않으려니 신경이 쓰였고.

번역 작업을 하는 중간중간 난감한 표정으로 휴대폰을 힐끔거리던 수인이 또다시 울리는 휴대폰을 집어 들었다.

[저녁 사 줘. 스테이크. 채무 이자야.]

맨날 사 달란다. 정작 사 주는 건 본인이면서. 재빨리 답 문자를 작성하는 수인은 눈꼬리가 살짝 접히도록 미소 지은 채였다.

[심장 뛸 만큼 비싼 수임료를 받는 변호사지만, 이자가 너무 센 거 아니에요? 이자를 이런 식으로 끊임없이 받아 갈 거면 원금인 커피부터 얼른 변제할 테니까]

'변제할 테니까' 까지 적어 나가던 수인이 문득 작성한 글자들을 다시금 읽었다. 딱딱한 기계 속 글자들이 붕붕 떠다니는 것 같았다. 마치 마음이 그렇게 떠 있다고 알려 주는 것처럼.

자신이 쓴 것 같지 않았다. 간질거리는 손바닥을 손끝으로 문지르고는 망설이다 [x] 버튼을 눌러 글자들을 지웠다. 그러곤 '알겠어요.'라고 입력했다.

석원에게서 또 금방 답 메시지가 왔다.

[8시 20분 도착 예정.]

그리고 8시 10분에 전화벨이 울렸다.

— 집 앞.

그가 도착한다던 시간보다 조금 일찍 외출 준비를 끝내고서 저도 모르게 여러 차례 시각을 확인하던 수인이 집을 나섰다. 빠르게 계단을 내려가다 약속 상대를 발견한 순간 걸음을 멈추었다. 차체에 기대 휴대폰을 보고 있는 석원은 일과 관련된 메일이라도 확인하는지 매끈한 눈썹을 구긴 채였다. 쉽게 다가서기 어려운 분위기였다. 원래 냉랭한 이미지를 가진 남자라는 걸 잠시 잊고 있었다.

손끝 하나 움직이지 않았는데도 타인의 존재가 느껴진 건지 석원이 갑자기 눈을 들었다. 수인을 발견한 순간 차가운 그의 눈매가 기분 좋게 휘어졌다. 머리부터 발끝까지 훑고 가는 노골적인 시선에 계단을 내려가는 걸음이 의식되었다.

그래서인지 좀 서투른 인사가 나왔다.

"빨리 왔어요."

어색한 어법에 석원의 눈동자에 장난기가 스쳤다.

"빨리 보고 싶어서."

"……."

예상대로의 반응에 눈꼬리를 접은 석원이 말문이 막혀 버린 수인의 코끝을 톡 건드리고는 차 문을 열어 주었다. 수인이 올라타자 보닛을 돌아 운전석에 앉은 석원이 안전벨트를 착용하는 그녀에게 가볍게 던졌다.

"예쁜데?"

수인이 멈칫했다. 아주 짧은 멈춤 뒤에 마저 벨트를 채웠다. 석원은 한쪽 눈썹을 밀어 올렸다. 예쁘다는 말에 또 못 들은 척 아무런 반응이 없다. 칭찬에 익숙하지 않다는 짐작이 맞았다.

시동을 걸며 석원이 물었다.

"점심, 뭐 먹었어?"

"된장찌개요. 내가 방문한 시간이 애매해서 빈 테이블이 몇 개 있긴 했는데 그래도 사람들이 꽤 많았어요. 리뷰 보고 찾은 거예요?"

"맛집 추천 승률 90퍼센트를 상회하는 도연우 추천. 진주에서 먹은 갈비랑 냉면 맛있었다고 하니까 신나서 여러 곳 공유해 주던데."

"그랬어요?"

"가까운 곳에 괜찮은 식당이 있다는 걸 알게 돼서 다행이야. 식사 제때 제대로 챙기는 습관 가져. 지난번에 밭두렁 올라갈 때 보니까 체력 약하던데. 번역은 체력 싸움이라고도 하지 않나? 따로 하는 운동 없으면 나랑 같이할까?"

석원이 오전 여섯 시 반에 수영을 간다고 설명하자 수인이 얼른 거절했다.

"퇴사하면서 새벽에 일어나는 것도 그만뒀어요. 안 그래도 발레 수업 알아보고 있으니까 신경 안 써도 돼요."

"발레?"

"어릴 때 잠깐 배웠어요. 좋아하던 거라 다시 해 보고 싶어서요."

대답을 한 수인이 신호를 받고 핸들을 돌리는 석원을 골똘히 쳐다보다 말했다.

"그런데, 짐작하던 거랑 다른 면이 많은 거 알아요?"

"구체적으로?"

"다정하고 이것저것 세심하게 신경 써 준다 싶어서요."

황당한 소리를 들었다는 듯 석원이 되물었다.

"여자 친구한테 다정하게 구는 건 당연한 거 아닌가?"

"나한테만 그렇다는 게 아니라 상황이나 사람을 판단하는 시선을 보면 냉정하고 시니컬한 성격이다 싶은데 길고양이가 다치지 않게 배려해 주고, 부모님이 키우시는 고양이 사진도 휴대폰에 저장돼 있고.

그리고 시골 노인분들하고 편하게 섞여 드는 모습도 많이 의외였다는 말이에요."

냉정하고 시니컬하다. 주변 사람들뿐만 아니라 스스로도 그런 성격이라는 걸 인정했다. 부모님은 '객관적이다, 단호하다, 냉철하다' 라는 좀 더 유한 표현을 쓰시지만.

신호를 기다리며 석원은 손가락으로 핸들을 두드렸다. 어떡할까. 저울질을 하던 석원이 심각한 어조로 말했다.

"고민 중이야."

"뭐가요?"

"자백해서 선처를 받을지, 아니면 이미지를 고수하기 위해 그대로 오해하게 둘지."

"무슨 말이에요?"

"손 좀 줘 봐."

의아한 표정으로 수인은 왼손을 내밀었다. 그러자 석원이 그녀의 손바닥 위에 손을 올려놓고 손가락 피아노를 쳤다. 손바닥 위에서 리드미컬하게 움직이는 손가락을 지켜보던 수인의 눈동자가 다시 그를 향했다. 어리둥절한 채였다.

"생각할 게 있을 때 나도 모르게 나오는 버릇."

'성격 얘기를 하다가 갑자기 버릇은 왜?' 라는 의문을 갖던 수인이 뒤늦게 입을 벌렸다.

"무슨 말로 강수인을 잡을까 고민하느라 나도 모르게 차 지붕을 두드렸는데, 그 소리에 고양이가 놀라서 튀어나온 거지. 그걸 강수인 씨가 멋대로 해석한 거고."

"굉장히, 뻔뻔한 거 알죠?"

"너무하네. 그 녀석 때문에 심장 떨어질 뻔한 건 난데."

손바닥을 간질이던 손가락이 깍지를 껴 오자 작은 손이 순간 움찔했다.

"……또 자백해야 할 거 있어요?"

"부모님이 키우시는 고양이랑 안 친해. 녀석이 나만 보면 으르렁거려."

"그렇게 작은 새끼 고양이가 무슨 으르렁이에요. 하악, 거리면 모를까."

아기 고양이의 하악 소리를 흉내 내는 수인의 모습에 석원이 눈을 빛냈다.

"귀여운데? 또 해 봐."

"……그럼 내가 고양이랑 강아지 키우고 싶다고 했을 때 관심 보였던 것도 거짓이었어요?"

"키우겠다는 사람한테 관심 있었던 거지 키워지는 대상에는 솔직히 관심 없어. 꼬물거리는 녀석들이 귀여운 짓 하면 눈이 가긴 하지만 동물에 대해 특별한 생각 없으니까."

석원이 서둘러 덧붙였다.

"나처럼 동물에 별다른 관심 없는 사람은 얄팍한 호기심으로 키우다가 쉽게 버리는 무책임한 짓도 안 해. 책임감 없는 어설픈 애정보다는 나처럼 관심 없는 게 나아."

자기변호를 하는 그에게 수인이 캐물었다.

"또 무슨 거짓말 했어요?"

석원이 억울하다는 듯 눈썹을 찌푸렸다. 과장된 표정에 웃음이 날 것 같아 수인은 입술을 꾹 물었다.

"거짓말이라니. 이런 경우에는 오해를 적극적으로 풀어 주지 않았다는 표현이 정확한 거지. 글 다루는 일이 직업이면서도 의도적으로 잘못된 단어를 선택해 상대방을 추궁한 사람과 연애 거는 중인 여자에게 잘 보이려고 상황을 이용한 사람. 어느 쪽의 죄가 더 무거울 것 같습니까, 강수인 씨?"

수인이 눈을 흘겼다.

"그런 식으로 정중하게 존댓말 쓰면 더 얄밉다고 하니까 일부러 더 그러는 거죠?"

"아마 그럴걸요?"

수인에게서 웃음을 끌어낸 석원이 대화를 이어 갔다.

"시골에서는 최대한 정확하고 많은 정보를 얻기 위해서 스스럼없이 군 것도 있지만, 먼저 말 걸어오신 분들도 많았어. 덕분에 강수인에 대해 새로 알게 된 것들도 있지."

수인이 고개를 갸웃했다.

"어떤 거요? 나는 어릴 때도 외가에는 거의 가 본 적 없는데."

학원 때문에 방학이 돼도 놀 수 있는 시간이 드물었다. 중학교 때부터는 외고를 목표로 과외까지 하게 돼 더 그랬고.

"명문대 합격해서 마을 입구에 플래카드 붙였다고 하던데?"

"……지난번에 내려왔을 때 마을 입구에 걸린 플래카드 봤잖아요. 박사 학위 받았다고 쓰여 있는 거. 시골에서는 아직도 이런저런 이유로 그런 플래카드를 거나 봐요."

멋쩍은 기색으로 대답한 수인이 석원의 태도를 꼬집었다.

"자기한테 불리한 주제를 바꾸려고 교묘하게 말 돌리는 기술이 변호사다워요."

"직업상 필요한 기술이지."

석원이 깔끔하게 인정했다.

"나 말고 본인 얘기 해요. 내가 또 어떤 걸 오해하고 있는 거예요?"

"좀 억울한데? 우리 둘 중에 거짓말한 사람은 강수인 씨잖아?"

"내가 언제요?"

"남친 있다며?"

"……."

"그리고 나한테 거짓말을 들킨 누구랑 달리 나는 자발적인 거짓말이 아니었는데, 그럼에도 불구하고 자백했잖아."

말문이 막혀 버린 수인을 슬쩍 곁눈질한 석원이 짓궂은 목소리로 덧붙였다.

"반론 제기 안 하십니까, 강수인 씨?"

수인은 침묵을 유지했다. 그다지 말발이 좋은 것도 아닌 데다 이 뻔뻔한 변호사를 이길 자신은 더더욱 없었다.

"번역 속도 보니까 엄청 빠르던데. 통역사가 아닌 번역가라 다행이다 싶어."

이건 또 무슨 말인가 싶어 쳐다봤다.

"글 다루는 것만큼이나 말을 잘했을 거고, 그러면 내가 하는 말들이 안 먹혔을 테고, 그랬다면 이렇게 연애를 시작하지 못했을지도 모르지."

어이없는 표정을 짓던 수인이 풋 웃었다. 석원은 그 모습을 빠짐없이 눈에 담았다. 말문이 막힌 강수인도 예뻤지만, 그의 궤변에 또박또박 반박하는 강수인도 예뻤다. 그리고 웃을 때도 예뻤다. 웃는 게 가장 예뻤다.

문을 열어 둔 옷장 앞에 서서 고민하던 수인이 벨 소리에 얼른 휴대폰을 집었다.

— 미안해. 변수가 생겨서 약속 지키기가 힘들 것 같아.

용건부터 전해 오는 목소리가 바쁜 틈을 비집고 연락했다는 걸 알려 주었다.

"그래요? 괜찮아요. 수고해요, 그럼."

— 예상한 반응이지만 그래도 좀 서운한데. 너무 쿨하게 받아들이니까 나만 얼굴 못 봐서 아쉬워하는 것 같잖아.

"그게 아니라, 바쁜 것 같아서……."

— 그게 아니라는 건, 못 만나서 아쉽다는 뜻?

"……."

— 강수인 씨, 약속 깨져서 나 못 만나게 된 게 아쉽냐고 묻잖…….

"아쉬워요, 조금."

서둘러 붙인 조금이란 말에 석원이 소리 내어 웃었다. 듣기 좋은 웃음소리가 수인에게서 소리 없는 웃음을 끌어냈다.

— 거짓말쟁이가 솔직해졌는데, 조금.

전화기 너머로 누군가 석원을 부르는 소리가 약하게 들려왔다.

— 내일 아침에 전화할게. 점심 같이 먹자.

"그래요."

통화를 마친 수인이 까만 액정을 쳐다봤다. 연애를 시작한 뒤로 약속이 취소된 건 처음이었다. 갑자기 시간이 붕 떠 버렸다. 습관적으로 노트북을 열었다가 도로 닫았다. 하릴없이 책을 뒤적여 보기도 했다. 그러나 집중이 되지 않았다. 석원과 함께하려던 시간을 어떻게 채워야 하는지 모르는 사람처럼 배회하던 수인이 베란다로 나갔다.

어둠이 스며드는 시간이 늦어지는 여름이었다. 그럼에도 일찍 불을 밝힌 조명들로 인해 골목 군데군데가 반짝였다. 인공적인 불빛이 스산한 분위기를 풍기던 골목길을 낭만적으로 보이게 했다.

파리. 상트페테르부르크. 빛의 도시라고 불리는 곳들이었다. 서울도 밤이 예쁜 도시라는 걸 알게 된 건 석원과의 데이트를 시작하고부터였다. 까만 밤하늘 속에서 바다색으로 반짝이는 서울타워가 멀리 보였다.

한동안 동네 풍경을 바라보던 수인은 다시 집 안으로 들어갔다. 소파에 앉아 책을 뒤적이다 배고픔을 무시할 수 없을 즈음 부엌으로 가 즉석밥을 꺼냈다. 그 순간 문득 그녀의 식습관을 걱정하던 석원이 떠올랐다. 잠깐 고민하다 도로 집어넣고는 지갑을 들고 밖으로 나왔다.

집을 나온 수인이 향한 곳은 석원이 알려 준 뒤로 종종 찾는 백반 식당이었다. 사람들 속으로 들어가 2인용 테이블에 앉았다.

주문한 음식이 차려지자 수저를 든 수인은 보는 것만으로도 손맛이 느껴지는 음식들을 맛보는 대신 주변을 둘러보았다. 혼자 온 사람은 그녀뿐이었다. 맞은편의 빈 의자에 잠시 눈길을 주었다가 밥을 떴다. 윤기가 흐르는 밥알이 입 안에서 까끌까끌하게 겉돌았다. 보글보글 끓고 있는 된장찌개도 별반 다를 게 없었다.

음식에는 무던했는데. 혼자 밥 먹는 일이 당연한 것처럼 익숙했는데.

"나쁜 버릇 들었어."

석원과의 데이트가 만든 부작용이었다. 짧은 시간 동안 타인으로 인해 변한 것들이 조금 신기하기도 하고 조금 두렵기도 했다.

양이 그다지 많지 않은 공깃밥 하나를 버겁게 비우고 식당을 나왔다. 얹힌 것처럼 묵직한 명치를 문지르며 골목을 걸었다. 거북한 속을 가라앉히고 산책도 할 겸 집으로 곧장 향하는 대신 돌아가는 길을 택했다.

길목 편의점에 들러 사탕을 하나 샀다. 입에 막대사탕을 문 채 주택 담장을 따라 걸었다. 담장 너머로 뻗은 나뭇가지가 만들어 낸 그림자가 발 앞에서 한들거렸다. 그림자랑 장난치듯 발을 움직이던 수인의 걸음이 뚝 멈췄다. 어디선가 불쑥 나타난 그림자가 나뭇가지 그림자를 덮었다.

고개를 들어 확인하지 않아도 그림자의 주인공이 누군지 알 수 있었다. 순간 수인의 심장이 두근두근했다.

"연락 안 돼서 걱정하게 만들어 놓고는 나무 그림자랑 놀고 있었어, 사탕 입에 물고?"

손끝이 하얀 막대를 슬쩍 건드렸다. 그러자 동그란 사탕이 혓바닥을 지그시 눌렀다. 간지러웠다. 수인이 입 안에서 사탕을 뺐다. 입술에 꽂힌 노골적인 시선이 의식되었다.

"휴대폰은?"

"잠깐 밥 먹으러 나온 거라 충전기에 꽂아 두고 나왔어요. 일은 다 끝난 거예요?"

"얼굴 보면서 할 일은."

나란히 서서 집을 향해 걸으며 수인이 물었다.

"많이 기다렸어요?"

"10분 정도. 집에 가는 길에 잠깐 얼굴이라도 보려고 들렀는데 불은 꺼져 있고, 전화도 안 받고. 평소보다 일찍 잠이 든 것일 수도 있지만, 나 같은 직업 가진 사람은 최악의 상황부터 떠올리는 나쁜 버릇이 있어서. 집 안으로 들어가 봐야 하나 고민하는 중이었는데 타박타박 발소리가 들렸어."

집 앞에 도착하자 석원이 주차해 놓은 승용차 조수석에서 베이커리 로고가 박힌 작은 박스를 꺼내 건넸다.

"뭐예요?"

"초코크루아상. 내일 아침에 먹어도 여전히 맛있을 거야."

"잘 먹을게요. 그렇지만 덕분에 버릇이 나빠지고 있어요."

석원이 짙은 눈썹을 움직이며 관심을 드러냈다.

"어떤 식으로?"

"맛없는 것도 불평 없이 먹었었는데, 입맛이 까다로워졌어요."

혼자 먹는 일도 어색해졌다는 말은 하지 않았다.

"큰일인데."

"그러게요."

두 사람이 동시에 웃음을 머금었다. 수인의 미소를 잠시 지켜보던 석원이 운전석 문을 열었다.

"가는 거예요?"

수인의 물음에 좀 놀란 눈빛을 하던 석원이 도로 차 문을 닫았다.

"여자 친구가 가지 말라고 붙잡으니까 못 가겠는데."

"아니, 그게 아니라……."

"그게 아니라?"

"사무소에서 집으로 가는 길에 들르려면 꽤 우회해야 하잖아요. 바빠서 이제야 일 마무리 짓고 온 사람이 이것만 전해 주고 그냥 간다니까 놀라서 그런 거예요."

"이쯤 데이트했으면 남자 친구 성격 대략 파악되지 않나? 라고 하기에는 나도 내 행동이 어이없었으니까 놀라는 게 당연한 건가."

석원이 수인이 들고 있는 베이커리 박스를 눈짓했다.

"거기 앞을 지나면서 강수인 사다 주면 커피랑 잘 먹겠다, 생각하는 순간 핸들 돌리고 있더라고. 집에 가서 봐야 할 서류도 많은데 잠깐 얼굴 보자고 차를 돌리는 게 현명한 일인가. 내일 점심때 보면 되는데. 그런 생각이 스치기는 했는데, 그래도 얼굴 보니까 오길 잘했다 싶어. 게다가 헤어지는 거 아쉬워하는 모습도 보고."

한 손에는 막대사탕을 다른 한 손에는 그가 준 베이커리 박스를 든 수인을 바라보던 석원이 보닛에 기대고 있던 몸을 일으키고는 다시 차 문을 열었다. 어두우니까 어서 올라가라는 그의 말에 수인은 빌라 출입문으로 한 걸음 향하며 인사했다.

"조심해서 가요."

내일 보자는 말을 남기고 석원이 떠났다. 출입문 앞에 서서 골목을 빠져나가는 차를 지켜보던 수인은 문득 고개를 갸웃거렸다. 뒤늦게 의문이 생겼다.

진석원은 왜 그녀를 만지지 않을까. 데이트를 수락한 첫날 키스를 해 올 거라고 생각했다. 유들유들한 태도로 손을 댈 줄 알았다. 어쩌면 데이트 몇 번에 섹스를 요구할지도 모른다고도 짐작했다. 그랬는데 손잡은 게 다였다. 가끔 귀엽다는 듯 볼을 톡 건드리고는 그만이었다. 왜지?

자판 위에 손을 올려놓은 채 수인은 망설였다.

'바람이 분다.', '바람이 인다.'

내용상 어느 걸 써도 어울리지만 가능한 한 원작자가 글을 쓸 때 떠올린 이미지와 가장 근접한 분위기의 단어를 선택하고 싶었다. 잠시 눈을 감고서 바람이 부는 들판과 바람이 이는 들판을 번갈아 상상했다. 눈을 뜨자 깜빡거리는 커서가 그녀의 선택을 재촉하고 있었다.

분다. 인다.

"어렵다."

번역 작업을 하다 보면 지금처럼 영어보다 한글이 더 감정적인 뉘앙스의 스펙트럼이 넓다는 느낌을 받을 때가 있다. 모국어라서 그렇게 느껴지는 건지도 모르지만 어쨌든 그럴 때는 사전도 더 이상 도움이 되지 않았다. 그저 감각에 의지할 수밖에 없었다. 단순히 어학 실력만이 아니라 언어가 생성된 문화권에 대한 지식, 원작에 대한 이해 그리고 센스가 요구되는 순간이었다.

일다와 불다. 두 동사 사이에서 고민하다 잠시 머리를 식히려 일어났다. 부엌에서 시원한 아이스커피를 만들어 창가로 다가갔다.

커튼으로 반쯤 가려 놓은 거실 창으로 눈이 부실 만큼 날카로운 햇살이 비집고 들어왔다. 수인은 금세 물방울이 맺힌 차가운 유리잔을 들고 책장 앞으로 걸어가 목적 없이 책등을 훑어 나갔다. 그러다 더블린 가이드북 옆에 꽂힌 석원의 여행 노트에서 눈길이 멈췄다.

노트를 꺼내 들고 창가에 앉아 조심스레 펼쳤다. 가죽으로 된 여행 노트 커버 속에는 사진이 한 장 끼워져 있었다. 그의 집무실에서 여행 노트를 받아 와 처음 펼쳤을 때에는 미처 보지 못했다. 그래서 밤에 침대에 누워 다시금 찬찬히 훑어보다 사진이 팔랑 떨어지는 바람에 놀랐었다. 제대 기념으로 떠났던 여행이라고 했다. 동아리방에서 만나기 두 달 전의 모습이었다.

"엄청 커 보였는데."

수인의 기억 안에 자리한 진석원은 사진에서보다 훨씬 큰 키를 가진 사람이었다. 한없이 올려다보게 되던, 그녀와는 다른 세상을 사는 것 같던 진석원 선배.

수인이 아빠를 잃은 건 턱에 난 뾰루지조차 큰 고민처럼 여겨지던 고3 때였다. 성적이 좋다는 것 외에는 평범하던 그녀의 삶은 아빠의 죽음으로 인해 급격하게 변해 버렸다. 대학이 사치가 되어 버린, 단한 번도 생각지 못했던 경제적 어려움은 공포였다.

내일에 대한 두려움을 안고서 오늘을 버텨 내던 갓 스물의 그녀에게 여유가 넘쳐흐르던 스물네 살의 석원이 실제보다 훨씬 커 보인 건 당연했다.

수인은 얼음이 달그락거리는 커피를 한 모금 마시고는 사진을 감상했다. 기네스 스토어하우스 앞에서 포즈를 취한 석원은 구김살 없는 웃음을 짓고 있었다. 밝고 맑아서 보는 사람마저 기분 좋게 만드는 미소였다.

"언제부터 시니컬한 미소에 익숙해진 거지?"

대학 시절의 그는 때로 거만해 보이기는 했지만 그래도 한쪽 입술 꼬리만 비스듬히 올리는 미소를 짓지는 않았다. 아마도 직업 때문이겠지. 검사와 변호사라는, 닿기만 해도 전염이 될 것 같은 진득한 악을 품은 사람들을 일상적으로 접하는 직업이라면 누구라도 냉소적인 면을 가지게 될 수밖에 없을 거다.

그렇게 생각하는 순간 동그란 얼굴로 선한 웃음을 짓던 도연우 변호사가 떠올랐다.

"그냥 성격인 거구나."

데이트 횟수가 늘어 가는 만큼 석원에 대해 알게 된 것도 늘어났다. 사귀기 전 석원은 종종 장난처럼 두 사람의 공통점을 읊었었다. 하지만 실상은 차이점이 더 많다는 걸 알게 되었다. 그럼에도 불구하고 다양한 주제로 이야기를 나눌 수 있는 재미있는 대화 상대였다.

싱그러운 스물넷 진석원의 얼굴 옆에 서른넷 진석원의 얼굴을 놓아 보았다. 닮은 듯 닮지 않았다. 그때는 미처 알지 못했던 그의 매력을 알아 가고 있기 때문인지 지금의 그가 더 마음에 들었다.

수인은 석원이 보여 줬던 그녀의 사진을 떠올렸다. 희찬이 찍은 사진 속 그녀는 동아리방 창문으로 보이는 봄꽃 옆에 작게 존재했다. 어쩌다 배경처럼 카메라 앵글에 들어간 거라 찍힌 줄도 몰랐다. 무슨 생각에 빠진 건지 사전을 펼쳐 든 그녀는 턱을 괸 채 멍하니 창밖을 보고 있었다. 회색빛 기억밖에 없는 스무 살의 자신이 이방인처럼 낯설었다.

희찬에게서 받았다며 사진을 보여 준 석원이 그랬다.

'풋풋한 신입생 강수인을 다시 보는 감회가 남달랐어.'

그걸로 끝이었다. 궁금한 게 많은 사람이라 어릴 적 사진을 보여 달라고 요구할 줄 알았는데.

"아."

수인은 저도 모르게 작은 소리로 감탄 같은 말을 내뱉었다. 평탄하지 않았던 그녀의 가족사 때문에 혹시라도 상처를 건드릴까 봐 말을 꺼내지 않은 걸까. 처음부터 늘 불행했던 것만은 아니었는데. 신경 쓰게 만들 만큼 예민하게 굴었나. 아니면 눈치 빠른 사람이라 공감 능력도 뛰어난 걸까.

망설이던 수인이 책장 앞으로 가 맨 아래 칸에 놓인 상자를 끄집어냈다. 언제 열어 봤는지조차 기억나지 않는, 앨범과 졸업장 같은 것들이 들어 있는 상자였다.

뚜껑을 열고 상자 속 앨범을 꺼내려던 손이 주저하듯 멈칫했다. 연애만 하는 사이였다. 그것도 언젠가 끝이 날 시한부 연애. 지금도 그녀가 짐작했던 것보다 더 빨리, 더 많이 그녀의 일상과 머릿속을 잠식해 오고 있는 석원이었다. 연애를 시작하기로 마음먹었을 때 목적했던 방향을 잃지 않으려면, 연애의 끝에 상처받지 않으려면 그에게로 자꾸만 흘러가려는 마음을 단속해야만 한다. 수인은 상자를 닫아 버렸다.

하늘이 보이는 넓은 창이 매력인 곳이었다. 시끄럽지 않다는 장점도 있었다. 집에서 조금 거리가 있는 이 카페까지 온 이유였다.

원고를 손에 든 채 평화로운 카페 창가에 앉아 있는 수인은 걱정 어린 눈을 하고 있었다.

책 한 권을 번역하는 작업은 누구의 발길도 닿지 않았던 숲속 외딴길을 홀로 묵묵히 걷는 일과 닮았다. 설렘과 두려움이 번갈아 가며 동행했던 두 달간의 긴 여정을 드디어 마쳤다.

마지막 문장의 번역을 끝낸 후, 가독성을 체크하며 글을 다듬고 비문과 오타를 잡았다. 이제 출판사에 원고를 보내는 일만 남았다. 그럼에도 수인은 메일을 보내는 대신 원고를 붙잡고 있었다.

믿고 맡겨 준 최정화 편집장님께 실망을 안기지 않을까. 김희찬 선배에게 미안하게 되지는 않을까. 그리고 무엇보다 그녀 스스로 결과물을 아쉬워하게 되지는 않을까. 지나친 걱정은 오히려 객관적인 시각을 잃게 만든다는 걸 알고 있지만, 마음이라는 건 쉽게 다스려지는 것이 아니었다.

"그러면 누구나 다 현명하게 살겠지."

한숨처럼 중얼거리고는 이번이 마지막이라는 마음으로 다시금 원고를 집었다. 손으로 턱을 괸 채 마치 처음 이 소설을 접하는 독자처럼, 타인의 번역물을 보는 것처럼 편한 마음으로 읽어 나가려 애를 쓰며 문장들을 음미하기 시작했다.

원고를 넘기다 휴대폰이 진동하자 얼른 발신인을 확인했다. 대답하는 수인의 목소리에 설렘이 묻어났다.

"늦잠 잘 거라더니 푹 잤나 봐요?"

— 열두 시간 넘게 자 본 건 오랜만이야.

잠이 묻어나 평소보다 한결 느른한 목소리였다. 그래서 섹시하게 들리는, 그녀가 좋아하는 목소리였다. 수인은 휴대폰을 귀에 바짝 가져다 댔다.

— 밖인가? 다른 소리가 좀 들리는데?

"카페 왔어요. 출판사에 원고 보내기 전에 마지막으로 읽어 보려고요. 집에서 감수하는 것보다 도움 되지 않을까 싶어서요."

— 얼마 전에도 마지막이라고 했던 기억이 나는데.

"이번에는 진짜예요. 그만할 때를 알아야 하는데, 처음이라 그런지 자꾸 머뭇거리게 돼요. 진짜로 이번까지만 읽고 송고할 거예요."

— 내가 감수해 줄까?

바이링구얼인 석원은 가장 이상적인 감수자였다. 석원의 제안에 수인이 속내를 털어놓았다.

"그래 줄 수 있어요? 실은 말을 꺼낼까 말까 계속 고민했어요."

— 강수인.

수인의 눈이 동그래졌다. 석원의 목소리에서 평소와는 다른 날카로움이 전해졌다. 수인은 저도 모르게 긴장했다.

― 그 정도 부탁도 망설여질 만큼 내가 너한테 야박하게 굴어?

생각지도 못한 말에 당황한 수인이 얼른 설명했다.

"그런 게 아니라 안 그래도 바쁜데 일을 더하는 것 같아서 말 안 한 것뿐이에요."

― 안 될 것 같으면 내가 알아서 거절해. 그러니까 혼자 짐작해서 판단하지 말고 물어봐.

"알겠어요."

― 꽤 다정하게 대하고 있다고 생각했는데. 내가 여전히 편하지가 않나 봐?

평소대로 돌아온 그의 어투를 듣는 순간 눈물이 핑 돌아 수인은 당황했다. 누가 보면 남자 친구가 엄청 서운하게 대했다고 오해하겠다.

"충분히 다정해요. 그래서 좀 놀랄 만큼요. 단지 내가 부탁을 잘 못하는 성격인 거예요."

― 여자 친구한테 다정하게 구는 게 왜 놀랄 일이야? 내가 성격 파탄자도 아니고.

"그러게요."

― 점심 맛있는 거 사 줘.

"그럴게요. 뭐 먹고 싶어요?"

― 피자. 샤워만 하고 출발할 거니까 한 시 전에는 도착할 거야.

"시간 맞춰서 주문할게요."

― 테이크아웃해 갈게. 영우가 새로 나온 메뉴라면서 주문했는데 맛있었어.

통화가 끝나고도 수인은 한동안 휴대폰을 만지작거렸다. 알아 갈

수록 괜찮은 남자였다, 진석원은. 석원과 사귀기로 결정한 가장 큰 이유가 쓸쓸함 때문이었다는 것이 미안해질 만큼.

원고를 정리해 집으로 돌아온 수인은 창문을 열어 환기를 시켰다. 오전에 비가 내렸다 갠 덕분에 해가 비치는데도 기분 좋은 날씨였다. 화분을 햇볕이 내리는 쪽으로 약간 옮겨 놓고는 주위를 둘러보았다. 뭘 할까. 이제 곧 석원이 온다는 사실에 마음이 좀 들떴다.

석원의 메시지가 도착했다.

[빌라 앞.]

그리고 얼마 지나지 않아 현관 두드리는 소리가 났다. 문을 열자 막 씻고 나온 티가 역력한 모습으로 서 있던 석원이 씩 웃으며 들어왔다. 문득문득 생각하지만 차가운 인상인데도 불구하고 의외로 웃는 모습이 잘 어울리는 남자였다. 한쪽 입술 꼬리만 올려 시니컬해 보이는 미소도 지금처럼 청명한 웃음도. 그리고 청바지에 베이직한 티셔츠 차림임에도 시선이 갈 만큼 잘생긴 남자이기도 했다.

"왜 그렇게 봐?"

"대학 때 생각 나서요."

계단을 뛰어오르느라 조금 헝클어진 머리를 쓸어 넘기던 석원이 그린 듯 반듯한 눈썹을 구겼다.

"대학 때 얘기만 나오면 쪽팔리는 거 알아? 우리 둘밖에 몰라서 다행이다 싶은 흑역사야."

석원이 식탁 위에 피자 박스를 올려놓으며 말을 이었다.

"여자 친구 앞에서는 언어 순화해야 하는데. 하지만 부끄럽다, 민망하다. 뭐 이런 단어로는 그때 내 심정을 표현하기엔 영 부족해서. 쪽팔리다를 대체할 적절한 표현 좀 가르쳐 주시죠, 한새나 번역가님."

수인은 미간을 접고서 고민했다. 부끄러워서 체면이 깎인다, 창피하다, 정도가 맞는 표현일 거다. 하지만 전해지는 감정의 진폭이 다르다.

"쪽팔리는 건, 쪽팔리는 거죠."

"역시 그렇지?"

속어라며 순화된 표현을 알려 줄 거라고 생각했다. 모범생 같은 반응을 보일 줄 알았던 석원은 의외의 답변에 웃음이 나왔다. 그러자 수인이 의심스러운 눈빛으로 고개를 갸우뚱했다.

"그런데 남들이 몰랐으면 할 만큼 부끄러웠던 거 맞아요? 나는 조각조각 떠오르긴 하지만, 엄청 뻔뻔한 사람이었다는 건 확실히 기억하는데."

"내가, 뻔뻔하다고?"

"멋대로 오해해서 남의 첫 키스 빼앗아 가 놓고는 아무렇지 않은 얼굴로 에세이 봐 줬잖아요. 난 쑥스럽고 당황한 마음 감추느라 엄청 힘들었는데."

새로운 사실을 알게 된 석원이 눈을 빛냈다.

"너무 담담한 얼굴로 에세이 봐 달라고 내밀기에 아무렇지 않은 줄 알았지. 그래서 나도 안 그런 척 굴었던 건데. 그게 뻔뻔하게 느껴졌나 봐? 그런데."

실눈을 뜨며 말꼬리를 끄는 모습에 무슨 말을 하려고 저러나 싶어 수인은 궁금하면서도 긴장됐다.

"첫 키스였어?"

"……."

석원이 허리를 굽혀 어색하게 미간을 접은 수인과 눈높이를 맞췄다.

"말해 봐. 내가 강수인 씨 첫 키스 상대였습니까?"

"……피자 식어요."

개구진 표정으로 그녀의 콧등을 톡 건드린 석원이 문득 현관 쪽으로 귀를 기울였다. 후다닥 계단을 내려오는 발소리가 크게 울렸다.

"확실히 방음이 약해. 출입문도 자주 열려 있고."

석원의 말에 수인은 머릿속을 스치는 생각을 물었다.

"도착 전에 항상 메시지 보냈던 게 안전 때문에 그런 거였어요?"

"그러니까 약속도 없는데 누가 문 두드리면 함부로 열어 주지 마."

"어린애 아니에요."

"아닌 거 아는데도 이상하게 챙겨야 할 것 같아서. 배고프다. 먹자."

박스를 열자 여전히 뜨거운 피자에서 김이 올라왔다. 먹음직스럽게 치즈가 늘어나는 피자 조각을 한입 가득 머금은 석원이 만족스러운 표정을 지었다. 조심스레 피자를 맛보는 수인에게 물었다.

"맛있지?"

"맛있어요. 그런데 맛있는 거 사 달라더니 왜 내가 주문 못 하게 했어요? 늘 그러잖아요."

"채무 많이 쌓이라고."

불평하는 그녀에게 넉살 좋게 대꾸한 석원이 또 한 조각을 집었다. 수인은 석원이 피자를 먹어 치우는 모습을 구경하며 자신의 몫을 야금야금 베어 먹었다. 혼자서 먹을 때보다 한 조각 더 먹었다. 질 좋은 치즈를 사용해서인지, 아니면 그와 함께여서인지 오늘따라 피자가 유독 고소했다.

"원고는?"

수인은 카페에 가져갔던 프린트한 원고를 건넸다.

"여자 친구가 번역가니까 첫 번째 독자가 되는 특권도 누리고. 영광인데?"

한눈에 봐도 여러 번 읽은 티가 나는 원고를 받아 든 석원이 소파에 자리를 잡고는 옆자리를 툭툭 쳤다. 수인은 책장에서 책을 한 권 꺼내 와 그의 옆에 앉았다.

습관적으로 다리를 소파에 올리고 무릎 위에 책을 펼치던 수인이 그녀의 행동을 지켜보는 그에게 "왜요?"라고 물었다.

"그런 자세가 편해? 볼 때마다 신기해서."

"엄청 편한데."

한번 해 보라고 제안하려던 수인은 쭉 뻗은 채 발목을 겹친 그의 긴 다리를 보며 저 길이로는 오히려 불편하겠다 싶어 관뒀다.

석원이 원고의 첫 장을 넘기자 수인은 저도 모르게 마른침을 삼켰다. 어떤 평가를 내릴까. 걱정을 담은 눈동자가 그를 살폈다. 처음에는 그의 반응이 궁금했는데 페이지가 넘어갈수록 그의 얼굴이 더 눈에 들어왔다. 원고를 읽느라 눈동자가 짙은 속눈썹에 반쯤 가려져 있었다. 그녀를 향할 때면 온기를 품지만 마냥 따뜻하다고는 할 수 없는 눈동자였다.

조심스러운 눈길이 매끈한 콧대를 지나 입술에 닿았다. 수인은 저도 모르게 아랫입술을 말아 물었다. 불시에 첫 키스를 앗아 갔던, 모양과 색이 예쁜 입술이었다. 전체적인 이미지가 냉랭하고 이지적임에도 섹시한 분위기를 풍기는 이유는 입술 때문이었다.

그 순간 또다시 의문이 들었다. 석원은 왜 가벼운 입맞춤조차 하지 않는 걸까.

골똘히 생각에 잠긴 채 석원의 입술을 바라보던 수인이 걱정스러운 얼굴로 그의 행동을 주시했다.

모양 좋은 손가락이 이마를 문질렀다. 잘빠진 눈썹이 슬쩍 올라가기도 했다. 문장이 잘 안 읽히나. 비문이 있나. 궁금했지만 온전한 평가를 받기 위해 방해하고 싶지 않았다.

"왜?"

조심스레 곁눈질로 보고 있는데도 시선을 느낀 건지 원고에서 눈을 떼지 않은 채 석원이 물어 왔다. 수인은 얼른 고개를 저었다.

"아니에요."

잠깐 책으로 향했던 눈동자가 또 그에게로 건너갔다. 원고에 집중할 수 있도록 방해하지 말아야 하는데. 애써 눈을 돌리며 소설에 집중하려 했지만 잘되지 않았다.

수인은 미끄러지듯 소파 밑으로 내려갔다. 원고에서 고개를 든 석원이 물었다.

"왜, 불편해?"

"안 그러려고 해도 자꾸 원고 쪽으로 신경이 가서요. 방해되잖아요."

"방해되지는 않지만 편할 대로 해."

바닥에 앉아 소파에 등을 기댄 수인이 무릎 위에 책을 펼쳤다. 책을 읽느라 살짝 고개를 숙인 수인을 보며 석원이 슬며시 입꼬리를 올렸다. 조심조심 얼굴을 훑는 눈동자를 모른 척하는 일은 생각보다 쉽지 않았지만 즐거웠다. 시선 때문에 간지러운 건 그였는데 자리를 피해 버린 건 수인이었다. 석원은 손을 뻗어 수인의 머리로 가져갔다.

내용이 눈에 들어오지 않아 같은 문장을 세 번째 반복해서 읽던 수인이 머리칼을 만져 오는 손길에 호흡을 멈췄다. 바람이 쓸고 가는 거라고 착각할 만큼 부드러운 손놀림이었다. 생각에 잠길 때에는 손가락 피아노를 치는 게 버릇이라더니. 책을 읽을 때에는 뭔가를 만지작거리는 게 버릇인 걸까. 스토리에 빠져들 때면 어느새 손끝을 잘근거리는 그녀처럼.

긴장한 수인이 윗니로 아랫입술을 지그시 눌렀다. 흔들리는 눈동자가 이리저리 방황하다 거실 바닥에 닿았다. 화분 그림자가 끝나는 곳에 햇살이 물결처럼 일렁였다. 반짝이는 햇살 한 조각이 길게 다리를 뻗어 발목을 교차한 석원의 발끝을 간질이고 있었다. 햇살이 그녀의 맨발에 닿기까지는 한참이나 걸릴 텐데, 그런데도 발가락이 간질거리는 기분이었다.

유독 시원한 주말 오후. 하늘은 파랬고 열어 둔 창으로는 간혹 바람이 들어왔다. 햇빛이 스며든 고요한 공간에서 좋은 감정을 가진 남자와 나란히 책을 읽고 있었다.

이상하지. 석원과 연애를 시작한 지 얼마 되지 않았는데 마치 긴 시간 알아 온 것처럼 평안했다. 익숙해짐에서 오는 평안함이 아니라 있는 그대로 포용받는 느낌에서 오는 평안함이었다. 평온하고, 평화롭고, 그리고 안식 같은 순간. 지속됐으면 싶은 순간이었다.

"희한하지?"

나른한 목소리가 귀를 간질였다.

"나는 우리가 꽤 예전부터 사귀었던 사이처럼 느껴질 때가 가끔 있어. 연애를 걸었던 순간조차 실은 연애하고 있었던 게 아닐까 싶을 만큼."

그녀의 머릿속을 읽은 것 같은 말에 수인의 눈동자가 커졌다. 낮아서 속삭임처럼 들리는 말을 던진 석원이 다시금 원고를 넘겼다. 그러는 동안에도 머리카락을 만지는 손길을 멈추지 않았다. 기다란 손가락이 바람처럼 머리카락을 건드렸다. 그러다 실수처럼 목덜미에 닿았다. 단단한 손가락이 보드라운 목덜미를 스치자 수인은 어깨를 움츠렸고 덩달아 석원의 손가락도 움직임을 멈췄다.

수인은 잔뜩 긴장해 숨을 죽였다. 차라리 만져 오는 게 나을 것 같다는 생각이 들 만큼 멈춰 버린 그의 손가락이 신경 쓰였다.

움직이지 않을 것 같던 그의 손가락이 목에서 어깨로 이어지는 곡선을 느릿하게 타고 내려갔다. 솜털의 감촉을 즐기듯 둥글게 문지르기도 했다.

더 이상 긴장감을 견디지 못한 수인이 낮게 항의했다.

"……집중해서 읽어요."

하지만 주인을 닮아 고집스러운 손가락은 말을 듣지 않았다. 손가락이 쓸어내린 곳을 손등이 쓸고 올라갔다. 하얀 목덜미에 오소소 솜털이 섰다.

"충분히 집중하고 있어."

눈을 감고 싶을 만큼 섹시한 목소리였다. 목선을 따라 손끝을 미끄러트리며 대꾸하는 목소리에 이어 페이지를 넘기는 소리가 들렸다. 집중하지 못한 건 그녀뿐인 것 같았다. 수인은 눈을 감았다 떴다. 거실을 파고든 햇살 때문인지, 아니면 그의 손길 때문인지 조금 어지러웠다.

거실 공간을 야금야금 먹어 치우며 영역을 넓혀 가는 햇살처럼, 석원의 손가락도 목덜미에서 귓불, 어깨선으로 범위를 확장했다.

미끄러지듯 목덜미를 내려가던 손길이 블라우스에 막혀 버리자 그가 기다란 집게손가락을 고리처럼 걸어 목깃을 슬쩍 끌어 내렸다. 옷에 가려져 있던 따끈한 살갗에 닿는 시선이 햇살처럼 간지러워 수인은 바짝 말라 오는 입술을 말아 물어야 했다.

그 순간이었다. 석원이 그녀의 턱을 잡아 자신을 바라보게 했다. 눈동자가 얽혔다. 잘게 흔들리는 눈동자를 붙잡은 석원은 노골적인 욕망을 드러내고 있었다. 석원이 천천히 허리를 굽히며 다가와 떨리는 입술을 물었다.

입술을 맞댄 채 석원이 미소 지었다. 아쉬웠던 마음이 기억을 미화시킨 게 아니었다. 수인의 입술은 기억보다 달콤했다.

꼭 감은 수인의 속눈썹이 물결처럼 떨렸다. 기억에 없던 석원의 입술이 닿았다. 설명하기 어려운 감촉이었다. 처음에는 시니컬한 웃음을, 그리고 연애를 시작한 후론 싱그러운 웃음을 자주 짓는 입술이 자꾸만 그녀의 호흡을 앗아 갔다. 눈썹을 간질이는 것이 햇살인지 석원의 머리카락인지 알 수가 없었다. 어지러웠다.

고개가 들린 조금 불편한 자세로 입을 맞추던 수인의 등이 어느 순간 거실 바닥에 닿았다. 놀라 동그랗게 눈을 뜬 수인이 눈가를 찡그렸다. 눈동자를 찔러 오는 햇살에 눈앞이 하얘졌다. 하지만 그것도 잠시, 햇살은 순식간에 그녀의 위에 올라탄 석원에 의해 가려졌다. 석원의 그림자가 그녀를 완벽하게 덮었다.

작은 얼굴에 드리운 그의 그림자를 보며 석원은 만족스러운 표정을 지었다. 하얀 얼굴이 빛을 받아 반짝이는 모습이 예뻤는데 찡그린 모습마저도 그랬다. 그의 그림자 속에 온전히 잠겨 눈동자를 드러낸 모습은 더 예뻤다.

몸을 눌러 오는 체온과 무게를 의식하던 수인은 고조되는 긴장감에 눈을 감아 버렸다. 그러자 석원이 손끝으로 눈가를 톡톡 건드렸다. 눈동자를 보여 달라는 석원의 요구는 끈질겼다. 수인의 눈꺼풀이 서서히 올라갔다. 까만 눈동자를 다시 마주하자 석원이 눈꼬리를 접으며 미소 지었다. 수인의 입술이 그와 닮은 미소를 조심스레 머금었다.

그 순간 석원은 계절이 되기도 전에 들이닥친 여름처럼 성급하게 입을 맞췄다. 안심시키듯 조심스럽던 조금 전까지의 태도는 온데간데없었다. 입술 사이를 파고드는 혀가 지독히도 노골적이었다. 브래지어 밑으로 거침없이 파고든 손이 말랑한 맨살을 움켜쥐자 수인은 저도 모르게 석원의 어깨를 밀었다. 밀었다고 하기에는 미약한 힘이었지만 그 작은 접촉에도 석원은 움직임을 멈췄다.

"밀어 내는 거에 트라우마 생기겠어. 기억 안 나겠지만 내가 키스했을 때 지금처럼 어깨를 밀어 버렸어. 싫은 거면 말로 해 줘. 싫어?"

노골적으로 욕망을 드러낸 눈동자와는 달리 싫다고 하면 금방이라도 몸을 일으킬 것처럼 가벼운 목소리였다. 그럼에도 짙어진 욕구를 다 감추지는 못했다. 아랫배를 압박하는 단단한 살덩이를 의식하며 수인이 작게 말했다.

"……놀라서 나도 모르게 그랬던 거예요. 싫지 않아요."

석원의 눈매가 기분 좋게 휘어졌다.

"알아? 나는 강수인이 싫지 않다고 하면 꼭 좋아한다는 고백을 들은 것 같아. 겨우 싫지 않다는 말이 좋아서 가슴이 뛰어."

또렷한 미소를 지은 석원의 입술이 햇살 아래 무방비하게 드러난 뽀얀 가슴을 욕심껏 물었다. 낯설고 간지러운 감각에 수인은 연신 움찔거렸다. 여태껏 가벼운 입맞춤조차 한 적 없던 석원이 다른 사람처럼 굴고 있었다. 분위기와는 달리 어쩌면 담백한 성적 취향을 가진 건가 짐작하던 수인에게 틀렸다는 걸 알려 주기라도 하듯. 마치 최적의 타이밍을 노리며 기회를 엿보던 사냥꾼처럼. 거침없는 그에게 포획당한 기분이었다. 석원의 섹스는 솔직하고 노골적인 그의 성격을 닮아 있었다.

들고 있던 책을 가슴에 내려놓은 수인이 눈을 비볐다. 채 몇 장 읽지도 않았는데 눈꺼풀이 무겁게 내려앉았다. 최종고를 송고하고 나자 쌓였던 긴장이 풀어진 때문이었다. 더운 날씨 탓도 있었다.

소파에 드러누운 자세 그대로 손을 뻗어 탁자 위의 유리잔에서 얼음 조각을 꺼내 물었다. 뜨거운 입 속에서 얼음의 뾰족한 모서리가 금방 마모되었다. 커피를 얼려 만든 얼음에 잠이 조금 깨는 듯했다.

나른한 동작으로 다시금 책을 들어 올린 그때 휴대폰이 울렸다. 석원이었다. 얼음을 볼 안쪽으로 밀어 넣은 수인이 대답했다.

"여보세요."

─ 사탕 물었어?

"얼음. 읽고 싶었던 소설 폈는데 자꾸 눈이 감겨서요."

— 얼음까지 먹어 가면서 잠 깨야 하는 이유가 있어?

"읽고 싶었던 소설이라니까요."

— 졸지 않으려면 눕지 말고 앉아서 읽어야지.

얼떨떨한 얼굴로 몸을 일으킨 수인이 소파 등받이에 등을 기댔다. 누웠을 때와 앉았을 때의 목소리가 다르긴 하지만 알아채기 힘들 만큼 미세할 텐데.

"어떻게 알았어요?"

— 목소리가 침대에 누워서 날 올려다볼 때랑 닮았잖아.

짓궂음을 감추지 않은 목소리에 놀란 수인이 갑자기 캑캑거렸다. 작은 알사탕 크기로 줄어든 얼음 조각이 목구멍으로 그냥 넘어가 버렸다.

— 괜찮아? 얼음 삼켰어?

"······괜찮아요."

— 걱정시키네.

"웃으면서 그런 말 하면 하나도 안 믿겨요."

별말도 아닌데 웃음소리를 들려준 석원이 제안했다.

— 내일 시원한 곳에 가서 하루 쉬고 오자.

"어디로요?"

— 평창 밀브릿지. 끊어야겠어. 이따 다시 통화해.

바쁜 틈에 잠깐 시간을 낸 건지 수고하라는 말을 채 꺼내기도 전에 전화가 끊겼다. 수인은 얼른 인터넷 창을 열어 평창 밀브릿지를 검색했다. 하늘에 닿을 것처럼 우뚝 뻗은 울창한 전나무 숲이 나왔다. 숲

속에는 처음부터 숲과 함께한 것처럼 주변 풍경과 어울리는 노출콘크리트와 나무로 마감된 심플한 숙소도 있었다. 휴대폰 속 작은 사진으로도 진초록 전나무 숲의 시원함이 전해졌다. 야경이 멋진 곳에서 종종 드라이브를 하긴 했지만 여행은 처음이었다.

오후에 전화를 걸어 왔던 석원이 다시 연락을 해 온 건 밤이었다.

"어디예요?"

— 이제 막 사무실에서 나왔어. 늦더라도 잠깐 들르고 싶었는데 어려울 것 같아. 어딘지 찾아봤어?

"사진으로만 봐도 너무 근사해서 깜짝 놀랐어요. 숲이라는 단어와 정말 잘 어울리는 곳 같아요."

— 실제는 더 좋아. 1박이라 특별히 준비할 건 없고 한낮에도 쌀쌀하니까 긴팔 옷만 챙겨.

수인이 동그랗게 눈을 키웠다.

"이 날씨에 쌀쌀하다고요?"

— 한여름의 평창 숲속 한번 경험해 보고 나면 매년 여름휴가 그쪽에서 보내고 싶어질걸? 아홉 시에 데리러 갈게. 아침은 가면서 해결하는 거 어때?

"마음대로 해요. 메뉴 선정하는 능력 탁월하잖아요."

— 그건 그렇지.

갑자기 석원이 하품을 했다.

"피곤한가 봐요. 맡았다는 사건, 많이 까다로워요? 요즘 거의 매일 늦게 퇴근하잖아요."

— 까다롭다기보다는 이기고 싶은 사건. 어떤 방법을 써서든 제대

로 이기게 해 주고 싶은 의뢰인이거든.

"그럼 이기겠네. 그렇게 마음먹은 이상 어떻게든 원하는 결과 끌어낼 거잖아요."

담담한, 그래서 진심이 전해지는 말에 석원은 잠시 침묵했다.

— 어떤 견고한 증거나 증인보다 더 자신감을 실어 주는 말인데? 한마디만 더 해 줘 봐. 그러면 안 졸고 무사히 집에 도착할 것 같으니까.

"어떤, 말이요?"

— 싫지 않아요.

눈꼬리를 접은 수인이 착한 아이처럼 그의 말을 따라 했다.

"싫지 않아요."

석원이 웃었다.

"조심해서 운전해요. 그리고 피곤하면 내일 좀 늦게 출발해요."

— 걱정해 주니까 기분 좋은데? 잘 자.

"잘 자요."

통화를 마친 수인은 손바닥으로 간질거리는 귀를 감쌌다. 잘 자라고 말하는 낮은 목소리가 애무처럼 달달했다. 그럼에도 지친 기색이 느껴졌다.

"많이 피곤한가 보다."

연애를 시작하고서 잠깐이라도 만나지 않은 날이 드물었다. 그녀의 싱글 침대가 좁아 바닥에 요를 깔고서 함께 잠을 잤던 밤 이후로는 오늘이 얼굴을 보지 못한 첫날이었다. 고요한 숲속에서 휴식이 필요한 사람은 그녀보단 석원이었다.

간단하게 짐을 꾸리고 편한 마음으로 침대에 누웠지만 당연하게도 잠이 오지 않았다. 마치 소풍 가기 전날 밤 같았다. 여행으로 인해 이렇게 기분이 들뜨는 건 고등학교 때 이후로 처음이었다.

밤이 늦어서야 잠들었는데도 아침 일찍 깨 버렸다. 커피를 마신 뒤 샤워를 하고 출발 준비를 다 마쳤는데도 아직 시간이 많이 남아 있었다. 남은 시간 동안 뭘 할까 궁리하던 그때 메시지가 날아왔다.

[아직 수면 중?]

수인은 얼른 전화를 걸었다.

"일어났어요."

— 나만큼 설레었나 봐.

"설레었어요."

— 거짓말쟁이일 때에도 마음에 들었지만 솔직하니까 더 좋은데. 지금 출발할게.

수인은 석원이 도착한다던 시간에 맞춰 빌라 출입문 앞에서 기다렸다. 얼마 지나지 않아 석원의 차가 골목으로 들어섰다.

"피곤은 좀 풀렸어요?"

조수석에 올라탄 수인이 물었다.

"여행 가는 데 문제없을 만큼."

대답한 석원이 그녀의 뒷머리를 감싸 쥐며 인사하듯 짧게 입을 맞췄다. 안전벨트를 맨 수인이 손끝으로 입술을 매만졌다.

승용차가 조용한 골목을 빠져나갔다.

서울을 벗어나는 순간부터 속도를 내기 시작한 석원은 쭉 뻗은 고속도로를 시원하게 달렸다. 수인은 창을 조금 열었다. 에어컨은 흉내

낼 수 없는 진짜 바람이 머리카락을 살랑였다. 높아지는 고도 때문에 귀가 살짝 아픈 것조차 즐거웠다. 먹먹함을 줄이기 위해 귀를 만지작거리던 수인이 갑자기 풋 웃자 석원이 의문이 담긴 눈길을 던졌다.

"왜?"

"별거 아니에요."

"얼마만큼 별거 아닌 건데?"

"귀가 막힌 듯한 느낌 때문에 먹먹하다는 단어가 떠올랐는데, 그 단어를 떠올리자 먹먹하다를 멍멍하다라고 쓰는 경우가 많다는 게 생각났어요. 멍멍 다음엔 양양, 그다음엔 곰곰하다, 소소하다, 용용하다, 야옹야옹하다, 소말소말하다, 이런 식으로 꼬리를 물고 떠올라서요. 봐요, 진짜 별거 아니죠?"

"별거 아니라기엔 신기한데. 그런데 소는 소소도 있고 소말도 있는데 토끼토끼하다는 없나?"

무슨 말인가 싶어 고개를 갸울이던 수인이 의미를 눈치채고 웃었다. 그러고 보니 석원은 토끼띠였다.

"내가 모르는 걸 수도 있지만, 아마도 없을걸요."

"그 두꺼운 사전 속에 토끼토끼 하나 없다니 너무 불공평하잖아."

"그래도 토끼한테는 달 토끼, 옥토끼처럼 낭만적인 단어도 붙여 줬잖아요."

석원이 팔을 뻗어 수인의 볼을 쓰다듬었다.

"그런 말로 위로해 주는 사람이 더 낭만적인데. 그나저나 먹먹하다 하나로 별별 단어를 다 떠올렸네. 번역하는 사람은 사고 회로가 그런 식으로 뻗어 나가나 봐?"

"변호사의 사고 회로는 어떤 식인데요?"

"얼른 여자 친구 안고 뒹굴뒹굴하고 싶은데 체크인은 왜 오후일까. 인적 드문 숲길 많은데 카섹스 제안하면 강수인은 어떤 반응일까. 가슴은 왜 이렇게 예뻐서 안전 운전 방해하나……."

"……."

빨개진 얼굴로 눈을 흘기는 수인을 보며 석원이 웃음을 터트렸다.

석원의 불평처럼 밀브릿지의 체크인은 오후 세 시였다. 아직 시간이 한참이나 남아 두 사람은 평창을 지나쳐 바다가 있는 강릉까지 직진했다.

동해 바다는 에메랄드그린이나 파랑 같은 인위적인 단어 안에 가둬 놓기 어려운 오묘한 색감을 품고 있었다. 동해에서만 볼 수 있는 거칠고 험한 바위가 깊고 투명한 바다의 아름다움을 더했다.

해안 도로를 드라이브한 두 사람은 점심을 먹은 후 체크인 시간에 맞춰 바다를 등지고 다시 산으로 향했다. 굽이진 산길을 오르다 유독 크고 곧게 뻗은 나무들이 많은 곳에서 석원이 차를 세웠다. 밀브릿지 입구였다.

숙소로 향하는 비탈진 흙길 양쪽에는 몇 미터인지 모를 장대한 전나무들이 빼곡하게 줄지어 서서 숲을 이루었다. 그리고 길 끝에는 사각형의 숙소가 옹기종기 모여 있었다.

문을 열고 숙소로 들어서던 수인이 감탄했다. 필요한 것만 갖춰진 깔끔한 공간에서 가장 먼저 눈에 들어온 건 전나무들이 보이는 커다란 통유리 창이었다. 곧게 뻗은 빽빽한 나무들이 여기가 숲속 한가운데라는 걸 실감 나게 했다.

"어때? 기대했던 만큼이야?"

"또 오고 싶을 만큼요."

창가에 바짝 붙어 선 수인이 상기된 얼굴로 대답했다. 석원이 그녀를 뒤에서 감싸 안았다. 그의 가슴에 등을 기대고서 그림보다 더 그림 같은 광경을 바라보던 수인이 갑자기 뭔가를 가리켰다.

"어, 저기 봐요!"

드물게 목소리를 높인 수인의 반응에 뭔가, 하던 석원이 미소를 머금고 머리에 입을 맞췄다. 다람쥐였다. 창문 바로 앞에 한 녀석. 그 뒤 단풍나무 아래에 또 한 녀석. 나무를 타고 오르는 또 다른 녀석도 보였다.

"귀엽죠?"

창문에 코가 닿을 듯 얼굴을 가져간 수인이 다람쥐가 놀랄세라 속삭였다.

"그러네."

어쩐지 건성처럼 들리는 목소리였다. 성마른 손이 블라인드를 건드리자 차라락 소리와 함께 유리창이 가려졌다. 다른 한 손은 이미 옷 속으로 침범해 가슴을 감싸 쥐고 있었다.

햇볕 냄새가 나는 침구 위에서 한동안 게으름을 피우다 숙소를 나온 두 사람은 숲길을 산책했다. 느긋한 걸음으로 흙길을 밟다가 다람쥐를 발견할 때마다 걸음을 멈췄다. 나무와 풀 앞에 꽂아 놓은 팻말 덕분에 이름도 배웠다.

"내일 저기 누워서 책 읽을래요?"

수인이 가리킨 건 숲 여기저기에 놓인 유선형의 벤치였다. 석원이 드러누워도 충분한 크기였다.

뭐든 다 들어줄 것 같은 얼굴로 석원이 고개를 끄덕였다. 그러고선 물었다.

"좀 서늘하지 않아?"

"약간요."

들고 있던 카디건을 건넨 석원이 여린 어깨를 감싸 안았다. 그러자 수인이 허리를 잡아 왔다.

간지럽다 싶을 만치 조심스러운 손길에 석원이 슬쩍 곁눈질을 했다. 쑥스러운지 발끝을 보고 걷는 수인은 마치 이제 막 연애를 시작한 사람처럼 새침한 표정이었다. 살짝 치켜 올라간 눈매 때문에 더 그래 보였다. 이래서 이미 여러 번 관계를 가졌는데도 매번 처음처럼 두근거리는 거다.

석원은 그의 허리에 올려진 작은 손을 커다란 손으로 덮었다. 겨우 허리에 손을 얹은 것뿐인데, 이토록 인색한 접촉에도 설레는 걸 보면 강수인이 그를 이상하게 만들어 버린 게 확실하다. 하긴 이상해진 건 처음부터였지.

해발 900미터가 넘는 고지대 숲속은 한 계절 앞선 날씨만큼이나 밤이 일찍 찾아왔다. 숲 군데군데 불이 켜지고 저녁 식사를 예약한 숙박객들이 하나둘 식당으로 향했다.

두 사람 역시 숲속 식당으로 들어가 안내받은 창가 자리에 앉았다. 검은색과 짙은 청록색으로 이루어진 밤의 숲은 형태를 구분하기 어려울 만큼 덩어리져 보였지만 그건 그것대로 운치가 있었다.

"여기서는 뭘 먹어도 맛있겠어요."

"뭘 먹어도 맛있을 만큼 주방 이모님 솜씨가 좋으셔."

"그래요?"

그의 말처럼 한눈에 보기에도 깔끔하고 맛깔스러운 밑반찬들이 식탁 위에 놓였다. 뒤이어 삼겹살이 나왔다.

예약한 식사가 모두 차려지자 석원이 잘 달구어진 불판에 삼겹살을 올리며 말했다.

"캠핑 온 기분인데?"

"정말로요."

고기가 익어 가는 소리가 숲속 나뭇잎을 두드리는 빗소리와 닮았다.

석원이 잘 익은 삼겹살을 잘라 수인의 접시에 올려 주었다.

"어때?"

"맛있어요."

아무거나 먹어도 맛있을 수밖에 없는 곳이었다. 그런 곳에서 음식 솜씨가 좋은 주방장이 요리한 된장찌개와 직접 만든 쌈장에 찍어 먹는 삼겹살은 완벽했다.

식당을 나온 두 사람은 맞은편 카페에서 커피를 테이크아웃한 뒤 숙소로 돌아가 도톰한 요를 깔고 그 위에 나란히 앉았다. 벽에 등을 기대고 두 다리를 쭉 뻗은 채였다.

창으로 보이는 별을 즐기며 커피를 음미하던 수인은 TV 장식장 위에 놓인 책을 발견했다. 〈빈자의 미학〉. 이곳을 건축한 승효상 건축가의 저서였다. 방마다 이 책이 놓여 있는 건가. 그런 생각을 하며 책을 펼쳐 드는 찰나 석원이 슥 가져가 버렸다.

"나한테 집중해야지. 이건 아무 때나 읽을 수 있잖아."

수인이 어이없다는 듯 웃어 버리자 석원이 머리카락을 헝클어트리며 장난을 걸었다.

"그 웃음의 의미는 뭐야?"

"외동답다 싶어서요."

"나만 외동이야?"

"나는 맏이처럼 의젓하다는 말 자주 들었어요."

반박 불가한 말로 받아칠 줄 알았던 석원이 다른 데 신경이 가 있는 것처럼 컵을 들여다보며 물었다.

"다 마신 거지?"

대답을 하기도 전에 컵을 가져가 버린 석원이 그녀의 허리를 팔로 감고 푹신한 요 위에 드러누워 버렸다. 얼떨결에 그의 위에 눕게 된 수인이 어색한 표정으로 탄탄한 어깨를 짚었다.

"늘 내려다보기만 했는데. 이렇게 올려다보는 것도 신선한데? 표정도 재밌고."

석원이 가는 허리를 감싼 팔에 힘을 주어 몸을 일으키려는 수인의 행동을 막았다.

"……내려 줘요."

석원의 눈빛이 짓궂게 빛났다.

"어떻게? 이렇게?"

순식간에 시야가 반전되었다. 웃음을 머금은 입술이 멍하니 올려다보는 수인의 입술을 꾹 눌렀다. 장난처럼 깨물던 입맞춤이 한순간에 짙어졌다.

목덜미로 퍼지는 뜨거운 호흡에 수인이 어깨를 움츠리던 때였다.

말소리가 들렸다. 벽이 얇은 건지 옆방 소음이 희미하게 전달되었다. 석원이 그녀의 귀에다 대고 나직이 속삭였다.

"방음 약한 곳이랑 인연인가 봐."

석원의 손가락이 단추를 툭툭 풀었다. 맨살을 훑어 내리는 노골적인 눈길에 수인은 저도 모르게 눈을 감았다. 그러자 그가 손가락으로 눈가를 매만졌다. 그녀의 안으로 들어올 때면 매번 그러듯 석원은 눈을 보기를 원했다. 맞붙었던 속눈썹이 천천히 올라가고 까만 눈동자가 드러난 순간 석원이 그녀의 안으로 들어왔다.

입술 사이로 새어 나온 신음이 석원의 입술 안으로 삼켜졌다. 가쁜 호흡과 신음이 번져 나가는 걸 막으려 두 사람의 입술이 평소보다 더 오래 맞닿았다. 그러다 숨을 참지 못한 수인이 고개를 틀자 막혔던 호흡과 함께 신음이 터져 나왔다.

두 눈을 동그랗게 뜬 채 손등으로 입을 막은 수인의 모습에 석원의 흥분이 고조되었다. 석원의 몸짓이 한층 거세어졌다. 격렬하게 파고드는 그로 인해 작은 몸이 정신없이 흔들렸다. 그럴 때마다 햇볕에 잘 마른 이불이 바스락 소리를 냈다.

석원은 비어져 나오려는 신음을 잇새로 짓씹으며 미친 듯 허리를 움직였다. 사정의 순간이 다가오자 부드러운 엉덩이를 움켜쥐고는 바짝 끌어당겼다. 수인의 새된 신음을 입 안으로 삼키며 깊숙이 몸을 묻었다.

잠자리가 바뀐 탓인지 일찍 깨 버렸다. 몇 번 눈을 깜빡여 남아 있는 잠을 떨쳐 낸 수인이 조심스레 몸을 일으키고는 고요한 눈으로 석원의 얼굴을 더듬었다. 새삼 잘생긴 얼굴이다 싶었다. 그렇게 한동안 바라보다 숨죽여 이불을 빠져나왔다.

그의 단잠을 방해하지 않도록 조심조심 통유리 창의 블라인드를 걷자 새벽 숲이 모습을 드러냈다. 짙푸른 전나무 사이사이로 뽀얀 안개가 스며들어 있었다. 창 앞에 앉은 수인은 세운 무릎에 볼을 기대고서 숲을 바라보았다. 문득 행복하다는 생각이 들었다. 잊고 있었던 감정에 코끝이 시큰해졌다. 가능한 한 오래 이 연애가 지속되었으면 하는 욕심이 생겼다.

소리 없이 다가와 따뜻하게 안아 오는 체온을 느끼며 수인이 단단한 가슴에 등을 기댔다. 관자놀이에 입을 맞춘 석원이 서늘한 그녀의 맨팔을 문지르더니 이불을 끌어와 두 사람 위에 덮었다. 고요한 새벽을 즐기며 두 사람은 이불 속에서 따끈한 체온을 나누었다.

"초록 나무에 하얀 안개가 내린 풍경이 예뻐요."

"눈이 쌓인 모습도 근사해. 겨울에도 오자."

조그맣게 고개를 끄덕이는 수인에게 석원이 물었다.

"커피 가져올까?"

커피도 마시고 싶고 석원과 함께 이렇게 더 있고 싶기도 했다. 이러다가는 응석꾸러기가 될 것 같아 카페에서 커피를 가져오기 위해 청바지를 챙겨 입는 석원을 보며 수인이 제안했다.

"나도 갈까요?"

티셔츠를 걸치던 석원이 웃으며 손을 내밀었다.

"잠깐조차도 떨어져 있기 싫어? 그럼 같이 가야지."

함께 숙소를 나선 두 사람은 큰 창을 가진 카페에서 나무를 바라보며 커피를 마시고 아침 숲길을 한가로이 거닐었다. 그런 뒤 식당 앞에 위치한 방아다리 약수터에서 쇠 비린내가 나는 약수도 한 모금 맛보고는 식당으로 들어갔다. 한식 뷔페식으로 차려진 아침은 정갈하고 맛있었다. 식사를 마치고 나온 두 사람은 서울에서는 접하기 어려운 청정한 공기와 바람을 즐기며 숲을 맴돌았다.

그러다 기다란 벤치에 누워 카페 옆 전시 공간에서 빌려 온 책을 펼쳤다. 하지만 수인의 독서는 얼마 가지 않아 방해를 받았다. 성실한 학생처럼 책을 펼쳤던 석원이 금세 장난을 걸어온 탓이었다. 눈만 들면 보이는 다람쥐들이 지나치게 귀여운 탓도 있었다.

수인은 깊은 숨을 내쉬었다. 숲을 떠나는 순간이 다가오는 게 아쉬웠다.

밀브릿지를 등지고 다시 서울로 향한 두 사람은 여주가 가까워지자 서행을 해야 했다. 길게 늘어선 차들을 바라보던 석원이 물었다.

"신경 써서 했던 작업이 끝나고 나니까 좀 허전하지?"

"생각보다 더요."

"다음 작업 일정은 어떻게 돼?"

"목요일에 출판사에 들러서 원서 받고 계약서도 작성하기로 했어요. 내용 간단히 들었는데 지난번보다 의역이 필요한 부분들이 더 많아서 재밌을 것 같아요."

의역에 대해 말하다 문득 떠오른 생각에 수인이 물었다.

"〈플란다스의 개〉를 한국어로 처음 번역했을 때의 제목이 뭔지 혹시 알아요?"

석원은 원서 제목을 떠올렸다. A Dog of Flanders.

"플란다스의 개 한 마리?"

수인이 웃음을 터트렸다. 소리 내어 웃는 모습이 보기 좋아 석원이 능청을 떨었다.

"왜, 정직한 번역이잖아."

눈꼬리가 접히도록 웃음 지은 수인이 정답을 말했다.

"불쌍한 동무, 그때는 '불상한'이라고 썼지만요."

"말 되네."

"그죠? 감상적으로 번역했다 싶더라고요. 그럼 〈레 미제라블〉은 어떻게 번역했을 것 같아요?"

글쎄다. 수인을 또다시 웃게 만들고 싶은데 언뜻 떠오르는 것이 없었다. 그의 반응이 궁금해 참지 못한 수인이 얼른 말해 주었다.

"너 참 불쌍타."

"뭔가 아주 직설적이네."

"그렇죠? 100년도 더 전에 번역된 문장들 중에는 재미난 것들이 많아요. 영한 번역 외에도요."

정체 구간이었지만 재미난 주제를 찾은 두 사람에게는 지루함이 끼어들 틈이 없었다.

석원의 아파트에서 조금 걸어 나오면 주택가 골목이 보였다. 주택 1층을 카페나 레스토랑 혹은 분식집으로 개조한 곳들이 밀집한 공간이었다. 두 사람은 그곳을 지나쳐 동네 마트로 들어갔다.

수인이 별생각 없이 팬케이크 봉지를 집자 석원이 그 옆을 눈짓으로 가리켰다.

"저게 더 맛있어."

"그래요?"

한 손에는 장바구니를 들고 다른 한 손은 그녀와 마주 잡고 있는 석원을 대신해 수인이 팬케이크를 바구니에 담았다. 달걀, 메이플시럽, 블루베리. 석원이 만들어 줄 브런치 재료를 모두 고르고 나서도 두 사람은 느긋하게 마트 안을 둘러보았다. 그러다 누군가 '저거 맛있어'라거나 '저거 좋아하는데'라고 가볍게 말했고, 말한 물건의 대부분이 장바구니에 들어갔다.

간단히 브런치 재료를 사러 나왔던 건데 계산을 하고 나자 봉지 두 개 분량이었다. 수인이 손을 내밀었다.

"나눠 들어요."

봉지 두 개를 한 손에 거머쥔 석원이 그에게로 향한 작은 손을 잡았다.

"본인 체력을 과대평가하는 거 알아?"

"왜 자꾸만 날 약하게 보는 거예요? 아픈 적 드문데."

"그래서 오늘 아침에 깨워도 못 일어나고 '조금만 더'라며 응석 부렸어?"

"그야……."

수인은 말을 하다 말고 입을 다물어 버렸다. 돌아올 말이 짓궂은 놀림일 게 뻔해서였다. 어젯밤의 석원은 다른 날보다 유독 집요하고 노골적인 욕망을 드러냈다. 그의 침대 위라는, 낯선 장소만큼이나 낯선 모습에 당황하는 수인에게 석원이 낮은 목소리로 말했다.

'내 침대 위에 누워 있는 강수인을 보는 게 이런 기분일지 몰랐어.'

석원의 공간에 처음 발을 디딘 수인 역시 묘하게 들뜨고 설레었다. 석원이 리드하는 대로 열심히 쫓아가다 밤이 깊어서야 쓰러지듯 잠들었다. 그리고 새벽녘 지분거리는 짓궂은 손길에 잠이 덜 깬 채 그에게 몸을 열어야 했다.

누구 때문인데. 절로 입술이 삐죽 나왔다. 그걸 놓치지 않은 석원이 장난을 걸듯 손가락으로 입술을 툭 건드려 왔다.

낯선 동네를 구경하며 그의 아파트로 돌아가던 수인은 카페 야외 테이블에 앉은 한 여자와 눈이 마주쳤다. 커다란 눈을 동그랗게 만든 그녀가 수인을 뚫어져라 주시했다. 분명 모르는 사람인데도 어디선가 본 듯한 인상이었다. 고개를 갸웃하던 수인이 놀라 걸음을 멈췄다.

샌드위치와 음료가 담긴 쟁반을 든 도연우 변호사가 그녀에게로 다가가고 있었다. 그제야 수인은 낯설지 않게 느껴졌던 여자가 사진으로 봤던 이연지 변호사라는 걸 떠올렸다. 도연우 변호사가 석원의 연수원 동기일 뿐만 아니라 이웃사촌이라는 것도.

"어? 수인 씨!"

아내 앞에 접시와 음료 잔을 놓아 주던 도연우가 반가운 얼굴로 손을 흔들었다. 석원이 수인의 손을 꼭 잡은 채 두 사람에게로 다가갔다.

"어이, 진석원."

"석원 선배 오랜만이에요."

"이제 몸 좀 괜찮아졌나 봐?"

평연한 말로 두 사람의 인사에 대꾸한 석원이 수인과 이연지에게 서로를 소개했다.

"연우 와이프이자 연수원 후배, 이연지. 이쪽은 강수인. 내 애인."

수인이 노골적으로 호기심을 보이는 이연지에게 인사했다.

"안녕하세요."

"아, 수인 씨 너무 반가워요. 안 그래도 자리 한번 만들라고 연우 씨 옆구리 막 찔러 대고 있었어요. 석원 선배 애인이 누군지 다들 궁금해하는데 제가 제일 먼저 만나는 영광을 누리네요."

도연우가 아내의 어깨에 손을 얹으며 말을 보탰다.

"그러잖아도 와이프랑 얘기했었는데. 수인 씨 언제 한번 석원이랑 같이 우리 집에 놀러 와요. 요 바로 뒤편이라 멀지도 않아요."

도연우 변호사는 수인을 더 이상 의뢰인이 아닌 친구의 여자 친구로 대하고 있었다. 그런 도연우 변호사에게 어떤 호칭과 태도를 취해야 할지 알 수 없었다. 뭐라고 대꾸할 말을 찾지 못하는 수인을 대신해 석원이 자연스럽게 대화를 이끌었다.

"이제 입맛이 좀 돌아왔어?"

"너무 돌아와서 문제예요. 그동안 입덧 때문에 못 먹었던 거 몇 배로 해치우고 있다니까요. 그렇게 서 있지 말고 앉아요, 선배. 여기 샌드위치 맛있는데 같이 먹으면서 얘기 나눠요, 수인 씨."

아주 짧은 순간이었지만 수인의 머뭇거림을 눈치챈 석원이 특유의 거만한 표정으로 거절했다.

"딸기랑 블루베리 얹은 수플레팬케이크 만들어 주기로 했는데 샌드위치 정도로 넘어갈 것 같아?"

"아— 수플레팬케이크 맛있겠다. 좀 아쉽지만 어쩔 수 없죠. 만나서 반가웠어요, 수인 씨."

"다음에 꼭 자리 만들어요, 수인 씨."

살갑게 말해 오는 두 사람에게 작은 목소리로 인사하는 수인을 지켜보던 석원이 "배고프다. 얼른 가자."라며 먼저 걸음을 뗐다.

두 사람의 뒷모습을 지켜보던 이연지가 중얼거렸다.

"의외야."

"뭐가?"

"석원 선배는 연애 스타일도 성격처럼 시크할 줄 알았거든. 근데 여자 친구한테 브런치도 만들어 준다잖아. 봐 봐, 수인 씨가 낯가리니까 금방 데리고 가 버리는 거."

"많이 좋은가 봐. 처음부터 석원이답지 않다 싶었거든."

"그래?"

다정하게 손을 잡고서 담장 낮은 골목길을 걸어가는 두 사람을 지켜보며 도연우는 문득 그런 생각을 했다. 강수인과 관련해서는 처음부터 유난하게 굴던 진석원이 잡고 있는 저 손을 놓는 일은 아마 없을 거라고. 그리고 머지않아 그의 의뢰인인 강수인은 유언장을 수정하게 되지 않을까. 씁쓸하고 쓸쓸한 기분을 느끼게 했던 그녀의 유언장이 어떻게 수정될지 기대되었다.

도연우 부부와 헤어진 뒤로 수인은 말이 없었다. 생각 많은 눈동자는 등 뒤에서 비추는 햇살이 만들어 낸 그림자에 고정한 채였다. 키 차이가 확연한 그림자가 좁은 골목길에 길게 드리워져 있었다.

기계적으로 걸음을 옮기며 수인은 석원과 관련된 사람들을 떠올렸다. 김희찬 선배, 최정화 편집장, 도연우 변호사 부부. 잠깐 스치는 인연인 줄 알았는데 조금씩 더 깊이 연관되어 가는 사람들.

생각은 곁에서 걸음을 맞추는 석원에게로 넘어갔다. 짐작했던 것과 달리 그저 잠깐 연애만 하는 여자도 친구들에게 소개하는 타입인 걸까. 그저 연애만 하는 사이에도 최선을 다하는 성격인 걸까.

수인의 침묵에 덩달아 묵묵히 걷던 석원이 곁눈질로 슬쩍 그녀의 표정을 살폈다. 그러다 잡은 손을 놓았다. 의아한 눈길로 쳐다보는 수인을 모른 척하며 석원이 손을 들었다. 그러고는 손가락을 꼼지락거렸다. 그녀의 머리카락을 헝클어트리며 장난칠 때의 손놀림과 같았다. 허공에다 대고 왜 그러나 하던 수인이 문득 고개를 돌렸다. 석원의 손가락이 그녀의 그림자 속 머리카락을 만지작거리고 있었다.

"낯가림쟁이."

기다란 손가락이 볼도 콕 찔렀다. 그림자를 괴롭히던 석원이 다시금 손을 잡아 왔다. 수인은 석원의 그림자에 시선을 고정한 채 걸었다. 석원의 오해를 굳이 풀어 주지 않았다.

서점으로 들어선 수인은 곧장 자신의 번역서가 놓인 코너로 향했다. 굳이 찾을 필요도 없이 갓 인쇄된 신간들 속에서 그녀의 책이 가장 먼저 눈에 들어왔다.

"신기하다."

출판사로부터 증정본을 받아 이미 실물을 접한 뒤였다. 그럼에도 자신의 필명이 박힌 책을 서점에서 발견하는 기분은 어쩐지 현실감이 없었다. 수인은 책을 집어 아무 곳이나 펼친 뒤 읽어 나갔다. 몇 번이나 읽고 수정한 문장들을 눈이 읽기도 전에 뇌가 먼저 읽어 주고 있었다. 어디를 펼쳐도 마찬가지였다.

상기된 얼굴로 한동안 책을 들고 서 있던 수인이 두 권을 더 집어 들었다. 곧장 카운터로 가 계산을 마친 뒤 가까운 우체국에 들렀다.

가장 마음에 남은 문장 몇 개를 입 속으로 중얼거리던 수인이 그중 하나를 골라 책의 첫 페이지에 정성스레 적고는 사인을 했다. 사인을 요구하며 협박하던 지혜의 목소리가 떠올라 입가에서 미소가 떠나지 않았다.

"5, 6일 정도 걸리니까 늦어도 다음 주 화요일쯤에는 받으실 수 있을 거예요."

설명과 함께 접수창구 직원이 건넨 영수증과 접수증을 받아 들고 밖으로 나와 석원에게 전화를 걸었다. 통화 중이었다. 아쉬운 얼굴을 하다 희찬에게 메시지를 보냈다.

[안녕하세요, 선배님. 강수인이에요. 번역한 책이 출판되어서 책도 드릴 겸 식사 대접하고 싶은데, 언제 시간 되세요? 그리고 어떤 음식 좋아하세요?]

답장이 온 건 지하철에서 내려 집을 향해 걷고 있을 때였다.

[이번 주 토요일 어때요? 일곱 시쯤. 나는 고기 좋아해요. 칼 들고 써는

것 말고 숯불에 구워 먹는 거. 석원이 시간 안 맞는다고 하면 그 녀석 일정에 맞춰도 괜찮고요.]

수인은 걸음을 멈추고 마지막 문장을 곱씹었다. 석원은 희찬과 허물없는 친구 사이라고 했다. 그러니 석원과 그녀의 연애 사실을 알고 있는 건 자연스러웠다.

후배에서 친구의 여자 친구로 변했다. 두 사람만의 관계라고 생각했던 연애가 다른 사람에게도 영향을 미친다는 당연한 사실을 석원의 지인들이 연달아 일깨우고 있었다.

[네, 다시 연락드릴게요.]

답장을 보낸 수인은 생각에 잠긴 채 골목길에 들어섰다. 누군가와 사귄다는 건 그 사람을 구성하는 주변 환경까지 받아들인다는 의미라는 걸 모르지 않았다. 하지만 석원과의 관계 역시 그런 일반적인 패턴으로 흘러갈 줄은 솔직히 몰랐다.

모른 척 묻어 두었던 외로움이 불쑥 수면 위로 떠올랐을 때에 석원이 등장했다. 데이트를 받아들인 이유였다. 그때는 바람처럼 가볍고, 잠깐 쏟아졌다 금세 사라져 버리는 소낙비처럼 짧은 관계가 될 거라고 짐작했다. 석원은 연애가 쉬운 남자처럼 보였고, 그녀의 연애 의도는 순수하지 못했으니까.

하지만 사람과 사람 사이의 관계에는 변수가 많아 예측이 불가능하다는 걸 알려 주기라도 하듯 두 사람의 연애는 짐작과는 다른 방향으로 흘러가고 있었다.

앞으로 얼마나 더 많은 그의 지인들을 마주치게 될까. 그때마다 몸을 사린다면 석원은 어떻게 반응할까. 난처하고 번거롭게 구는 상대와 연애를 지속할 성격이 아닐 텐데. 석원은 연애의 끝을 말해 올까.

진석원과의 연애가 끝난다. 떠올리는 것만으로 심장이 지끈했다. 아직은 그때가 오지 않기를 바랐다.

휴대폰이 울렸다. 진석원 변호사. 벨 소리가 끊기기 전에 전화를 받았다. 언젠가 끝날 관계이기에 더욱 지금을 누리고 싶었다.

"나 책 나왔어요."

— 하하.

석원의 웃음소리에 수인은 마치 상장을 받아 온 아이처럼 자랑하는 투였다는 걸 뒤늦게 깨달았다.

— 그래서 전화했던 거였어? 축하해. 나 책 줘야지.

당연히 선물할 계획이었다. 책이 출간되고서 가장 먼저 떠오른 사람이 석원이었다. 이왕이면 출판사에서 받은 증정본이 아니라 자신이 직접 구입한 걸로 주고 싶었다. 그래도 이렇게 당연하다는 듯이 말하면 좀 비뚤어지고 싶어진다.

"사야지. 달라고 해요?"

— 많이 팔렸다고 한새나 씨한테 인세 더 가는 것도 아닌데 뭐 하러. 출판사에서 증정본 주지 않았어?

"증정본뿐만 아니라 이것저것 많이 챙겨 주셨어요."

— 번역을 그만큼 잘 뽑아냈는데 그 정도는 해 줘야지.

투박한 말이 그 어떤 칭찬보다 듣기 좋았다. 수인은 상기된 표정으로 그에게 선물할 책이 든 숄더백을 만지작거렸다.

— 기분이 어때?

"좀…… 신기하고 얼떨떨하고 뿌듯하고 그리고 걱정도 조금 되고 그래요."

— 나도 신기해.

"뭐가요?"

— 어떤 감정인지 솔직하게 들려주는 건 처음이라서. 생각이나 있었던 일 등에 대해서는 덤덤하게 말하면서 감정적인 부분에서는 아무리 작은 거라도 잘 드러내려고 하지 않잖아. 기분 어떠냐고 물으면서도 대충 얼버무릴 거라고 짐작했어.

"……나 뭐 물어볼 거 있어요."

— 거봐, 또 말 돌리지.

낮은 웃음소리 뒤에 석원이 다정히 물었다.

— 뭐가 묻고 싶은데?

"희찬 선배님이 좋아하는 맛있는 숯불고깃집 알죠?"

— 왜? 희찬이 만나기로 했어?

"좀 전에 약속 잡았어요. 책 나오면 밥 사기로 했던 약속 지키려고요."

잠깐 침묵하던 석원이 어이없다는 투로 말했다.

— 일부러 그러는 거야?

"뭐를요?"

— 남자 친구인 데다 원고 감수까지 해 준 사람한테는 책도 직접 구매하라더니, 희찬이한텐 밥 사는 걸로도 부족해서 나한테 그 자식 입맛까지 물어? 도연우하고도 차별하더니. 내가 질투하는 모습이 보고 싶어서 그래?

"그게 아니라…… 뭐 먹고 싶어요?"

석원이 피식거렸다.

— 약속 언제야?

"이번 주 토요일, 저녁 일곱 시."

스케줄러를 뒤적이는지 잠깐의 틈 뒤에 석원이 물어 왔다.

— 그러면 다 같이 만날까?

"그래요. 선배님도 당연히 그럴 거라고 생각하더라고요."

— 갑작스러운 약속이라 몇 명이나 나올지 모르겠지만 일단 연락해 볼게. 친구 녀석들이 궁금하다면서 계속 귀찮게 구는 중이야.

셋이서 만나는 줄 알고 선선히 그러자고 했던 수인이 놀라 눈을 크게 떴다가 금세 미간을 접었다.

"나는, 셋이서 만나자는 말인 줄 알았어요."

잠깐의 정적 후 다시 들려온 석원의 목소리는 조심스러웠다.

— 내 친구들 만나는 거 아직 불편해? 녀석들이 졸라 대는 것도 이유이긴 하지만, 소개해 주고 싶은 마음이 더 커서 같이 만났으면 하는 거야.

망설여졌다. 한편으론 희찬 선배 한 명을 만나는 거나 거기에 몇 명 더해지는 거나 뭐 그리 다를 것이 있다고 예민하게 구나 싶기도 했다. 그리고 무엇보다 그가 원하는 걸 들어주고 싶었다.

"같이 만나요, 그럼."

— 알겠어.

짧은 한마디였지만 석원이 만족스러워한다는 게 느껴졌다.

— 그 전에 우리 둘이 축하해야지. 저녁 같이 먹게 이쪽으로 오는 건 어때? 근처에 스테이크 잘하는 곳 있어.

"그래요."

통화를 마친 수인은 까만 액정을 응시했다. 친구들과 만나겠다는 별것 아닌 승낙에도 기쁜가 보다. 거절하지 않기를 잘했다는 생각이 들었다.

서초동 법률 사무소 앞에 도착했을 때 석원으로부터 30분만 기다려 달라는 연락을 받았다. 애매한 시간을 메우려 그의 사무소 1층 카페로 들어간 수인은 창가에 자리를 잡고 앉아 책의 첫 페이지를 펼쳤다. 지혜와 희찬에겐 책 속 문장을 써 주었지만, 석원에게는 다른 말을 쓰고 싶었다. 하지만 감수해 줘서 고맙다는 뻔한 문구 외에는 떠오르는 게 없었다. 이러다 석원이 올 때까지 아무것도 못 적을 것 같아 수인은 깨끗한 내지에 펜을 가져갔다.

To. 석원 선배

첫 원고 함께해 줘서, 마무리 지을 용기를 줘서 고마워요.

— 강수인

다시 만난 후로 선배라고 부른 적은 없었다. 하지만 이 원고를 봐주던 때는 대학 시절 동경하던 진석원 선배처럼 보였다. 그래서 석원 씨보다는 석원 선배가, 한새나보다는 강수인이 어울리는 것 같았다.

잉크가 마르기를 기다렸다가 조심스레 겉장을 덮었다.

남은 자투리 시간을 어떻게 보낼까. 뒷짐을 진 채 벽면 장식장 앞에 서서 게임을 둘러보다 가로세로 낱말 퀴즈 잡지를 집었다. 일반적으로 볼 수 있는 형태의 낱말 퀴즈였지만 쉽게 접하지 않는 단어들로 만들어진 거라 도전하고 싶은 욕구를 부추겼다.

잡지 옆에 비치된 종이와 연필을 꺼내 문제를 풀어 나가던 수인은 메일이 도착했다는 알람에 휴대폰을 집어 무심히 확인하다 두 눈을 휘둥그레 떴다.

[RE: Dear Augustine Aloysius]

보낸 지 석 달도 넘은 메일에 대한 답장이었다. 아마도 관심에 대한 감사 인사와 함께 외국어로 번역되는 것을 원치 않는다는 내용일 거라 짐작했다. 그럼에도 스크롤을 내리는 손끝이 긴장으로 떨렸다.

메일의 길이는 겨우 다섯 문장으로 심플했지만 내용은 그렇지 않았다.

『어거스틴입니다. 오래 고민하는 성격이라 메일을 확인하고도 답장이 늦었습니다. 한국에서 날아온 메일은 처음인데, 재밌게도 출판사가 아니라 번역가분이 번역을 제안해 주셨더군요. 수사修士가 숨겨 놓았던 필사본의 문양에 대한 해석이 흥미로워 강수인 씨가 어떤 분인지 알고 싶어졌습니다.

더블린 여행을 계획 중이라고 하셨는데, 그때 시간이 된다면 만나서 얘기 나눠 볼까요?

어거스틴 앨로이셔스.』

수인은 입을 벌렸다. 말도 안 돼. 휴대폰을 쥔 채 정지 상태가 되어 버린 수인의 테이블을 누군가 톡톡 두드렸다. 멍하니 고개를 들자 석원이 싱긋 웃더니 마주 앉았다.

"뭘 보고 있느라 사람 오는 줄도 몰라. 아, 피곤하다. 그래도 얼굴 보니까 기운 나는데?"

테이블 위에 놓인 낱말 퀴즈를 발견한 석원이 놀랍다는 표정을 지었다.

"어디서 막혔는데 휴대폰으로 검색 중이야? 강수인이 단어를 찾아봐야 할 만큼 까다로운 수준인 거야?"

"이것 좀 봐요."

의아한 얼굴로 휴대폰을 건네받아 메일을 확인한 석원이 눈을 크게 떴다. 그러다 금세 환한 미소를 지으며 수인의 얼굴을 감싸 쥐고 입을 맞춰 왔다.

"멋진데?"

커다란 손이 수인의 뒷머리를 부드럽게 감싸더니 또 한 번 입술을 머금었다.

"축하해."

느닷없는 입맞춤에 당황하던 수인이 건너 테이블에서 날아온 시선에 볼을 붉혔다. 맞은편에서 개구지게 웃고 있는 그를 흘겨보다 같이 웃어 버렸다. 아무거에나 다 웃음이 나왔다.

"만나자는 제안을 받기는 했지만 아직 결정된 건 아무것도 없는데, 뭘."

석원이 입꼬리를 올렸다. 수인은 의식하지 못하는 것 같지만 언제부터인가 은연중에 말을 편하게 놓을 때가 있었다. 그의 말에 반박하거나 그를 놀릴 때, 혹은 지금처럼 들떴을 때. 무의식적으로 나온, 어쩌면 별다른 의미가 없는 행위일지도 모르지만 그만큼 그가 수인에게 익숙한 사람이 되었다는 증표처럼 느껴졌다. 하지만 굳이 언급하지는 않았다. 그랬다간 거의 90퍼센트의 확률로 수인의 친근한 말투를 듣지 못하게 될 것 같으니까.

"더블린까지 와 달라고 했으면 최소 60퍼센트 이상은 긍정적인 상황이라고 봐도 무방하지. 언제 갈 계획이야?"

"작가분과 시간 조율한 다음에 가장 빠른 비행기표 구해야죠."

"더블린 가 보고 싶어 했으니까 가면 좀 있다가 오겠네?"

"그렇겠죠. 아, 잘 모르겠어요. 진정되고 나면 찬찬히 생각해 봐야겠어요."

수인은 손등으로 볼을 눌렀다. 볼이 뜨뜻한 걸 보니 발갛게 달아올랐나 보다.

"메뉴를 바꿔야겠는데? 좀 더 근사한 곳으로 갈까?"

"그냥 아무 데나 가요. 갑자기 배도 안 고파."

반쯤 남은 수인의 커피를 가져가 한 모금 마신 석원이 슬쩍 상체를 기울이며 가까이 다가왔다. 또 입술을 훔치려나 싶어 동그래진 눈을 하고서 머리를 뒤로 젖히는 수인에게 석원이 나직이 속삭였다. 낮아서 나른하게 들리는 목소리였다.

"지금 표정이 섹스할 때와 닮은 거 알아? 내가 막 네 안으로 들어갔을 때. 눈동자는 젖어서 반짝이고 볼은 발갛게 달아올랐고."

당황해서 흔들리는 까만 눈동자를 붙잡은 석원이 낮은 목소리로 물었다.

"집에 갈까?"

"……."

석원은 빨개진 얼굴로 입술만 달싹이는 수인의 손목을 잡고는 서둘러 카페를 빠져나갔다.

빌라 입구에 주차를 한 뒤 집으로 향하는 두 사람의 걸음이 점차 빨라졌다. 손을 잡은 채 뛰듯이 계단을 오르는 석원을 수인이 가쁜 숨을 내쉬며 쫓았다.

집에 들어서자마자 석원이 급하게 입술을 겹쳤다. 커다란 손으로 얼굴을 붙잡고서 밀어붙이는 기세에 석원과 현관문 사이에 갇혀 버렸다.

진득하게 붙었다 떨어지기를 반복하는 두 입술 사이에서 가쁜 호흡이 엉켰다. 고개를 든 석원이 짓눌려 부풀어 오른 입술을 엄지로 쓸었다.

"지금 얼마나 예쁜지 모르지?"

석원의 달뜬 목소리가 촉촉이 젖은 수인의 입술 위에서 흩어졌다. 수인은 욕망으로 달아오른 그의 눈동자를 마주하며 목을 감싸 안았다. 그 순간 치마 속으로 들어온 그의 손이 속옷을 벗기더니 다리를 잡아 자신의 허리에 감게 했다. 깊은 압박감과 함께 석원이 들어왔다.

귓속을 파고드는 석원의 거친 호흡에 덩달아 수인의 심장 박동 속도가 빨라졌다. 심장이 터질 것 같았다. 어지러웠다. 석원과의 섹스는 늘 발이 허공에 붕 뜬 것처럼 아찔했다.

샤워기 레버를 잠그고 베스 타월을 몸에 두른 수인이 타월 끝자락을 가슴 안쪽으로 꼼꼼하게 여몄다. 흘러내리지 않는다는 걸 확인한 뒤 작은 타월을 하나 더 집어 젖은 머리카락을 감쌌다.

하얀 김과 함께 수인이 욕실에서 나가자 드로어즈만 걸친 석원이 벽에 어깨를 기대고 서 있었다. 수인은 그의 몸에 시선을 주지 않으려 애쓰며 말했다.

"이제 써요."

헝클어진 머리카락부터 맨발까지. 방금 섹스를 한 사람 티가 역력한 석원이 부러 불퉁한 목소리를 냈다.

"같이 샤워하면 시간도 절약되고 에너지도 절약되잖아. 마음으로만 바다 온도 올라가서 색깔 잃는 산호 걱정할 게 아니라 행동으로 실천해야 하는 거 아냐?"

함께 샤워해야 하는 이유를 뻔뻔하게 포장하는 석원을 슬쩍 흘겨본 수인은 못 들은 척했다. 말발 좋고 쑥스러움 모르는 진석원답게 매번 다양한 레퍼토리로 같이 샤워하자며 꼬드기고 있었다. 떠올리는 것만으로도 얼굴이 화끈거리는 행위들을 함께했는데도 같이 샤워하는 건 어쩐지 부끄러웠다.

옷을 입기 위해 침실로 가려는 수인을 붙잡아 기어이 입을 맞춘 뒤에야 석원은 욕실로 들어갔다. 소낙비를 닮은 경쾌한 물소리가 쏟아졌다.

드라이어로 머리를 말린 수인이 속옷을 챙겨 들었을 때 등 뒤에서 석원의 목소리가 들렸다.

"새 타월이 없는데?"

"어, 그럴 리가. 수납장 열어……."

뒤를 돌아보며 대꾸하던 수인의 얼굴이 빨개졌다. 물방울이 맺힌 맨몸을 적나라하게 드러낸 석원이 태연한 낯빛으로 서 있었다.

"……타월 줄 테니까 얼른……."

"나눠 쓰면 되겠네."

씩 개구쟁이 같은 웃음을 지으며 석원이 손을 뻗어 왔다. 수인은 재빨리 뒷걸음질했다. 하지만 도망치려는 몸짓보다 더 날렵한 속도로 그가 타월 자락을 잡아당겼다. 야무지게 여민 매듭을 순식간에 풀어 버린 석원이 타월의 양쪽 자락을 쥐고 펼쳤다. 단단한 몸과 타월 사이에 갇힌 수인의 나체를 짓궂은 눈이 감상하듯 훑었다. 봉긋 솟은 가슴에 머무르던 시선이 아래로 흘러가는 순간 수인이 와락 그에게 안겨 들었다. 뽀송뽀송하게 말린 말랑한 몸이 물기가 맺힌 탄탄한 근육에 부딪쳤다.

가는 허리를 와락 감아 안은 석원이 그녀의 콧등에 코끝을 비볐다.

"다 벗은 채로 먼저 안겨 오기도 하고. 축하할 일이 많아서 기분이 아주 좋은가 봐, 응?"

그의 시선에서 무방비하게 드러난 몸을 감추려던 행동이라는 걸 알면서도 석원이 놀려 왔다. 발끈하던 수인이 화르륵 볼을 붉힌 채 입만 벙긋거렸다. 배를 누르는 살덩이가 다시금 단단해지고 있었다. 난처한 표정으로 그의 어깨에 얼굴을 묻었다.

머리와 귓가에 입술을 꾹꾹 눌러 대던 석원이 속닥였다.

"고개 들어 봐. 눈 좀 보여 줘."

석원의 재촉에 수인은 겨우 시선을 맞췄다.

"……왜 자꾸 눈을 보자는 건데요."

"내가 얘기 안 했나? 눈이 제일 예뻐."

허리를 안고 있던 손이 천천히 내려와 엉덩이를 감쌌다. 커다란 손아귀 가득 부드러운 살을 움켜쥐고는 바짝 끌어당겼다.

"엉덩이도 당연히 예쁘고."

찰싹 달라붙어 있던 상체를 떼 공간을 만든 그가 가슴을 그러쥐었다.

"가슴이 예쁘다는 말은 전에도 했었지?"

여기저기를 만져 오는 짓궂은 손길과 남발하는 '예쁘다' 만으로도 난감한데 거기다 아랫배를 찔러 오며 존재감을 드러내는 살덩이까지 더해지는 바람에 정신을 차릴 수가 없었다. 수인의 온몸이 빨개졌다.

"답 메일 보내야 한다고요. 비행기표도 예약해야 하고……."

"조금 있다가 한다고 자리 없어지지 않아. 그리고 그렇게 꼼지락대면 더 커질 텐데."

장난치듯 대꾸한 석원이 발간 귓불을 살짝 깨물며 물었다.

"나 보고 싶지 않겠어?"

"그건, 가 봐야 알죠."

"시간 내서 잠깐 들를까?"

"……마음대로 해요."

"정답 말할 때까지 괴롭힐 거야."

"어차피 마음대로 할 거잖아요."

"정답."

어깨를 깨물린 수인이 웃음을 터트렸다.

9장

결혼식을 핑계로 가진 사촌들과의 술자리 때문에 석원이 침대에 누운 건 새벽 한 시가 넘어서였다. 곤하게 자고 있던 그가 미간을 구기며 베개로 귀를 막았다. 하지만 아기가 칭얼대는 소리를 닮은 냐옹 소리는 강력했다. 한번 깨면 다시 잠들기 힘든 타입이라 석원은 침대에서 내려왔다.

환기를 위해 창을 열자 시원한 바람이 불어 들어왔다. 소나무를 쓸고 온 차가운 산바람에 오스스 소름이 돋았다. 고도가 높은 데다 나무로 둘러싸여 있어 확실히 서울에 비해 바람의 온도가 낮았다. 이러다 금방 단풍이 지고 또 금방 눈 소식을 듣겠다.

"수인이가 좋아할 날씨네. 잠 깨우려나."

전화를 하기에는 애매한 시간이었다. 커피를 마신 후에 통화하는 게 낫겠다 싶어 침실에서 나와 기계적인 걸음으로 계단을 내려가던 석원이 흠칫했다.

"깜짝이야."

그를 놀라게 한 상대도 움직임을 멈춘 상태였다.

"잠 많다고 하던데 왜 이렇게 아침 일찍부터 울어 댄 거야?"

어차피 대답을 해 줄 상대도 아니라 석원은 마저 계단을 내려가 부엌으로 들어갔다. 커피 메이커에 원두 가루를 넣는 그의 움직임을 유리구슬 같은 눈동자가 따라왔다.

"배고파?"

물은 뒤 밥그릇을 확인하자 사료가 채워져 있었다.

석원은 녀석을 주시했다. 일정한 거리를 두고 더 이상 다가오지 않은 채 그를 관찰하는 녀석은 놀라운 성장 속도를 보여 주고 있었다. 그래 봤자 손바닥 하나 크기에서 둘로 변한 거지만.

비스듬히 기대고 있던 벽에서 어깨를 떼어 낸 석원이 머그잔 가득 커피를 따라 부었다. 사부작거리는 움직임과 달그락거리는 컵 소리에도 고양이는 댕그래진 눈으로 쳐다만 볼 뿐 예전처럼 털을 세우거나 후다닥 도망치지는 않았다. 겁을 주듯 '하악' 거리지도 않는다.

문득 고양이의 하악 소리를 흉내 내던 수인이 떠올랐다.

"귀엽긴."

연애를 시작한 이후 수인에 대해 새로 알게 된 것들이 있었다. 예민하고 섬세한 성격일 거라고 생각했던 수인은 귀엽고 순진한 구석이 꽤 많은 사람이었다. 그리고 생각보다 더 워커홀릭이었고, 짐작하던 것보다도 훨씬 형편없는 요리 실력을 가졌으며, 가치관이 다름에도 말이 잘 통하는 유쾌한 대화 상대였다. 호기심과 옅은 호감으로 시작되었던 강수인과의 연애는 연애의 설렘과 즐거움에 대해 알게 해 주었다.

석원이 고양이와 눈싸움을 하며 강수인을 떠올리고 있는 그때 거실 욕실 문이 열리고 나무 바닥을 밟는 옅은 발소리가 들렸다.

"잘 잤어, 우리 막내?"

고양이가 이름을 알아들은 것처럼 야옹 대답하더니 소리가 난 곳으로 도도도 달려갔다. 다리에 꼬리를 휘감은 채 몸을 부비며 애정 표현을 하는 고양이를 안아 든 석원의 어머니가 따뜻한 목소리로 물었다.

"잘 잤니?"

"녀석 때문에 깼어요. 사료도 있는데 왜 그렇게 울어 댄 거예요?"

"놀아 달라고. 아침 주고서 잠깐 욕실에 들어갔는데 그사이에 외로웠나 봐."

"응석받이네."

"한창 응석 부릴 나이잖니. 조금만 더 지나면 다 컸다고 본척만척 도도하게 굴 텐데 애교 피울 때 실컷 예뻐해 줘야지. 사람한테 버림받고도 사람이 좋다고 안겨 드는 거 보면 애틋해."

"저 보고도 구석에 숨지 않는 거 보니 이제 좀 안정이 됐나 봐요?"

"그렇기도 하고. 우리 막내가 똑똑해서 두 번 이상 본 사람들은 얼굴을 기억하거든. 예쁜 녀석이 똑똑한 데다 애교도 많아."

뿌듯한 표정을 짓는 어머니에게 석원이 동의할 수 없다며 어깨를 으쓱였다.

"자식 자랑 하는 팔불출 같은 발언이신데요. 객관적으로 예쁘다기보다 못생긴 쪽에 가깝잖아요."

"얘가 어디가 못생겨. 귀엽기만 한데."

서운한 표정으로 눈을 흘기던 어머니가 물어 왔다.

"그나저나 다음 주에 어떻게 할 생각이니? 토요일이니까 금요일 저녁에 와서 자고 아침 같이 먹는 것도 괜찮을 것 같은데. 아침에 미역국을 먹어야 생일 기분이 나잖아. 시간 돼?"

"그러지 않아도 말씀드리려고 했는데, 토요일은 힘들 것 같고 일요일에 잠깐 들를게요."

"토요일인데도 생일 못 챙길 만큼 바쁜 거야?"

"같이 보낼 사람이 있어서요."

속상한 얼굴을 하던 어머니가 석원의 대답에 안고 있는 고양이만큼이나 눈을 동그랗게 떴다. 그러다 이내 의심이 가득한 눈빛을 하더니 설렘을 감추지 못한 목소리로 물었다.

"누군데? 설마, 여자 친구?"

"네, 여자 친구요."

그의 말에 어머니가 반색하며 한 걸음 다가오자 고양이가 가늘어진 눈으로 석원을 경계했다.

"언제부터 만난 거야? 어떤 아가씨인데?"

"대학 동아리 후배인데 그동안 소식 몰랐다가 몇 달 전에 카페에서 우연히 마주쳤어요. 사귄 지는 얼마 안 됐고요. 지난번에 책 한 권 보내 드렸죠? 번역 잘된 글이라 한번 읽어 보시라고요. 그 책 번역한 친구예요."

"번역 맛깔나다고 꼭 읽어 보라더니 여자 친구 자랑 하려던 거였어? 그럴 거면 처음부터 여자 친구가 번역한 거라고 말해 주지. 재판 이기려고 판 짜는 것도 아니고, 왜 누군지 얘기도 안 해 주고 책부터 내민 거야?"

"놀라게 해 드리고 싶어서요."

"그런 거 안 해도 여자 친구 있다는 소식만으로 충분히 놀랐어."

"겨우 이런 걸로요? 그러다 진짜 놀라실 일 생기면 어쩌시려고."

어머니의 눈이 휘둥그레졌다. 진짜 놀랄 일이라니.

"혹시…… 임신한 거니?"

"네? 하하."

어머니의 상상력에 석원이 손으로 눈을 가린 채 웃음을 터트렸다. 부푼 배를 한 수인의 모습이 잘 떠올려지지 않았다. 그럼에도 자신과의 아이를 가진 수인이 예쁠 거라는 건 확실했다.

"왜 웃기만 하고 대답을 안 해?"

햇살에 눈이 부셔 실눈을 뜬 고양이처럼 눈을 접고 의심스럽게 쳐다보는 어머니에게 석원이 가벼운 목소리로 말했다.

"아기는 연애 충분히 하고 신혼도 맘껏 즐긴 다음에요. 그리고 그전에 어떤 식으로 프러포즈할지부터 생각해야죠. 아직은 아니라고 거절당하면 자존심 상할 것 같거든요."

"왜 거절을 당해? 그쪽은 아직 결혼 생각 없대? 네가 더 많이 좋아하는 거야?"

"제가 더 많이 좋아한다고 하면 속상하세요?"

"그걸 몰라서 물어? 이왕이면 둘이 똑같은 마음인 게 제일 좋고, 그렇지 않은 경우라면 내 아들이 더 사랑받는 쪽인 게 낫지."

"제가 더 좋아해도 괜찮아요. 저로 인해 진짜 강수인의 모습이 조금씩 드러나는 걸 보는 것도 기대 이상으로 좋거든요."

"그러니까 더 궁금해지잖아. 일요일에 잠깐이라도 같이 들러."

석원은 재촉하는 어머니에게 부드럽게 제동을 걸었다.

"얘기는 꺼내 보겠지만 약속은 못 드려요. 그리고 앞으로 알아 갈 시간 많으니까 혹시 같이 안 와도 너무 서운해하지 마시고요."

"왜? 낯을 많이 가리는 아가씨야?"

낯을 많이 가린다라. 석원의 시선이 어머니의 품에 안겨 있는 고양이에게로 향했다. 녀석은 태평하게 분홍빛 혀로 앞발을 핥아 대고 있었다. 타인에게는 여전히 경계를 풀지 않고 있지만 처음 녀석을 발견한 어머니한테만은 방어막을 온전히 거둔 것처럼 보였다.

이 녀석이 타인에게 보이는 반응은 낯을 가리는 게 아니라 상처 많은 동물 특유의 경계였다.

수인은 이 고양이를 닮아 있었다. 그녀가 정해 놓은 경계선을 침범하지만 않으면 얼핏 평범해 보이는 인간관계를 유지한다. 하지만 그 이상은 허용하지 않는다. 자신은 어디까지 받아들여진 걸까.

"그런 면도 조금 있지만."

잠시 말을 멈춘 석원이 아기 고양이를 눈짓으로 가리켰다.

"이 녀석을 좀 닮았어요, 여러모로. 그리고 어머니, 혼자인 친구예요. 아버지는 고3 때, 어머니는 몇 년 전에 암 투병 하시다 돌아가셨어요."

"저런."

"그러니까 나중에 함께 왔을 때 가족에 관한 질문이나 불편할 수 있는 얘기 같은 건 하지 말아 주세요. 궁금한 거 있으시면 저한테 물어보시고요."

"너 왜 엄마를 그 정도 배려도 없는 사람으로 만드는 거니? 왜, 아예 질문 금지 목록 같은 걸 만들어 주지?"

"그럴까요? 그게 좀 더 확실하겠죠?"

서운한 표정으로 눈을 흘기던 어머니가 어이없다는 듯 웃음을 흘렸다.

"연애 초기라고 아주 폭 빠졌구나?"

"시간이 지날수록 더 빠져들 것 같은데요?"

"……너, 이런 소리도 하는 성격이었니? 어지간히 좋은가 보다."

"어지간히 좋아요. 가족에 대해 좋은 경험을 가진 친구가 아니라서 조심스럽게 접근하고 있어요. 그러니까 궁금하셔도 조그만 더 기다려 주세요."

습관처럼 품 안의 고양이를 쓰다듬던 다정한 손길이 멈췄다. 이른 나이에 부모를 잃었다는 말에 안쓰러움을 느꼈다면 가족에 대한 좋은 경험을 가지지 못했다는 말에는 걱정이 일었다. 사람에게 받은 상처는 마음에 각인된다. 게다가 상처를 준 대상이 가족이라면 평생 아물지 않는 경우도 흔하다.

석원은 하나밖에 없는 자식이었고, 누구보다 행복하기를 바라는 존재였다. 그런 아들이 이왕이면 생채기 하나 없이 따뜻한 환경에서 자란 사람과 가족을 만들었으면 하는 바람이 있었다. 하지만 그녀는 우려와 아쉬움을 애써 드러내지 않았다. 아들의 영민함과 고집스러움을 잘 알고 있기 때문이었다.

영민한 아들이 푹 빠졌다면 걱정되는 부분이 있어도 괜찮은 사람일 거란 생각이 들었다. 그리고 아들의 고집을 꺾을 자신도 없었다. 그 과정에서 사이가 틀어지는 것도 두려웠고, 아들과 회복되지 못할 상처를 주고받고 싶지도 않았다. 무엇보다 이렇게 행복한 웃음을 짓게 해 주는 사람이라면 그걸로 충분하지 않나 싶었다.

멈췄던 손이 다시금 부드럽게 고양이를 쓸었다.

"그런데 아버지는 아직 주무세요? 어제 무리하셨나 봐요?"

아들이 낯선 사람처럼 느껴져 대답이 조금 늦게 나왔다.

"평소보다 과음하신다 싶더니 힘드신가 보다. 언제나 청춘이실 것 같았는데 네 아버지도 나이 앞에서는 어쩔 수 없으신가 봐. 얼큰한 콩나물국 끓일 거야. 너도 어제 좀 마시고 들어온 것 같으니까 콩나물국이 좋겠지?"

"전 조금만 주세요."

"넌 바깥 음식은 잘 먹으면서 집에서는 너무 소식하더라. 자극적인 음식에 길들여져서 그래. 그거 건강에 안 좋아."

"그런가요? 저 주세요."

석원이 고양이를 내려놓으려는 어머니에게서 녀석을 건네받았다.

"한번 안아 볼까."

품에 안는 순간 녀석이 냐옹거리며 발톱을 세웠다. 말랑말랑한 앞발에서 있는 줄도 몰랐던 날카로운 발톱이 쫙 펼쳐져 나왔다.

울버린 새끼 고양이 버전도 아니고. 석원이 솜방망이 같은 앞발을 잡고 악수하듯 흔들었다.

"겁주는 거야? 무서운데?"

그러다 문득 떠오른 생각에 빠져나가려 발버둥 치는 녀석을 한 팔로 단단히 안고는 휴대폰을 들어 올렸다.

"자, 카메라 보면서 웃어 봐."

고양이에게 요구하면서 정작 환하게 웃음 지은 건 석원이었다. 털뭉치 녀석과 함께 찍은 사진을 수인에게 전송했다.

더블린 항공권을 예약한 뒤로 수인은 내내 꿈을 꾸는 듯한 기분이었다. 그래서인지 계단을 내려와 빌라 출입문을 빠져나가는 걸음이 구름 위를 걷듯 가벼웠다.

"왔어요?"

"예쁜데?"

승용차에 기대 있던 석원이 버릇처럼 말하고는 따뜻한 손으로 볼을 감싸 가볍게 입을 맞췄다. 수인은 원피스 자락을 매만지는 척하며 작게 말했다.

"고마워요."

얼마 전까지만 해도 칭찬을 하면 말을 돌리거나 어색한 반응을 보이더니. 석원은 수인의 머리를 쓰다듬고는 조수석 문을 열어 주었다.

모닝 키스와 칭찬의 여파로 볼이 살짝 상기된 채 안전벨트를 착용하던 수인이 운전석 쪽으로 고개를 돌리며 물었다.

"주말에는 좀 쉬고 싶지 않아요?"

시동을 걸던 석원이 멈칫했다.

"나가는 거 안 내켜?"

"재택근무하는 난 드라이브 가는 거 당연히 좋죠. 가만 보면 아무 것도 안 하고 뒹굴뒹굴하는 거 못 견뎌 하는 성격 같아."

"강수인 안고 뒹굴뒹굴하는 건 무지 좋아하는데?"

눈 흘김을 당한 석원이 웃음을 터트리더니 전면에 보이는 말간 하늘을 눈짓했다.

"집 안에만 갇혀 있기에는 아깝잖아."

하늘이 유독 예쁜 날이기는 했다.

"목적지가 어디예요?"

"강수인이 마음에 들어 할 곳."

자신이 마음에 들어 할 곳이라. 어디를 가는 건지 궁금했지만 상상해 보는 것이 즐거워 묻지 않았다.

"그리고 저녁은 집에서 먹을까? 피쉬 앤 칩스 만들어서 맥주랑 먹자. 맛있는 맥주 발견했어."

"좋아요."

지금껏 석원이 제안한 것들 중에 마음에 들지 않는 건 없었다. 장소든, 음식이든.

한 시간쯤 달리자 마을과 농지가 저 아래로 내려다보였다. 산이 점점 높아지자, 산을 채운 나무들도 더욱 **빽빽**해졌다. 고도 때문에 조금 아파 오는 귀를 만지작거리며 수인이 물었다.

"강원도 가는 거였어요?"

"응."

"지난번에는 평창이더니. 강원도를 유독 좋아하나 봐요?"

"강원도가 본가라서 애정이 가."

"어딘데요?"

"강릉. 귀 먹먹해?"

"약간요. 주변 환경이 조금 변했다고 몸이 반응하는 걸 느낄 때마다 신기해. 가끔은 사람이 산호나 해파리보다 더 민감하고 연약한 것 같기도 해요."

"누구나 그렇지는 않지. 작은 거에도 예민하게 반응하는 건 강수인이라서 그런 것 같은데."

수인의 안색이 흐려졌다. 유독 예민하게 군다는 핀잔을 받으면서 자랐었다. 더 이상 그런 소리를 듣지 않은 지 꽤 됐는데도 '예민하다'는 그녀를 예민하게 만드는 단어였다.

"내가 예민하게 굴어서 신경 쓰이게 해요?"

석원의 놀란 눈동자가 그녀를 향했다.

"전혀. 예민해서 좋다는 말이야. 예민하기 때문에 작은 변화도 민첩하게 알아차리고 반응할 수 있는 거잖아. 남들은 놓치거나 무심하게 지나치는 것들을 발견하고 거기서 감정을 느끼고 공감대를 형성하고. 그거 큰 장점 아닌가? 그래서 강수인만의 색깔이 있는 번역도 나오는 거라고 생각하는데?"

석원의 대답에 수인은 저도 모르게 경직돼 있던 몸에서 긴장을 풀었다.

"예민하다는 지적을 자주 받아서 좀 신경 쓰이는 단어예요. 그래서 나도 모르게 과하게 반응했나 봐요."

수인의 설명에 석원의 눈빛이 어두워졌다. 겨우 단어 하나에도 민감하게 반응하게끔 만들어 버린 사람은 가족이겠지. 예민한 감성을 가진 강수인은 지금까지 얼마나 많이 마음을 다쳤을까. 석원은 가슴 한편이 묵직해 오는 것을 드러내지 않은 채 가벼운 톤으로 물었다.

"그랬어? 다음부터는 섬세하다는 표현으로 바꿀까?"

"비난하려고 쓴 단어가 아니잖아요. 표현을 바꿀 게 아니라 내가 좀 덜 방어적이게 성격을 고쳐야겠죠."

수인이 그렇게 말하고는 기어를 쥔 석원의 손등을 살며시 건드렸다. 마치 방금 전의 예민한 반응을 사과하는 듯한 행동에 석원이 그녀의 손을 감쌌다.

"잘못한 것도 아닌데 뭘 고쳐."

"그렇게 말해 주니까 고맙긴 한데, 그래도 고쳤으면 좋겠다 싶은 것들이 있으면 얘기해요."

"얘기하기 힘든데."

"없어요?"

"아니, 리스트가 길어서."

어이없어하는 수인의 반응에도 아랑곳하지 않고 석원이 진지하게 말했다.

"첫 번째부터 말해 줘?"

첫 번째, 두 번째, 순서를 매겨야 할 만큼 긴 걸까. 조금 긴장한 수인이 조심스레 물었다.

"……뭔데요?"

"첫 번째는 편식하는 버릇."

긴장했던 게 억울할 만큼 어처구니없는 대답이었다.

"편식은 석원 씨가 더 심하잖아요."

"나는 맛없는 걸 안 먹는 거고, 강수인 씨는 편식이라는 단어의 사전적 의미처럼 안 먹는 음식이 많잖아."

곁눈질로 수인의 표정을 살핀 석원이 얄밉게 덧붙였다.

"강수인 씨, 반론 없으시면 두 번째로 넘어갑니다."

"나도 해야죠."

저도 모르게 발끈한 수인이 받아쳤다.

"하나씩 서로 번갈아 가면서 말해요. 공평하게."

예상치 못한 반격에 석원의 눈동자가 즐거움으로 반짝였다.

"공평한 거 좋지. 자, 그럼 첫 번째부터 들어 볼까."

고칠 점을 말하겠다는데 마치 칭찬을 기대하는 사람처럼 보였다. 그런 석원을 놀려 주고 싶어 수인은 열심히 머리를 굴렸다. 뭘 고쳐 달라고 할까. 그가 전혀 짐작하지 못하는 걸로 놀라게 해 주고 싶은데 얼른 떠오르는 것이 없었다.

"생각나는 게 없어?"

"기다려 봐요."

입술을 잘근거리며 집중하는 수인을 바라보는 석원의 눈이 부드럽게 휘어졌다.

"똑딱똑딱."

일부러 자극하려는 듯 석원이 시계 소리를 내자 수인이 입술을 앙다물며 그를 흘겨봤다. 그러자 석원이 웃음을 터트렸다.

자칫 가라앉은 분위기를 만들 뻔했던 예민하다는 단어가 생각지도 못했던 대화를 이끌어 냈다. 간혹 웃음이 터지고 또 간혹 수인의 얼굴이 뜨거워지는 대화들이 막힐 것 없는 고속도로를 달리는 내내 이어졌다.

고속도로를 빠져나온 차가 산길을 오르기 시작하자 수인이 설마 하는 얼굴로 물었다. 언젠가 석원이 등산을 마치고 내려와 먹는 손두부가 별미라고 했던 게 떠올랐기 때문이었다.

"산에 가는 거예요? 혹시라도 트렁크에 등산화 같은 거 챙긴 건 아니죠?"

"밭두렁 조금 올랐다고 헉헉거리는 사람을 끌고 등산할 만큼 무모하지는 않아. 사람 업고서 등산길 내려가는 거 생각하는 것보다 훨씬 위험한 일이거든."

"그런 경험 있나 봐요?"

"부모님이랑 같이 등산 갔을 때 어머니가 나무뿌리에 걸려 넘어지시는 바람에 발을 삐끗하셨어. 어머니는 걸어가도 된다고 하실 만큼 경미한 부상이기는 했는데 그래도 걱정되잖아. 아버지랑 번갈아 가면서 업었는데도 비탈지고 돌멩이 많은 곳은 좀 힘들더라고."

혹시나 전 여자 친구와의 에피소드인가, 막연히 짐작하던 수인이 그를 쳐다봤다. 생각보다 더 많이 화목한 가정이구나. 부러운 동시에 석원이 그런 가정에서 성장해 다행이라는 생각이 들었다.

"그런데 등산 걱정 하는 거 보면 발레는 체력에 별 도움이 안 되나 봐?"

"도움 돼요. 근력이 늘었다는 게 확실히 느껴지거든요. 그런데 어디까지 올라가는 거예요?"

묻던 수인의 눈에 표지판이 들어왔다.

[뮤지엄 산]

언제 한번 가 보려고 마음먹었던 산꼭대기에 위치한 미술관이었다. 수인의 반응을 살피던 석원이 뿌듯한 표정을 했다.

"마음에 들어 할 줄 알았어."

길을 마저 올라 자작나무 숲을 지나자 뮤지엄 산의 메인 건물인 워터가든이 모습을 드러냈다. 산 정상에 건축된 미술관 건물을 연못이 둘러싸고 있었다. 안도 다다오가 건축한 미술관과 전시된 작품들도 눈길을 끌었지만 무엇보다 시선을 사로잡은 건 자연 경관이었다.

"사진으로 보면서 상상하던 것 이상이에요."

머리 위의 하늘과 물에 비친 하늘을 번갈아 가며 바라보던 수인이 감탄을 터트렸다.

"어떻게 여길 올 생각을 했어요?"

"강수인이 좋아하는 것들을 조합했더니 괜찮은 장소가 몇 군데가 나왔고, 그중 가까운 곳부터 순차적으로 방문하자 싶었어."

두 사람은 꽤 큰 규모의 미술관을 둘러본 후 안쪽에 위치한 카페로 이동했다. 계단을 오르자 물 위에 떠 있는 것 같은 착각을 일으키는 테라스가 펼쳐졌다.

연못 앞 테이블에 자리를 잡자, 잠시 후 주문한 음식들이 차려졌다. 그사이 주변 풍광에 빠진 여자 친구를 지켜보던 석원이 그녀의 손등을 간질였다. 하늘을 담은 수면을 바라보던 눈동자가 그에게 향했다.

"커피 식어."

수인이 커피가 담긴 예쁜 잔을 잡았다.

"가끔 사람들의 상상력은 어디까지인가 싶을 때가 있지 않아요? 어떻게 이런 공간을 만들 생각을 했을까요? 선물 고마워요."

"선물?"

"멋진 풍경 보게 해 줬잖아요."

"그 마음 잊지 마."

"무슨 뜻이에요?"

물었지만 석원은 궁금증을 풀어 주지 않은 채 테이블 위에 세팅된 샌드위치를 집어 그녀의 입 쪽으로 가져다 댔다. 수인은 눈앞에 내밀어진 샌드위치를 조심스레 베어 먹었다.

"어때?"

"맛있어요. 이런 곳에서 먹으면 라면조차도 맛있을걸요."

석원이 장난스러운 표정으로 눈썹을 꿈틀거렸다.

"라면을 너무 무시하는데? 산에서 먹는 라면이 얼마나 맛있는지 모르지? 다음에 한번 맛 보여 줄게."

글쎄다. 밥해 먹기 귀찮을 때 밥 대용으로 먹는 라면이 산에서 먹는다고 뭐 얼마나 맛있어질까. 석원이 딱히 믿지 못하겠다는 얼굴을 하는 수인의 콧등을 톡 쳐 왔다. 사랑스럽다는 표정을 지은 채였다.

수인은 그런 석원을 새삼스레 쳐다봤다. 특별히 뭔가를 한 것도 아닌데 저런 눈으로 바라봐 준다는 게 신기했다. 존재만으로 사랑받는 기분이었다. 그래서 곤란했다. 석원이 지나치게 좋은 사람이라서, 그와의 연애가 비현실적으로 행복해서 때때로 두려웠다. 언젠가 맞이할 끝이 견디기 힘들 것 같다는 예감 때문이었다.

머리 위에도 물 위에도 하얀 뭉게구름이 떠 있었다. 그리고 맞은편에는 달콤한 미소를 짓는 진석원이 앉아 있었다. 석원과 연애를 시작한 뒤로 발이 현실을 떠나 조금씩 떠오르는 기분이었다. 이제는 구름 위까지 올라온 것 같았다. 실제로 구름이 저 아래 있었다. 이러다 현실로 뚝 떨어져 버리면 아주 아프겠지. 덜 아프려면 충격 방지 매트가 필요할 텐데.

수인은 생각의 꼬리를 잘라 냈다. 아직 닥치지 않은 일을 벌써부터 걱정하고 싶지 않았다. 그럼에도 문득문득 이런 생각이 드는 건 눈앞의 이 남자가 지나치게 좋아져 버린 탓이었다.

수인이 저도 모르게 물끄러미 바라보자 석원이 개구쟁이처럼 눈을 크게 떠 보였다.

"왜? 아무리 봐도 잘생겼어?"

"……가끔 어울리지 않게 싱거운 말 잘하는 거 알아요?"

"종종 어울리지 않게 아주 귀여운 거 알아?"

"……."

"좀 쌀쌀한 인상에다 경계를 긋는 듯한 건조한 말투라 귀여운 면은 드물 거라 짐작했는데, 가끔 놀라."

"가끔을 제외한 대부분은 쌀쌀맞고 건조하다는 거구나."

"대부분은……."

석원이 유독 기분 좋을 때 짓는 특유의 눈웃음과 함께 말했다.

"사랑스럽지."

쿵, 충격 방지용으로 힘겹게 쌓았던 매트가 무너졌다. 무너진 매트를 다시 쌓아 보지만 또다시 무너져 내렸다. 과정이 반복될수록 매트를 쌓아 올리는 수인의 속도는 느려지고 무너뜨리는 석원의 힘은 강해졌다. 점점 더 느려지다가 결국 그만두고 싶어지면 어쩌지.

또 다른 걱정을 안겨 줬다는 걸 모르는 석원은 눈부신 미소를 지은 채 그녀를 바라보고 있었다. 마음이 복잡한 수인이 포크로 파스타만 꾹꾹 찌르고 있자 석원이 그녀의 손에서 포크를 가져갔다.

"그릇은 예쁜데 맛은 그럭저럭이지? 여긴 맛보다 분위기가 좋아서 오는 곳이라."

그렇긴 했다. 그래도.

"맛있어요."

"맛있는 표정이 아니라 도움이 필요한 표정이잖아."

그리 말한 석원이 포크로 파스타를 돌돌 말고는 수인에게 내밀었다. 그녀가 받아먹자 이번엔 좀 더 큰 뭉치를 만들어 자신의 입에 넣었다. 포크 하나로 번갈아 나눠 먹자 접시가 금방 비었다.

후식으로 달달한 핫초코와 쌉쌀한 티라미수를 먹은 두 사람은 뮤지엄으로 올라오는 길에 스쳐 갔던 자작나무 숲길을 산책하기로 했다.

만져 보면 뽀얀 가루가 묻어날 것 같은 자작나무 사이를 한가로이 걸으며 고요를 즐기던 수인이 문득 말했다.

"자작나무만 떼어 놓고 보면 눈 내린 겨울 같지 않아요? 눈밭에서 찍힌 장면들을 많이 봐서 그런지 자작나무는 겨울을 연상시켜서 좋아하는 나무예요."

"좋아한다니까 떠올랐는데, '좋아하는 것들'에 추가된 녀석 있어?"

"없어요, 아직."

"강수인 씨한테 선택받으려면 어떤 심사를 통과해야 하는지 궁금해. 엄청 까다로울 것 같은데."

"그런 거 없어요. 특별한 이유가 있어서가 아니라 그냥 마음이 가는 거예요. 사람 마음이 늘 이유가 있고 명료한 건 아니잖아요. 그래서 어려운 거고요."

"특히나 강수인 씨 마음은 더 어렵지. 그래서 어떤 마음인지 짐작해 보고 그게 맞을 때면 스릴을 느껴."

"게임도 아니고, 사람 마음 맞추면서 스릴을 느껴요? 전부터 느낀 건데, 따분한 건 못 견디는 거 같아."

"따분하고 권태로운 거 싫어해. 앙뉘Ennui는 불행보다 더 강력한 영혼의 질병이라는 말에 전적으로 동감할 만큼."

"하지만 피할 수 없는 질병이기도 하죠. 아무리 좋아했던 것일지라도 결국에는 권태가 찾아든다고들 하니까."

석원이 수인을 돌아봤다. 그저 일반적인 얘기를 하는 것이겠지만 어쩐지 두 사람의 관계도 거기에 포함된다고 말하는 것 같은 기분이었다.

"예외는 늘 있지. 설령 그렇지 않다고 해도 잘 극복하면 되는 거고."

잡은 손에 힘을 주며 단언하는 석원의 모습은 무모하다기보다 단단해 보였다.

등산을 한 것도 아닌데 산 위를 조금 걸었다고 기운이 다 빠져 버렸다. '뮤지엄 산'에서 석원의 아파트로 돌아오자마자 답삭 들려 침대로 직행한 탓도 있었다. 뒹굴뒹굴하는 거 좋아한다는 남자에게 한참을 안겨 있는 바람에 저녁 식사가 늦어졌다.

식탁 의자에 다리를 올리고 앉은 수인이 무릎에 턱을 괸 채 투정을 부렸다.

"배고파요."

석원이 피쉬 앤 칩스가 만들어지고 있는 에어프라이어의 타이머를 확인했다.

"10분만 기다리면 먹을 수 있어. 배 많이 고파?"

수인은 얄밉다는 듯 눈을 흘겼다.

"집에 도착했을 때부터 고프다고 했는데."

투정 부리는 아이 보듯 귀엽다는 표정을 지은 석원이 먹음직스럽게 썬 바게트에 크림치즈를 발라 건넸다.

"이거라도 먹고 있어."

배고프다는 수인과는 달리 맥주를 마시는 석원은 포식한 사람처럼 느긋하고 만족스러운 표정이었다. 그의 티셔츠를 입은 수인이 머리칼을 흐트러트린 채 배고프다고 칭얼대는 모습이 마음에 들어서였다. 촉촉한 바게트 속을 조금씩 떼어 먹는 모양을 지켜보던 석원이 꿍꿍이를 감춘 채 물었다.

"생일 선물로 받고 싶은 거 있어?"

맑은 날 뚝 떨어진 빗방울만큼이나 생뚱맞은 물음이었다. 눈을 깜빡거리던 수인이 되물었다.

"뜬금없이 그건 왜 물어요? 생일 되려면 내년……."

말을 하다 멈춘 수인이 의심스러운 눈초리를 했다. 개인 정보를 알고 있는 선임 변호사 진석원이 그녀가 2월생이라는 걸 기억 못 할 리 없었다. 그리고 석원은 아무런 의도 없이 뭔가를 언급하는 사람이 아니었다. 한참이나 남은 생일 얘기를 꺼내는 이유라면.

"설마, 오늘 생일이에요?"

"설마, 생일입니다."

"……미리 말하지 그랬어요."

"그랬으면 뭐 선물했을 건데?"

"원하는 거 있어요?"

"원하는 게 있긴 해."

뭘 원하기에 이러나 싶어 수인이 긴장한 목소리로 물었다.

"뭔데요?"

석원이 대답 대신 맥주 캔을 들어 보였다.

"그 전에 생일 축하 안 해 줘?"

"축하해요, 생일."

"고마워."

석원이 맥주 캔을 장난스럽게 부딪쳤다.

"생일인 거 몰라서 미안하지?"

"말해 줬는데 까먹은 것도 아니고. 별로 안 미안한데요."

새침한 대답을 해 놓고 조바심이 나 재촉했다.

"대체 얼마나 거창한 걸 요구하려고 미안함을 강조하는 거예요? 궁금하게 그러지 말고 얼른 말해 봐요."

"강릉."

"강릉?"

"내일 본가에 잠깐 들를 예정이야. 동행해 줬으면 좋겠어."

수인이 맥주 캔을 쥔 채로 굳어 버렸다.

"인사만 드리고 올 거야. 처음 만나는 자리에서 식사하고, 사적인 질문 던지는 그런 거북하고 불편한 상황 만들지 않아. 그러니까 그렇게 긴장하지 않아도 돼."

하얗게 질린 수인이 약하게 고개를 저었다.

"아직은 일러? 그럼 언제가 좋을지 더블린 다녀와서 천천히 생각해 봐. 생각해 보고 준비가 되면 그때 말해 줘. 재촉하지 않을 테니까."

"……부모님께는 뭐라고 했어요? 내일 같이 간다고 했어요?"

"사랑스러운 여자 친구가 있다고 자랑했고, 번역한 책도 선물해 드렸어. 그리고 같이 가게 되면 연락드리겠다고 했어. 의사 묻지도 않고 혼자서 그런 결정 할 리가 없잖아."

가벼운 어조로 대꾸한 석원이 장난스럽게 눈썹을 구기며 덧붙였다.

"낯가림쟁이라 어쩌면 아직은 이르다며 거절할지도 모른다고 생각하기는 했지만 진짜로 거절당하니까 기분이 좀 묘한데."

상체를 숙인 석원이 의자에 앉은 수인과 눈높이를 맞췄다.

"가능한 한 마음에 들 수 있는 방법으로 프러포즈할 테니까 프러포즈는 거절하지 않고 단번에 받아 줬으면 좋겠어. 거절당하는 거에 익숙하지 않아서 여기가 아플 것 같거든."

석원이 손끝으로 자신의 심장을 가리켰다.

"왜 이마를 구기고 있어."

그가 심장을 가리켰던 손가락으로 수인의 미간을 펴 주었다.

"자존심이 좀 상할 거라는 말이지 진짜로 아플 거라는 말은 아니니까 미운 표정 짓지 마. 거절한다고 해도 아직은 이르다는 뜻이지 나랑 결혼하기 싫어서가 아니잖아. 그리고 나도 연애 충분히 즐긴 다음에 결혼할 생각이야."

석원의 말이 이어질수록 창백한 수인의 얼굴이 점점 더 핏기를 잃어 갔다.

석원이 연애 이상의 관계를 원할지도 모른다는 생각이 들 때가 있었다. 김희찬 선배, 석원의 동창들, 그리고 도연우 변호사 부부. 그들과의 만남에서 오간 대화들로 석원의 또 다른 면을 알게 된 후부터였다.

'석원이가 수인 씨 소식 아냐고 닦달할 때부터 뭔가 이상하다 싶더라고요.'

'여자 친구가 책 출간했다면서 동창들한테 돌리더라고요. 덕분에 친구의 애인을 책으로 먼저 만나는 드문 경험을 했어요.'

'수인 씨 덕분에 이 녀석한테도 팔불출 요소가 있다는 걸 알게 됐습니다.'

석원의 친구들이 무심코 던진 얘기들을 통해 여자를 사귈 때의 진석원은 사건을 다룰 때만큼이나 까다롭고 진지한 타입이라는 걸 알게 되었다. 그리고 석원의 행동들 또한 단순한 연애 감정에서 기인한 게 아니라는 걸 느끼게 했다.

그때부터 석원과 함께하는 시간들이 행복할수록 두려움도 몸집을 부풀리기 시작했다. 석원이 결혼을 언급하는 일이 없기를 바랐다. 그게 불가능하다면 그 순간이 최대한 늦게 다가오기를 원했다. 그런데 외면하고 싶었던 일이 지나치게 빨리 닥쳐 버렸다.

긴 속눈썹으로 동요하는 눈동자를 가린 채 볼 안쪽을 잘근거리던 수인이 목소리를 냈다. 낯빛만큼이나 질린 음성이었다.

"나는 그러고 싶지 않아요."

석원의 미소가 굳었다.

"어떤 걸 그러고 싶지 않은데? 본가에 가는 거, 아님 결혼?"

"둘 다요."

"그 이유가 지금은 이르기 때문이야? 아니면 앞으로도 그럴 생각이 없기 때문이야?"

"결혼할 마음 없어요."

석원이 눈을 가늘게 뜨고 수인의 낯빛을 살폈다. 지나치게 창백했다. 당일치기로 강원도까지 왕복한 데다 배가 고파서 기운이 없는 거라고만 생각했다. 평소보다 하얀 얼굴이 지쳐서가 아니라 핏기가 가신 때문이라는 걸 미처 알아차리지 못했다. 지나치게 들떠 있던 탓이었다.

마치 취조하듯 연달아 물어 오는 그에게 꼬박꼬박 대답해 준 수인이 의자에 올리고 있던 다리를 바닥으로 내렸다. 오래 그러고 있었던 탓인지 아님 다른 이유 때문인지 다리가 휘청거렸다. 수인은 넘어지지 않기 위해 테이블을 짚었다.

수인의 움직임을 따라가는 눈동자가 차갑게 식었다.

"아직 하지도 않은 프러포즈를 거절당할 줄은 몰랐어."

"나는 결혼 원치 않아요. 가족을 만들 마음 없어요."

"당장 그러자는 게 아니잖아."

"나중이라고 해서 달라지는 건 없어요. 가족이라는 거 이미 가져 봤고, 그래서 어떤 건지 잘 알고 있어요. 그걸 다시 반복해서 겪을 마음 없어요. 아파 놓고도 같은 걸 또다시 반복할 만큼 어리석지 않아요."

"그게 왜 같은 거야? 나랑 만드는 거잖아. 강수인과 진석원, 우리 둘이 만드는 가족이잖아. 그렇다는 건 우리 둘이 어떻게 만드냐에 따라 달라진다는 거고, 나는 네가 가족을 만든 걸 후회하게 하는 짓 따위 하지 않아. 내가 사랑하는 사람한테 그럴 리 없잖아."

헤어짐을 결심한 순간 석원이 사랑을 말했다. 수인은 울어 버리고 싶었다.

"엄마 아빠도 처음엔 서로에게 사랑이었어요. 그리고 엄마도 날 사랑한다고 했고요. 그런데도 결국에는 서로에게 족쇄가 되어 버렸어요."

떨리는 몸을 지탱하기 위해 손가락이 하얗게 변하도록 식탁 가장자리를 움켜잡은 수인이 대화를 종결짓듯 말했다.

"우리 이쯤에서 그만해요."

담담한 이별 통보에 믿기지 않는다는 얼굴을 하던 석원이 한참의 침묵 끝에 입을 열었다.

"강수인."

낮고 건조한 부름에 눈동자를 가린 속눈썹이 잘게 떨렸다.

"대답을 하든지 눈을 보든지 해."

처음 듣는 냉랭한 목소리에 그에게로 향하는 수인의 눈동자가 흔들렸다. 이보다 더 날카롭고 더 빈정거리는 말투를 들은 적이 있었다. 하지만 그녀에게 향한 건 처음이었다. 스스로 자초한 일인데도 괜히 서운해져 코끝이 시큰했다.

"헤어지자는 말이 어떻게 그렇게 쉬워? 나하고 헤어지는 게 말 한마디로 끝내 버릴 만큼 너한테는 쉬운 일이야? 정말로 헤어지고 싶어? 강수인, 나랑 이대로 끝내고 싶어?"

"……."

석원의 목소리는 얼음처럼 단단하고 차가웠다. 화를 내고 소리를 지르는 것보다 더 무서웠다.

"나 혼자 착각하고 있었던 거야? 연애가 지속될수록 강수인도 점점 더 나를 좋아하는 것 같다고 생각했는데, 내가 착각한 거였어?"

"연애만 하기로 했잖아요."

수인의 목소리에 어쩔 수 없이 속상함이 묻어났다.

"나는 우리 둘이 하는 연애를 하겠다고, 오로지 연애만 하겠다고 했고 석원 씨도 거기에 동의했잖아. 약속을 지키지 않은 건 내가 아니라 석원 씨예요."

수인이 물기 어린 눈으로 그를 올려다보았다.

"내가 원하는 형태의 연애에 대해 설명했고, 내 말에 동의했잖아요. 나는 처음부터 연애만 하자고 했어요."

'연애만 해요. 우리 둘만 하는 연애. 관계가 변화되지 않는 연애.' 연애하는 걸 두고서 마치 협상에 나선 사람처럼 말하던 수인의 목소리가 떠올랐다. 잠시 말문이 막혔던 석원은 어이가 없다는 듯 헛웃음을 흘렸다.

"연애부터 시작해 보자는 일반적인 표현이잖아. 잘 맞을지 아닐지 모르니까 가볍게 시작해 보자는. 그런 의미도 모를 만큼 둔하지 않잖아. 감정이 자연스레 변한 거야. 나도 이렇게까지 순식간에 너한테 빠져들 줄 몰랐어. 너는 아니야? 너는 나한테 갖고 있는 감정이 처음이랑 똑같아? 연애 시작한 날이랑 지금이랑 하나도 달라진 게 없어? 나만 계속 네가 좋아지는 거야?"

"그래요."

석원이 시선을 피하는 수인의 얼굴을 움켜잡았다.

"거짓말."

낮아서 얼핏 무섭게 들리는 목소리로 석원이 추궁했다.

"온통 거짓투성이인 사람들을 상대하는 게 내 직업이야. 무슨 말인지 알아? 쏟아지는 거짓 속에서 진실을 가려내는 데 익숙하다는 뜻이야. 그런 내가 별것 아닌 거짓말도 금방 들통나 버리는 강수인이 하는 거짓말을 못 잡아낼 것 같아? 나 좋아하잖아. 처음보다 지금이 훨씬 더 좋은 거 맞잖아."

"나는……."

입술을 달싹였지만 또 다른 거짓말은 나와 주지 않았다.

침묵하는 수인을 보며 이 와중에도 마음이 벅차올라 석원은 실소가 났다.

"그런데도 헤어지자고?"

고개를 뒤로 젖혀 그의 손에서 벗어난 수인이 한 걸음 뒤로 물러서며 거리를 벌렸다.

"어차피 지금 관계로는 만족 못 할 거고, 결국엔 똑같은 대화가 되풀이될 거예요. 서로 상처 주는 일을 반복하고 싶지 않아요. 상처받는 것도 주는 것도 끔찍하게 싫어."

"부모님 만나자는 제안이 헤어지자는 통보로 돌아올 줄은 몰랐어. 예측 불가능한 강수인답게 생일 선물 한번 기가 막히네. 말해 봐. 정말로 이대로 헤어지고 싶어?"

"나는……."

입술을 여는 순간 석원이 눈을 빛내며 잇새로 협박처럼 내뱉었다.

"또 거짓말하기만 해 봐."

"……헤어지는 게 맞아요."

"그러고 싶은지, 네 마음을 묻는 거잖아."

"가족 만들고 싶잖아요. 결혼도 하고 싶고, 아이도 갖고 싶잖아. 나는 석원 씨가 원하는 걸 줄 수 없어요."

"말귀 못 알아듣는 것처럼 굴지 마. 내가 결혼 하고 싶다고 한 게 아니잖아. 강수인과 결혼하면 어떨까 상상한 거야. 아이가 갖고 싶은 게 아니라 강수인과의 사이에 아이가 생긴다면 어떨까, 그런 상상을 한 거라고!"

고집스러운 석원은 쉽게 수긍하지 않을 거라는 걸 안다. 수인은 석원을 아프게 할 날카롭고 비겁한 단어들을 입 안에 담았다. 미처 내뱉기도 전에 뾰족한 단어들이 그녀의 여린 입 안을 상처 냈다.

"좋아서 연애하자고 했던 거 아니에요. 그때 좀 외로웠어요. 봤잖아요. 아는 사람 하나 없는 시골 마을 끝 집에서 혼자 지내던 거. 그런 때에 마침 석원 씨가 옆에 있었던 것뿐이에요."

"그래서? 그게 뭐 어쨌다고? 내 시작은 호기심이었어."

"……."

예상치 못한 반응에 수인은 말문이 막혀 버렸다.

"시작하는 이유가 뭐든 상관없다고 했잖아. 단지 기분 문제일 뿐이라고. 아직도 날 모르겠어? 겨우 그 정도 말에 내가 상처받고 떨어져나갈 것 같아? 나 떨궈 내겠다고 마음에도 없는 소리 하면서 스스로한테 상처 주는 짓 그만해."

고집스러운, 그럼에도 여전히 사랑스러운 얼굴을 내려다보던 석원은 거칠어진 감정을 다스리기 위해 손바닥으로 마른세수를 했다. 그러고는 결론을 내리듯 말했다.

"연애만 해. 부모님 만나자는 말도, 결혼이라는 단어도 다시는 꺼내지 않을 테니까 끝까지 연애만 해. 그러니까 너도 두 번 다시 그만두자는 말 따위 꺼내지 마."

이런 말을 할 만큼 자신을 향한 석원의 마음이 크다는 사실에 기쁨보다는 미안함이 몸집을 부풀렸다.

"애처럼 고집부리지 말아요."

"애처럼 구는 게 누군데."

수인은 더 이상 대꾸하지 않고 돌아섰다. 감정을 감추는 거, 누구보다 잘한다. 그럼에도 아무렇지 않은 척 버티기가 힘에 부쳤다. 조용한 걸음으로 옷을 갈아입고 나와 가방을 챙겨 드는 그녀의 뒤에서 석원이 한마디 툭 던졌다. 한껏 빈정거리는 말투에 수인이 주춤했다.

"어쩐지 너무 쉽다 했어."

무슨 말인지 알아듣지 못해 수인은 미간을 접었다.

"연락처 하나 받아 내는 것도, 얼굴 한번 보는 것도, 심지어 연애하는 것조차도 까다롭고 머리 굴려야 했는데. 갑자기 너무 쉽게 잘 풀린다 했어. 그래서 방심했어. 강수인이 이렇게 쉬울 리가 없는데 말이지."

믿기 힘든 상황을 자조하듯 비틀린 목소리에도 수인은 여전히 등을 돌린 채였다.

"나한테만 인색하지. 해파리 새끼랑 흔해 빠진 산호까지 걱정하면서 정작 널 제일 좋아하는 내 속은 이렇게까지 뒤집어 놓고서도 쳐다보지도 않을 만큼 매정하지."

입술을 잘근거리던 수인이 다시금 발을 뗐다. 눈물이 날 것 같아 연신 눈을 깜빡이며 신발을 신던 그때였다. 그녀를 휙 지나친 석원이 현관문을 열어젖혔다. 그의 손엔 차 키가 들려 있었다.

"바래다주지 않아도 돼요."

수인이 작은 목소리로 말했지만 석원은 열린 현관문을 잡은 채 대꾸조차 없었다. 한숨을 삼킨 그녀는 그를 지나쳐 집 밖으로 나갔다.

지하 주차장으로 내려가는 엘리베이터 안에서 두 사람은 마치 타인처럼 거리를 두고 떨어져 섰다. 차에 올라타서도 냉랭한 분위기가 유지됐다. 안전벨트를 만지작거리던 수인은 몇 번이나 입술을 달싹이다 도로 꾹 물었다. 무슨 말을 해야 할지 알 수가 없었다.

집 앞에서 차가 멈추자 수인이 조심스레 안전벨트를 풀고 내렸다. 운전석 문을 열고 나오는 그를 보며 수인은 겨우 목소리를 냈다.

"그동안 고마웠어요."

석원은 차가운 눈으로 바라볼 뿐이었다.

수인은 찌를 듯한 그의 시선을 의식한 채 등을 돌렸다. 빌라 현관을 향해 걸음을 떼려는 순간이었다.

"강수인."

냉기 어린 목소리가 그녀를 잡아챘다. 얼른 집에 들어가고 싶은데. 목구멍 안으로 간신히 울음을 밀어 넣었는데 석원이 자꾸만 들쑤신다. 입술을 깨문 수인은 천천히 뒤돌아섰다.

석원은 단숨에 거리를 좁혔다. 단호한 손짓으로 수인의 턱을 잡아 눈을 맞췄다. 새까만 동공 속에 그의 얼굴이 비쳤다. 그의 눈동자 속에도 수인이 들어와 있을 터였다. 이미 들어와 버린 강수인을 놓아줄 수 없었다. 이 예쁜 눈동자에 좋아하는 감정을 담아 쳐다봐 주는 게 어떤 기분인지 알아 버렸는데 여기서 그만둘 수는 없었다.

"착각하는 거 같아서 알려 주는데, 우리 헤어진 거 아니야."

"이미 끝난……."

"너는 연애만 하자고 했고 나는 거기에 동의했어. 구두 약속도 법적 효력이 있다는 거 모르지 않을 거고. 나는 연애를 그만하자는 요구 절대 받아들일 생각 없어. 합의해 줄 생각 전혀 없다는 말이야. 그러니 혼자 끝냈다고 착각하면서 멋대로 굴지 마."

겨우 연애에 구두 약속과 법적 효력을 언급하며 억지를 쓰던 그가 쌀쌀맞게 내뱉었다.

"어두운데 서 있지 말고 올라가."

석원은 수인을 남겨 둔 채 차에 올랐다. 눈앞을 가린 분노를 삼키듯 몇 번 심호흡을 한 뒤 차를 출발시켰다. 빠르게 골목을 빠져나가면서도 석원은 혼자 남은 수인에게서 눈을 떼지 못했다. 하지만 백미러 속 조그마한 수인은 고개 한번 돌리지 않았다.

"나한테만 독하지."

겨우 저런 행동에 떨어져 나갈 그가 아니었다. 그러기에는 강수인을 품은 마음이 너무 커져 버렸다. 꼿꼿하게 서서 독하게 굴려고 애쓰는 것조차 안쓰럽고 예뻐 보일 만큼.

10장

어린아이처럼 웅크린 채 잠이 든 수인은 마음이 힘들 때면 늘 그랬듯 과거에 잠식되어 있었다. 꿈속과 현실을 구분 못 하는 육체가 고통을 참으려 주먹을 꽉 움켜쥐었다.

꿈속에서의 그녀는 깔끔한 교복 차림의 고등학생이었다.

달콤한 아카시아 흰 꽃이 포도송이처럼 매달린 커다란 나무 옆 구석진 계단에서 수인은 무릎을 껴안은 채 주문에 걸린 인형처럼 앞뒤로 의미 없이 몸을 조금씩 흔들었다. 텅 빈 시선은 실내화 끝에 고정된 채였다.

좁은 시야에 실내화 한 쌍이 들어왔다. 잠깐 움찔했지만 수인은 무릎에 턱을 괸 채 고개를 들지 않았다.

"뭐 해? 수업 안 들어가?"

아는 목소리였다.

"······들어가기 싫어."

"나도 그래."라고 중얼거린 여자애가 옆자리에 풀썩 주저앉았다.

"2반 이지혜."

"알아."

"나도 너 알아. 문과 1등, 1반 강수인."

다시 정적이 찾아왔다. 힐끔 곁눈질을 하고는 똑같이 다리를 접어 무릎을 껴안은 지혜가 수인의 시선을 따라 보도블록을 주시했다. 까만 개미가 빨빨거리며 분주하게 오가고 있었다.

"뭐 봐? 개미?"

지혜의 물음에 수인은 "아니."라고 답하고는 입술을 다물었다. 힐긋힐긋 몇 번 더 수인을 쳐다보던 지혜가 또 물어 왔다.

"방해돼? 나, 갈까?"

"방해 안 돼."

수인을 흉내 내 몇 번 의미 없이 몸을 앞뒤로 움직이던 지혜가 불쑥 고백하듯 말했다. 좀 새침하고 쌀쌀맞다고 생각했던 아이의 침묵이 이상하게도 편하게 느껴진 때문이었다.

"나 어제 과외 안 했다? 수업 안 받고 쌤이랑 얘기만 하다 왔어. 오늘 학교에서 어떤 애가 창문에서 뛰어내렸다고, 앰뷸런스에 실려 갔는데 지금 중환자실에 있다고 그랬더니 과외 쌤이 오늘은 수업하지 말자고 하면서 하고 싶은 말이 있으면 들어 주겠대. 과외 쌤 대학교 2학년이거든? 우리 엄마는 과외 가라고, 다른 애들도 다 과외 갔을 텐데 나만 유난이라고 막 뭐라 그랬는데. 근데 우리 엄마보다 한참 어린 쌤은······ 아이, 씨. 눈물은 왜 나고 난리야."

지혜가 손등으로 눈두덩을 벅벅 문질렀다.

"집에 가기 싫어. 엄마도 싫고, 아빠도 싫고, 담임도 싫고 다 싫어……. 확! 죽어 버리고 싶어."

"……그래도 죽지는 마."

발개진 눈으로 수인을 쳐다본 지혜가 눈물을 닦고는 코맹맹이 소리로 중얼거렸다.

"안 죽어. 그냥 나온 말이야. 하고 싶은 게 많아서 아직은 안 죽을 거야. 너는? 너네 엄마도 과외 가라고 떠밀었어?"

"과외 말고 학원."

어제저녁 통통 부은 눈을 한 채 집으로 가 엄마에게 학교에서 있었던 일을 전해 주었다. 덜덜 떨며 얘기를 마친 수인은 엄마의 위로를 기다렸다. 괜찮다고. 그 친구도 너도 다 괜찮을 거라고 그렇게 말해 주기를 바랐다. 마구마구 흔들리는 몸을 엄마가 안아 주기를 바랐다.

하지만 복잡한 표정으로 얘기를 듣던 엄마는 한숨을 내쉬었다. 뭐라고 말할 듯 입술을 달싹이다 끝내 침묵하고는 자리에서 일어섰다.

'준비해. 학원 갈 시간이야.'

'……엄마.'

'저녁 먹고 갈 시간 없으니까 차 안에서 샌드위치 먹으면서 가.'

'엄마!'

'차 지하에 있어. 출입문 앞에서 기다릴 테니까 조금 이따 내려와.'

'나더러 학원을 가라고? 내가 지금 공부가 될 것 같아? 오늘 학교에서도

수업 시간에 무슨 소리 하는지 하나도 귀에 안 들어왔단 말이야!'

'오늘 학원 빠지면 내일은? 모레는? 그때는 괜찮을 것 같아?'

'……'

'내일 학교 가서 애들한테 물어봐, 학원 빠졌는지. 입시 얼마 안 남았어. 지금까지 해 온 게 아깝지도 않아? 남들도 다 이 악물고 견디고 있어. 너만 힘든 거 아니니까 예민하게 굴지 마. 엄마도 힘들어. ……너 원하는 대학 못 가면 내가 네 아빠한테 너무 미안해서 안 돼.'

'……그렇게 미안해할 거면서 왜 외삼촌 때문에 아빠 힘들어지게 만들었는데? 그리고 엄마가 잘못한 일을 왜 날 통해서 보상하려는 건데. 싫어. 안 가. 안 갈 거라고!'

'가고 안 가고는 네가 아니라 엄마인 내가 결정하는 거야. 너 이렇게 예민하게 굴 때마다 내 신경이 갉아먹히는 기분이야! 너까지 이러지 않아도 죽고 싶을 만큼 힘들어. 엄마 미치는 꼴 보기 싫으면 얼른 나와.'

엄마가 쏟아 낸 차가운 말들이 수인의 심장에 각인처럼 새겨졌다. 하얗게 질린 수인은 기계적인 동작으로 가방을 들고서 집을 나와 학원으로 향했다.

그리고 오늘 아침, 결석생 하나 없는 교실은 그 어느 때보다 고요했다. 마치 무덤 같은 교실로 들어와 교탁에 시선을 둔 채 고저 없는 목소리로 수업을 하던 담임과 눈이 마주쳤다. 그러나 곧 담임이 시선을 비켜 버리자 수인은 자신의 마음이 닫히는 소리를 들은 것 같은 착각이 일었다.

수인은 눈을 떴다. 바로 옆에서 말하는 것처럼 또렷한 엄마의 음성이 귓가에 맴돌았다.

'너만 힘든 거 아니니까 예민하게 굴지 마. 너 이렇게 예민하게 굴 때마다 내 신경이 갉아먹히는 기분이야!'

현실로 돌아오기까지는 시간이 조금 걸렸다. 수인은 끈적한 목덜미에 감긴 머리카락을 떼어 냈다. 온몸이 식은땀으로 차갑게 젖어 있었다.

과거를 다시금 겪고 온 수인은 반 아이들을 떠올렸다. 늘 묻고 싶었다.

너희들은 다 극복했니?

그때 함께였던 친구들도 그녀처럼 때때로 과거 속으로 침잠할까. 여전히 과거에서 벗어나지 못하고 있을까.

최소한 지혜는 그녀보다 용감했다. 아이들을 다치게 만드는 어른들의 무신경함을 끊임없이 일깨우며 더 이상 상처받는 아이들이 생기지 않도록 애쓰는 사회부 기자가 되었다. 서로를 미워하면서도 주변시선을 의식해 이혼하지 않고 결혼 생활을 유지하는 부모의 위선적인 모습이 싫어 절대 결혼하지 않겠다던 여고생 지혜는 사랑하는 사람의 손을 잡는 일을 두려워하지 않았다. 웨딩드레스를 입고 환하게 웃었다. 상처를 딛고 일어선 성숙한 성인으로 성장했다.

가장 가까이에서, 가장 많이 상처를 주는 존재, 가족. 사전적 의미와는 또 다른 가족에 대한 정의였다. 누구나 부모에게 받은 상처 하나둘쯤은 가지고 있을 텐데. 그럼에도 새로운 가족을 만들며 상처를 딛고 일어서는데.

가슴에 멍울 하나 품지 않은 사람이 얼마나 된다고. 남들은 다 견디고 잊고 묻어 둔 채 극복하면서 살아가는데, 나는 왜 이럴까. 엄마의 비난처럼 나만 지나치게 예민하게 구는 걸까. 결국은 내가 문제인 걸까.

"어린애."

냉정하고 객관적인 석원은 정확했다. 강수인은 과거에 갇혀 더 이상 자라지 못한 어린애처럼 굴고 있었다. 트라우마를 극복하지 못해서 좋아하는 사람을 떠밀어 버렸다. 억울함과 분노를 삼키던 석원의 눈동자가 떠올랐다. 헤어지는 데 합의하지 않았으니 여전히 연애하는 사이라며 고집스럽게 말하던 석원 때문에 실은 안도했다. 비겁하게도.

석원은 강수인이라는 존재 자체를 좋아해 준 유일한 사람이었다. 특별히 그가 원하는 행동을 하거나 그가 바라는 일을 해서가 아니라 그냥 강수인이라서.

지혜는 공동의 상처를 가진 유대감으로부터 시작된 관계였다. 한숨을 남기고 떠난 아빠에게 그녀는 사랑하는 딸이자 무거운 책임을 주는 존재였다. 그리고 엄마는 남편에 대한 미안함과 죄책감을 그녀의 성적표로 보상하려 했다. 가장 관심을 갈구했던 대상인 엄마조차 조건부 사랑을 주었다. 그럼에도 엄마의 관심과 미소를 얻는 게 좋아서 그 이유만으로 죽어라 공부하던 때가 있었다.

더 이상 누군가에게 사랑을 갈구하기 위해 애쓰는 게 싫어 석원을 위해서는 별다른 노력을 하지 않았다. 그냥 강수인인 채로 있었다. 때론 고집스럽고 때론 예민하게 구는.

그런데도 석원은 그녀를 사랑해 주었다. 부모조차 요구하던 반대급부 없이, 아무런 조건 없이. 관계의 불균형은 부모 자식 사이에서도 존재하는데, 마치 그런 법칙은 존재하지 않는 것처럼 석원은 순도 높은 사랑을 주었다. 밀어내고 나서야 알고 있던 사실이 더 또렷이 보였다.

스스로를 과거에 가둬 버린 채 자라지 못한 어린아이 강수인은 좋아하는 사람으로 인해 또다시 상처를 받을까 봐 지레 겁먹고 도망쳐 버렸다.

"겁쟁이."

그러고는 이렇게 바보처럼 끙끙거리고 있었다.

수인의 마음속에서 첨예한 감정들이 부딪치는 날들이 이어졌다. 연애만 하자는 석원의 제안을 받아들이고 싶은 이기심과 결국에는 석원을 불행하게 만들 거라는 두려움. 그 사이에서 수인은 여전히 선택을 망설이고 있었다.

상흔으로 남은 과거를 며칠째 연달아 꿈속에서 겪고 일어난 수인은 지친 얼굴이었다. 침실을 나와 부엌으로 향한 그녀는 유리잔 가득 물을 따라 마셨다. 하지만 석원의 부재로 인해 생긴 갈증은 사라지지 않았다.

석원을 만나지 못하는 날들이 늘어날수록 외로움이 더해졌다. 석원을 알기 전의 외로움과 지금의 외로움은 비교가 불가하게 성질이 달랐다. 온전한 사랑을 받은 이후에 밀려온 외로움은 지금까지와는 달리 그 무게를 감당하기 어려웠다. 외로움에 짓눌려 질식할 것만 같았다.

감당할 수 있다는 듯 헤어지자는 말을 꺼내 놓더니 꼴좋다 싶었지만 그녀로서는 그게 최선이었다. 살아간다는 말보다 버텨 낸다는 표현이 어울리는 시간이 긴 삶이었다.

"그런 삶을 살았는데 겁이 많아지는 건 당연한 거잖아."

자기 연민은 싫지만 자기방어 같은 감정이 일었다. 석원이 내민 손은 유혹적이지만, 그가 원하는 걸 주겠다는 약속을 하기엔 그녀 안의 두려움을 극복할 용기가 나지 않았다.

적막한 공간에 휴대폰 벨 소리가 울렸다. 빈 유리잔을 들고서 멍하니 서 있던 수인은 흠칫했다. 이른 시간이었다. 석원 외에는 떠오르는 사람이 없었다. 집 앞에 내려 주고 떠난 그날 이후로 석원은 지금까지 연락이 없었다. 수인은 성급한 손짓으로 휴대폰을 집어 발신인을 확인했다. 공인 중개사였다.

저도 모르게 어깨를 늘어뜨린 수인이 전화를 받자 중개사가 상기된 목소리로 소식을 알렸다.

— 집 위치가 아주 마음에 든다면서 오늘이라도 계약하고 싶다는 분이 계셔서 연락드립니다. 오늘 내려오시는 게 가능하시겠습니까? 어려우시다면 내일로 약속 잡아 볼까요?

"교통편 알아보고 제가 다시 연락드릴게요."

서둘러 기차표를 알아본 수인은 중개사에게 도착 시간을 알렸다.

잠시 집을 떠날 수 있는 계기가 생긴 것이 반가웠다. 때로는 일상의 공간을 벗어나는 것만으로도 객관적인 시각을 갖게 된다. 감정의 문제에 객관적인 시각을 가지는 것이 가능할지는 미지수지만.

계약에 필요한 것들을 챙겨 집을 나섰다. 며칠 만의 외출이었다. 비가 와 물이 괴인 웅덩이들을 피해 발을 디디던 수인은 문득 이 길을 걸을 수 있는 시간도 얼마 남지 않았다는 걸 깨달았다. 집을 팔기로 했다는 집주인은 두 달간의 시간 여유를 주었다.

더블린에서 돌아오면 본격적으로 집을 찾아야 했다. 돈에 맞춰야 했던 얼마 전까지의 상황에 비해 선택의 폭이 넓어졌지만, 그럼에도 거주할 곳을 정하지 못한 채 갈팡질팡하고 있었다. 석원을 떠올릴 때의 마음과 닮았다.

하고 싶던 출판 번역 일을 하면서 평온하고 안정적인 일상을 사는 것이 목표였는데. 모노톤이던 일상에 석원이 불쑥 끼어든 이후부터 많은 것들이 변해 버렸다. 이제 그를 만나기 전으로 되돌아가는 것은 불가능했다.

서울역에서 고속열차를 타고 가다가 밀양에서 무궁화호로 갈아탄 수인은 기차가 정차하는 작은 역에서 택시를 타고 읍내 부동산으로 향했다.

"먼저 도착하셨네요? 매수인분들도 요 앞까지 왔다고 하셨으니까 금방 오실 겁니다. 서울에서 내려오시느라 피곤하시죠?"

살갑게 대화를 걸어오던 중개업자는 부동산 문이 열리자 환한 얼굴로 벌떡 일어났다. 간단한 인사가 오가고 난 후, 테이블 위에 서류가 놓였다. 수인은 중개업자가 준비한 서류들을 확인한 뒤 도장을 찍었다. 1억이 넘는 집을 사고파는 절차는 현실감 없을 만큼 간단했다.

부동산에서 나온 수인은 영산댁 할머니와 할아버지를 찾아갔다. 감사 인사와 함께 건넨 선물을 반갑게 받아 든 할머니가 수인의 손을 잡아 왔다.

"우리야 사람 오면 집 보여 준 것밖에 없는데 고맙긴 뭘. 집도 팔았으니 이제는 정말로 다시 만나기 어렵겠네. 그리고 밭도 다시 찾았다며? 잘했어, 잘했어."

"어떻게 아셨어요?"

수인이 놀라 물었다. 외삼촌이 집에 불쑥 다녀간 후 2주가 채 지나지 않아 외삼촌과 그 아들이 등기 이전을 해 줄 테니 고소를 취하해 달라며 석원의 법률 사무소를 찾아왔다. 담당 변호사로서 의사를 묻는 석원에게 수인은 땅을 되찾는 게 목적이었으니 그들의 요구를 받아들이겠다고 했다. 그러곤 더 이상 신경 쓰고 싶지 않다고 하자, 알겠다고 대답한 석원은 지급하지 않은 그의 수임료까지 받아 냈다.

그렇게 재판까지 가지 않고 마무리 지었는데, 어떻게 아셨을까. 남의 시선을 의식하는 사람이라 먼저 얘기를 꺼냈을 리는 없는데.

"시골이라 한 사람이 알면 소문나는 건 금방이지. 지난번에 변호사 남자 친구랑 다녀가고 난 뒤에 다들 일이 어떻게 되려나 궁금해하는 눈치였는데, 마을 사람 중 누가 등기부 등본을 떼 봤나 봐. 그래서 밭 주인 바뀐 거 알았지. 집안에 의사랑 변호사가 있어야 억울한 일을 안 당한다더니 그 말이 딱 맞아. 그래, 그 변호사 남자 친구도 잘 있지?"

조금 망설이던 수인이 대답했다.

"네."

"같이 내려오지 그랬어?"

"바쁜 사람이라서요. 선산에 잠깐 올라갔다가 갈게요."

"그래, 그래야지. 조심해서 다녀와. 서울도 잘 올라가고."

수인은 두 노인에게 인사를 하고서 마을 건너편의 산등성이로 향했다. 발밑에 시선을 둔 채 비탈진 산길을 묵묵히 올랐다. 도토리가 풀숲 군데군데 떨어져 있었다. 바닥에 떨어진 열매가 머리 위로 그늘을 만든 나무의 정체를 짐작게 했다.

숨이 가빠 가슴이 뻐근해 올 즈음 선산에 도착했다. 외조부모의 무덤 옆으로 난 좁은 길을 올라가자 볕이 잘 드는 공간이 나타났다. 그곳에 나무 두 그루가 마치 낯을 가리듯 애매한 거리를 두고 서 있었다.

심을 때는 작은 묘목이었지만, 이제는 고개를 한껏 젖혀야 꼭대기가 보이는 체리나무 앞에 섰다. 잎사귀가 무성한 나무에는 위패가 걸려 있었다.

[강종운]

김희영의 남편이자 강수인의 아버지. 그리고 김예중의 매형. 어깨에 올려진 그 짐들을 한 번에 내려놓은 아빠가 잠들어 있었다. 교통사고였다.

그날은 여느 때와 다를 것 없는 하루였다. 수업을 마친 그녀를 담임이 불렀다. 아빠가 교통사고를 당했고, 엄마가 병원에서 그녀를 기다린다고 했다.

병원에 도착해서야 아빠의 사망 소식을 알았다. 실감이 나지 않았다. 준비하지 못했던 죽음이라 시간이 많이 흐른 지금도 여전히 실감나지 않는다.

바람에 흔들린 나뭇잎이 햇살을 반사했다. 수인은 눈을 감았다. 그러지 않으려고 해도 아빠에 대한 기억은 늘 돌아가시기 전날 밤의 모습으로만 나타났다. 도무지 잊히지 않는 목소리와 함께였다.

'미안하다.'

더 즐거웠고, 더 행복했던 순간들을 떠올리려고 해도 마지막 기억이 전부를 덮었다.

사고 전날 밤도 아빠의 귀가는 늦었다. 현관문이 열렸다 닫히는 소리를 듣는 순간 수인은 얼른 책상에서 일어나 불을 끄고는 침대로 파고들었다. 소파에 앉아 아빠를 기다리던 엄마의 당당한 목소리가 들렸다.

'수인이 이번에도 문과 1등이에요.'
'……그래요.'

귀를 기울이지 않았다면 한숨이라고 생각할 만큼 아빠의 목소리는 나직했다.

'이번 시험에서는 수학도 영어랑 국어만큼 성적이 잘 나왔어요. 좀 비싸도

학원 옮기기를 잘한 것 같아요.'

그 후로 엄마의 목소리만 들려올 뿐 아빠의 목소리는 더 이상 들리지 않았다. 그렇게 부모님의 대화가 끝났다. 그리고 얼마간의 시간이 흐른 뒤, 조심스러운 발소리와 함께 방문이 열렸다. 수인은 눈을 질끈 감았다. 요 며칠 아빠는 불이 꺼져 있는데도 술 냄새를 풍기며 방 안으로 들어왔다.

침대 한쪽이 묵직하게 내려앉는 느낌에 수인은 짜증이 치밀었지만 깨어 있다는 걸 들킬까 봐 숨소리를 죽였다.

내일 아침 등교하기 전에 아빠한테 더 이상 술 마시고 내 방에 들어오지 말라고 말해야지.

투덜거림과 다짐을 반복하는 그녀의 머리 위로 묵직한 한숨이 내려앉았다.

'⋯⋯미안하다.'

지독한 술 냄새에 수인은 호흡을 멈췄다. 미안하면 술 냄새 풍기면서 밤늦게 들어오는 일을 그만두면 되잖아. 문과 1등이라는데 겨우 '그래요'가 뭐야. 성적 유지하는 게 쉬운 줄 아나. 입시도 얼마 안 남았는데 무슨 아빠가 신경도 안 쓰는 거야. 마치 자기가 잘해서 1등 한 것처럼 말하는 엄마도, 무심하게 반응하는 아빠도 싫었다.

아빠가 침대에 앉아 있는 시간이 길어질수록 짜증도 짙어졌다. 도저히 못 참겠다 싶어 눈을 뜨려는 순간 침대가 조금 흔들렸다. 곧 진한 한숨 소리가 들리고 그러고도 조금 더 시간이 지난 후에 방문이 열렸다가 닫혔다. 마음이 뒤틀린 수인은 얼굴을 잔뜩 찌푸린 채 창문을 열었다. 손바닥으로 코를 가리고는 서늘한 밤바람이 방 안에 스민 술 냄새를 몰아낼 때까지 기다렸다.

다음 날 아침 아빠한테 단단히 한마디 하려고 했지만, 아빠는 이미 출근한 뒤였다.

아빠의 사망 소식만큼이나 장례식 역시 현실감 없이 흘러갔다. 그리고 여느 장례식장에서 흔히 그러듯, 타인의 상처에 무심하고 둔한 친인척들의 수다로 지난 몇 년간 아빠의 회사가 위태로웠다는 사실을 알게 되었다. 외삼촌이 벌인 일들을 뒷수습하느라 그랬다는 것도.

그 순간 아빠의 마지막 목소리가 떠올랐다.

'미안하다.'

그리고 어쩌면 아빠의 교통사고가 단순한 사고가 아닐지도 모른다는 의심이 처음으로 들었다. 의심은 죄책감을 낳았고 그렇게 만들어진 죄책감은 긴 시간 그녀의 마음을 잠식했다. 사실 여부를 확인할 수 없는 일이라 더욱 그랬다.

수인은 입술을 달싹였다.

미안해요. 아빠도 힘들었다는 걸 몰라서. 외롭게 해서.

차마 소리를 내어 뱉지는 못했다. 소리 내어 미안하다고 말해 버리면 스스로에게 면죄부를 주는 것 같았다.

수인은 미안함과 후회가 담긴 손길로 나무를 쓰다듬었다. 건강하게 잘 자라는 나무를 토닥이고는 걸음을 옮겨 배롱나무 앞에 섰다.

[김희영]

엄마의 이름이 붙어 있지만 아빠와는 달리 엄마의 유해는 묻혀 있
지 않았다.

'내가 옆에 있는 걸 바라지 않을 거야. 그러니까 멀리 산에다 뿌려 줄래?
그래도 나무 한 그루는 네 아빠 근처에 심어 줘. 그 사람도 그 정도는 봐주
겠지.'

엄마가 남긴 말이었다. 바짝 마른 입술로 얘기하던 엄마의 요구를
외면할 수 없었다. 산 정상 가까이 올라가 유해를 뿌리고, 가깝다고도
멀다고도 할 수 없는 자리에 엄마가 좋아하는 배롱나무를 심었다. 심
은 지 몇 년 되지도 않은 나무는 벌써 하늘하늘한 프릴을 닮은 진분홍
꽃을 피웠다.

엄마가 좋아하는 배롱나무꽃을 집에 가져간 적이 있었다. 가지치
기를 하는 경비 아저씨에게서 꽃을 몇 송이 얻어 와 현관까지 마중 나
온 엄마에게 내밀자 엄마가 서둘러 물었다.

'성적 나왔지? 몇 등이야?'

평소와 다를 것 없는 반응이었다. 하지만 손에 쥔 꽃가지 하나 때

문에 그날따라 수인은 순순한 대답이 나오지 않았다.

'꽃, 왜 안 받아? 엄마 주려고 가져왔잖아.'

초조하고 신경질적인 손길로 꽃을 채 간 엄마가 재차 물었다.

'그래서 몇 등인데? 혹시 떨어져서 말 돌리는 거니?'

입술을 꾹 다문 수인은 거친 동작으로 가방에서 성적표를 꺼냈다.
뺏다시피 받아 든 엄마가 성적을 확인하고는 미소 비슷한 걸 지었다.

'잘했어. 예쁘다.'
'그냥은 안 예뻐?'
'뭐?'
'1등 해야만 예쁘냐고.'
'왜 오늘따라 버릇없이 엄마 말꼬리를 잡고 늘여져? 얼른 들어와서 간식
먹어.'

성적표를 들고서 거실로 가는 엄마를 붙잡았다.

'대답해 줘. 내가 1등 못 했어도 나 예쁘다고 했을 거냐고?'
'너 왜 그래? 학교에서 뭐 안 좋은 일이라도 있었어?'
'갑자기 궁금해졌어. 내가 상장 못 받아 와도, 성적이 나빠도 엄마가 나

한테 예쁘다는 말을 해 줄지. 내가 엄마 기대에 못 미쳐도 사랑해 주고 예뻐해 줄지.'

'……자식 안 사랑하는 부모가 어디 있다고. 얼른 들어와서 간식 먹고 학원 가. 늦겠다.'

엄마의 대답은 수인의 물음에 대한 충분한 답이 되지 못했다. 그날 이후 엄마에게 받는 칭찬이 더 이상 기쁘지 않았다. 그럼에도 그 얄팍한 칭찬조차 받지 못할까 봐 공부에 매달렸다.

복잡한 마음으로 배롱나무를 쳐다보던 수인은 문득 나뭇가지가 부쩍 자라 버린 체리나무 가지와 닿을 듯 가까워져 있다는 걸 깨달았다. 나무를 심을 때에는 미처 생각지 못한 일이었다.

서로를 향해 가지를 뻗어 가는 두 나무를 한동안 바라보다 나무를 등지고 섰다. 올라왔던 길로 다시 내려가려던 수인의 시야에 저 아래 시골집이 한눈에 들어왔다. 아침에 집을 비추던 햇살이 지금은 이곳을 비추는구나. 그런 생각이 스치는 순간, 수인은 나직이 탄성을 내뱉었다.

엄마가 아빠의 수목장을 이곳으로 정한 이유도, 병원비로 허덕이는 그녀를 보면서도 집을 팔지 않았던 이유도 갑자기 이해되었다. 잊고 있었다. 시골집에서 노후를 보내고 싶다던 아빠의 바람을.

어릴 때 부모를 잃어 가족에 대한 의미가 남다를 수밖에 없었던 아빠에게 가족이라는 이름으로 외삼촌의 짐까지 지게 만들어 놓고는. 뒤늦은 죄책감을 가져 봤자 아빠는 알지도 못할 텐데.

"무슨 의미가 있다고……."

한참이나 늦어 버린 엄마의 후회가 답답해 중얼거리던 수인이 아랫입술을 물었다. 안다. 용기를 내지 않는다면 자신도 엄마처럼 돌이킬 수 없는 후회를 할 거라는 걸.

하지만 긴 시간 차곡차곡 쌓인 상처를 한순간에 이겨 내는 건 결코 쉬운 일이 아니었다. 과거에 잠식되어 있기보다 현재를 살아야 한다는 걸 알면서도 어떻게 용기를 내야 할지 모르겠다.

용기를 내는 방법과 석원에게 사과하는 방법에 대한 답을 얻으려는 듯 수인은 한참을 그 자리에 서 있었다.

사무실 문이 열리자 소파에 앉아 휴대폰으로 메시지를 확인하던 용진이 무심코 얼굴을 들었다. 그러곤 고개를 갸웃하며 물었다.

"잠 못 잤어?"

"응."

"왜?"

"생각할 게 있어서."

기계적인 태도로 대답을 남기고 집무실로 사라지는 석원의 경직된 등을 보면서 용진이 중얼거렸다.

"재판 얼마 남지 않았다고 긴장한 건 아닐 테고. 뭐지?"

견고하게 닫힌 문을 쳐다보다 어깨를 으쓱였다. 자기 일은 누구보다 알아서 잘하는 녀석이니 걱정할 필요 없겠지.

"내가 걱정이지."

빈 커피 잔을 들고 소파에서 일어서며 용진이 중얼거린 말을 탕비실에서 커피를 타 오던 영우가 주워들었다.

"무슨 걱정이요?"

용진이 짐작 안 되냐는 눈으로 쳐다봤지만 영우는 순진한 표정으로 대답을 기다릴 뿐이었다.

"며칠 전이 추석이었지?"

"그랬죠."

"추석 때 친척 어른들이 너한테 잔소리하는 주 레퍼토리가 뭐냐?"

"돈 잘 버냐, 애인 있냐, 결혼 생각 해야지. 뭐 그런 거죠. 명절 때만 가끔 얼굴 보는 친척들하고 뭐 대단한 얘기를 하겠…… 아."

"이제 이해돼?"

"근데 아이 언제 낳을 거냐는 얘기 들으면 스트레스는 받아도 걱정할 일은 아니잖아요? 형수님도 그런 잔소리 귓등으로도 안 들으실 성격이고요. 아닌가?"

"그렇기야 하지. 그래도 같은 얘기를 매년 듣게 된다면 그건 더 이상 스트레스가 아니라 상처가 되지. 내 인생에 진짜 관심이 있는 것도 아닌 사람들이 아무 생각 없이 툭툭 던지고 가는 돌멩이들을 일일이 치우는 일이 진짜로 아무렇지 않을 수만은 없지 않겠어?"

매년 듣는다는 말에 영우의 눈이 커졌다.

"어……."

아기 안 가질 거냐고 물으려다 급히 입을 다물었다. 못 가지는 상황인지도 모르겠다는 생각이 얼핏 스쳤기 때문이었다. 영우의 반응에 용진이 씩 웃었다.

"자식 은근 눈치가 빨라졌어. 역시 사람은 환경의 동물이라고 눈치 빠른 진 변 옆에서 부대끼더니 곰에서 여우로 진화하는군."

평소라면 곰이 여우로 진화하는 건 말이 안 된다며 말대꾸를 했을 영우가 눈치 있게 입을 단속했다.

"다른 사람들도 너만큼만 눈치가 있으면 좋겠는데 말이지. 눈치가 없는 건지, 없는 척하는 건지 모르겠다만, 만날 때마다 기분 상하게 하는 친척들 참아 주는 영양가 없는 짓은 더 이상 안 하려고."

"어쩌시려고요?"

"뭐겠어? 안 만나는 거지. 싫은 사람은 안 만나는 게 진리야. 안 만난다고 해서 먹고사는 데 지장 있는 것도 아니고. 자, 잡담은 이만하고 일하자. 잠 못 자고도 일하는 사람한테 눈총 받을라."

끙차, 과장된 소리로 기지개를 켠 용진이 '변호사 진석원' 팻말이 붙어 있는 문을 흘깃 쳐다보며 고개를 갸웃하고는 자신의 집무실로 들어갔다.

퇴근 무렵, 석원의 집무실 문을 노크하려던 용진이 "어." 하고 얼빠진 소리를 냈다. 안쪽에서 문이 열리며 서류 가방을 챙겨 든 석원이 나왔다.

"하도 조용하기에 자나 했다. 저녁 약속 있는 거 아니면 같이 먹는 거 어때?"

"다음에."

"너 요 며칠 많이 이상해. 재판에 변수가 생긴 건 아닌 것 같고. 그런 거라면 의논했을 테니까 말이지. 대체 무슨 일인데 눈 밑에 다크서

클까지 달고서 까칠해져 있냐고. 이제 막 연애 시작한 사람답게 한동안 달달한 냄새 풍기고 다니더니 왜 그래? 뭐, 심각한 거야? 형 놔뒀다가 뭐 할래? 고민 있으면 해결은 못 해 줘도 들어는 줄 테니까 털어놔 봐."

석원이 피곤한 낯빛으로 얼굴을 쓸었다.

"타인한테 얘기한다고 해결될 문제 아니야."

"인마, 내가 왜 타인이야. 그리고 말도 안 하고 해결될지 안 될지 어떻게 알아. 얘기해 보라니까."

"재판에 차질 없도록 할 테니까 신경 쓰지 마."

"이 자식 또 말 서운하게 하지. 누가 그것 때문에 그래? 고시 준비할 때도 잘 거 다 자고 할 거 다 하던 놈이 무슨 일로 잠까지 설치나 걱정돼서 그러지. 재판 아니면 뭐, 혹시 연애 때문에 그래?"

설마 그 이유겠나, 하는 얼굴로 물어보던 용진이 석원의 표정에 눈을 크게 떴다.

"진짜로 연애 문제? 아니 얼마 전까지만 해도 여자 친구가 번역한 책 출간됐다면서 나사 풀어진 놈처럼 여기저기 책 돌리더니 갑자기 왜? 좀 특이하다더니 뭐가 잘 안 맞……."

"특별해."

"뭐?"

"특이한 여자가 아니라 특별한 여자라고."

지가 특이하다고 해 놓고는. 용진은 튀어나오려는 반박을 꿀꺽 삼켰다. 날 선 말투에서 쓸쓸함이 전해졌기 때문이었다. 석원답지 않았다.

석원은 놀라 멍해진 용진을 두고서 엘리베이터로 향했다.

사무실을 나온 석원의 승용차가 도착한 곳은 수인의 집 앞이었다. 올려다본 창문은 불이 꺼져 있었다. 이 시간에 어디를 간 걸까. 벌써 잠이 들었나.

수인이 더블린으로 출국할 날이 얼마 남지 않았다. 지금 같은 상태로 떠나보내기 싫었다. 하지만 다시 마주한다고 해도 고집스러운 수인과의 대화는 지난번 패턴처럼 흘러갈 게 뻔했다. 이 상황을 어떻게 풀어 나가야 할지 답이 보이지 않았다. 답답한 얼굴로 불 꺼진 집을 바라보던 석원이 차를 돌렸다.

집으로 돌아온 석원은 소파에 털썩 몸을 파묻었다. 잠이 든 것처럼 눈을 감고 한참을 앉아 있던 그가 힘들게 몸을 일으켰다. 요 며칠 극심한 수면 부족이었다. 수인을 생각하는 것만으로도 과부하 상태였다. 하지만 그렇다고 해서 해야 할 일을 소홀히 할 수는 없었다.

석원은 진하게 내린 커피를 들고서 책상 앞으로 가 앉았다. 이미 작성한 최후 변론을 체크하기 위해 필통에서 연필을 꺼냈다. 까만 연필심이 막 흰 여백에 닿는 순간 힘없이 픽 쓰러졌다. 심이 빠져나온 연필에 얕은 구멍이 생겼다.

석원은 짜증이 묻어나는 동작으로 부러진 연필을 연필깎이에 넣고 돌렸다. 다시금 날카롭게 드러난 연필심을 종이에 대고 누르는 찰나 또다시 연필심이 무너졌다. 별게 다 신경을 건드렸다.

"어디서 충격을 받은 거야."

사 놓고 처음 쓰는 거였다. 자신이 떨어트린 기억은 없으니 아마도 유통 중에 충격이 가해졌나 보다. 어차피 속까지 다 부러졌을 테니 다시 깎아 봤자다.

　무심히 휴지통에 연필을 던져 넣으려던 석원이 멈칫했다. 미간을 접은 채 연필을 눈앞에 가까이 가져왔다. 육각형의 매끈한 표면은 새 것처럼 생채기 하나 없었다. 하지만 외상이 전혀 없음에도 외부로 나와 종이에 닿는 그 작은 접촉만으로도 연필심은 힘없이 쓰러졌다.

　석원은 연필을 쓰기 시작하게 된 계기인 수인을 떠올렸다. 오타와 비문을 잡을 때 빨간색 펜보다 연필을 선호한다고 했었다. 과외를 했을 때부터 생긴 습관이라고 했다. 조금 잘못한 것에 빨간색을 그어 버리는 건 어쩐지 잔인한 기분이라며.

　처음에는 겨우 수정 도구 하나에 저런 의미를 두나 싶어 재미있어하다가 나중에는 그 마음이 예뻐서 덩달아 연필을 쓰게 되었다. 단단한 겉모습과 달리 속이 부서져 버린 연필처럼 어쩌면 수인도 알고 있는 것보다 더 깊고 어두운 상처를 품고 있는 건 아닌가 하는 생각이 들었다.

　수인을 잠깐 접한 사람들은 수인에게서 성실하고 능력 있고 자존감 높은 사람이라는 인상을 받았다. 조금 차갑고 낯을 가리지만 당당한. 희찬이 그랬고, 최정화 편집장 역시 그랬다.

　하지만 겉으로 보이는 것의 이면에는 회복되지 못한 상처를 가진 여린 모습이 숨겨져 있었다. 쉽게 드러나지 않는, 그래서 아무나 볼 수 없는.

　석원의 미간에 잡힌 주름이 한층 깊어졌다. 수인은 말수가 그다지 많지 않은 사람이었다. 그리고 말을 할 때면 단어를 고른다는 느낌도 주었다. 그래서 말재주보다는 글재주가 많은 사람이라고만 생각했다.

그런데 지금, 그 이유만이 아닐 거라는 생각이 불현듯 스쳤다. 상처 주기 싫은 거였다.

예민하다는 지적을 받아 그 단어가 아프다고 말하던 수인이었다. 타인이 주는 상처가 정신을 잠식하고 트라우마를 낳게 한다는 걸 누구보다도 잘 아는 사람이었다. 그래서 수인은 수정이 가능한 글자로 표현할 때보다 지울 방법이 없는 말을 할 때 더 조심하는 거였다.

그가 알고 있는 단 두 번의 예외가 그녀의 외삼촌과 석원 자신이었다. 외삼촌에게 향했던 말들은 원망과 분노, 경멸의 응집체였다. 그리고 석원에게 던졌던 날 선 단어들은 보호막이었다. 심장을 찔러 올 정도로 냉정한 말들이었지만, 그만큼 그를 향한 감정이 깊다는 반증이기도 했다.

"아파서 좋다고 해야 하나."

미리 경계하고, 미리 방어하고, 그를 아프게 하고, 스스로를 아프게 하면서까지 밀어낼 수밖에 없을 만큼 수인의 트라우마는 컸다. 남들 다 하는 연애도 몇 번이나 확인하고서야 시작했던 건 알고 있는 것보다 더 깊은 상처가 있다는 신호였다. 누구보다 섬세한 여자라는 걸 알면서도 강수인과의 연애가 마냥 신나서 마음을 놓아 버렸다. 더 신중했어야 하는데.

"그렇다고 날 밀어내면 어떡해. 바보같이."

처음 연애를 걸었을 때보다 더 장벽을 쌓아 버렸을 텐데. 어떻게 해야 강수인을 되찾아 올 수 있을까. 골똘한 표정을 한 채 망가진 연필을 손안에서 굴리던 석원이 새 종이를 앞에 놓았다. 그리고 다시 연필을 깎아 그의 이름을 적었다. 부러진 연필심이 흔들렸지만 또박또박 글자를 써 내려갔다. 피해자를 위한 마지막 변론을 체크하려던 처음 계획과는 달리 전혀 다른 내용의 글이 하얀 칸을 채워 나갔다.

석원은 서류 봉투에 작성한 종이를 넣고서 차 키를 집어 들었다. 깊은 밤임에도 불구하고 하루를 마무리하지 못한 사람들이 도시 구석구석을 채우고 있었다. 그들을 지나쳐 여전히 어두운 수인의 집 앞에 차를 세웠다.

운전석에서 내린 석원은 출입문 안쪽 우편함에 서류 봉투를 집어넣었다. 차에 오르며 다시 한번 수인의 집 창문을 올려다보고서는 골목을 빠져나갔다.

수인은 집 근처 분식집 앞에 택시를 세웠다. 입맛이 없는 데다 복잡한 기차역에서 밥을 먹고 싶지 않아 식사를 걸렀더니 속이 쓰렸다.

분식집에 들러 만두를 포장하고, 비가 들어오지 않도록 우산을 바짝 내려 쓴 채 집으로 향했다. 빌라 출입문 앞에서 우산의 물기를 탈탈 턴 뒤, 지친 걸음으로 계단을 오르려는데 시야에 뭔가가 걸렸다.

딱히 올 것도 없는 우편함에 봉투가 꽂혀 있었다. 흔히 볼 수 있는 서류 봉투였다. 그런데 우편함에서 꺼내 든 서류에는 우체국 직인이 찍혀 있지 않았다. 발신인이 누군지 알 수 없는 우편물이었지만 그럼에도 석원이라는 확신이 일었다. 빗물에 젖을세라 수인은 조심스럽게 봉투를 쥐고서 계단을 올랐다. 빠르게 뛰기 시작한 심장이 진정되지 않았다.

수인은 집 안으로 들어오고 나서도 선뜻 내용물을 확인할 수 없었다. 봉투를 여는 수인의 눈동자에 설렘과 긴장이 공존했다. 비어 있는 건 아닌가 싶을 정도로 가벼운 봉투 안에는 석원을 닮아 시원시원한 글씨체로 빼곡히 채워진 A4 용지가 한 장 들어 있었다.

진석원: 포유 강綱, 영장 목目, 인간 상과上科, 인간 과科에 속하는 지구 상의 고등 동물. 고등 동물 중에서도 유전자가 탁월하며 능력과 외모, 인격과 품격을 갖춘 인간.

살짝 까다로운 면도 있지만 강수인에 한해서는 무한의 포용력을 갖추고 있다. 요리 못하고 싫어하는 강수인이 부엌에 들어가는 일이 없도록 해줄 만큼 맛집도 많이 아는 데다 능력도 출중하다.

원래도 매력 있지만 특히나 영어를 할 때면 예쁘고 사랑스러운 동아리 후배가 눈을 반짝이며 넋 놓고 바라볼 만큼 섹시하다. 그 후배의 첫 키스를 가진 행운아이자 마지막 키스도 가질 남자.

강수인과 행복의 근원이 되는 가족을 만들고픈 꿈이 있지만 연인 사이가 된 것만으로도 이미 충분히 행복한 사람. 강수인과 평생 연애하고 싶은 사람. 강수인과 함께라면 더욱 완벽해질 남자.

특징: 바다의 온도가 1도 올라가면 찬란한 색을 잃는 산호처럼 강수인이 멀어지면 진석원은 기운을 잃어버린다.

기운이 완전히 빠져 버리기 전에 얼른 강수인이 주워 가 주기를 기다리고 있다.

"정말……."
수인은 말을 잇지 못했다. 석원의 언어들이 그녀의 심장에 스며들었다. 미세한 충격에도 파삭 부스러질 것처럼 말라 버린 심장에서 마치 단 한 번도 나간 적 없었다는 것처럼 석원의 존재가 몸집을 부풀렸다.

먼저 손을 놓아 버려 놓고는 어떻게 되찾아야 할지 몰라 마음만 졸였는데. 석원은 방법을 보여 주고 있었다. 거절에 익숙하지 않다던, 그러니 가능하면 프러포즈도 단번에 받아 주었으면 좋겠다던 자존심 강한 남자가 이렇게나 애를 쓰고 있었다.

눈시울이 붉어진 수인이 '진석원'을 '좋아하는 것들'에 넣었다.

용기를 내는 데 마지막 한 걸음이 필요하다는 걸 아는 듯 석원은 그 걸음을 어떻게 내디뎌야 하는지 알려 주었다. 이런 근사한 남자를 두고서 더 이상 머뭇거릴 수는 없었다.

백과사전으로 포장된 석원의 연애편지를 받은 뒤로 수인은 내내 고민이었다. 언제 어떤 방식으로 석원에게 연락해야 하나.

오늘은 석원이 맡은 사건의 재판 결과가 나오는 날이었다. 변호를 맡은 의뢰인이 그녀와 닮은 성격이라 유독 신경이 쓰인다던 그였다. 그동안 지쳤을 텐데 오늘은 말고 내일 아니, 모레쯤 연락하는 게 낫겠지. 줄 게 있으니 만나 달라고 할까. 아니면 그가 그랬던 것처럼 우편함에 편지를 넣고 올까.

그러려면 석원에게 줄 답장부터 마무리해야 하는데 몇 줄 쓰지도 못하고 지금 걷고 있는 집 앞 막다른 골목처럼 꽉 막혀 버렸다. 쓰고 싶은 이야기가 너무 많아서 단어들이 뒤엉켜 버렸다. 까다로운 외국어를 번역하는 것보다 자신의 감정을 언어로 표현하는 일이 더 어렵다는 걸 새삼 깨닫는 중이었다.

머릿속으로 끊임없이 편지를 썼다 지우기를 반복하며 집으로 돌아가던 수인의 걸음이 느릿하게 멈췄다. 차체에 등을 기댄 석원이 그녀의 집을 올려다보고 있었다. 가로등 불빛 때문인지 며칠 만에 보는 그의 얼굴이 날카로워 보이기도 하고 지쳐 보이기도 했다. 자신만만하고 장난기가 느껴지던 자기소개서를 쓴 사람답지 않은 모습이었다.

주머니에 손을 찔러 넣은 채 빛이 새 나오는 거실을 바라보던 석원이 시선을 느끼기라도 한 것처럼 문득 고개를 돌렸다. 수인을 발견한 그가 몸을 바로 세웠다.

생각이 많은 얼굴로 한참 물끄러미 바라보던 석원이 목소리를 냈다.

"불이 켜져 있어서 집에 있는 줄 알았어."

"켜 놓은 줄 몰랐어요."

"저녁이 늦어. 또 만두야?"

고개를 끄덕인 수인이 만두가 든 비닐봉지를 만지작거렸다.

아직 그에게 자신의 결심을 말해 주지 않았다. 그런데도 석원은 마치 말다툼도 없었고, 헤어지자는 얘기를 들은 적도 없었던 사람처럼 말을 걸어왔다. 그리고 수인 역시 비슷한 태도로 그를 대하고 있었다.

석원은 많이 지쳐 보였다. 집에 들렀다 온 건지 편안한 옷차림인데도 그랬다.

"판결 나왔어요?"

석원이 고개를 까딱이는 걸로 대답을 대신했다.

"······생각보다 결과, 안 좋아요?"

"이겼어. 그런데도 진 것처럼 기분 더러워. 어떤 결과가 나와도 만족할 수 없는 사건이었으니까."

모두들 집행 유예를 예측했다. 하지만 모두의 예상을 뒤엎고 1년 징역형을 끌어냈다. 그럼에도 선고가 내려지는 순간 석원은 의뢰인의 눈을 마주할 수 없었다. 법적 성인이 된 지 10년도 넘은 인간이 미성년자의 육체와 정신을 밟아 버린 범죄의 결과가 겨우 징역 1년이었다.

술에 취한 심신 미약 상태. 초범. 진심으로 뉘우치며 반성. 판결문에는 가해자에게 감형을 베푸는 판사들의 3대 요소가 꽉 차 있었다. 판사들 중에는 가해자의 눈물을 후회와 뉘우침이라고 해석하는 순진한 머저리들이 여전히 많았다. 법은 피해자의 편에 서는 것이 아니라 증거 자료가 더 많은 쪽의 이야기에 귀를 기울인다는 걸 모르지 않음에도, 무엇보다 판사 개인의 가치관이 중요한 역할을 한다는 걸 알면서도 이럴 때면 욕지기가 치밀었다.

"그 학생 반응은 어땠어요?"

"고맙대. 가해자를 가해자 자리에 세워 줘서. 법정에 세운 후부터 가해자가 겁먹은 게 보여서, 겁먹는 건 언제나 자신이었는데 평생 무서운 건 없을 것 같던 뻔뻔한 인간이 겁먹은 꼴을 보니까 속이 후련하대. 그리고 가해자랑 눈이 마주친 순간 두 사람의 위치가 바뀌었고, 더 이상 자신한테 다가오지 못할 거라는 걸 알게 되었다고 했어. 그것만으로도 고소하길 잘했고 자기는 이긴 거라고. 눈물이 그렁그렁해서는 환하게 웃으며 말하는데 이상하게도 그때 강수인이 생각났어."

"……."

"진이 빠져서 집에 가면 씻고 내리 잠이나 자야겠다는 마음이었는데, 막상 침대에 드러누우니까 한 가지 생각밖에 안 났어. 피곤해 죽겠는데 강수인은 머릿속에서 떠나질 않고, 잠은 안 오고. 그래서 무작정 왔는데 불 켜진 창문을 보면서도 올라가지는 못하겠더라고. 오늘만큼은 냉정하게 밀어내는 모습을 감당하기 어려울 것 같았거든."

말끝에 석원이 흐릿하게 웃었다. 지쳐 보이는 미소에 수인은 순간적으로 심장이 욱신거렸다. 좋아하는 사람이 힘겨워하는 모습을 지켜보는 건 아픈 일이다. 그래서 저도 모르게 입술을 열었다. 밀어내지 않을 거라고 해야 하는데 엉뚱한 말이 튀어나와 버렸다. 처음으로 그의 약한 모습을 보았기 때문이었다.

"……안아, 줄까요?"

꽤 놀랐는지 멍한 표정을 짓던 석원이 엷게 웃었다.

"오해의 소지가 다분한 말인 거 알지? 약한 것들에게 마음 약해지는 강수인은 선의로 한 말이겠지만 너한테 다른 마음 품고 있는 나한테는 다른 뜻으로 들린다고."

"……다른 뜻으로 들려도 괜찮아요."

예상치 못한 말에 눈매를 좁힌 석원이 뚫어져라 그녀를 주시했다. 침묵이 길어지자 수인은 조금 초조해졌다. 긴장으로 마른 입술을 혀끝으로 축이던 그때였다. 단숨에 다가온 석원이 그녀를 와락 끌어안았다. 그러곤 목덜미에 얼굴을 파묻은 채 짙은 호흡을 내뱉었다. 수인은 콧등이 시큰해져 왔다. 지쳐 보이는 등을 위로하기 위해 손을 내미는 순간, 그에게 붙잡혔다.

석원이 그녀를 이끌고 서둘러 빌라 계단을 올랐다. 꽉 잡힌 손이 조금 아팠다. 긴 다리의 보폭에 맞춰 계단을 오르느라 숨도 찼다. 그럼에도 수인은 열심히 그와 발을 맞추었다.

현관문이 열리고, 열렸던 현관문이 채 닫히기도 전에 석원이 강하게 껴안아 왔다. 갈비뼈에 미약한 통증이 느껴질 만큼 강한 힘으로 수인을 품에 가뒀다. 수인은 지친 그를 본 순간부터 하고 싶었던 행동을 했다. 조심스레 그의 등으로 손을 가져가 가만히 토닥였다.

그러자 고개를 든 석원이 눈을 맞춰 왔다. 많은 감정이 담긴 눈동자가 뭔가를 묻고 싶은 것처럼 흔들렸다. 그러다 질끈 감겼다 뜨인 두 눈이 부드럽게 휘었다. 저도 모르게 마주 미소를 짓는 순간 입술이 먹혀 버렸다. 허리를 끌어안은 팔에 바짝 힘이 들어가며 석원이 그녀를 안아 들었다.

수인을 조심스레 침대에 눕힌 석원이 두 손으로 얼굴을 감싼 채 오래도록 눈을 바라보다가 목덜미에 코를 박고 냄새를 맡았다.

"살 것 같아."

수인은 볼을 간질이는 그의 머리카락 위로 살며시 손을 올렸다.

"만져 줘."

가느다란 손가락이 숱 많은 머리카락을 가만가만 어루만졌다. 조금 전보다 안정된 호흡을 듣자 이상하게도 울음이 나올 것 같아 수인은 입술을 꼭 다물었다.

"위로받는 기분이야."

중얼거린 석원이 수인의 몸을 조금 더 바짝 당겨 안고는 가슴에 얼

굴을 묻었다. 그러고는 안도가 섞인 숨을 내쉬었다. 좋다. 숨결 끝에
실려 온 목소리였다.

두 사람 중 누구도 지난 말다툼과 앞으로의 일에 대해서 말을 꺼내
지 않았다. 그를 안은 듯 그에게 안긴 듯 끌어안고 있는 지금, 다른 건
모두 잠시 밀어 두고 싶었다. 석원이 위로받는 듯해 좋다고 말한 이
순간을 흐트러트리고 싶지 않았다. 두 사람이 함께라는 것만으로 완
벽한 순간이었다.

조금씩 안정을 되찾는 호흡을 들으며 수인은 석원을 위로하는 손
길을 멈추지 않았다.

안개가 스러지듯 잠이 걷혔다. 몽롱한 의식 속에서 가장 먼저 느껴
진 건 따끈한 체온이었다. 그리고 귀를 두드리는 평온한 심장 박동 소
리도 있었다.

수인은 눈을 깜빡였다. 어젯밤 한없이 지치고 힘들어 보이던 석원
을 안아 준 건 그녀였다. 석원이 잠이 들고서도 그를 쓰다듬는 손길을
멈추지 않았다. 그러다 어느 순간 그녀도 잠이 들어 버렸다. 그런데
언제 포지션이 바뀐 건지 그에게 안겨 있었다. 게다가 잠결에 옷을 벗
었는지 석원은 속옷 차림이었다.

수인은 가만히 호흡을 골랐다. 며칠이고 내리 잘 수 있을 것처럼
피곤하다던 사람을 깨우고 싶지 않았다. 하지만 편하게 그에게 안겨
있던 자세가 막상 잠에서 깨자 의식되고 불편해지기 시작했다. 얼마

나 이러고 있어야 할까.

조심스레 다리를 빼내려던 수인이 멈칫했다. 잠에서 깼다는 걸 알려 주듯 볼을 두드리는 그의 심장 박동이 방금 전보다 확연히 빨라졌다. 그에 반응하듯 그녀의 심장도 두근거렸다. 조심스레 입술을 안으로 마는 순간 머리를 쓰다듬는 손길이 느껴졌다.

장난치듯 머리카락을 만지작거리던 석원이 머리에 입술을 눌러 왔다.

"잘 잤어?"

어쩐지 목소리가 나오지 않아 수인은 고개만 끄덕였다.

"나는 잘 못 잤어."

그렇게 금세 잠들어 놓고? 무슨 소리냐는 듯 고개를 들자 따뜻한 눈동자와 마주쳤다.

"안아 주겠다고 먼저 유혹해 온 드문 기횐데 그냥 곯아떨어져 버렸잖아. 억울해서 밤새 악몽 꿨어."

지치고 기운 없었던 어제의 모습은 사라지고 없었다. 진짜 진석원을 되돌려받은 기분이었다.

"커피 마실까?"

수인은 또 고개를 끄덕였다. 말을 하고서도 금방 일어나지 않고 머리를 쓰다듬어 주던 석원이 잠시 뒤 몸을 일으켰다. 바닥에 떨어트린 청바지를 줍느라 그가 매끈한 상체를 굽히자 창을 통해 들어온 오전의 햇살이 등근육의 자잘한 움직임을 비추었다.

청바지를 다리에 꿰입은 석원이 또 한 번 머리를 쓰다듬은 뒤 미소를 지어 보이며 침실을 나갔다. 열어 놓은 침실 문 너머로 부엌에서 커피 머신을 만지는 석원이 보였다. 수인은 어쩐지 코끝이 찡해졌다. 예전이었다면 청바지를 입고 난 후 석원이 장난 어린 미소와 함께 이렇게 말했을 거다. '아무리 봐도 잘생겼지?' 라고. 마치 둘 사이에 아무런 일도 없었다는 것처럼 자연스럽게 굴지만 그가 조심하고 있다는 게 느껴졌다. 수인의 미안함이 커졌다.

양손에 커피 잔을 든 석원이 다가오고 있었다. 맨발이 가까워질수록 커피 향도 짙어졌다. 그가 건넨 커피 잔을 받아 든 수인은 창으로 스며든 아침 햇살보다 더 따스한 눈길을 받으며 커피를 한 모금 마셨다.

"어때?"

"지금껏 마셔 본 커피 중에 가장 맛있어요."

칭찬에 석원이 부드러운 미소를 지었다. 그를 올려다보던 수인이 입술을 잘근거리자 석원은 조금 긴장했다. 속엣말을 꺼낼 때의 버릇이었다. 석원은 긴장을 감춘 채 입술이 열리기를 기다렸다.

"있죠. 나는 커피를 아주 좋아해요."

잘 알고 있는 사실이었다. 석원은 호응하듯 고개를 까딱였다.

"전에 왜 자꾸 왼손을 쥐었다 폈다 하냐고 물었던 거 기억나요? 그때 대충 둘러댔는데 실은, 이유도 없이 갑자기 손에 힘이 빠져서 커피 잔을 놓쳐 버렸어요. 그래서 처음으로 MRI도 찍었고요."

흘러나오는 말을 하나도 놓치지 않으려 집중하던 석원의 낯빛에서 핏기가 가셨다. 수인이 얼른 그의 걱정을 가라앉혔다.

"큰 병은 아니래요. 아마도 스트레스나 영양 불균형, 노트북 앞에 오래 앉아 있는 작업 환경. 뭐 그런 것들이 원인이지 않을까 하더라고요."

"화상도 그때 입은 거고?"

"응. 뜨거운 커피에 가슴을 덴 후로 한동안 커피를 만들 때마다 겁이 났어요. 또 델까 봐서요. 같은 사고가 날 확률은 지극히 낮은데도 말이에요. 하지만 겁이 나는데도 그때마다 용기를 냈어요. 두려움 때문에 좋아하는 걸 포기하고 싶지 않았거든요."

속마음을 드러내는 수인의 얼굴이 어색함으로 물들었다.

"좋아하는 걸 놓치지 않으려면 두려움을 극복해야 하는데. 커피는 가능했는데 더 중요한 건 그러지를 못했어요. 그래서 사귀는 동안 좋아하는 마음을 많이 드러내지 않으려고 애썼어요. 원하는 걸 해 주고 싶은 마음을 억누르기도 했고요."

"어차피 끝날 관계라서?"

"그렇기도 했고, 수면 위에 떠오른 해파리처럼 증발해 버릴까 봐 겁이 나서요."

"해파리?"

"보석처럼 반짝이는 햇살에 홀려서 수면으로 향한 해파리는 증발해 버리잖아요. 바닷속으로 깊이 들어가 해류에 몸을 맡기면 평온하게 살 수 있는데. 햇살 조각에 매혹돼서 수면 가까이 가면 저도 모르게 조금씩 말라 버리니까 완전히 증발하기 전에 조금만 맛보고 떠나야 되는데, 그게 쉽지 않으니까요."

석원이 심각한 표정으로 미간을 찌푸렸다.

"내가 널 말라 버리게 만드는 것 같았어? 왜?"

"석원 씨가 그렇게 만든다는 게 아니라."

적절한 표현을 찾느라 수인은 쥐고 있는 커피 잔을 만지작거렸다.

"좋아하는 마음이 커질수록 석원 씨가 원하는 걸 들어주고 싶어졌어요. 친구들을 만난 것도, 우리 집에서 자게 한 것도, 내가 석원 씨집에 간 것도……. 석원 씨가 행복해하는 모습을 보는 게 좋아서 나도 모르게 노력했는데, 어느 순간 내 자신이 노력하고 있다는 게 두려워졌어요. 이러다가 내 삶이 조금씩 석원 씨의 삶에 잠식되는 건 아닐까 싶어서, 나는 조금씩 희미해지고 석원 씨만 남는 건 아닐까 싶어서요. 엄마를 기쁘게 해 주려고 노력했던 시간들이 나쁜 기억으로 남아 있거든요. 바보 같죠?"

"아니."

수인이 조금 웃었다.

"뭐가 아냐. 난 바보 같던데. 생각해 봤는데, 좋아하는 사람이 원하는 걸 해 주기 위해 노력하는 건, 그로 인해 내가 조금 변하는 건, 그다지 두려워할 일이 아닌 것 같아요. 석원 씨는 내가 노력한다는 걸 알아줄 사람이니까."

"노력하고 애쓰는 일은 내가 훨씬 더 잘해. 그러니까 효율적이게 나 혼자 하는 걸로 해. 그리고 그거 알아? 햇살은 꽤 깊은 수심까지 비쳐. 그러니까 증발할지도 모른다는 두려움 없이 햇살 충분히 즐겨. 그래도 돼."

뭔가 울컥하는 감정이 차올라 수인은 목이 잠겼다. 눈시울이 뜨끈해지는 느낌에 얼른 눈을 깜빡이며 물기를 지워 낸 수인이 조심스레 입술을 열었다.

"나 뭐 하나 물어도 돼요?"

"뭐든 물어도 돼."

"내가 했던 말 번복하고 싶은데, 가능해요?"

감정이 차오른 눈동자를 긴 속눈썹으로 반쯤 가린 채 석원이 느른한 목소리로 물었다.

"무슨 말?"

무슨 말인지 그가 안다는 걸 수인도 알고 있었다. 그리고 석원은 이미 근사한 방법으로 대답을 해 주었다. 그녀가 미처 묻기도 전에. 그래도 직접 들려주고 싶었다.

"그만하자는 말이요. 실은…… 헤어지고 싶지 않았어요. 결혼에 대한 생각을 당장 바꾸지도 않을 거면서, 어쩌면 영영 바뀌지 않을지도 모르는데 이런 말 하는 내가 이기적이라는 거 알아요. 이기적인 나라서 내 결정을 번복해요. ……가끔 나도 모르게 또 움츠러들거나 겁쟁이처럼 굴지도 모르겠어요. 혹시나 멍청하게 굴어도 조금만 참아 줘요. 지금처럼 완벽한 행복에 익숙하지 않아서, 익숙하지 않기 때문에 두려워서 그런 거니까."

조심스레 마른침을 삼킨 수인이 떨리는 목소리로 물었다.

"연애할래요, 나랑 다시? 아무런 조건 없는, 어디로 흘러가든 신경 쓰지 않고 자유롭게 내버려 두는 그런 연애 할래요?"

대답은 이미 알고 있지만 그래도 초조했다. 수인은 떨리는 마음으로 석원의 입술이 열리기를 기다렸다.

석원은 울컥 치미는 감정을 잇새로 삼켰다. 감정이 풍부한 까만 눈망울로 그를 올려다보며 연애를 걸어온 수인은 초조한지 도톰한 입술을 연신 깨물며 못살게 굴고 있었다. 이런 결정을 내리기까지 수인이 마주했을 지난 상처들이 떠올라 쉽게 말이 나오지 않았다. 그럼에도 불구하고 다시 용기를 내 준 그녀가 고맙고 사랑스러웠다.

"조건이 있어."

전혀 예상치 못한 말에 당황한 수인은 눈을 깜빡였다. 석원이 그런 그녀를 팔짱을 낀 채 내려다보았다. 석원 특유의 오만한 모습이 섹시해 보여 수인의 심장이 뛰었다.

"헤어지자는 말, 두 번은 용납 못 해."

수인이 얼른 고개를 끄덕였다.

"초범이니까 이번만 봐주는 거야."

눈초리가 촉촉해진 수인이 작게 속삭였다.

"……알겠어요."

"직업병 탓에 나는 구두 약속은 안 믿어."

"원하면 계약서 작성할게요."

"당연히 그래야지."

차갑게 말을 내뱉은 입술이 갑자기 근사한 미소를 만들어 냈다.

겨우 두 모금밖에 마시지 못한 수인의 커피 잔을 가져가 버린 그가 상체를 깊이 숙여 입을 맞췄다. 거리낌 없이 다가온 몸짓과는 달리 머리카락을 간질이는 늦가을 햇살처럼 은은한 입맞춤이었다.

언제나 저돌적이고 적극적이었던 남자의 조심스러운 다가섬에 눈물이 쏟아질 것 같아 수인은 와락 그의 목을 감싸 안았다. 그러곤 먼저 그의 입 속으로 혀를 밀어 넣자 커피 향이 섞인 신음이 입 안으로 넘어왔다.

수인의 허리를 안아 침대 가운데로 끌어 내린 석원이 곧장 몸을 겹쳐 왔다. 어젯밤 그냥 자 버린 몫까지 채우려는 요량인지 석원은 성급했다. 몇 개 되지 않는 수인의 옷을 다급하게 벗겨 내고는 자신의 청바지를 벗어 던졌다. 곧 단단한 허벅지가 부드러운 다리 사이로 파고들었다. 그가 안으로 들어올 때면 늘 그러듯 수인은 저도 모르게 긴장했다.

"우리가 헤어지는 일은 없어."

"……알아요."

"모를 거야. 지금까지 내가 원한 것들 중에 가지지 못하거나 이루지 못한 건 없어. 전력을 다하지 않았는데도 그랬는데, 너한테 전력을 다하고 있는 내가 널 놓칠 리가 없잖아."

수인은 눈물이 차오른 눈동자로 웃었다. 오만하리만큼 확신에 찬 그가 좋았다.

"왜 웃어?"

"좋아서요."

"이왕이면 좋아한다고 해 봐."

"좋아해요."

처음 전하는 고백에 석원이 미소를 지었다. 수면에서 반짝이는 햇살 같은, 몸이 말라 버리는 위험을 무릅쓰고서라도 다가갈 수밖에 없을 만큼 매혹적인 미소였다.

"상상하던 것보다 더 좋은데?"

속삭임이 입술을 간질였다. 입술이 맞닿기 전 또 한 번 "좋아해요."라는 말이 흘러나왔다. 그 순간 석원이 그녀의 안으로 들어왔다. 그 어느 때보다 깊숙한 곳까지 와 닿는 생생한 감각에 수인은 몸을 떨었다. 그럼에도 떨리는 눈동자는 그의 눈동자를 향해 열려 있었다.

노을이 스러진 하늘이 금세 어두워졌다. 수인은 차 소리에 베란다로 달려가 골목을 내다봤다. 석원이 아니었다.

　최대한 일찍 퇴근하겠다던 석원은 여덟 시쯤 도착할 것 같다는 메시지를 보내왔다. 여덟 시가 되려면 아직 30분가량 남았는데도 약속 시간보다 일찍 도착하는 경우가 많아 온 신경이 밖으로 쏠려 있었다. 또다시 골목 쪽에서 차 소리가 들렸다. 석원이다.

　차 문을 닫은 석원이 베란다에 서 있는 수인을 발견하고는 손을 들어 보였다. 수인은 얼른 현관문을 열고 그가 들어오길 기다렸다. 아침까지 같이 있었는데도 마치 이제 막 연애를 시작한 것처럼 설레었다.

　"왔어요?"

　"잘 다녀와요, 라는 말도 듣기 좋다 싶었는데 왔어요, 도 그만큼 좋은데?"

　수인의 뒷머리를 부드럽게 감싸며 입을 맞춘 석원이 들고 온 봉지를 식탁 위에 올려놓았다.

　"뭐예요?"

　"만두. 나 때문에 못 먹었잖아."

　어제 서둘러 안아 오는 석원의 몸짓에 현관 가까이 내팽개쳐졌던 만두는 서늘해진 늦가을인데도 불구하고 아침에 확인해 보니 쉬어 버렸다.

　"이자로 탕수육도 가져왔어."

"계산 방식이 아주 이상한 거 알아요?"

"그거야 내 맘이지."

픽 웃은 수인이 식탁에 앉자 석원이 맞은편에 자리를 잡으며 셔츠 소매를 걷어 올렸다. 커다란 왕만두를 한 입 크게 베어 먹은 그가 물었다.

"오늘 종일 뭐 했어?"

"짐도 싸고, 이것저것 정리도 좀 하고, 멍하니 생각도 좀 하고 그랬어요."

"바쁘게 보냈네. 나도 그랬어."

점심을 간단하게 샌드위치와 커피로 때웠다며 석원은 탕수육과 만두로 부지런히 젓가락을 가져갔다. 빠른 속도로 접시가 비워지는 걸 보며 수인이 말했다.

"대형 로펌보다 시간적 여유가 있다더니 보면 늘 바쁜 것 같아요."

"원할 때 원하는 만큼 휴가 가지려면 어쩔 수 없어. 일하는 것도 좋아하고."

"그래서 의외였어요."

탕수육에 달콤새콤한 소스를 찍어 입으로 가져가던 석원이 무슨 의미냐는 듯 눈썹을 밀어 올렸다.

"남들은 이미 출근했을 시간인데 비싸 보이는 슈트 차림으로 카페에서 여자 울리고 있는 거 보고 본인 회사 경영하거나 친인척 회사라서 저러고 있나 보다 했었거든요. 그때는 전공도 직업도 몰랐으니까. 그런데다 한량 같은 모습이 잘 어울려 보이기도 했고요. 어렴풋하게 기억하는 대학 때 이미지도 영어는 잘했지만 모범생 타입은 아니었으니까."

수인이 의미심장하게 덧붙였다.

"들렸던 몇 마디도 절대 좋은 남자는 아니라는 생각이 들게 했고요."

그러고는 턱을 추켜올리며 석원의 말투를 흉내 냈다. '나랑 섹스했었나?', '그런데 왜 난 기억이 안 나지?'.

"그래도 그 뒤는 엿듣지 않았으니까 걱정 말아요. 이어폰이 고장 나서 잠깐 들었던 거니까."

그의 흉내를 내는 모습을 사랑스럽게 바라보던 석원이 황당하다는 표정으로 젓가락을 내려놓았다.

"그것만 들었다고?"

석원이 팔짱을 끼며 흥미롭다는 눈으로 물었다.

"나를 완전 쓰레기라고 생각했겠는데?"

"처음엔 그랬죠."

솔직한 대꾸에 석원이 웃었다.

"그런데도 왜 지금껏 안 물어본 거야? 어떤 상황이었는지, 내 앞에 있던 여자가 누군지 궁금하지 않았어?"

수인이 "그때는 별로."라며 어깨를 으쓱였다.

"나랑 상관없는 사람이었으니까요. 그냥 여자들 만나는 거 가볍게 여기는 바람둥이에다 못된 남자라고만 생각했죠. 그러다 시골에서 같이 시간 보내면서 인성은 생각보다 나쁘지 않은 것 같고, 연애는 무겁지 않은 관계를 원하는구나 싶었어요. 그래서 다행이라고 생각했고요. 헤어질 때 깔끔하게 끝낼 수 있을 테니까."

'헤어질 때'라는 말에 석원이 노골적으로 눈썹을 찌푸렸다.

"어떤 계기로 나에 대한 평가가 바뀐 거야?"

"딱히 계기가 있다기보다는 시간이 지나면서 자연스레 알게 됐어요.

알아 갈수록 좋은 면이 더 많이 보였고, 그래서 그때 내가 본 장면은 뭔가 그럴 만한 사연이 있었을 거라고 짐작했죠. 변호사니까 사건 때문에 만난 사람이라거나 뭐 그런 거. 그리고 이제는 아는데 뭘. 지금 내 눈앞에 앉아 있는 진석원 씨는 보이는 만큼 차갑고 이성적이고 보기보다 진중하고 성실하고 책임감 강하고 그리고…… 귀여운 면도 있고."

"내가 차가워?"

"나한테는 아니고. 그런데 나는 차가워서 좋은데. 상황이나 감정에 휘말리지 않고 언제나 냉정하게 판단하잖아요. 그거 장점 아닌가?"

"귀여운 건? 어떨 때 내가 귀여워 보이는데?"

"장난 잘 치잖아요. 보통 사람 같으면 귀엽다고 느낄 만한 일이 아닌데 워낙에 안 그래 보이는 사람이 그러니까 더 그렇게 느껴지는 거죠."

고개를 까딱거리면서 흥미롭게 듣고 있던 석원이 갑자기 상체를 가까이 하며 요구했다.

"말해 봐."

"뭘요?"

"좋아해요."

석원은 좋아한다는 말을 들은 이후로 종종 이런 식으로 짓궂게 고백 아닌 고백을 요구했다. 불쑥 아무 때나. 얼핏 보기엔 장난 같은 미소를 짓고 있지만, 그의 눈동자는 진지했다.

"……좋아해요."

작게 속삭인 수인은 근사하게 웃는 그를 마주하기가 쑥스러워 커피 핑계를 대며 일어났다.

"좀 느끼한데 커피 어때요?"

"강수인 씨."

냉장고 속에서 커피 가루가 든 병을 꺼낸 수인이 그의 부름에 장단을 맞추듯 대꾸했다.

"왜요, 진석원 씨."

"사랑해."

그에게 등을 보인 채 수인은 숨을 멈췄다. 버릇처럼 던지는 '예쁜데.'라는 말에 이제 겨우 익숙해졌는데. 석원은 마치 다음 단계로 넘어가자는 듯 새로운 단어를 던져 왔다. 이제부터는 '사랑해.'가 쏟아질 거라는 예고였다.

앞으로 석원은 아무 때나 아무렇지 않게 '사랑해.'를 말해 올 거다. 그리고 그의 언어는 그녀에게 자연스레 스며들 거다. 그리하여 당연하고도 견고한 일상의 언어로 자리 잡을 거다. 그에게 익숙해지게 만드는 진석원식 방법이었다.

석원의 시선이 닿은 등 뒤가 간질간질했다. 아마도 석원은 근사한 미소를 짓고 있겠지. 자신은 어떤 표정을 짓고 있을까.

"사랑해, 강수인."

얼굴이 빨개진 수인이 입술을 달싹이는 그때 휴대폰이 울렸다. 그녀는 구세주를 만난 것처럼 얼른 휴대폰을 집고는 달아오른 볼을 손등으로 누르며 발신자를 확인했다. 석원의 시선을 의식한 채였다.

"지혜예요. 잠깐만요."

석원은 전화 핑계를 대며 도망치듯 침실로 들어가 버리는 수인을 굳이 잡지 않았다. 그녀는 오래지 않아 사랑해, 라는 말에 나도요, 라는 대답을 줄 거다. 쑥스러울 때면 그러듯 콧등에 귀여운 주름을 잡은 채 말이다.

석원은 커피 물을 올렸다. 커피가 만들어지기를 기다리며 거실을 어슬렁거리다 한쪽에 꺼내 놓은 캐리어를 손으로 툭 건드려 보고는 거실 창 쪽으로 걸어갔다. 그러다 문득 시선에 걸리는 것이 있어 걸음을 돌려 책상 앞으로 다가갔다.

그가 우편함에 넣어 두었던 서류 봉투와 '진석원' 페이지가 펼쳐진 '좋아하는 것들'이 놓여 있었다. 그리고 그 옆에 몇 줄 적지 않은, 그래서 빈 공간이 더 많은 A4 용지도 보였다. 수인이 쓰다 만 편지였다.

단정한 필체가 수인을 닮아 있었다. 썼던 문장 위에 줄을 긋고 또다시 썼다가 문장을 수정하고. 누가 봤다면 아주 까다로운 번역 원고의 퇴고 작업이라고 착각할 만했다. 가장 정확하게 감정을 옮기고 싶어 썼다 지웠다를 반복하며 마치 보물찾기 하듯 세상 모든 단어들을 찾고 있는 수인.

석원은 뒤돌아 수인을 슬쩍 확인했다. 그녀를 보기 위해 더블린으로 날아가겠다는 지혜와 만날 날짜를 조율하고 있었다.

다시 책상 쪽으로 몸을 돌린 석원은 수인의 편지를 만지작거렸다. 아마도 그에게 전해질 연애편지는 문장 부호까지 빈틈없이 완벽하게 정리되어 있을 것이다. 하지만 석원은 수인의 감정 흐름이 보이는 이 연습지가 더 마음에 들었다. 앞으로도 수없이 써지고 또 지워지고 수정될 그녀의 마음들. 그 마음들을 고스란히 다 엿보고 싶었다.

들고 있던 A4 용지를 원래의 자리에 내려놓으며 무심코 시선을 들던 석원이 눈을 크게 떴다.

익숙한 버킷 리스트에 처음 보는 문구가 새로이 추가되어 있었다.

석원 선배와 함께

3. 매년 가 보고 싶었던 곳에서 ✓휴가 보내기. 첫 번째 더블린

작게 추가된 그의 이름에 석원의 입술이 근사하게 휘어졌다.

캐리어를 현관 쪽으로 가져다 놓은 수인은 창문을 단속했다.

[집 앞.]

문자가 도착하고 곧장 초인종이 울렸다. 현관문을 열자 커피 향이 먼저 스며들었다. 그다음으론 커피 컵 캐리어를 든 커다란 손이 보였다.

석원이 수인의 낯빛을 살폈다. 그다지 길지 않은 순간이었지만 마치 햇살이 피부를 쓸고 가는 것처럼 따스하고 간지러웠다. 어쩐지 좀 쑥스러워졌다. 볼이 달아오르고 있다는 걸 자각하며 그의 시선을 받아 냈다.

"설레서 잠 설치지 않을까 싶었는데, 잘 잤나 봐. 예쁜데."

"나도 그럴 줄 알았는데 생각보다 숙면 취했어요."

"다행이네."

커피를 받아 들고 맛있다고 입속말을 하는 수인을 지켜보던 석원이 캐리어를 눈짓하며 물었다.

"짐은 이게 전부야?"

현관에는 커다란 화물용과 기내용 캐리어가 하나씩 놓여 있었다. 한 달이 아니라 열흘 정도 유럽 여행을 떠나는 사람의 짐 같았다.

"처음에는 준비할 게 많을 것 같았는데, 정말 필요하겠다 싶은 것들만 고르니까 이 정도로 줄어들더라고요."

"지내다가 필요한 거 있으면 말해. 보내 줄 테니까."

"그렇게까지…… 그래요."

순순히 대답한 수인이 그를 바라보며 커피를 비워 나갔다. 석원은 벽에 한쪽 어깨를 기대선 채 캐리어에 걸터앉은 수인이 커피를 야금야금 음미하는 모습을 눈에 담았다. 두 사람은 기계적으로 커피를 마시며 한동안 보지 못할 상대에게서 눈을 떼지 않았다.

커피 잔이 비워지고 난 뒤에도 따뜻하게 간질이는 공기를 깨고 싶지 않아 둘 중 누구도 출발을 재촉하지 않았다. 그러고도 한참이 지나서야 두 사람은 집을 나섰다.

시내를 빠져나갈 때까지 조금 서행하던 승용차는 뻥 뚫린 도로를 시원하게 달려 출국장 앞에 멈춰 섰다. 잠시간 헤어져야 하는 연인에게 출발 시간은 지나치게 빨리 다가왔다.

한 손에 여권과 티켓을 쥔 수인이 다른 한 손으론 기내용 캐리어를 끌며 앞사람이 전진한 만큼 이동했다. 그녀가 입장할 차례가 얼마 남지 않자 석원이 갑자기 생각난 것처럼 청바지 뒷주머니에서 종이를 꺼내 건넸다.

"뭐예요?"

"지난번에 빠트렸던 레스토랑들 리스트."

석원이 얼굴을 가까이 하며 짓궂게 놀렸다.

"연애편지인 줄 알고 설레었어?"

장난기 가득한 물음에 수인은 종이를 여권 케이스에 끼워 넣으며 비죽 아랫입술을 내밀었다.

"별로요."

"써 줘?"

"됐어요."

"엽서 보내 줘. 제임스 조이스 초상화 엽서보다는 트리니티 도서관에 전시 중인 중세 필사본 엽서로. 그리고 편지도."

"……무슨 편지요?"

설마 봤나, 하는 표정으로 수인이 물었다.

"나한테 줄 편지. 다 정리된 최종본만 보내지 말고, 줄 그어서 지워 버린 습작도 같이 보내 줘."

언제 봤지? 고치고 다시 쓰기를 반복한 그 글들을 봤나 싶어 쑥스러운 얼굴을 하던 수인이 조그맣게 중얼거렸다.

"봐서요."

이렇게 대답해 준다는 건 완성본만이 아니라 습작 편지도 보여 줄 가능성이 크다는 거다.

"저기…… 혹시 며칠 시간 내기 어려워요? 계속 바빠요?"

"왜?"

빙긋이 웃으며 물어 오는 폼이 이유를 알고 있는 것 같았다. 하긴 누구보다 눈치 빠른 남자인데 모를 리가.

"시간 되면 놀러 오라고요."

"내가 갔으면 좋겠어?"

수인은 순순히 고개를 끄덕였다. 석원이 기분 좋은 미소를 지으며 손으로 부드러운 뺨을 만졌다.

"세 번째 버킷 리스트를 완성시켜 주려면 당연히 가야지."

"……봤어요?"

"봤어."

"그럼, 오는 날짜 정해지면 알려……."

"2주 후 오늘."

"……."

수인의 표정을 보며 석원이 짓궂은 소년 같은 웃음을 지었다.

"2주 후에 같은 비행기 타고 가."

"언제부터 계획한 일이에요?"

"더블린 간다고 일정 정할 때부터."

입술을 살짝 깨물며 망설이던 수인이 물었다.

"헤어지자고 했는데도 취소 안 했던 거예요?"

"처음에는 항공권 같은 건 생각도 안 날 만큼 정신없었어. 강수인이 어지간히 혼을 빼 놨어야지. 정신 좀 차렸을 때에는 무슨 일이 있어도 가서 잡아야겠다고 생각했고. 나 가면 같이 놀 수 있게 그동안 열심히 일해. 나도 그럴 테니까."

"마중 나갈게요."

"바쁘면 안 나와도 된다고 말해야 더 멋있게 보일 텐데, 나는 나와 줬으면 좋겠어. 들어가."

석원이 커다란 손으로 수인의 머리를 쓰다듬고는 손을 들어 보였다.

그를 남겨 두고 출국장으로 들어서는 걸음이 구름 위를 걷듯 떠 있었다. 더블린에서 일어날 모든 일들이 기대되었다. 석원과 함께 더블린 거리를 걸어가는 상상만으로도 가슴이 뛰었다. 얼마만큼 시간을 낼수 있을까. 이왕이면 돌아오는 비행기에서는 그와 함께였으면 좋겠다.

출국 심사를 마치고 비행기에 탑승할 때까지의 시간이 어떻게 흘러갔는지 떠오르지 않을 만큼 그녀의 머릿속은 더블린과 진석원으로 꽉 차 있었다.

기내식을 먹고 후식으로 커피까지 마신 수인은 다리를 쭉 뻗어 발목을 까딱였다. 발이 조금 붓는 것 같아 발목을 돌리고 종아리를 조몰락거리며 앞좌석 시트에 꽂아 놓은 여권과 다이어리 같은 걸 무심히 바라보다 뒤늦게 여권 케이스에 넣어 둔 종이를 꺼내 들었다.

두 번 접힌 A4 용지를 펼친 수인이 어리둥절해했다.

"이게 뭐야?"

레스토랑 리스트라더니 엉뚱하게도 가로세로 낱말 풀이가 그려져 있었다. 장거리 비행이라 지루하고 심심할 테니까 시간 보내기 좋을 만한 책이나 영화 같은 걸 챙겨 가라더니. 그것만으로는 부족하다 싶었는지 종이에 어설픈 낱말 풀이를 그려 넣었다.

"은근 장난기 많다니까."

사람은 다양한 면이 모인 까다로운 복합체라고 하지만 석원은 짐작하기 어려울 만큼 다채로운 면들을 보여 주었다. 그리고 그 단면들은 그에게 더 빠져들 수밖에 없을 만큼 매혹적이었다.

풀어 볼까. 크로스백을 뒤적여 볼펜을 꺼낸 수인이 낱말 풀이를 시작했다.

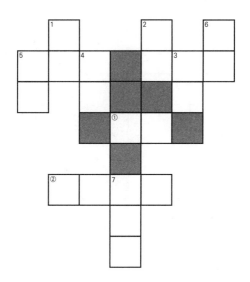

세로줄: 1. 보증금을 받거나 보증인을 세우고 형사 피고인을 구류에서 풀어 주는 일

2. 우리나라 중부를 흐르는 강 예: 지난주 진석원과 불꽃놀이를 보며 키스한 곳

3. 일상생활에서 필요 불가결한 것을 비유적으로 이르는 말

4. 강수인을 마감에 쫓기게 만드는 것

5. 거짓이 없이 참된 사람. 예: 강수인의 남자 친구

6. 강수인처럼 예쁜 사람

7. 지금 진석원이 강수인에게 하고 싶은 말

가로줄: 1. together를 한국어로

2. 지난주 예술의 전당에서 함께 관람했던 자코메티의 조각상

빈칸들이 채워졌다. 가로 세로가 엮여 만들어진 문장을 보는 수인의 눈동자가 흔들렸다.

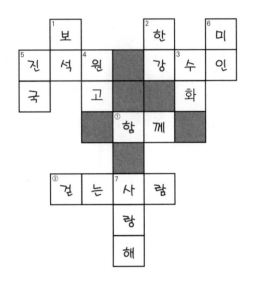

　'사랑해'라는 고백만큼이나 '진석원과 강수인은 함께 걷는 사람'
이라는 말이 마음을 건드렸다.

　이런 남자와 함께였다. 이 남자와 계속 걸어 나갈 거다. 하늘을 가
르는 이 비행기처럼 때때로 난기류에 흔들리고, 때로는 속력을 낮추
기도 하겠지만 꾸준히 앞을 향해 갈 거다. 과거를 딛고 현재를 누릴
거다. 함께 걸어 주겠다고 약속한 진석원이 있어 가능한 일이었다.

　전화를 받고 있던 영우가 재판장에서 막 사무실로 돌아온 석원에
게 용진의 집무실을 눈짓했다.

"대표님이 잠깐 보자고 하셨어요."

짧은 노크 후 집무실 문을 연 석원을 향해 용진이 들어오라며 손짓했다.

"왜?"

"너 토요일에 출국해서 2주 후에 들어온다고 했지?"

가늘게 눈매를 접은 석원이 선수를 쳤다.

"무슨 말을 하든 귀국 일정 조율할 마음 전혀 없으니까 애쓰지마."

"……애써도 들어줄 인간 아니라는 건 나도 잘 알아, 인마. 가망 없는 일에 쓸데없이 힘 뺄 생각 없어."

"그럼 용건이 뭐야?"

"메일로 서류 몇 개 보낼 테니까 검토 좀 해 줘. 읽고 내가 놓친 건 없는지 확인만 해 주면 돼. 어차피 수인 씨 작가랑 미팅하고 그러면 너 혼자서 심심할 거 아냐."

뭐 그 정도야. 석원이 고개를 까딱였다.

"출국 준비는 특별히 할 것 없지? 그럼 간만에 회식할까? 일요일이 영우 생일이라니까 겸사겸사."

"그러든지."

무심히 대답하고는 집무실을 나가는 석원의 등에다 대고 용진이 놀렸다.

"얼마 전까지 낯빛 까칠해져 갖고 날 세우던 사람 맞아? 연애 때문에 롤러코스터 타는 진석원을 보게 될 줄이야. 널 그렇게 만든 수인 씨가 어떤 사람인지 궁금하니까 언제 한번 자리 만들어. 내가 근사한 곳에서 맛있는 거 쏠 테니까."

"근사한 곳에서 맛있는 거 먹는 건 나랑 하면 되니까 신경 꺼."

"밥 한 끼 먹자는 건데 반응이 왜 그래? 질투하는 건 아닐 테고.
너, 내가 부끄럽냐?"

"응."

"……야!"

화가 났다기보다는 평소의 진석원으로 돌아온 게 반갑다는 듯한
고함 소리였다. 집무실 문을 닫은 석원이 싱긋 웃음을 지었다.

자신의 집무실로 들어간 석원은 일을 시작하기 전에 책상 위에 놓
인 우편물부터 확인했다. 사건과 관련된 것과 개인적인 우편물이 따
로 정리되어 있었다. 그리고 개인적인 우편물의 제일 위를 차지한 건
더블린에서 날아온 봉투였다.

진석원 변호사님

수신인란에 적어 놓은 호칭을 보고서 석원이 웃었다.

봉투 안에는 A4 용지 한 장만 넣었던 그와 달리 꽤 두툼한 분량의
종이가 들어 있었다. 첫 장을 집어 든 석원이 놀란 표정을 지었다. 쓰
고 지우기를 반복한 편지였다.

속마음을 드러내는 것에 익숙하지 않은 데다 서투른 모습을 보여
주기 싫어하는 성향의 수인이라 그의 요구에도 불구하고 망설일지도
모른다고 짐작했었다. 그런데 줄을 긋고 고쳐 쓴 편지들도 다 보내 달

라는 그의 말을 들어주었다.

"부끄럼쟁이가 몇 번을 망설였으려나?"

봉투에 넣었다 빼기를 여러 번 반복했을 것이다. 그러다 그가 기뻐
하는 모습을 상상하면서 도톰한 입술을 꾹 다물고는 보내기로 마음먹
었겠지. 노력하지 말라고 해도 수인은 예쁘게 노력하고 있었다.

석원은 설레는 마음으로 문장들을 읽어 나가기 시작했다.

미안했어요. 내가……. 석원 씨가 놓고 간……. 하고픈 말이
너무 많아서 무슨 말을 해야 할지 막막해지는 기분이 어떤 건지
알ㄱ……. 석원 씨 덕분에 연애편지라는 거 정말 어려운 거구나
알게 됐어요. 그것 외에도 알게 된 것들이 많아요. ……하, 이러
다 영영 못 쓰는 건 아닌가 싶다……

진석원 씨. 머리 참 좋아요. 나도 석원 씨 흉내 내 볼까…….

강수인. 글자를 가지고 노는 게 취미. 영어와 중세사에 관심이
많고…….

다른 사람 아이디어 따라 하는 건 나한테 안 맞는 것 같아.

있죠. 나는 사랑받고 자란 사람이 사랑을 주는 법도 안다는
말을 들을 때면 참 잔인하고 슬픈 말이구나 싶었어요. 내 잘못
이 아닌 이유로 사랑을 못 받은 것도 비참한데, 너는 사랑할 자
격이 없다고 선고를 내려 버리는 것 같아서요. 그리고 진석원
씨를 만난 후부터는 겁이 나는 말이기도 했어요. 그게 사실일까
봐서요.

석원의 낯빛이 흐려졌다. 글자에서 수인의 아픔이 만져졌다.

……석원 씨가 대학 시절의 짧았던 마주침을 자꾸 언급해서 그런지 어쩌다 떠오르는 장면이나 기억들이 있어요. 그때 선배는 반짝반짝 빛이 났어요.

"선배?"

지난번에 번역한 책을 선물할 때도 '석원 선배'라고 써서 주더니. 글자로 봐도 간질거리는데 수인의 목소리로 다시 듣는 '선배'는 어떤 기분일지 궁금했다.

흔치 않은 영국식 발음이라서 눈이 갔는데, 들을수록 발음이 정말 좋구나, 세련된 표현을 쓰는구나, 멋있다, 그런 생각을 하게 됐어요.

처음에는 영어 스킬이, 그다음에는 자신만만하고 여유로워 보이는 모습이 부러웠어요. 나는 매 순간 아등바등하며 최선을 다해야만 했는데, 그런 나랑은 달리 선배는 모든 게 다 쉽고 다 잘하는 것처럼 보였어요. 그래서 선배를 동경했어요.

"동경뿐만이 아니라 좋아하는 마음도 있었던 거 아냐?"

수인은 동경이라고 했지만 단순히 동경하는 마음만으로 상대가 반짝거려 보일 리 없었다. 첫 키스조차 해 본 적 없는 순진한 신입생이라 동경심과 좋아하는 마음을 헷갈린 건지도 모른다. 그렇다고 하면 아쉬운 마음이 더 커질 뿐이지만 그래도 그런 거라면 좋겠다.

삶이 나한테 조금만 더 다정했으면 좋겠다. 그렇게 바랐던 적이 있어요. 그리고 우연히 선배를 다시 만나게 되었죠.

선배는 삶이 내게 모질게 굴었던 걸 단번에 보상하려 보내 준 선물 같은 사람이에요. 그걸 알면서도 행운이나 행복과는 거리가 먼 시간들을 지나왔던 탓에 쉽게 인정하지 못했어요.

좋아하는 마음이 깊어질수록, 선배가 내게 선물인 것처럼 나도 선배에게 선물일까, 라는 생각이 날 움츠러들게 만들었어요. 이제 그런 생각은 하지 않으려고요.

언제부터인가 그 누구에게도 짐이 되거나 기대서는 안 된다는 강박 같은 게 생겼어요. 그래서 번역 원고 봐 달라는 말을 꺼내는 것조차 망설였고, 그 일로 선배를 서운하게 만들기도 했죠.

알아요? 지금 생각하면 바보 같고 웃기기도 하지만, 나 예전에는 시옷을 쓸 때 'ㅅ'모양만 썼어요. 'ㅅ'은 왠지 어느 한쪽만 계속 기대는 거라 불공평하다 싫었거든요.

그런데 지금은 그런 생각을 해요. 때때로 휴식이 필요하거나 기운이 필요할 때 잠깐 힘을 얻는 것도 괜찮지 않을까, 라고. 쉬고 싶을 때는 석원 씨한테 잠깐씩 기댈게요. 그러니까 진석원 씨도 나한테 마음 놓고 기대요. ……

수인의 편지를 읽으며 석원은 더블린 속 어느 거리를 거닐고 있을 수인을 떠올렸다. 어제저녁에는 호텔에서 가까운 템플스트리트에서 피쉬 앤 칩스를 먹었다며 사진을 보내왔다. 추천해 준 대로 맛있었지만 양이 너무 많아 다 먹지 못했다고 했다. 그러니 얼른 왔으면 좋겠다며 수줍게 웃던 얼굴이 눈앞에 아른거렸다.

……선배로 인해 네 번째 버킷 리스트가 이루어졌어요.

석원은 볼 때마다 불편하고 안쓰러운 마음이 들던 수인의 네 번째이자 마지막 버킷 리스트를 떠올렸다.

'4. 다섯 번째, 여섯 번째 버킷 리스트가 생길 수 있도록 힘든 순간에도 삶을 포기하거나 무너지지 않기'

버킷 리스트라기보다 삶의 무게를 버텨 내기 위한 안간힘처럼 보였다. 그래서 더 이루어지게 만들어 주고 싶어지던. 강수인의 과거 속에는 찰나에 머물렀지만, 현재와 미래의 모든 순간에는 그가 함께할 거다. 그리하여 수인의 버킷 리스트는 '좋아하는 것들'과 함께 점점 늘어 갈 것이다.

……하나의 단어가 모두에게 동일한 무게를 가지지는 않죠. 누군가에게는 사랑이 달콤한 솜사탕을 떠올리게 한다면 나한테 사랑이라는 단어는 두려움을 딛고 일어서는 용기라는 말과 동의어예요.

행복과 함께 찾아오는 두려움의 무게까지 감당해 보려 해요. 진석원이 내게 그럴 힘을 주는 존재이자, 내가 그래야 할 이유이기 때문이에요.

내 마음에 사랑이 바람처럼 일었어요. 진석원 씨가 나와 함께 걸어 주어 영영 잠재워지지 않을 바람이에요.

— fin

스물넷, 풋풋하고 서툰

석원은 청바지 뒷주머니에 양손을 찔러 넣고 고개를 삐딱하게 기울였다. 뻔한 메뉴를 훑고는 학교 식당을 나왔다. 출출한데도 딱히 당기는 게 없었다. 그렇다고 학교 밖에까지 나갔다 들어오기에는 좀 귀찮고.

결정을 재촉하듯 갑자기 빗방울이 투툭 떨어졌다. 뛰듯이 매점 앞을 지나치던 석원이 발걸음을 멈췄다. 강수인이 매점 유리창에 머리를 기댄 채 눈을 감고 있었다. 젓가락을 올려놓은 컵라면을 앞에 둔 채였다.

손끝으로 창을 두드리려다 설마 잠든 건가 싶어 손을 내렸다. 잠깐 지켜보던 석원이 매점 안으로 들어가 수인의 테이블로 다가갔다. 뚜껑에 김밥 한 줄을 얹은 뜨거운 컵라면을 들고서였다.

테이블 위에 들고 온 걸 내려놓고 의자를 빼내 앉았다. 그러는 동안에도 수인은 눈을 감은 채 미동도 없었다. 꽤 깊이 잠들었나 보다.

의자 등받이에 등을 기댄 석원은 팔짱을 낀 채 묘한 표정으로 수인을 주시했다. 눈을 감고 있는 이 후배는 만날 때마다 까만 눈망울을 반짝이며 노골적으로 자신을 쳐다보곤 했다. 한 번. 두 번. 세 번. 수인의 시선을 알아챈 후, 지난 한 달 동안 정확히 세 번 동아리방에서 마주쳤고 그때마다 강수인의 까맣고 반짝반짝하는 눈동자가 자신을 따라왔다. 그리고 시선이 부딪쳐도 눈길을 돌리지 않았다. 분명 좋아하는 사람을 바라볼 때의 표정이었다. 그런데 왜 고백을 하지 않는 거지.

수인의 얼굴 중 가장 마음에 드는 곳은 눈이었다. 눈이 큰데도 눈꼬리가 살짝 치켜 올라가 새침해 보이는 인상이다. 어쩌면 새침한 게 아니라 수줍음이 많은 건가. 좋아서 쳐다보긴 하는데 좋아한다는 말은 차마 꺼내지 못하는. 아니면 그만큼 눈치 줬으니 네가 먼저 대시하라는 건가. 뭐 밀당 같은.

"그건 아닌 것 같은데."

혹시 남자 친구를 사귄 적이 없는 건가. 그래서 좋은데도 어떻게 해야 할지 몰라 마냥 쳐다만 보는 건가.

좋아한다고 고백하기 어려우면 학교 식당에서 밥 한 끼 사 달라고 하면 될 텐데. 학교에 복학한 뒤로 '안녕하세요.'라는 말보다 '선배님, 밥 사 주세요!' 소리를 더 많이 들었다. 그런데 컵라면을 앞에 둔 이 후배만 예외였다.

설마, 좋아하는 게 아닌 건가.

"그럼 왜 그런 눈으로 쳐다보는 건데? 이유가 없잖아?"

석원처럼 키가 큰 사람한테 매점 의자는 불편하다. 조금이라도 편해 보고자 테이블 밑에서 긴 다리를 움직이다가 툭 작은 발을 건드렸다. 그 미세한 접촉에 감겨 있던 수인의 눈이 떠졌다.

살짝 들린 속눈썹이 천천히 올라가며 눈동자가 조금씩 드러났다. 잠시 후 온전히 드러난 까만 눈동자가 멍하니 눈을 맞춰 왔다. 두어 번 눈을 깜빡여 잠을 털어 낸 수인이 뒤늦게 알아본 것처럼 눈을 키웠다. 그러더니 인사를 해 왔다.

"점심이 늦네?"

"네."

짧은 대답 후 수인은 눈길을 내려 컵라면 뚜껑에 놓인 젓가락을 들었다. 석원도 컵라면의 뚜껑을 열고, 김밥의 포장지도 풀어 테이블 가운데 놓았다. 김밥을 흘긋 쳐다본 수인이 면발을 집어 먹곤 젓가락을 손에 쥔 채 용기를 들어 국물을 한 모금 마셨다.

석원은 면을 집어 먹고 국물을 마시는 동작을 반복하는 수인에게서 눈을 떼지 않았다. 그러는 동안 수인은 단 한 번도 그와 눈을 마주하지 않았다. 낯을 가린다거나 쑥스러워서가 아니라 지금 관심 있는 건 라면뿐이라는 태도였다.

기계적인 손놀림으로 면발을 입에 넣으면서도 석원은 딴생각에 빠져 있었다. 동아리 모임에서는 얼굴이 간질거릴 만큼 빤히 쳐다보더니. 게다가 희찬이 녀석한테는 석원 선배 어릴 때부터 영국에서 살았던 거냐고 물으며 관심을 드러냈다더니. 정작 단둘이 있을 땐 소 닭 보듯 먹는 데만 집중하고 있었다.

팔을 뻗어 김밥을 가져가며 슬쩍 수인의 표정을 살폈다. 라면을 먹기 위해 고개를 숙인 탓에 안 그래도 살짝 올라간 눈매가 한결 새초롬해 보였다. 도통 무슨 생각을 하는지 알 수가 없었다.

그가 반이나 먹어 치우도록 수인은 김밥에 손을 대지 않았다. 김밥을 안 좋아하나. 컵라면 하나로 양이 차나. 또다시 김밥에 팔을 뻗은 석원과 조심스레 다가온 젓가락이 같은 김밥을 잡았다. 순간 두 쌍의 젓가락이 정지했다.

짓궂게 눈동자를 빛내며 석원이 김밥을 쓱 가져가 버리자 조금 머뭇한 수인이 그 옆의 김밥을 집었다. 두 사람을 둘러싼 작은 공간에 묘한 정적이 감돌았다. 김밥 속 아삭한 우엉과 단무지가 씹히는 소리가 들릴 것 같은 고요였다. 석원은 지금 이 상황이 좀 간지럽다는 생각을 했다.

지정 좌석처럼 되어 버린 동아리방 창가 책상에 앉은 수인은 시간을 확인했다. 약속 시간까지는 20분가량 남아 있었다. 애매한 시간을 활용하려 오늘 저녁 과외 수업 때 가르칠 문제집을 펼쳐 보다 하품을 했다.

"예쁘다."

마음이 슬픔으로 가득 차 있는데도, 파스텔 톤 하늘의 예쁨이 보였다. 책상 위에 엎드려 팔베개를 하고서 연하늘색 하늘에 주황색 노을이 스며드는 광경을 지켜보았다. 그러다 낮잠에 빠져드는 고양이처럼 스르르 눈이 감겼다. 늘 잠이 부족해 어디서든 쉽게 잠들었다.

기세 좋게 동아리방 문을 연 석원이 손잡이를 잡은 채 주춤했다. 이어폰을 꽂고 영영 사전을 뒤적이거나 에세이를 쓰고 있을 거라 생각했다. 그도 아니면 멍하니 창밖을 보거나. 그런데 동아리방에서 익숙하게 보던 모습과는 다르게 수인은 잠들어 있었다.

석원은 문을 열었던 기세와는 달리 조심스레 닫았다. 발걸음 소리를 죽이며 창가로 다가가 잠시 수인을 내려다보다 맞은편 책상에 걸터앉았다. 그러곤 팔짱을 끼고서 잠든 수인을 물끄러미 바라보았다. 커피를 사 들고 도서관으로 향하다 동아리 후배를 마주치지 않았다면 수인이 책상에 엎드려 잠이 든 드문 모습을 보지 못할 뻔했다.

조금 전 바쁘게 걸어가면서 분주히 문자를 작성하는 동아리 후배의 어깨를 툭 치며 알은척하자 녀석이 반가운 얼굴로 그를 붙잡았다.

'아, 형! 잘됐다. 부탁할 게 있는데, 혹시 지금 잠깐 시간 돼요?'

'이유에 따라 다르지.'

'오늘 여친 만나기로 했는데 내일이라고 완전 착각하고 있었어요. 수인이 에세이 쓴 거 봐 줘야 하는데 못 간다고 연락하려던 중이거든요. 형이 대신 좀 해 주면 안 될까요?'

무표정하게 듣고 있던 석원이 수인이라는 이름에 반응을 보였다.

'수인이 아르바이트 때문에 약속 다시 잡으려면 시간 맞추기 어려워서 그래요. 형이 해 주면 금방 끝날 테니까 이따가 과외 가야 하는 수인이한테도 좋고 저도 좋고요.'

'언젠데?'

'네?'

'약속 시간이 언제냐고?'

'어…… 20분 남았어요. 근데 진짜 해 주려고요?'

'해 달라며.'

고맙다고 큰 소리로 인사해 오는 녀석을 등지고 도서관이 아닌 동아리방으로 방향을 바꿨다. 덕분에 강수인을 엿보게 되었다. 노을 때문인지 하얗다와 창백하다 중간쯤의 느낌을 주던 피부가 투명해 보였다. 꼭 감긴 눈꺼풀과 손끝으로 건드려 보고 싶을 만큼 귀여운 콧날. 그리고 웃으면 어떤 모양을 만들어 낼지 궁금한 입술. 호기심 가득한 눈동자가 평온해 보이는 얼굴을 떠나지 않았다.

깨우고 싶은 마음과 조금 더 지켜보고 싶은 마음의 저울질이 알람 소리에 무너졌다. 손을 더듬어 휴대폰 알람을 끈 수인은 그러고도 한동안 눈을 뜨지 못했다.

손끝으로 눈꺼풀을 비비며 잠을 떨쳐 내려고 애쓰던 수인이 눈앞의 청바지에 감싸인 다리를 보며 무심코 인사를 건넸다.

"언제 왔어요, 선배. 깨우지 그랬어요."

"곤히 자는 사람 깨울 만큼 인정머리 없지는 않아서."

전혀 다른 사람의 목소리에 수인이 동그래진 눈으로 고개를 들었다.

"왜 그렇게 놀라?"

"수형 선배인 줄 알았어요."

"지난번에 매점에서도 그러더니. 머리만 대면 아무 데서나 잠드는 타입? 아님 수면 부족?"

"수면 부족이요."

"아르바이트 여러 개 하나 봐?"

"네."

질문에 꼬박꼬박 대구하면서도 수형의 전화번호를 찾아 메시지를 입력하려던 수인이 석원의 말에 놀라 고개를 들었다.

"수형이 부탁으로 온 거야. 날짜 착각해서 이중으로 약속 잡았다던 데."

때마침 두 사람의 대화를 듣고 있기라도 한 것처럼 수형으로부터 문자가 도착했다.

[석원 형이랑 잘하고 있어? 내가 봐 주는 것보다 더 도움 되고, 시간도 절약될 거야. 어쨌든 약속 못 지켜서 미안해. 다음에 내가 밥 살게.]

수인은 휴대폰을 책상 위에 내려놓고는 가방에서 에세이를 꺼냈다.

"그럼 부탁드려요."

얼굴에서 떠나지 않는 시선이 거북해 손등으로 코끝을 슥 문지른 수인이 석원에게 프린트물을 내밀었다. 이 선배의 영어 스킬이 늘 부러웠기에 우연히 생긴 이 기회가 반가웠다.

석원이 에세이를 받아 들려는 순간, 휴대폰이 울렸다. 흘깃 발신인을 확인한 그가 "잠깐만."이라며 양해를 구했다. 통화를 마치기를 기다리는 동안 다음 주 아르바이트 일정을 체크하려던 수인은 석원의 영어 대화에 반짝 고개를 들었다.

진석원은 잘생겼다. 눈에 띌 만큼. 좀 차갑다 싶은 인상이긴 하지만.

그러나 수인은 그의 얼굴보다 목소리가 더 매력 있다고 생각했다. 특히나 지금처럼 영어로 말할 때면 더더욱.

그녀가 좋아하는 영국식 영어를 쓰기 때문이기도 했고, 석원만의 독특한 억양도 마음에 들었다. 어린 시절을 영국에서 보냈다고는 하지만, 외국어 스킬과 체류 기간이 비례하는 건 아니었다. 세련된 고급 영어라는 건 이런 거구나, 석원을 보면서 실감하고 있었다. 석원의 실력이 부러웠다.

「혼자 있는 거 아니야. 급한 거 아니면 이따가 전화해.」

런던에 있는 친구 녀석이었다. 이번 여름에 런던에서 뭉쳐 함께 여행 떠날 계획을 짜느라 최근 들어 자주 연락을 주고받았다.

석원은 슬며시 입꼬리를 올렸다. 수인이 커다란 눈동자를 반짝이며 자신을 올려다보고 있었다. 저 봐. 저런 표정인데 착각일 리가. 경계심 많은 고양이처럼 새침한 강수인은 어떤 식으로 고백을 하는지 보고 싶었다. 그래서 안달 나는 마음을 참고 기다렸다. 하지만 이 수줍음 많은 후배님에게서 좋아한다는 말이 먼저 나오길 기대하는 건 무리인가 보다. 좀 아쉽지만 그럼 먼저 사귀자고 말을 꺼내는 수밖에.

「방학하자마자 금방 가기는 어려울 것 같고 일정 조율해 봐야지. 일단 끊고, 나중에 통화하자.」

휴대폰 너머에서 들려오는 얘기보다 눈앞에 있는 수인의 표정에 더 신경이 가 있던 석원이 재빨리 대화를 정리했다.

이때를 기다렸다는 듯 수인이 입술을 열었다.

"좋아해요, 선배⋯⋯."

사람 안달 나게 만들더니 예상치 못한 순간 정공법으로 훅 들어왔다. 미소를 머금은 석원은 재빨리 책상에서 몸을 일으켰다.

언제나 여유만만해 보이던 선배가 책상이 덜컹 소리를 낼 만큼 다급하게 다가오자 어리둥절하던 수인이 눈을 동그랗게 키웠다.

하늘을 물들인 부드러운 석양이 석원에 의해 가려지고 입술이 삼켜졌다. 적당히 냉정하고 적당히 거만한 사람의 체온이 뜨겁다는 사실에 놀라 첫 키스라는 자각은 뒤늦게 들었다.

손바닥으로 책상을 짚은 채 한껏 고개를 숙인 석원이 바짝 입술을 붙여 오는 바람에 수인의 등이 의자 등받이에 눌리듯 닿았다.

입술을 파고든 게 혀라는 걸 깨달은 순간 수인은 석원을 밀어 버렸다. 체격 차이가 컸지만 석원은 쉽게 밀려났다. 동그래진 눈으로 그를 쳐다보던 수인은 뒤늦게 손등으로 젖은 입술을 문질러 닦았다. 그녀의 행동에 석원의 눈동자가 당혹으로 물들었다.

"⋯⋯내가, 좋다며?"

"내가 언제⋯⋯."

억울한 표정으로 반박하려던 수인이 뒤늦게 당황한 듯 입을 벙긋거렸다. 젖은 입술을 꾹 물었다 뗀 그녀가 속상한 목소리로 해명했다.

"선배가 영어 할 때의 분위기를⋯⋯ 좋아한다고 말하려던 거예요. 선택하는 단어와 표현들이 세련되고 멋있어서 좋다고요. 그래서 어떤 방식으로 공부한 게 도움이 되었는지 물어보려고 한 건데."

"⋯⋯."

말문이 막힌 석원은 뻣뻣하게 굳어 버렸다. 애써 태연한 척하려 했지만 귓불이 달아오르는 게 느껴졌다. 시발, 쪽팔려.

입술을 꾹 다문 채 책상만 바라보던 수인이 한참 뒤에야 말문을 열었다.

"에세이, 봐 줄 거예요?"

어색하고 껄끄럽고 민망하고. 마른세수를 벅벅 했으면 좋겠다 싶은 순간을 깨고 들려온 말에 석원은 어이가 없었다. 연타로 명치에 훅이 들어온 기분이었다. 쪽팔리고, 억울하고, 그리고 아쉽기도 한 감정을 정신없이 주워 담았다.

지금 이 상황에서 에세이를 봐 주는 건 머저리나 할 짓이라고 생각하면서도 석원은 어금니를 한 번 질끈 물고는 의자를 끌어다 수인과 마주 앉았다. 안 그래도 쪽팔려 죽겠는데 고백으로 착각해서 들떴던 마음을 들키고 싶지 않았다.

"줘 봐."

손을 내밀었지만 건네받은 에세이가 눈에 들어올 리 없었다. 석원은 수인의 얼굴로 향하려는 눈동자를 눈앞의 종이에 억지로 붙들어 두며 빠르게 문장을 읽어 내려갔다. 그러는 동안에도 뇌는 따로 놀았다.

감정을 감추는 데 급급한 자신과는 달리 강수인은 아무렇지 않아 보였다. 담담한 척하는 거야, 진짜 담담한 거야. 뺨이 좀 발갛긴 하지만 그건 잠에서 깼을 때부터 그랬고.

뺨보다 더 붉은 입술이 보이자 석원은 저도 모르게 혀끝으로 입술을 쓸었다. 체감상으로는 꽤 길었던, 하지만 실제로는 감질날 만큼 잠깐 닿았던 입술의 감촉이 여전히 남아 있는 것 같았다.

사귀자고 말하려고 했는데. 좋아한다고 먼저 고백해 오는 줄 알았는데. 오해였다지만 그래도 방금 키스를 했는데. 어떻게 아무렇지 않게 에세이 따위를 들이밀 수 있는 거지? 진짜 나한테 손톱만큼도 관심이 없는 거야? 겨우 영어 좀 잘하는 게 마음에 든다고 그렇게 반짝거리는 눈동자로 쳐다본다는 게 말이 돼?

들끓는 속내를 들키면 지는 것 같아서, 기분이 고스란히 드러날까 봐, 석원은 에세이를 봐 주는 내내 그 어느 때보다 포커페이스를 유지하려 애써야 했다.

석원은 하도 만지작거려 미지근해진 휴대폰을 쥐고서 고민 중이었다. 옷발 좋다는 소리를 자주 들었다. 그보다 더 많이 듣는 건 말발 좋다는 소리였고. 그런데도 무슨 말을 해야 할지 고심하느라 30분째 휴대폰만 들여다보고 있었다. 처음 고민을 시작한 건 지난주 동아리방에서 나오고부터니까 정확히는 일주일째였다.

할 말의 요지는 간단했다. 관심 있으니까 사귀자. 하지만 촉촉해진 입술을 손등으로 문지르고는 에세이 봐 줄 거냐고 담담히 물어 오던 걸 보면 아마도 대답은 부정적일 터였다. 아는 거라고는 그의 영어 스킬을 좋아한다는 것밖에 없었다. 그 외엔 뭘 좋아하는지, 어떤 부분에 약한지, 정보가 없으니 계획을 짜는 것도 쉽지 않았다. 그에게 일말의 관심도 없어 보이는 여자애한테 어떻게 접근할지 골몰하고 있는 꼴이 우스웠다.

"자존심 상하게."

벤치에 앉아 길게 뻗은 다리의 발목을 교차한 채 중얼거리는 그를 지나가던 학우들이 힐끔거렸지만 석원은 들고 있는 휴대폰에 집중하느라 눈치채지 못했다. 단순한 관심치고는 지나치게 열중하고 있다는 사실을 자각하지 못한 채 석원은 자존심 상한다고 불평하면서도 거절당하지 않을 완벽한 말을 찾는 데 몰두하고 있었다.

"알 게 뭐야."

붙잡고 끙끙대 봤자 정답이 도출될 리가. 그러니 직접 부딪쳐 보는 수밖에. 석원은 수인의 번호를 눌렀다. 신호가 가자 저도 모르게 마른침을 삼켰다. 하지만 음성 녹음으로 넘어갈 때까지도 응답이 없었다.

긴장했던 게 민망할 만큼 허탈했다. 석원은 잠시 생각하다 문자를 보냈다.

[할 말 있으니까 연락 줘.]

뒤늦게 두 사람이 전화번호를 주고받은 일이 없다는 사실을 깨닫고 서둘러 덧붙였다.

[진석원.]

당장 연락이 올 것 같지는 않아 석원은 옆에 놓아둔 백팩을 집어 어깨에 둘러멨다.

진석원은 그때만 해도 동아리방에서의 해프닝이 그녀와의 마지막 만남이 될 거라는 걸 몰랐다. 자신의 연락을 무시하는 줄 알았다가 뒤늦게 수인의 휴학 소식을 전해 들었다. 영문학과 사무실로 찾아갔지만 도움이 될 만한 정보는 얻을 수 없었다. 반응 없는 전화번호 하나만 달랑 남겨 둔 채 강수인은 흔적도 없이 사라졌다. 진작 연락할걸.

스물네 살의 덜 여문 진석원이 자존심을 지키려다가 후회라는 감정을 처음으로 맛보게 된 순간이었다.

작가 후기

안녕하세요, 미요나입니다.

언젠가 18세기 들꽃 도감을 보다가 호기심이 생겨 다른 자료들도 찾아보았고 그러다 산하엽의 존재를 알게 되었습니다.

산책길에 피어 있어도 무심히 지나쳤겠다 싶게 특별할 것 없어 보이는 작고 하얀 꽃이 비에 젖어 투명하게 변해 가는 모습은 정말 이런 꽃이 실제로 존재하나 의심이 갈 만큼 신비했는데요.
주로 아시아와 미국 동부에 서식하는 산하엽은 신기한 특성만큼이나 유리꽃, 얼음꽃, 해골꽃 등의 다양한 이름으로 불린다고 합니다.

비를 만나야만 본연의 모습을 드러내는 산하엽을 보고 수인과 석원의 이야기가 떠올랐습니다.

자기만의 세상에서 고요하고 평온한 삶을 살고 싶었던 수인에게 석원은 톡톡 꽃잎을 건드리는 빗방울 같은 존재가 아닐까 합니다. 신경 쓰이게 자꾸만 두드리다 결국에는 꽃잎 속으로 스며드는 빗방울이요.

　연애라는 건 흰 유리꽃처럼 흔하면서 동시에 투명한 유리꽃처럼 특별한 것이 아닐까 합니다. 수인과 석원의 연애 역시 그러하고요.
　두 사람의 이야기를 독자분들께 들려드릴 수 있어 기쁩니다.

　이야기가 온전한 모습을 갖추는 데에는 여러 사람의 수고가 필요하다는 걸 다시 한번 느낀 시간이었습니다. 애써 주신 편집부분들께 감사함을 전합니다.

　수인과 석원의 이야기에 귀 기울여 주셔서 고맙습니다.

미요나 드림

투명해지다

2판 1쇄 찍음 2020년 12월 22일
2판 1쇄 펴냄 2020년 12월 30일

지은이 | 미요나
펴낸이 | 정 필
펴낸곳 | (주)뿔미디어

기획 · 편집 | 심은지, 이영은, 배지은
표지 디자인 | 우 물

출판등록 | 2002년 9월 11일 (제1081-1-132호)
주소 | 경기도 부천시 소향로17, 303(두성프라자)
전화 | 032)651-6513 팩스 | 032)651-6094
E-mail | dahyangs@naver.com
블로그 | http://blog.naver.com/dahyangs
비북스 | http://b-books.co.kr

값 9,000원

ISBN 979-11-6565-492-4 03810

www.b-books.co.kr

www.b-books.co.kr